Amir Gudarzi
Das Ende ist nah

Amir Gudarzi

Das Ende ist nah

Roman

dtv

MIX
Papier | Fördert
gute Waldnutzung
FSC® C083411

Gesetzt aus der Sabon
Satz: Greiner & Reichel, Köln
Druck und Bindung: CPI books GmbH, Leck
Printed in Germany · ISBN 978-3-423-29034-0

Für E.
Du und die Erinnerungen an dich
leben in mir bis in die Ewigkeit.

Für G.
Die Erwähnung deines Namens
erleuchtet dieses Haus.

MEZZANIN

1

Eine Hand lässt A. stets in der Tasche seines schwarzen Kapuzenpullovers. Es ist viel zu warm dafür, aber später wird er die Kapuze brauchen, um sich vor den Überwachungskameras zu schützen. Die Leute in der U-Bahn geben ihm mit Blicken zu verstehen, dass sie wissen, was er vorhat. Im Wagon ist er als Einziger schwarz gekleidet. Die anderen Männer tragen Bart, weiße Hemden und dunkelgrüne Stoffhosen. Auch dass er keinen Bart trägt, macht ihn suspekt. Sollte er bei der nächsten Station aussteigen? Wie könnte er im schlimmsten Fall den Schlagstock loswerden?

Den Teleskopschlagstock hat er gestern in dieser U-Bahn von einem Mann ergattert, der aussah wie jetzt die Männer im Wagon. A. war mit seinen Freunden unterwegs, das Handynetz war plötzlich weg, sie hatten die Zone der Proteste erreicht. Seit einigen Tagen bekamen sie SMS von unbekannten Nummern mit Angaben zu Ort und Uhrzeit, dort würden am nächsten Tag die Proteste stattfinden; nicht immer stimmten die Informationen. Ihnen fielen zwei junge bärtige Männer auf, die neben der Tür standen. Was sie anhatten, machte klar, dass sie zu den Milizen gehörten, unterwegs zu den Protesten, um Menschen wie ihn und seine Freunde niederzuschlagen. Sie versteckten etwas in ihren Taschen. Seine Freunde und er tauschten Blicke, stürmten dann wie auf Kommando auf die beiden zu und fanden tatsächlich Teleskopschlagstöcke. Die Schreie der

Milizionäre entfesselten im ganzen Wagon Aufruhr. Hände und Füße, die auf etwas Unsichtbares trafen, regimekritische Parolen – Spucke und Todeswünsche – aus Mündern. So war die Atmosphäre im Jahr 2009 während der Proteste in seinem Land.

Nun, mit dem Schlagstock in der Tasche, sitzt A. in einem Wagon mit Dutzenden Milizionären, die ihn und andere Protestierende als Verräter betrachten. Er schaut kurz aus dem Fenster, und in der Spiegelung erkennt er die Umrisse eines Gesichtes. Das Gesicht kennt er. Ihm fällt der Traum ein, in dem ihm dieses Gesicht, das Gesicht des Todes, in Form einer Kugel begegnete. Er hörte ein Knallen. Kugeln flogen auf ihn zu, und sie hatten Gesichter wie dieses. Sie riefen seinen Namen und verfolgten ihn, egal, wo er hinging. Werden ihn die Milizen verhaften? Werden die zwei Männer von gestern auch unter ihnen sein?

Das Netz ist weg, er ist in der Zone angekommen, er muss aussteigen. Er steht auf – und sein Teleskopschlagstock fällt auf den Boden. A. wird von Milizionären zusammengeschlagen und verhaftet. Im Gefängnis wird er, wie damals im Land üblich, vergewaltigt. Diese Bilder sieht er vor seinem geistigen Auge.

A. steigt aus und erreicht den Ort der Proteste. »Seit gestern höre ich ein Knallen. Seit gestern weiß ich, dass ich heute ums Leben komme, ich habe davon geträumt«, erzählt er einem Bekannten, den er dort zufällig trifft.

Eine halbe Stunde später hört er dieses Knallen aus seinem Traum wieder. Auf seinem Gesicht wird es warm. Er fasst sich dorthin. Seine Finger glänzen rot. Er blutet, ohne den Schuss gespürt zu haben, auch sein Kapuzenpullover ist rot. Bevor er schreien kann, schreien Leute neben ihm. A. dreht sich um und sieht zu seiner Rechten einen Mann, der blutüberströmt auf dem Boden liegt. Ihm wurde in den Kopf geschossen. Kurz zuvor hatten sie sich noch angeschaut – A. hatte seinen Schlagstock aus der Tasche geholt, der andere hatte ihn angelächelt und ihm die Steine in seiner Hand gezeigt. Jetzt liegt er in seinem Blut. Dem Blut, das eben noch in ihm war und seine lächelnden Lippen gerötet hatte. Soll A. froh sein, dass die Hand, die ihn erschoss, die Pistole nicht einen Zentimeter weiter nach links gehalten hatte? Dann wäre *er* jetzt tot. Dann wäre auf dem Gesicht des anderen jetzt sein Blut.

Wieder ist die Masse der Protestierenden außer sich. Wieder haben sie eine Leiche, die sie zur Schau stellen können. Ohne einen Versuch unternommen zu haben, den jungen Mann zu retten, tragen sie seinen Körper auf Händen. Manche nehmen sein Blut, um sich die Hände zu röten und so vor den Kameras zu posieren. Sein Körper wird auf den Händen weitergereicht, als ob er in einem Fluss treiben würde, und er verschwindet im Fluss des Todes. A. weiß nicht, wohin, niemand weiß es. So gehen die Protestierenden mit geröteten, hochgestreckten Händen weiter. Händen, die manchmal Steine werfen oder auf Milizen einschlagen. Der Körper ist längst verschwunden, aber das Lächeln hat A. noch im Gedächtnis.

So war die Atmosphäre im Jahr 2009 während der Proteste in seinem Land.

A. ist wieder in der Zone der Proteste, auf dem Weg zu seiner Freundin Ava. Diesmal zu Fuß, Taxis und Autos sind kaum auf den Straßen. Es ist Sommer in Teheran, und sie sind beide fertig mit dem Studium. Daher kann er Ava nicht mehr so oft sehen, sie hat selten einen Vorwand, um aus dem Haus zu gehen. Also geht er zu ihr. In seinem Rucksack befindet sich ein Tschador, den er heimlich aus dem Schrank seiner Mutter genommen hat. Seine Mutter hat mehrere schwarze Tschadors, sie wird nicht bemerken, dass einer fehlt.

Die Geschäfte sind offen, als ob nichts Außergewöhnliches im Land vorfiele. Er kauft eine Dose Thunfisch, macht vor einem Blumengeschäft halt und kauft eine rote Rose. Die Hauptstraße ist voller Leute, die flanieren und einkaufen. Er biegt in eine Seitenstraße, weil ihn das Licht der Sonne, das sich auf den vereinzelt in den Gehsteig eingelassenen Fliesen bricht, blendet. Frauen im Tschador maßregeln zwei junge Frauen, weil ihr Haar zu sehen ist. Die Sittenpolizei ist sogar jetzt, während der Proteste, unterwegs.

A. denkt an seine Mutter und fragt sich, wann sie angefangen hat, einen Tschador zu tragen. Bis er in die dritte Klasse ging, trug sie keinen und war nicht religiös. Als sein Vater im Süden Irans endlich wieder eine feste Arbeit aufnahm – nach vielen Jahren bei der Marine und Dutzenden Jobwechseln leitete er nun in Bandar Abbas eine große halb staatliche Fabrik –, wurde sie einsam und begann, mit anderen Frauen zu verkehren. Viele Frauen trugen schon damals einen Tschador, aber eher aus traditionellen als aus ideologischen Gründen. Die meisten in ihrem Viertel waren erst kürzlich nach Teheran gezogen und hatten diesen Brauch aus ihren Heimatprovinzen mitgebracht.

A.s Mutter hingegen lernte die Ehefrauen der Revolutionsgarden kennen, die andere radikalisierten. Es fing an mit der Vergabe von kleinen Krediten ohne Zinsen, die mit der Zeit größer wurden und zu regelmäßigen Treffen führten. Denn natürlich mussten alle, die Kredite wollten, auch zu den religiösen Zeremonien gehen, die im Verborgenen veranstaltet wurden. Die Frauen der Revolutionsgarden nahmen auf diese Weise die Rolle der Familien der einsamen, sich fremd fühlenden Frauen an: die der vermeintlich netten Schwestern und Mütter, die ihnen fehlten. Im Fall von A.s Mutter war das die Mutter, die der Tod aus ihrem Leben gerissen hatte, als sie sieben Jahre alt gewesen war. Die Mutter, die sie noch als erwachsene Frau vermisste, die sie geschützt hätte vor einer zu frühen Heirat, vor ihrem Mann und seiner sie ständig schikanierenden Familie, vor Armut und Einsamkeit.

So wurde sie mit der Zeit religiöser und begann, einen Tschador zu tragen. Am Anfang fand A. ihn aufregend. Er konnte sich darunter verstecken und durch das schwarze Tuch Leute beobachten, ohne gesehen zu werden. Die anzüglichen Kommentare der anderen Jungen über seine Mutter hörten auf. Doch die Veränderung ging weiter, denn seine Mutter fing an, Menschen zu maßregeln, wie es später die Sittenpolizei machte. Jedes Mal, wenn sie in ein Taxi stiegen, verlangte sie vom Fahrer, die Musik auszuschalten. Falls er sich weigerte, stiegen sie aus und nahmen ein anderes Taxi. Einmal, als sie zu seiner Tante fahren wollten, wechselten sie viermal das Taxi, und immer schämte er sich dafür – so sehr, dass er seine Mutter anschrie. Er wollte nicht anders sein als die Leute auf der Straße.

Damals wusste er nicht genau, was ihn störte. Jetzt weiß er es: Er wollte nicht als Teil des Regimes, als Feindbild betrachtet werden. Er hatte kein Problem mit Musik, mit Menschen, die tanzten und Spaß hatten, mit Bartlosigkeit, mit westlicher Kleidung, mit Beziehungen zwischen Frauen und Männern, zwischen Mädchen und Jungen. Er hatte kein Problem mit Amerika, mit »dem Westen«, mit Israel. Genauso wenig wie sein Vater, der auch gegen das Regime war, aber er war weit weg. Die Veränderung seiner Frau nahm er wahrscheinlich nicht einmal wahr, vielleicht fand er sie sogar gut, fand gut, dass sie sich nun vor Männern verschleierte und hauptsächlich zu Hause war. Trotz seiner politischen Ansichten war er konservativ, und die Religiosität seiner Frau sicherte ihm die bequeme, traditionelle Verteilung der Geschlechterrollen innerhalb der Familie. Vielleicht war er heimlich mit anderen Frauen beschäftigt, die ihm nach dem islamischen Recht auch zustanden, und interessierte sich deswegen nicht für die Veränderung seiner Frau. Die zweimal die Woche geführten Telefonate dienten zum Austausch notwendiger Informationen, für Emotionales war kaum Platz.

Das Knallen, das sich anhört wie Schüsse, bringt A. zurück in die Gegenwart. Aus der Entfernung sieht er schwarze Rauchsäulen in den Himmel steigen. Er geht die Hauptstraße Navvab Safavi entlang: Sie ist nach einem Islamisten benannt, der Intellektuelle ermordete, Menschen, die dem Islam kritisch gegenüberstanden – unter dem derzeitigen Regime wurde Navvab vom Mörder zum Märtyrer, zum Helden. In einer der Gassen hinter der Rudaki-Straße wartet Ava zu Hause auf ihn. Die Straße ist gesperrt. Die Mülltonnen qualmen, seine Augen brennen. Polizei und Milizen sind überall. A. geht unauffällig über die Straße. Er bekommt einen Schlag auf seinen Rucksack. Eine Hand greift danach, hindert ihn daran weiterzugehen. Während sie ihm den Rucksack abstreift, wird er befragt.

»Was hast du da drin? Was machst du hier?«

»Ich habe für meine Mutter einen Tschador und Blumen gekauft, weil sie Geburtstag hat. Ich wohne da hinten.«

Die Hand öffnet seinen Rucksack. A. schaut den bärtigen Mann an. Er ist jünger als er.

»Und was ist das?«

»Thunfisch.«

Die Hand reicht ihm seinen Rucksack, ohne ihn zugemacht zu haben. »Warum schaust du dann so aus, wenn deine Mutter einen Tschador trägt?«

Fliegende Steine unterbrechen das Gespräch. Milizen und Polizisten laufen weg, und A. flieht in eine Seitengasse. Die Moschee brennt, Milizen schießen von oben in die Menge. Er läuft weiter und unterdrückt seine Wut. Bald, denkt er, wird das Land frei sein von solchen Menschen.

Er klingelt bei Ava, ihre Mutter ist nicht zu Hause. Ava hat sich schon Sorgen gemacht und ist erleichtert, ihn vom Fenster aus sehen zu können. Da die Wohnung klein ist, hören die Nachbarn, wenn jemand auf der Straße läutet, und schauen durch den Türspion, weil sie wissen wollen, wer hochkommt.

Im Stiegenhaus macht er seinen Rucksack auf, nimmt die Rose heraus, reißt alle Blätter ab und steckt sie sich in die Unterhose. Danach zieht er sich den Tschador über den Kopf und beginnt, langsam, wie eine ältere Frau, zu gehen. Er achtet darauf, seine Sportschuhe nicht zu zeigen. Einige Nachbarn schauen tatsächlich durch ihr Guckloch. Auch der Nachbar unten, der oft versucht hat, nachts zu Avas Mutter vorzudringen, da sie geschieden ist und daher im Iran als willige Schlampe wahrgenommen wird. Bestimmt wundern sich die Nachbarn, dass eine religiöse Frau zu Besuch kommt.

In der Wohnung küssen sich die beiden. Avas Hände öffnen seine Hose, und die Rosenblätter fallen heraus. Sie lacht, weil er sie wieder überrascht hat.

Nach dem langen Vorspiel bleibt es beim Vorspiel, weil Ava eine Jungfrau ist und es bleiben will. Es gibt keinen Oralsex, da er es erniedrigend findet, wenn die Frau, die er liebt, seinen Schwanz lutscht. Er versucht erfolglos, sie mit der Hand zu befriedigen und dann seinen Schwanz zwischen ihren Beinen zu reiben, damit auch er befriedigt ist. Ava will gleichzeitig Sex haben und Jungfrau bleiben – so ähnlich wie die iranische Bevölkerung: Die Bevölkerung hasst das Regime, will Freiheit, gleichzeitig will sie jedoch traditionell und konservativ unter einer islamischen Verfassung leben.

In den ersten Jahren ihrer Beziehung hatte Ava nur stundenlanges Küssen und Fummeln in Kleidung erlaubt. Manchmal saugte er so fest an ihren Lippen, dass sie blau wurden und Ava sie mit Lippenstift rot übermalen musste. Unter seinen Freunden auf der Universität war er der Einzige, der eine Beziehung und keinen Sex hatte. Ava verstand ihre Jungfräulichkeit als einzige Garantie für eine Heirat. Er war ein paar Jahre jünger als sie, deswegen war sie sich nicht sicher, dass er sie heiraten würde. Sie bestand darauf, erst nach der Hochzeit Sex zu haben. Am Anfang akzeptierte er es, dann aber versuchte er immer wieder, sie umzustimmen, indem er ihr versicherte, er werde sie heiraten, vergeblich. Sie lagen immer nur nackt im Bett und umarmten sich wie jetzt.

Jetzt nehmen sie Schreie und Schüsse wahr. Sie gehen zum Fernseher und schalten ihn ein. Avas Familie hat im Gegensatz zu seiner eine Satellitenschüssel, sodass sie Nachrichten über die Proteste mittels iranischer Auslandssender verfolgen können. Einige Videos zeigen die Moschee in der Nähe, die von Protestierenden attackiert wird. Ein anderes Video zeigt die Hauptstraße Navvab, die einem Kriegsgebiet ähnelt.

Es läutet kurz. Beide springen auf und ziehen sich schnell an. Er muss Schuhe und Rucksack nehmen und sich im Bad verstecken. Jemand will die Tür öffnen, aber der Schlüssel steckt innen. Ava schaut durch das Guckloch und macht auf. Seine Socken werden nass von der

Feuchtigkeit im Bad. Er will seine Schuhe anziehen, aber es gelingt ihm nicht, weil er heftig zittert. Er versucht, sich zu beruhigen, damit er keinen Lärm macht. Er kann nicht hören, wer da ist. Wenn es der Bruder wäre, hätte er ein großes Problem. Am besten wäre es die Schwester, weil sie noch am ehesten Verständnis hätte. Vielleicht ist es auch die Mutter. Er hört die Stimme seiner Freundin, die absichtlich lauter spricht, damit er es versteht.

»Warum bist du so früh heute? Musstest du nicht lange arbeiten?«

Es ist die Mutter. Zum Glück hat sie die Angewohnheit zu klingeln, bevor sie hochkommt. Vielleicht ahnt sie, dass ihre Töchter jemanden bei sich haben könnten. Sie ist das Gegenteil von seiner Mutter. Seine Mutter hätte ihre Freude daran, ihre Söhne zu erwischen.

Da er sich etwas beruhigt hat, kann er seine Schuhe anziehen, die nassen Socken kleben in den Schuhen. Dann öffnet sich die Tür des Bades, vor ihm steht Ava. Sie legt den Finger auf ihren Mund. Mit der anderen Hand gibt sie ihm zu verstehen, dass er ihr folgen soll. Die Mutter ist auf der Toilette, er kann schnell rauslaufen.

Ihm ist kalt, aber die Sonnenstrahlen auf seiner Haut erinnern ihn daran, dass es Sommer ist. Er hört Schreie. Nebelähnliche Schwaden ziehen über die Hauptstraße. Über der Moschee steigen noch immer Rauchsäulen auf, und man hört einzelne Schüsse. Seine Augen brennen. Viele halten sich nasse Tücher vor Mund und Nase. Aus den Mülltonnen qualmt es. Auf der Straße liegen Tausende Steine. Noch immer fahren keine Autos. Er ist eingekesselt, aber es gibt zwei Wege aus der Zone: nach vorne, wo sich die Milizen und Spezialeinheiten befinden, oder entlang der Navvab-Straße Richtung Süden. Er könnte mitprotestieren, doch er fühlt sich nicht danach. Für heute hat er genug. Letzte Woche, als er beinahe verhaftet worden wäre, hat er nicht so heftig gezittert wie jetzt.

Vielleicht ist *aberu* die Ursache. Aberu bedeutet wortwörtlich »das Wasser des Gesichtes oder der Oberfläche«. Es gibt kein Äquivalent im Deutschen, könnte aber mit Ehre, Ansehen oder Reputation übersetzt werden. Keine dieser Übersetzungen trifft jedoch die Bedeutung genau, dabei ist Aberu ein Schlüsselwort, um die iranische Kultur zu verstehen. Aberu ist das Wort, das seine Mutter am häufigsten verwendet. Aberu ist das Wort, das jede Person im Iran am häufigsten verwendet. Sogar unpassende Kleidung kann das Aberu in Gefahr bringen.

Ja, von Avas Mutter entdeckt zu werden wäre katastrophal gewesen, zumal sie bereits Vorurteile ihm gegenüber hat. Er mag sie nicht und sie ihn ebenso wenig. Sie glaubt, er wolle ihre Tochter verführen, wolle nur Avas Jungfräulichkeit und lasse sie dann sitzen. Sie kann sich nicht vorstellen, dass sie heiraten werden. Er wiederum glaubt, sie übe Druck aus, damit sie heiraten. Aber er ist erst 23, hat keinen festen Job und kein Geld für eine Hochzeit. Seitdem er aufgehört hat, Propagandaserien für das Fernsehen zu schreiben, verdient er kaum was, und seine Eltern können keine Hilfe anbieten. Seit einiger Zeit erzählt Ava, dass mehrere Männer um ihre Hand angehalten hätten, und falls er sich nicht beeile, werde sie zu einem dieser Männer Ja sagen. Sie sind seit fünf Jahren ein Paar, und jetzt droht sie ihm mit Phantasiemännern, dass er sie verlieren könnte? Dafür hasst er nicht sie, sondern ihre Mutter. Ihre Mutter und seine Mutter sind Gegenstand millionenfacher Streitereien gewesen. Das Gleiche gilt auch für die Beziehung von Avas Schwester und ihrem Freund.

A. wollte bereits einige Male zu Avas Mutter, um mit ihr zu sprechen. Er wollte ihr sagen, er brauche Zeit, um Geld zu verdienen und eine Wohnung zu finden, danach werde er ihre Tochter heiraten. Aber die Mutter will alles offiziell haben, will eine Heiratsurkunde sehen. Sie will die Töchter vor ihrem eigenen Schicksal bewahren. Deshalb soll seine Familie dafür bürgen, dass sie heiraten, und für alle Kosten aufkommen. Er soll Ava offiziell Hunderte Goldmünzen versprechen, als Zeichen seiner Liebe. Er soll unterschreiben, dass im Falle einer Scheidung 360 Goldmünzen zu zahlen sind. »Nur« 360, weil Ava ihn liebt. Sonst würde sie wie ihre Freundinnen und Cousinen viel mehr verlangen, 1360 zum Beispiel, abgeleitet von ihrem Geburtsdatum. Das sei üblich, aber sie verzichte wegen der »Liebe« auf 1000 und wolle nur 360. Jede Goldmünze kostet etwa 182 Euro, 360 Münzen machen also ungefähr 65 520 Euro aus. Im Falle einer Scheidung würde er mindestens zehn Jahre lang im Gefängnis sitzen müssen, nur aus Liebe, weil er nicht in der Lage wäre, die Summe zu bezahlen. Außerdem gibt es immer wieder Frauen, die gleich nach der Hochzeit ihre Goldmünzen verlangen, weil sie nur deswegen geheiratet haben. Er glaubt nicht, dass Ava das vorhat, sondern ist überzeugt: Ava liebt ihn. Dafür, dass alles offiziell sein soll, ist allein die Mutter verantwortlich.

Ein Stein trifft ihn am Kopf. Ihm wird schwarz vor Augen, er fällt zu Boden. Er weiß nicht, wie lange er ohnmächtig war – er kommt zu sich, als jemand ihm Wasser ins Gesicht schüttet. Er blutet ein bisschen. Seine Augen brennen, und ihm ist übel. Man empfiehlt ihm, nicht ins Krankenhaus zu gehen, dort werde er höchstwahrscheinlich wegen seiner typischen Demonstrationsverletzung verhaftet. Er entscheidet sich, nach Hause zu fahren, kann kaum atmen. Er taumelt die Straße entlang Richtung Süden. Am Weg sieht er einen Motorradfahrer und fragt ihn, wie viel er dafür verlangen würde, ihn nach Hause zu bringen. Der Motorradfahrer verlangt viel, weil er den Ausnahmezustand ausnutzen will. A. bittet ihn, gütig zu sein. Sie einigen sich auf einen Preis, der trotzdem höher ist als der normale.

Sie verlassen die Zone der Proteste, nun kann er besser atmen. Bei einem Park halten sie an, damit er sich das Gesicht und den Kopf waschen kann. Gen Osten sieht die Stadt normal aus. Westlich von Teheran-Mitte ist der Schauplatz der Proteste, sonst ist alles ruhig. In seinem Bezirk gibt es nur kleine Anzeichen wie die Autokonvois der Spezialeinheit, die Richtung Westen fahren, da die Spezialeinheit der Polizei in der Nähe von A.s Wohnung stationiert ist.

Sie fahren an einem solchen Konvoi vorbei. Der Motorradfahrer schimpft: »Sie werden bald gefickt sein. Das ist ihr letztes Jahr. Die Leute werden sie ficken«, sagt er.

A. fragt sich, warum der Motorradfahrer nicht an den Protesten teilnimmt. Warum versucht er sogar, davon zu profitieren? Aber er spricht seinen Gedanken nicht aus, weil ihm schwindlig ist und er keine Diskussion führen will.

Damit er seiner Familie nicht begegnet, steigt er am Anfang der Gasse ab. Dort sitzen seine Freunde und trinken aus einer großen Flasche Cola. Er geht zu ihnen und lässt seine Verletzung anschauen. Ein Freund, Hamid, fährt ihn mit dem Motorrad zu einem Arzt, den er seit seiner Kindheit kennt. Die Patienten in der Warteschlange regen sich auf, weil er sofort drankommt, aber Hamid schafft es, sie mit einem lauten Schrei zum Schweigen zu bringen. Da er ein berüchtigter Schlägertyp ist, traut sich niemand, etwas einzuwenden. Der Arzt sagt, es sei, abgesehen von einer Platzwunde, nur eine leichte Gehirnerschütterung. Ihm geht es langsam besser.

Erst auf dem Weg zurück riecht A. den Alkohol. Er fragt Hamid, ob er betrunken sei, was dieser verneint. Wieder bei den anderen, nimmt er den Alkoholgeruch noch stärker wahr. Die Freunde trinken Rosinenschnaps, mit Cola gemischt. Mit ihnen ist er in dem Viertel aufgewachsen. Obwohl er sie als Freunde betrachtet, zieht er sich seit einiger Zeit zurück. Es sind teilweise Schläger, teilweise Kleinkriminelle, die von seinen Theaterschulfreunden oder Mitstudenten offen verspottet und verachtet werden. A. versteht sie oft auch nicht. Gewalt und Brutalität verabscheut er, aber immer wieder war er früher, als kleiner Junge, auf ihren Schutz angewiesen. Auf den Schutz dieser Menschen, die sich als Ritter sehen.

A. setzt sich zu ihnen, und bevor er einen Schluck nimmt, fragt er sie, ob der Schnaps gut sei. »Nicht, dass wir alle blind werden.«

»Ja, ja. Du bist besser als wir. Du trinkst nur gutes Zeug, weil du mit den Reichis abhängst.«

Er wurde in der Theaterschule, in die er als Jugendlicher ging, als Prolet belächelt. Wegen seines Jargons und wegen seines Aussehens. Seine Klamotten verrieten, dass er aus dem Süden der Stadt stammte. Aber Klamotten und Jargon passte er an, sobald er zu lesen begann. Zu Hause hatten sie kaum Bücher, nur die wenigen, die in einer Bananenkiste auf dem Dach gelagert waren. Er hatte sie bei einem der Umzüge, die beinahe jährlich stattfanden, entdeckt. Eins davon versteckte er schnell, weil er sich anhand des Titels einen Porno erhoffte. Es stand »Film Super« darauf. *Super* ist eine iranische Bezeichnung für Pornos. Auf dem Buchcover war die Ziffer 8 in Form von Negativen abgebildet, aber er lernte erst einige Zeit später, was Super-8-Filme sind. Er war froh, dass er weder seinen Schlägerfreunden noch seinen Kameraden in der Theaterschule von dem Buch erzählt hatte.

Am Anfang lieh er sich Bücher aus der Bibliothek in der Nähe aus, aber langsam begann er, sich eine eigene Bibliothek zusammenzustellen. Er kaufte Bücher, sobald er Geld hatte. Fast war es eine Obsession. Es war seine Art, seine Herkunft zu kompensieren, sein Mittel, um sich besser zu fühlen.

Seitdem wird ihm vorgeworfen, dass er kaum mehr etwas mit seinen alten Freunden unternimmt. Ab und zu läuten sie bei ihm, dann sagt er zu seinen Eltern, sie sollten ausrichten, er sei nicht zu Hause. Doch schon früher hat A. gemerkt, dass zwischen ihm und seinen Freunden eine Welt liegt. Er hat keine Lust auf Schlägereien für nichts, hat er im Grunde nie gehabt. Nun äußert er das offen, ohne Angst, als Weichei zu gelten. Immer wenn sie unterwegs gewesen sind, passierte etwas Schlimmes. Deshalb versucht er, sie seltener zu sehen. Er fühlt sich oft auch nicht verstanden. Er ist der Einzige, der Bücher liest, der ins Museum und ins Theater geht. Die paar Male, als er sie zu einem Theaterstück mitnahm, blamierten sie ihn. Besonders Hamid, der einmal während der Aufführung fast eine Schlägerei verursacht hätte. Aber das Schlimmste war der letzte Besuch in einer Shisha-Bar.

An diesem Abend war er allein zu Hause, deshalb konnte er nicht lügen. So ging er mit ihnen raus, und sie fuhren mit vier Motorrädern, auf denen sie jeweils zu zweit saßen, zu einer schäbigen Shisha-Bar, die er nicht kannte. Es ist typisch für den Süden Teherans, dass sich die Menschen auf Motorrädern fortbewegen, weil sie sich kein Auto leisten können, aber auch Motorräder konnten sich nicht alle seiner Freunde leisten.

Die Shisha-Bar befand sich hinter einer Lärmschutzmauer an der Afsarieh-Autobahn, auf der gegenüberliegenden Seite waren die Air Force und die Spezialeinheit der Polizei stationiert. Sie gingen rein, und A. stellte fest, dass die Bar zweigeteilt war: In einem Teil saßen die bärtigen Milizen und im anderen die Proleten, die eigentlich alle Schlägertypen waren. In Südteheran galt es damals als kluge Strategie, augenscheinliche Gegner aus dem Nichts heraus zu schlagen, um sich Respekt zu verschaffen. Zumindest die Leute, die A. kannte, waren in keiner Weise in organisierte Kriminalität verwickelt, deshalb verstand er ihre Prinzipien noch weniger. Der Unterschied zwischen Milizen und Schlägertypen – obwohl auch die Milizen Schlägertypen sind – bestand darin, dass die Milizen das Regime unterstützten und die Proleten nicht. Die Proleten waren nicht per se Regimegegner, aber auch keine Anhänger. Nur manche von ihnen waren Gegner des Regimes, wie einige von A.s Freunden.

Die aggressive Stimmung war sofort spürbar, als sie die Shisha-Bar betreten hatten. Die beiden Seiten starrten sich an, und schon da war klar, dass das zu keinem guten Ende führen würde. A. kannte einige der Proleten flüchtig, Hamid aber kannte fast alle. Mit einem, der Hamid begrüßte, Nima, hatte A. in der dritten Klasse nebeneinandergesessen. Er konnte sich noch gut daran erinnern, dass Nima nach einer süßlichen Creme roch, weil seine Mutter Hände und Gesicht damit eingeschmiert hatte. Alle machten sich damals lustig über ihn und knuddelten seine Wangen, weil sie weich und rosa waren.

Jetzt gehörte Nima zu den Schlägertypen. Er hatte Dutzende Messerstiche auf den Armen und eine große Narbe im Gesicht, mitten auf seiner ehemals weichen, rosa Wange. Viele davon hatte er sich sicherlich selbst zugefügt, das war üblich unter den Proleten, Hamid hatte auch viele. A. war dabei gewesen, als sie sich gegenseitig mit Messern verletzt und Schusterleim draufgeschmiert hatten, damit aus den Wunden schöne Narben wurden. In seinem Bezirk galt das als Schutzmechanismus, weil die Leute dadurch gefährlicher aussahen. Wie Tiere, die sich verfärben oder groß machen, dachte A. Er brauchte das nicht, weil er Freunde hatte, die ihm Schutz boten. Sonst würde er öfter zusammengeschlagen werden.

»Kennst du mich noch?«, fragte Nima ihn.

»Ja, wie könnte ich dich vergessen. Wir waren früher gute Freunde.«

A. sprach ihn nicht auf die Vergangenheit an. Er wusste noch, dass Nima vor der fünften Klasse die Schule gewechselt hatte. Damals hatte er nicht gewusst, warum, aber später konnte er eine Verbindung herstellen. Der Sportlehrer war immer auf der Jagd nach hübschen Jungen gewesen. A. erinnerte sich daran, dass Nima einmal weinend aus einem Raum gekommen war, während er mit den anderen Fußball spielte. Einige Kinder machten Andeutungen, vielleicht hatten sie die gleiche Erfahrung gemacht, aber A. hatte keine genaue Vorstellung davon, was der Lehrer mit den Jungen tat, es wurde nie offen darüber gesprochen. Opfer sexuellen Missbrauchs zu sein war eine große Schande und ein absolutes Tabu.

Nima setzte sich wieder zu seinen Freunden.

Hamid fragte A., ob er Nima auch gefickt habe.

A. verneinte und sagte, sie seien nur in derselben Klasse gewesen.

»Ich sage euch immer, man muss alle ficken, damit sie später nicht Schaach werden.«

Schaach bedeutet auf Farsi Horn. Wenn jemand Schlägertypen provoziert, ihnen als Gegner gegenübertritt und sie zum Kampf auffordert, wird er als Schaach bezeichnet, weil Hörner gefährlich sind und er so hart und bedrohlich sein möchte wie ein Horn. Daher waren viele Männer in seinem Viertel der Ansicht, die Jüngeren müssten von klein auf erniedrigt und unterworfen werden, so wäre die eigene Position in der Hierarchie zementiert, und die Jungen würden nicht später Schaach werden und die Vormachtstellung gefährden.

»Siehst du, wie brav Nima zu mir kommt, wenn er mich sieht?«, sagte Hamid. »Hätte ich ihn nicht gefickt, hätte er jetzt versucht, mich zu schlagen, damit er berühmt wird. Euch habe ich verschont, weil ihr meine Freunde seid. Aber ich bereue es. Wenn du mal berühmt wirst, könnte ich sonst immer erzählen, dass ich dich gefickt habe.«

A. lächelte bitter und erinnerte sich daran, dass Hamid alle Jüngeren in der Umgebung gefickt hatte. Besonders beim Versteckenspielen verschwand er immer mit einem der Jüngeren für längere Zeit. Hamid war nicht der Einzige. Es gab noch einen anderen Typ in der Gasse weiter unten, der alle fickte, die ihm nah kamen. Entweder gab er ihnen Geld, Spielzeug, oder er zwang sie dazu. A. wusste noch, wie er ihn und seinen Arsch gemustert hatte. Er hatte sich aber nicht getraut, ihn zu fragen oder anzufassen, weil A. erstens eine richtige Familie hatte und zweitens unter dem Schutz der Hamid-Brüder stand. Einer der Brüder war ein bekannter Schlägertyp, nicht nur in der Gegend, sogar in ganz Teheran.

Er fühlte sich unwohl und wollte weg aus dem Lokal. Er inhalierte ein paar Male den Rauch der Shisha und pustete ihn aus, als ob er damit auch die lästigen Erinnerungen loswerden könnte.

»So musst du den Rauch ausatmen, wenn du willst, dass sich Kreise bilden.« Ein Freund von ihm führte vor, wie man das macht.

In diesem Moment sprang Nima auf einen Tisch und schlug mit der Shisha auf den Kopf des Milizionärs, dem er gegenübergesessen hatte. Offensichtlich hatten sie böse Blicke getauscht, und in dieser Gegend endet so etwas immer in einer Schlägerei. Dieses Mal hatte der Gegner keine Chance, sich zu wehren. Blut lief ihm aus Mund und Nase. Nima war längst auf die Straße gelaufen und sprang bereits auf sein Motorrad. Die Freunde des Milizionärs nahmen die Verfolgung auf. Der attackierte Mann starb auf der Stelle.

Später erfuhr A., dass Nima auf seiner Flucht noch einen alten Mann überfahren hatte. Obwohl A. schon viele Schlägereien miterlebt hatte, war er von diesem Vorfall erschüttert. Der Junge mit den rosigen, eingecremten Wangen war zum Mörder geworden, ohne vorher ein einziges Wort mit seinem Opfer gewechselt zu haben. Er hatte es nicht einmal gekannt. Später erfuhr A. auch, dass Nima, nachdem er eine Weile untergetaucht war, verhaftet und hingerichtet wurde. Er hörte, dass man ihn öffentlich und in der Nähe dieser Shisha-Bar exekutiert hatte. Deshalb hatte er jedes Mal, wenn er an der Shisha-Bar vorbeiging, den Geruch der Creme in der Nase. Er versuchte, wann immer möglich einen anderen Weg zu nehmen.

»Willst du was trinken oder nicht?«, fragt ihn Hamid und holt ihn zurück ins Jetzt.

»Doch, ich habe Kopfweh, ich brauche einen Schnaps.«

A. nimmt einen großen Schluck. Der Schnaps, der auf Farsi Hundeschweiß genannt wird, brennt in seinem Hals und dann in seinem Magen. Den bitteren Nachgeschmack kann sogar Cola nicht versüßen – auch seine Erinnerungen nicht. Kinder, die in der Gasse spielen, laufen schreiend vorbei.

»Haltet eure Fresse, sonst haue ich euch eine rein.«

»Die sind wie Ameisen. So viele Kinder.«

Das stimmt, denkt A. Früher hatten alle Häuser zwei Etagen, in denen je eine Familie wohnte, und einen schönen Garten. Jetzt werden die Häuser abgerissen, und stattdessen werden neue Häuser mit vier oder fünf Etagen gebaut, und auf jeder gibt es zwei oder drei Apartments. Fast jeder Hausbesitzer versucht so, aus den hinzugewonnenen Etagen Mieten rauszuholen. A.s Familie wohnte früher auch in so einem zweistöckigen Haus zur Miete, es war nur eine Frage der Zeit, bis es abgerissen wurde. Im Süden der Stadt zu wohnen ist für viele, die nach Teheran ziehen, immer noch erschwinglicher als ein Leben anderswo in der Stadt.

A. versucht zu zählen, wie oft sie bis jetzt umgezogen sind. Als er die Theaterschule besuchte, gab es Jahre, in denen sie einmal oder sogar zweimal die Wohnung gewechselt haben. Weil sie nur eine Gasse weiter zogen, blieben sie stets im selben Viertel. Jedes Jahr wurden die Eltern durch die Inflation ärmer und die Mieten höher. Sogar die Krähen leben länger in ihren Nestern als sie in ihren Wohnungen, dachte A. manchmal.

Wenn er melancholisch wurde, stellte er sich die Frage, auf wie viele Orte seine Kindheitserinnerungen wohl verstreut sind. Erinnerungen sind immer an Orte geknüpft. Seitdem er studiert, macht er seinen Eltern die Armut häufiger zum Vorwurf. Weil die Gegend, in der sie leben, konservativ und religiös ist, ist auch die soziale Kontrolle höher als in anderen Vierteln Teherans. Man kann nichts unternehmen, ohne von irgendjemand Bekanntem gesehen zu werden. Die Straßen sind eng, und jede Minute fahren unzählige Motorräder vorbei. A. findet keine Ruhe wegen dieses Lärms, umso mehr wünscht er sich das eigene Zimmer, das er nie hatte. Seine Eltern können sich aber nicht mehr leisten als sechzig Quadratmeter.

»Ich finde es gut, dass jetzt neue Familien mit Kindern in die Gasse ziehen. Sonst müsste ich euch ficken. So viele weiße unbehaarte Ärsche«, sagt Hamid.

»Du hast dich kaum verändert«, sagt A.

2

Auf einmal stehe ich in der Mitte einer Stadt, einer mir unbekannten Stadt. Ich schreibe auch jetzt im Präsens, weil ich versuche, alles zu rekonstruieren, alles aufs Neue zu erleben. Ich könnte auch in der Vergangenheitsform schreiben, aber ich schaffe es nicht, weil ich offensichtlich etwas in der Vergangenheit verloren oder vergessen habe und es dort wiederfinden muss. Beim Schreiben springe ich immer zwischen den Zeiten hin und her – die Sprache als Zeitmaschine. Welcher Wunsch zwingt mich dazu?

Ich bin berauscht vom Klang dieser Stadt. Sie gibt mir ein Gefühl von Zuhausesein. Nicht wie von einem Zuhausesein in meiner Stadt, sondern in irgendeiner Stadt. Etwas, was ich vermisst habe. Ich schließe die Augen und will alles wahrnehmen: die fahrenden Autos, die Gespräche der Passanten. Aber ein lang anhaltendes Klingeln lässt mich sie wieder aufreißen. Ich sehe eine Straßenbahn, die ein Auto wegjagen will – weggejagt wurde ich auch, aber durch Menschen. Eine Straßenbahn ist etwas, was ich aus meiner Stadt nicht kenne.

Ich gehe die Schienen entlang und nähere mich einer Kreuzung. Ich sehe ein prachtvolles Gebäude. Ein Pärchen schlendert an mir vorbei und spricht eine Sprache, die ich als Deutsch bezeichnen werde. Was gesagt wird, verstehe ich nicht. Aber es ähnelt diesem Gebäude, diesem Klingeln, dieser Stadt.

Dann stehe ich vor der Staatsoper, ohne zu wissen, dass

es die Staatsoper ist. Ich stehe vor dem Gebäude und staune, wie hart und urban die Sprache klingt, die die Leute um mich herum sprechen. Ich kann nur die paar Wörter, die ich aus Büchern gelernt habe: Schule, Soldat, danke, bitte, vielleicht auch ein paar mehr. Ich denke an meine Muttersprache und einige Gedichte, die in ihr verfasst sind, sie klingen gar nicht urban. Eher wie das Rauschen eines Flusses oder wie Wind in den Blättern. Ich bin in Gedanken und höre den Leuten trotzdem zu, ich gehe ihnen nach, nur um dem Klang ihrer Sprache zu lauschen.

Hinter mir eine Sirene. Ich drehe mich um und sehe ein Polizeiauto vorbeifahren. Sogar die Sirene der Polizei klingt hier anders als in meiner Stadt. Eine tiefsitzende Angst lähmt mich. Einige Polizisten patrouillieren, von hinten kommen auch zwei. Würde ich stehen bleiben, würden sie vielleicht auf mich aufmerksam werden, denke ich. Ich muss mich ihren Blicken entziehen, aber der rote Rucksack ist auffällig. Ich merke, dass ich Blicke auf mich ziehe, gehe näher an das Gebäude heran und verstecke mich hinter den großen Säulen der Arkaden. In deren Schutz gehe ich bis zu einer Seitenstraße und biege ab.

Auf einmal höre ich einen vertrauten Klang. Meine Muttersprache wird auch hier gesprochen, von zwei Männern, die neben ihren Taxis stehen. Froh und zugleich skeptisch nähere ich mich ihnen. Sie sind nicht überrascht, als ich sie anspreche – anscheinend erkennen sie ihre Landsleute, noch bevor die etwas sagen. Ist es so klar ersichtlich, dass ich ein Landsmann bin? Ich hielt mich immer für besonders, weil ich anders gekleidet war als die Menschen in meinem Herkunftsland. Wie ein Künstler. In Europa würde man mich vielleicht »Hipster« nennen. Oder sind die Taxifahrer durch ihre Arbeit gute Menschenkenner geworden?

»Etwa erst kürzlich nach Europa gekommen?«

»Ja, gerade eben.«

»Wirklich? Wie ist die Stimmung im Iran?«

»Schlecht. Die Leute haben resigniert.«

»Aber die Proteste gehen doch weiter?«

»Ja, aber das sind nur Nachbeben. Ich hätte eine Frage: Wie kann ich von hier wegkommen?«

»Wie ›wegkommen‹?«

»Ich wollte eigentlich nach Kanada, aber der Schlepper hat mich hier hängenlassen. Ich kenne Österreich fast nur vom Namen her. Ich suche ein Hotel, damit ich in den nächsten Tagen einen neuen Schlepper organisieren kann.«

»Es gibt viele Hotels in Wien. Wir kennen ein paar günstige.«

»Aber ich bin illegal hier. Ich habe keinen Pass.«

Die zwei schauen sich an. Der Ältere signalisiert sofort, dass er damit nichts zu tun haben will, aber der Jüngere ist bereit, mir zu helfen. Das sehe ich in seinen Augen.

»Es gibt zwei Hotels, in denen Landsleute arbeiten. Wir könnten es dort probieren.«

In seinem Taxi fragt er mich aus. Er ist kein politischer Mensch, aber immerhin interessiert an einem Regimewechsel.

»Wir dürfen nicht sagen, dass du illegal hier bist. Wir sagen, dass du deinen Pass in Deutschland vergessen hast und ihn bald zurückbekommst. Im schlimmsten Fall kann ich auch meinen Ausweis hergeben, weil sie die Gäste registrieren müssen.«

Aber weder im ersten noch im zweiten Hotel lassen sie mich bleiben. Sie ahnen wohl, dass unsere Geschichte erfunden ist.

»Ich habe Kinder und nur eine kleine Wohnung«, sagt der Taxifahrer, als ob er wüsste, dass ich mich das kurz gefragt habe, und er mir sofort klarmachen müsste, dass es diese Option nicht gibt.

»Ich werde schon was finden. Wie viel macht es?«

»Hör auf. Ich helfe gerne.«

Er will mir tatsächlich helfen. Ich fühle mich schlecht, weil er meinetwegen seiner Arbeit nicht nachgehen kann, und versuche, ohne ihn weiterzukommen.

»Ich finde eine Lösung«, sage ich.

»Aber wenn die Polizei dich kontrolliert? Sie werden dich verhaften.«

»Verhaften?«

»Hier wird man dreißig Tage inhaftiert, wenn man illegal ins Land gekommen ist, und dann zu einer Asylunterkunft gebracht.«

»Dann muss ich jemanden anrufen.«

In einer Telefonzelle höre ich das Freizeichen. Sogar das hört sich hier anders an. Ein Piepsen, genauso hilflos wie ich. Ich sage zu mir: Noch zweimal klingeln lassen und dann auflegen. Aber in letzter Sekunde hebt im Iran jemand ab: mein Freund, der mir den Schlepper organsiert hat. Ich erkläre ihm die Situation. Das öffentliche Telefon schluckt meine 2-Euro-Münzen im Minutentakt. Nicht einmal fünf Minuten, und schon sind zehn Euro weg.

Mein Freund hat keine Ahnung, was ich machen soll. Nicht der Schlepper, den er kennt, sondern der türkische Schlepper aus Istanbul hat mich hier stranden lassen. Deshalb können sie nichts machen. In Europa kennen sie auch niemanden. Das heißt, das Geld ist weg und Europa meine Endstation.

»Wohin willst du denn in Europa?«, fragt mich der Taxifahrer, als ich wieder auf der Straße stehe.

»England.«

»Warum England?«

»Weil sie dort Englisch sprechen. Das ist einfacher für mich.«

»Aber da kommst du nicht hin ohne Schlepper. Nach Deutschland oder in die Schweiz kannst du mit dem Zug. Du kaufst dir ein Ticket und fährst einfach hin. Da gibt es keine Grenzen.«

»Wirklich? Keine Grenzen?«

»Es wird immer wieder im Zug kontrolliert, aber nur, wenn sie dich verdächtigen.«

»Dann fahre ich nach Deutschland, darüber weiß ich ein bisschen mehr als über Österreich. Warst du schon mal dort?«

»Ja, aber beides ist ziemlich gleich. Sie sprechen die gleiche Sprache. Der Himmel ist überall blau.«

Der Himmel ist überall blau – diesem Satz habe ich es zu verdanken, dass ich in Österreich geblieben bin. »Und wo kann ich Asyl beantragen?«

»Ich kenne mich damit nicht gut aus, weil ich als Student hergekommen bin. Aber ich kann nachfragen.«

Nachdem der Taxifahrer telefoniert hat, bringt er mich zurück zur Oper, zur Haltestelle der Badner Bahn. Auf einen Zettel schreibt er »Traiskirchen«, das ist der Ort, wo ich aussteigen muss. Er gibt mir seine Nummer und sagt, ich könne ihn jederzeit anrufen. In Traiskirchen sei eine Erstaufnahmestelle. Dort werde man durchsucht, einem werde das Bargeld abgenommen, und die Flüchtlinge würden sich gegenseitig beklauen. Das hat sein Freund am Telefon gesagt.

Ich überlege, was ich mit dem Bargeld mache. Ich habe noch rund siebentausend Euro. Ich behalte zweitausend und händige ihm fünftausend aus, obwohl ich sie wahrscheinlich nie wiedersehen werde. Kaum bin ich in die Bahn eingestiegen, ärgere ich mich über mich. Wieder habe ich Landsleuten vertraut. Offenbar habe ich nichts aus der Vergangenheit gelernt, aus meinen Fehlern.

Es wird schon etwas dunkel. Die Bahn füllt sich an jeder Station, an der sie hält, ein wenig mehr. Ich muss meinen Rucksack vom Sitzplatz nehmen, weil jemand mich unfreundlich dazu auffordert. Ich stelle den Rucksack auf den Boden und ignoriere ihn. Langsam fährt die Bahn aus der Stadt, und ich lausche der Sprache dieses Landes. Ich nehme die Lautsprecherstimme wahr, sie wiederholt die Durchsage. Ich würde gerne wissen, was sie sagt. Ich lese die Straßenschilder und stelle fest, dass das Wort »Straße« immer darauf steht, aber ich weiß nicht, was es bedeutet. Ich bemerke, dass hier auch andere Sprachen gesprochen werden. Ich kann Türkisch erkennen. Als ich mich umdrehe, werden zwei junge Männer auf mich aufmerksam. Sie verstummen und starren mich an. Ich lächele und drehe mich zurück.

Der Himmel glüht rot, und die Sonne geht unter. Hinter dem Bahnfenster sehe ich Felder und ein Industriegelände. Ein riesiges Gebäude, auf dem »XXX Lutz« steht. So ein riesiges Gebäude für Pornos? XXX stand auf dem Porno, den ich einmal in der Schule in die Hände bekam. Die Mullahs behaupten regelmäßig, dass die Europäer pervers seien und keine Moral hätten. Nun muss ich daran denken und versuche, den Gedanken rasch abzuschütteln. In den islamischen Ländern zählt »Porno« zu den am meisten eingegebenen Wörtern in Google. Pornos produzieren ist pervers und sie anschauen nicht?

Es ist heiß in der Bahn, es ist Mitte August. Ich lasse meinen Blick wandern. Ich sehe die bloßen Beine einer jungen Frau, die mir gegenübersitzt. Sie merkt meine Blicke und zieht ihr Kleid nach unten. Ich schäme mich und schaue weg. Hinten stehen zwei Jugendliche und küssen sich ganz gelassen. Ich bekomme Angst, eine Angst, die ich immer hatte, wenn ich in der Öffentlichkeit meine damalige Freundin heimlich küsste.

»Fahrkarte bitte.«

Ich verstehe ihn nicht, aber ich weiß, was er will, weil ihm alle ihre Tickets zeigen. Zwei junge Männer gehen rasch nach hinten, und bevor er sie erwischt, steigen sie bei der nächsten Station aus.

Allmählich wird die Bahn leer. Das Licht zwischen Sonnenuntergang und dem Ausbruch der Dunkelheit nennt man auf Farsi *Gorg o Misch*, also »Wolf und Schaf«. Ein Wolf attackiert eine Herde, das Blut spritzt in die Luft, und alles färbt sich rot wie der Himmel gerade. Ich schrecke aus meinen Gedanken und befürchte, dass ich die Station verpasst haben könnte. Obwohl ich der Lautsprecherstimme zuhöre und die Schilder an jeder Haltestelle lese.

Ich schaue mich um nach jemandem, den ich fragen könnte. Ein älterer Herr sitzt hinter mir. Ich stehe auf, will zu ihm gehen, aber seine Miene macht mir klar, dass ich nicht näher kommen soll. Ich gehe nach vorne, zu einem Mann in Arbeitskleidung voller Staub. Ich zeige ihm den Zettel.

»Traiskirchen? Noch drei Stationen.«

Ich frage, ob er Englisch spricht. Er verneint und zeigt mit dem Finger die Zahl drei.

Drei Stationen weiter steht tatsächlich »Traiskirchen« auf dem Bahnsteig. Ich steige aus. Alles wirkt sehr verlassen. Ich sehe alte Männer vor einem Café neben dem Bahnhof sitzen und rauchen. Auch sie sprechen Türkisch. Ich zeige den Zettel.

»Asyl?«

Ich verstehe nicht. Ich sage, dass ich nur Englisch kann.

Sie zeigen auf eine Straße und bedeuten mir, dass ich erst links und dann rechts abbiegen soll.

»*Taschakür*«, sage ich und setze meine Odyssee fort.

Die Straßen sind leer. Immer wieder sind Beleuchtungen ausgefallen. In den Häusern brennt kein Licht. Ich gehe die Straße entlang und frage mich, wo ich hinmuss.

Da höre ich hinter mir wieder eine vertraute Sprache. Dieses Mal sind es Afghanen. Ich spreche sie an. Sie mustern mich und sagen, dass ich ihnen folgen soll. Bei einem großen Tor biegen sie rechts ab. Dort sitzen drei Männer in einem kleinen Raum hinter Scheiben. Die Afghanen zeigen ihre Karten vor. Die Karten werden von einem Gerät gelesen, und sie dürfen passieren.

Ich will mit den Männern reden.

»Karte, Karte!«, schreien sie.

Hinter mir bildet sich in kürzester Zeit eine kleine Schlange. Ein Sicherheitsangestellter kommt raus und zieht mich zur Seite. Ich sage auf Englisch, dass ich Asyl beantragen möchte. Er telefoniert kurz. Ich muss warten, bis ich abgeholt werde. Inzwischen höre ich Arabisch, Russisch und einige andere Sprachen. Die Security durchsucht Rucksäcke und Plastikbeutel der anderen, bevor sie reingehen dürfen.

»Bist du aus dem Iran?«, fragt mich ein Mann auf Farsi. Er heißt Ahmad und spricht mit Akzent, er gehört der türkischen Minderheit im Iran an.

Ich bejahe.

Er warnt mich hastig, ich dürfe nicht sagen, dass ich in Griechenland gewesen sei. »Sie werden dich zurückschicken, wie sie mich zurückschicken wollen. Das ist die Dublin-Verordnung.«

»Aber ich war gar nicht in Griechenland.«

»Egal, wo. Sie schicken dich in das erste europäische

Land, in dem du gewesen bist. Sag, dass du im Lkw warst und nichts gesehen hast.«

»Ich habe schon etwas gesehen, weil ich geflogen bin.«

»Das ist gut.«

Die Leute drängen ihn zur Seite, weil er im Weg steht. Ein Mann spricht mich auf Englisch an. Ahmad sagt etwas auf Türkisch zu ihm.

»Er ist ein Guter. Aus Aserbaidschan.«

»Iran?«, frage ich.

»Nein, Aserbaidschan.«

Der Mann arbeite hier und werde mich zur Polizei bringen, sagt er, während wir weitergehen.

Ich sehe Menschen aus der ganzen Welt, die herumsitzen und rauchen. Sie starren mich an. Anscheinend sehe ich zu nobel aus, um ein Flüchtling sein zu können. Der große, teure Rucksack. Ich lausche wieder den unterschiedlichen Sprachen, oft höre ich Dari und Paschtu.

Ein Polizist nimmt mich in Empfang. Ich fürchte mich, weil mir das mit den dreißig Tagen Inhaftierung einfällt. Wir gehen in ein größeres Zimmer, wo noch mehr Polizisten sitzen. Sie mustern mich kurz und fangen an zu lachen. Sofort beginnen sie, auf Deutsch über mich zu sprechen, das kann ich von ihren Blicken ablesen.

Eine Hand bedeutet mir zu folgen. Die Hand gehört einem riesigen Polizisten. Diese Hand hat einen Plastikhandschuh an, wie seine andere. Sie ergreift meine rechte Hand und zieht mich zu sich. Dann zieht sie mich weiter zu einem Gerät. Die Hand drückt auf meine Faust und zwingt mich, sie aufzumachen. Nun kommt auch die andere Hand ins Spiel, zieht an meinem Zeigefinger und drückt ihn auf das Gerät. »Aachhh«, stöhne ich vor Schmerz, aber die Hand drückt meinen Finger noch fester auf. Ich ziehe meine Hand zurück, aber die zwei großen Hände packen mich und heben mich kurz hoch. Der Mund des Polizisten sagt etwas, was ich nicht verstehe. Dann ziehen seine Hände meine Finger wieder auseinander, so fest, dass ich fast aufheule. Der Mund sagt etwas. Die Hände drücken wieder fester auf meine Finger. Ich schreie auf Englisch, dass er mich loslassen soll. Dass seine riesigen Hände mich loslassen sollen. Der Kopf des Polizisten schaut nach unten, seine Augen sind zornig und bedrohlich. »Wenn du nicht still bist, breche ich dir alle Finger«, scheint er auf Deutsch zu sagen, und ich begreife es, ohne die Worte zu verstehen. Ich lasse die Hände mit mir machen, was sie wollen. Ich gebe auf, und mein Körper gehört ihm.

Ich erinnere mich daran, wie ich als Kind zum ersten Mal aufgegeben habe. Ich stand im Kaspischen Meer neben meiner älteren Cousine. Sie war mit uns ans Meer gefahren, und meine Eltern mussten auf sie aufpassen. Wir waren bis zum Brustkorb im Wasser, und mein Vater schwamm ein Stück vor uns. Ich tauchte mit dem Kopf immer unter, um durch meine Schwimmbrille die kleinen Fische zu beobachten. Die Sonne schien durch das trübe Wasser und ließ eine Muschel leuchten. Der Mantel meiner Cousine trieb neben mir. Damals fragte ich mich nicht, warum Männer mit Badehose schwimmen und Frauen in ihrer Kleidung. Ich griff ihr ans Bein, um eine Haiattacke vorzutäuschen. Sie schrie und machte sich los. Ich hob den Kopf, um Luft zu holen. Eine große Welle schlug uns ins Gesicht. Der Sand unter unseren Füßen verschwand. Meine Cousine schrie erneut, ich auch. Dann gingen wir unter. Ich sah zu ihr, weil ich noch meine Schwimmbrille aufhatte. Ihr Kopftuch war weg, und ihre Haare schwammen wie unzählige schwarze Schlangen umher. Dann wurde es kurz dunkel. Eine Hand zog meine Cousine hoch. Währenddessen packten mich die Wellen wie später die kräftigen Hände des Polizisten. Ich schluckte Wasser, weil ich nach Luft schnappen wollte. Ich war sicher, dass ich sterben würde, und gab auf. In letzter Sekunde kam die Hand wieder und zog mich nach oben. Ich bin noch immer sauer auf meinen Vater, der zuerst seine Nichte rettete und dann seinen Sohn. Obwohl ich vielleicht das Gleiche machen würde.

Die große Hand reicht mir ein Taschentuch, damit ich die Tinte von meinem Finger wischen kann. Sie haben meinen Fingerabdruck genommen, digital und analog. Ich denke an die von Tinte gefärbten Finger bei den Wahlen im Iran. In Ländern, die keine standardisierten Identitätsdokumente haben, wird Wahltinte verwendet, um Wahlbetrug vorzubeugen. Diese Tinte ist schwer zu entfernen, sodass man nicht mehrmals wählen kann. Obwohl man im Iran längst die Identität der Wählenden feststellt, bleibt die Tinte als Symbol. Alle präsentieren sich mit dem blauen Finger, um zu zeigen, dass sie an der Wahl teilgenommen haben. Etwas, was ich nie gemacht habe, weil ich dem islamischen Regime nicht damit Anerkennung verschaffen wollte.

Ich soll mich hinsetzen, das gibt mir ein anderer Polizist zu verstehen.

»Iran? *Translator?*«

Ja und nein, antworte ich auf Englisch. »Ich brauche keinen.«

Auf einmal hören sie auf, über mich zu sprechen. Jetzt spricht einer mit mir. Ich soll mich vor die Wand stellen, damit sie mich fotografieren können. Sie wollen wissen, wie ich nach Österreich gelangt bin. Sie wollen wissen, welche Länder ich durchquert habe, um nach Österreich zu gelangen. Griechenland? Italien? Ungarn?

Ich sage, ich sei mit dem Flugzeug nach Wien gekommen.

Gelächter.

Wieder beginnen sie, über mich zu sprechen. Das merke ich daran, dass sie mich anschauen. Sie fragen nach meiner letzten Adresse im Iran. Der Polizist fragt auf Deutsch nach dem Namen meiner Straße und korrigiert sich sofort: »*Street?*«

Ah, Straße heißt also *street*. Ich wiederhole: »Estraße.«

Der Polizist antwortet: »Straße.«

Das ist das erste Mal, dass jemand mit mir Deutsch spricht. Der Polizist ist unfreundlich, aber er ist mir wesentlich lieber als iranische Polizisten. Weil er eine Sprache spricht, in der ich noch nicht erniedrigt wurde.

Ich lächele ihn an und wiederhole: »Estraße.«

Er schüttelt seinen Kopf und sagt: »Straße.«

In diesem Moment habe ich das Gefühl, ich kann eine Art Komplizenschaft mit seiner Sprache eingehen. Diese Sprache kann etwas, was meine Sprache nicht kann. Ein *s* ohne Vokal davor gibt es auf Farsi nicht. Deswegen sagen alle Iranerinnen und Iraner: Estraße, Esport, Espaß. Ab jetzt ist die deutsche Sprache meine Komplizin gegen meine Muttersprache.

Ich wiederhole das Wort »Straße« wie ein Mantra. Ich wiederhole es, und mich überfallen Bilder und Erinnerungen. Das Erste, was man mich in der Haft fragte, nachdem man mich verprügelt hatte, war, ob ich eine Cola wolle. Man musste diese Frage beantworten, unbedingt. Wenn man bejahte, lautete die Antwort: »Wir wussten, dass du eine Schwuchtel bist!« Wenn man verneinte: »Wir schenken dir eine, nicht die Cola, sondern die Flasche.« Schwul ist in ihren Augen nur derjenige, der gefickt wird, nicht der Fickende.

Ein Mund sagte: »Besser alle totschießen.«

Ein anderer: »Willst du eine Cola-Flasche in den Arsch? Sollen wir dich ficken oder nur die Flasche reinschieben?«

Wenn Coca-Cola wüsste, wie gerne iranische Polizisten und Revolutionsgarden Cola haben. Nicht den Inhalt, sondern die Form der Flasche, die wie ein Schwanz aussieht, ein dicker, im Gegensatz zu ihren dünnen.

»*Still loving it*«, hieß es in einer Werbung. *Are we really still loving it?* Wie viele werden in diesem Moment im Iran mit Cola-Flaschen vergewaltigt? Und was, wenn die Flaschen viereckig wären?

Ich denke über die Fixierung der Iraner auf den Arsch nach. In Farsi sagen wir, wenn wir etwas mit viel Mühe und Zeitaufwand erreicht haben, »mein Arsch wurde zerrissen (oder aufgerissen)« – so ähnlich wie im Deutschen, aber der Arsch ist das Zentrum der Welt. Besonders der der Männer. Dieser Arsch ist ständig in Gefahr. Wenn man ein noch unbehaarter Junge ist: weil alle diesen Arsch ficken wollen. Weil sie einfacher einen Jungen zum Ficken finden können als eine Frau, die getrennt von den Männern lebt. Jungen stehen auf der Straße zur Verfügung. Auch in der Schule müssen sie aufpassen. Weil sie in nach Geschlechtern getrennten Schulen immer den männlichen Lehrern ausgeliefert sind oder den Mitschülern. Und selbst wenn man diesen Arsch durch Glück oder Zufall vor dem Geficktwerden gerettet hat, werden die Polizisten und Revolutionsgarden es auf ihn absehen.

Durch Vergewaltigungen sollen Männer in diesem Land, das nur zwei Geschlechter anerkennt, zu einem dritten Geschlecht gemacht werden. Das der Männer steht oben, das der Frauen ist in den Augen der Männer weniger wert: ein Geschlecht, das zum Erniedrigen, Gefickt- und Geschlagenwerden verurteilt ist. Aber in den Augen der Gesellschaft ist ein Mann, wenn er gefickt wird, noch weniger wert als eine Frau. Eine Schwuchtel eben. Farsi macht keine Unterscheidung zwischen weiblich und männlich, kennt keine Artikel, trotzdem ist die Sprache voller Sexismus.

Der Polizist fragt weiter und bringt mich ins Jetzt zurück. Das Problem, das ich mit meiner Muttersprache habe, bleibt. Wie kann diese Sprache, in der meine Großmutter mir Märchen erzählte, aus dem Mund von iranischen Männern so brutal sein?

»Welche Straße also?«

Die Befragung geht zu Ende, obwohl sie mir nicht glauben, dass ich mit dem Flugzeug aus Istanbul eingereist bin. Sie sagen, dass sie die Videoaufzeichnungen des Flughafens anschauen werden, weil ich angebe, mich an den Namen in meinem gefälschten Pass nicht genau erinnern zu können.

Ich werde in ein kleineres Zimmer geführt. Dort sitze ich eine Weile alleine und frage mich, wie viele Tage es her ist, dass ich meine Eltern zum letzten Mal gesehen habe. Einen gefälschten Reisepass für mich aufzutreiben dauerte ungefähr drei Wochen, die ich illegal in Istanbul verbringen musste. Vor meiner Flucht in die Türkei hatte ich sie auch schon eine Weile nicht gesehen, um sie nicht in Gefahr zu bringen. Vermutlich ist unsere letzte Begegnung anderthalb Monate her.

Eine schwarzhaarige Frau betritt mit einem Polizisten den Raum. »Ich bin Dolmetscherin«, sagt sie mit einem mir unbekannten Akzent auf Farsi. Sie ist offenbar in Österreich geboren und spricht die Sprache schlecht. »Du musst sagen, warum du geflüchtet bist« – bei ihr klingt das grammatikalisch weniger korrekt. »Obwohl, ist eh klar, warum. Ihr Iraner lügt alle. Ich schäme mich, auch Iranerin zu sein«, sagt sie.

»Wenn Sie ›ihr Iraner‹ sagen, heißt das doch, dass Sie keine Iranerin sind. Dann brauchen Sie sich auch nicht zu schämen. Und wenn Sie mich gleich als Lügner bezeichnen, möchte ich nicht mit Ihnen sprechen. Ich kann selbst sprechen, auf Englisch.«

»Nicht frech werden. Mein Mann ist der Polizeichef von Traiskirchen. Ich bin die Chefin von allen hier.«

»Schön für Sie.«

»Warum bist du da?«

»Es tut mir leid, dass ich ohne Einladung gekommen bin.«

Sie sagt etwas auf Deutsch zu dem Polizisten. Er schreit mich auf Englisch an, dass ich mich benehmen und ihre Fragen beantworten soll. Kurz packt mich Angst, aber dann kommt Hass auf den Polizisten hoch. Ich sage ihm, dass er mich nicht anschreien, sondern mir seine Fragen auf Englisch stellen soll.

»Warum bist du nach Österreich gekommen?«, fragt sie wieder.

»Ich werde gesucht, weil ich bei den Protesten war. Ich wurde bereits mehrmals aus politischen Gründen verhaftet. Wenn man mich jetzt verhaften würde, würde ich lange nicht mehr aus dem Gefängnis rauskommen.«

Sie grinst mich an. »Gut, dass du eine andere Geschichte erzählst als alle anderen. Du bist der Erste, der wegen der Proteste da ist. Du wirst gute Chancen haben mit deiner Geschichte.«

»Ich erzähle keine Geschichten. Das ist mein Leben.«

Aber sie will es nicht verstehen. Immer wieder muss ich Wörter auf Englisch sagen, weil ihre Farsi-Kenntnisse nicht ausreichend sind. Ich frage mich, was am Ende dabei rauskommen wird, wenn ich so eine Dolmetscherin habe.

Gegen Mitternacht sind wir fertig. Sie schicken mich hinaus, Richtung Schlafsäle, und ich mache mich auf die Suche nach dem Aserbaidschaner, damit er mir weiterhilft. Laut dem Polizisten ist er dafür zuständig.

3

Gleich zu Beginn meiner Arbeit an diesem Buch bin ich auf große Schwierigkeiten gestoßen. Diese Schwierigkeiten beziehen sich auf eine der Figuren, die im wirklichen Leben nicht mehr lebt. Über eine Person zu schreiben, die nicht mehr lebt, ist an sich schon schwer genug, und es birgt einige Gefahren.

Die erste Gefahr ist, dass ich als Autor über so eine Person schreiben kann, was ich will. Am Leben zu sein und etwas erzählen zu können verleiht mir Macht. Ich kann schreiben, was ich will, und niemand kann mich hindern, wenn ich lüge. Selbst wenn ich angebe, wahrheitsgetreu zu schreiben. Ich kämpfe schreibend gegen diese Macht und diese Gefahr an, mit der Vorahnung, dass ich kaum eine Chance haben werde.

Zweitens: Die erzählten Geschichten können unabhängig von der Person weiterexistieren – die Person selbst aber gerät in Vergessenheit, es bleibt nicht mehr als eine lückenhafte Erzählung von ihr zurück. Das Nacherzählen kann sich verselbstständigen und flieht vor der Realität des Lebenslaufes dieser Person, über die ich schreiben will. Vor allem, weil ich nicht ihr ganzes Leben kenne.

Die dritte Gefahr ist, dass ich die Tote verliere und nicht weiß, wie ich sie wiederfinden soll, wenn sie zwischen poetischen, das heißt schönen, literarischen Formulierungen verschwinden sollte.

Aber das größte Problem ist ihre Sprache. Ich bin nicht

in der Lage, sie wiederzugeben, weil sie sich als Intellektuelle eine Sprache angeeignet hat, deren Niveau ich auf Deutsch nicht erreichen kann. Ihre Muttersprache war Deutsch, und als ich sie kennenlernte, musste ich mich in gebrochenem Englisch mit ihr verständigen. Ihr Farsi war gut genug, um mich teilweise zu verstehen, nicht jedoch, um es zu sprechen. Ich habe sie fast nie Deutsch sprechen hören – wie kann ich jetzt eine Sprache für sie finden? Die Erfindung einer Sprache für sie kommt mir wie Verrat vor. Ich kann nur versuchen, mich ihrer Sprache anzunähern, indem ich ihre Essays und Artikel lese. Aber noch immer sind sie schwer für mich zu verstehen, weil sie sich mit komplexen Themen befassen.

Trotzdem habe ich mich entschieden, über sie zu schreiben. Ich will ihr zumindest auf literarischer Ebene die Möglichkeit geben, sich zu rächen. Warum rächen? Das wird noch deutlich werden. Ich schreibe Worten eine magische Kraft zu. Ich glaube, Literatur kann wie ein kleines Armageddon Tote ins Leben zurückführen. Literatur kann die Posaune spielen, deren Klang als Zeichen des Armageddon gilt. So wachen die Toten auf und haben wieder die Freiheit lebendiger Menschen, das zu tun, was sie vorhatten, wodurch sie den Lauf der Geschichte verändern können.

Dieses Buch habe ich geschrieben, um den Toten eine zweite Chance zu geben. Ich muss mich nicht aus Angst vor ihnen abschirmen. Ich lebe mit ihnen. Sie kehren jede Nacht zurück, um ihre Rechte zu fordern. Deshalb will ich ihnen zumindest einen Teil davon in der Literatur zurückgeben.

4

Sarah saß jeden Abend vor ihrem Laptop und suchte nach neuen Videos über die Proteste im Iran. Da das Internet vom Regime stark verlangsamt wurde, konnten viele ihre Videos nur schwer hochladen. Trotzdem gab es immer neue auf YouTube. »Neu« hieß nicht zwangsläufig aktuell; sie waren neu, weil sie erst kürzlich hochgeladen wurden.

Mit der Zeit lernte sie, wie die Videos einzustufen waren. Viele Aufnahmen zeigten ein und dieselbe Szene aus unterschiedlichen Perspektiven. Sie waren am leichtesten einzuordnen. Andere dagegen zeigten etwas, wovon es nur ein Video gab, oftmals ein Gefecht oder einen Steinhagel zwischen Polizei und Protestierenden. Die waren schwerer einzuordnen.

Nach und nach merkte sie, dass die Videos, die besonders viel Gewalt zeigten, die aktuellsten waren: erschossene Protestierende und Menschen, die von Polizisten oder Revolutionsgarden geprügelt wurden, manchmal zu Tode. Nackte Gewalt, sodass sie oft nicht schlafen konnte oder Albträume hatte. Am schlimmsten fand sie die Bilder einer jungen Frau, die vor laufender Kamera stirbt. Eine Kugel hatte sie getroffen, und man versuchte, sie zu retten. Sie schaute in die Kamera, und plötzlich blutete sie aus Nase und Mund. Sie hieß Neda Agha-Soltan, ihr Bild wurde später tausendfach verbreitet, als Symbol der Gewalt gegen Protestierende im Iran. Auch in Gefängnissen, die errichtet wurden, um die Tausenden Verhafteten unterzubringen, geschah Gewalt. Es gab Massenvergewaltigungen und Folterungen, auch sie führten oft zum Tod.

Irgendwann war Sarah so versiert geworden, dass sie die hochgeladenen Videos rasch entschlüsseln und dann mit einer Übersetzung oder geographischen Hinweisen twittern konnte. Damit erwies sie den Menschen im Iran einen Dienst. Sie war auf Twitter derart bekannt, dass sie Morddrohungen vom Regime bekam. Obwohl alle, die ihr folgten, glaubten, sie sei eine Iranerin, war sie überzeugt, das Regime wisse ganz genau, wer sie tatsächlich sei. Der Moment, in dem ein Tweet von ihr zum ersten Mal von der New York Times zitiert wurde, war ein besonderer für sie.

Ihr Handy klingelt, unterdrückte Rufnummer. Sie geht ran, niemand spricht. Sie hört nur ein lautes Atmen.

»Hallo? Ich weiß, wer du bist. Ich habe keine Angst vor euch.«

Sie lügt, weil sie Angst hat, und ihre Stimme zittert.

Am Nachmittag verfolgten sie zwei bärtige Männer von der Arbeit bis nach Hause. Wie gewöhnlich ging sie durch die Hofburg zur Station der Straßenbahn D. Die Männer nahmen dieselbe Bahn. Als sie am Franz-Josefs-Bahnhof ausstieg, taten sie es auch. Sie folgten ihr bis zum H+ Hotel. Dort bog sie in eine Gasse ein und versteckte sich hinter einem Auto. Die Männer waren verschwunden.

Sie legt ihr Handy zur Seite und schaut aus dem Fenster. Niemand ist auf der Straße. Sie sieht eine Gestalt im Fenster des Hotels gegenüber. Die Gestalt scheint sich schnell verbergen zu wollen, doch der Vorhang bewegt sich. Sie wollte nie Vorhänge haben, weil sie das kleinbürgerlich fand. Jetzt bereut sie es. Sie setzt sich ins Schlafzimmer, damit sie einer möglichen Beobachtung entgeht. Sie schaut neue Aufnahmen an und versteht fast alles, außer einem

Wort. Sie wundert sich, wie gut sie sich Farsi beibringen konnte.

Ihr Interesse am Iran wurde nicht erst mit den Protesten im Jahr 2009 geweckt, sondern schon lange davor. Sie beschäftigte sich privat und beruflich mit Antisemitismus, und so stieß sie auf den Iran, die größte Bedrohung für Israel. Am Anfang konzentrierte sie sich auf das Regime und dessen Entstehung. Später sah sie Bilder von iranischen Raketen, die für die Vernichtung Israels vorgesehen waren. Das verrate, so hieß es, die Schrift auf den Raketen. So lernte sie Farsi – um die Schrift entziffern zu können. Jeden Abend beschäftigte sie sich mit dieser Sprache. Nach ungefähr einem Jahr war sie in der Lage, vieles zu verstehen.

Für Menschen, die sich mit dem Iran auseinandergesetzt haben, waren die Proteste von großer Bedeutung, weil sie das homogene Bild, das das iranische Regime von der eigenen Bevölkerung zeichnen wollte, unterliefen. Die Videos zeigten Millionen Menschen, die auf den Straßen Irans Porträts von Chamenei anzündeten und ihm den Tod wünschten. Spätestens 2009 wusste der Westen, dass ein Großteil der Bevölkerung das Regime nicht mehr unterstützte, falls er es je getan hatte. Die Menschen forderten Obama auf, sich für eine Seite zu entscheiden. Sie riefen Amerika – als hegemoniale Macht, die von ihrem Regime verteufelt wird – dazu auf, ihnen beim Aufbau einer Demokratie zu helfen. Obama war ihr Held, zumindest in dieser Zeit, und Chamenei der Teufel. Sie nannten ihn *Zahhak*.

Dieses Wort versteht Sarah nicht. Sie googelt es und findet bei Wikipedia einige Informationen: Zahhak, in der iranischen Mythologie ein König, stehe für Tyrannei und Fremdherrschaft, weil er als Araber betrachtet werde. Sein Name sei die arabisierte Form von Azidahag, Farsi für

Drache. Seine Geschichte werde im Buch »Schahnameh«, dem iranischen Nationalepos von Firdausi, ausführlich erzählt. Durch den Kuss des Teufels wüchsen zwei Schlangen auf seinen Schultern, die nur Gehirne junger Menschen fräßen.

Jetzt versteht sie, warum man Chamenei mit Zahhak vergleicht. Sie ist in Texten schon öfter auf das Buch »Schahnameh« – auch das »Buch der Könige« genannt – gestoßen. Im Wikipedia-Artikel liest sie:

> Zahhak, der Sohn von Mirdas dem Araber, wird als machthungrig geschildert, was sich Ahriman, der Vertreter des Bösen, zunutze macht. In seinen Jugendjahren wird Zahhak von Ahriman, der sich als sein Freund und Begleiter ausgibt, davon überzeugt, dass er seinen Vater töten solle, um selbst König zu werden. Nachdem Zahhak seinen Vater getötet hat und selbst König wurde, stellte sich Ahriman Zahhak als Koch vor, der ihn mit den köstlichsten Speisen versorgen könne. Zahhak stellte Ahriman als Koch ein und wurde von Ahriman mit herrlichem Essen verwöhnt. Zum Dank gewährte Zahhak Ahriman einen Wunsch. Der begehrte nur, ihn auf die Schultern küssen zu dürfen. Als Zahhak ihm diesen Wunsch gewährte und Ahriman ihn auf die Schultern küsste, wuchsen ihm zwei Schlangen aus den Schultern. Alle Versuche, die Schlangen zu töten, scheiterten, da sie immer wieder nachwuchsen. Ahriman begegnete Zahhak von nun an als Arzt. Er erklärte Zahhak, dass es nur einen Ausweg gebe, sich vor den Schlangen zu schützen, nämlich indem sie täglich mit menschlichen Gehirnen zweier Jünglinge gefüttert würden, anderenfalls würden sie sein Gehirn fressen.

Sarah macht sich sofort an die Arbeit und verfasst einen Text über Zahhak, als Erklärung für das Video, in dem Chamenei so bezeichnet wird. Sie postet es, und ihr Tweet wird oft geteilt.

Ihr Handy klingelt erneut. Auch dieses Mal ist die Rufnummer unterdrückt.

»Hallo? Ihr könnt mir keine Angst machen.«

»Polizei hier. Wir haben Ihre Tasche gefunden.«

5

A. ist vier Jahre alt und geht mit seinen Eltern zu seinem Großvater mütterlicherseits. Sie sind erst kürzlich aus Sirdschan, einer Stadt im Süden des Iran, zurück in den Großraum von Teheran gezogen. Der Krieg gegen den Irak ist seit zwei Jahren zu Ende, und sie müssen sich nicht mehr vor den Raketen in Sicherheit bringen. Die Mutter ist froh, dass ihr Mann, der bei der Marine ist, noch lebt.

Sie wohnen nun im Süden von Teheran, in der ehemals historischen Stadt Rey. Dort befindet sich das Heilige Grab von Abdulazim, ein traditionell-religiöser Ort. Seit Jahren ziehen arme Iranerinnen und Iraner und Menschen aus Afghanistan in diese Gegend. Nur in ein paar Gassen, wo auch sein Großvater wohnt, leben Reiche. Die Schwester seiner Mutter wohnt auch da.

Auf einem großen Platz in Rey sieht A. einen rot gekleideten Mann, der einen Dolch in der Hand hält. Auf dem Boden sitzt ein anderer Mann, der sich über eine große Schüssel beugt. Der rot gekleidete Mann zieht ihn an den Haaren und hält ihm den Dolch an die Kehle. Er ruft, er werde ihn köpfen. Damit sein unreines Blut den Boden nicht beschmutzt, hat er die Schüssel unter seinem Hals platziert. A. bekommt Angst und schaut seinen Vater an. Der unterhält sich mit der Mutter. Passanten gehen seelenruhig an den zwei Männern vorbei, schauen sie nicht einmal an. A. schreit, weil er glaubt, als Einziger zu sehen, dass auf offener Straße ein Mann umgebracht wird. Der rot gekleidete Mann brüllt ein letztes Mal und zieht den Kopf des Opfers zurück. Das Opfer sagt den Namen Allahs. A. dreht sich zum Vater um, er umarmt sein Bein, das für ihn wie eine Säule ist, und drückt sein Gesicht dagegen, damit er nicht zusehen muss. Während er heult, hört er das Lachen seiner Eltern.

A. ist immer noch vier Jahre alt. Er ist wieder mit dem Vater in der Nähe des Hauses von seinem Großvater unterwegs. Damals gab es um Rey herum noch viele Felder, auf denen Gemüse und Kräuter angebaut wurden und wo A. manchmal mit seinem Freund spielte. Er erlebte mit, wie die Autobahn kam, wie die Felder verschwanden, wie Siedlungen gebaut wurden, wie sein Lieblingsmaulbeerbaum weichen musste, wie das ländliche Idyll der religiösen Propaganda des Regimes zum Opfer fiel, wie das alte Grab von Abdulazim fast hundertfach vergrößert wurde. Die historische Stadt Raga, oder Rey, mit ihren Tausenden Jahren Geschichte wurde schon von den Mongolen vollständig zerstört, und nun baute das Regime dort eine religiöse Stätte. Die Distanz zwischen Teheran und Rey schwand, und nach und nach gehörte Rey zu Teheran. Es gab einen schmalen Fluss neben dem sogenannten Heiligen Grab dreier Mädchen, das als Se Dokhtaron bekannt ist. Dieses Grab, das wie ein kleines Haus aussieht, liegt hinter dem gigantischen Grab von Abdulazim, zehn Gehminuten entfernt, damals noch über die Felder zu erreichen.

Er läuft umher, während sein Vater sich mit seinem älteren Bruder unterhält. A. sieht aus der Entfernung eine Menschenmenge, die viel Lärm macht. Er läuft hin. Dort sieht er, wie Männer eine Frau, die bis zum Kopf im Boden steckt, umkreisen und Steine auf sie werfen. Er versucht, sich einen Weg zwischen den Säulenbeinen der Männer hindurchzubahnen, weil er weiter nach vorne kommen will. Er hört die Schreie der Frau, die nach jedem Steinwurf stärker blutet. Manche Steine treffen sie ins Gesicht, Blut spritzt aus ihrem Kopf.

Auf einmal wird es schwarz vor seinen Augen, und A. schwebt in der Luft. Er riecht das Falafel, das sie davor gegessen haben, an der Hand seines Vaters, die seine Augen bedeckt. Als er wieder schauen darf, sieht er die Felder. Von hinten hört er die Schreie der Männer und der Frau.

A. ist elf Jahre alt und wieder einmal mit seinem Vater unterwegs. Nun wohnen sie im Südosten von Teheran, nicht weit entfernt von der Straße des Sieges. Die nahe Autobahn verbindet den Osten und Süden mit dem Norden der Stadt, von da führt sie zum Kaspischen Meer.

Sie gehen vom Bazar nach Hause und laufen über einen großen, nach Chomeini benannten Platz, den die Menschen noch immer Meidan-e Tupchaneh nennen, Platz der Artillerie. Dieser Platz war die Grenze zwischen der ehemaligen Teheraner Altstadt und dem neuen Stadtteil, der Großbazar liegt unweit davon. Die Kadscharen-Dynastie hatte ihre Paläste in fußläufiger Entfernung in der Altstadt. Auf dem Platz hielt der Schah Naser ad-Din Paraden mit seiner Armee ab, um seine Macht zur Schau zu stellen. Heute ist er ein Knotenpunkt für die Politik und Wirtschaft des Landes, ein historischer Platz, an dem der Tod den Menschen so nah ist wie nirgends sonst. Ein Platz für die Henker. Ein Symbol für die historische Lüge, die die Iraner sich selbst und anderen andauernd erzählen: dass die Iraner Minderheiten nie schlecht behandelt haben. Dass sie sich nie an Pogromen gegen Andersgläubige beteiligten, seien es Juden, die 1839 aus Maschhad vertrieben worden waren, oder die Babisten, die auf diesem Platz massakriert wurden. Ein Schweizer Offizier, der im Dienst der Österreicher stand und in den Iran gesendet wurde, berichtete voller Entsetzen:

> Als im Jahre 1852 einige der erbittertsten Babi, worunter einer ihrer Chefs, ein Attentat am Schah begingen, ging man folgendermaßen mit ihnen um: Man hielt ordentliche Prozessionen mit diesen Unglücklichen ab, indem man sie in allen Bazaren der Stadt herumführte, ihnen Wunden in die Körper stach, in deren klaffende Öffnungen man brennende Kerzen hineinsteckte, wo dann die Flamme das Innere durchglühte. Bei jedem wankenden Schritte wurden sie durch Hunderte von Hieben und Streichen zum rascheren Gange angespornt, oder durch spitzige Instrumente gestochen. Man schlug oder brach ihnen die Zähne aus, oder ihnen wurden die mit schrecklicher Gewalt ausgerissenen Kiefer gleich einer Krone mit den Zähnen in den Kopf eingeschlagen. Man zog ihnen Riemen vom Rücken, von den Schenkeln und Fußsohlen herunter, oder brach ihnen Füße und Hände entzwei. Um ihnen endlich den Garaus zu machen, überlieferte man jeden einzelnen an eine andere Zunft oder Branche, die sie auf eine für sie passende Weise eines tausendfachen Todes sterben ließen.

Jetzt geht der elfjährige A., nachdem er seinen Vater auf dem Bazar gedrängt hat, ihm einen Saft und Spielzeug zu kaufen, zufrieden neben ihm über diesen Platz Richtung Taxistand. Auf dem Weg denkt er an seine Strategie, die ihn immer an sein Ziel führt: Er weint und quengelt so lange, bis er bekommt, was er will. Zusätzlich hat er gelernt, dass sein Vater schneller nachgibt als die Mutter, weil er stets dessen Geheimnisse für sich behält.

Kurz vor dem Taxistand hört er laute Schreie. Er schaut zu seinem Vater, der zu den Autobussen schaut. A. folgt seinem Blick, vor ihm öffnet sich ein Spektakel. Ein Mann liegt auf einem Bett, zwei Soldaten halten ein schwarzes Tuch über ihn, und ein dritter peitscht ihn aus. Bei jedem Peitschenhieb hört man einen menschlichen Laut, der immer leiser und kürzer wird.

»Fünfundzwanzig«, Peitschenhieb, Schrei, »sechsundzwanzig«, Peitschenhieb, Schrei, »siebenundzwanzig«. Die gepeitschte Person muss laut mitzählen, denn wenn sie das nicht tut, zählen die Hiebe nicht, und sie bekommt entsprechend mehr davon. »Zweiunddreißig.«

A. denkt an die Bestrafung seines Bruders, die er immer genossen hat. Da sein Bruder ihn regelmäßig schlug, nahm er Rache, indem er seinem Vater beim Auspeitschen half. Er hielt das Holz, an dem die Füße seines Bruders festgebunden waren. Sein Vater schlug dann mit seinem Ledergurt auf die Sohlen.

A. ist zwölf Jahre alt. Er sitzt mit seinen Freunden im Park, in der Nähe der Wohnung, in der er mit seinen Eltern lebt. Laute junge Männer überall, die Shisha rauchen. Einer von ihnen, vielleicht achtzehn, kommt mit seinem Freund zu ihnen und zeigt sein Messer. Sie müssen ihm ihr Geld geben. Danach bekommen A. und seine Freunde jeweils eine Ohrfeige.

Während der junge Mann die Ohrfeigen verteilt, hören sie auf einmal Gebrüll. Alle laufen in die Richtung, aus der es kommt. Eine Gruppe junger Männer aus einem anderen Bezirk hat sich aufgemacht, um hier die Leute einzuschüchtern. Kurz darauf sieht man nur noch Schwerter, die beinahe selbstständig auf Körper einschlagen. A. schaut zu, wie Blut fließt. A. schaut zu, wie ein Ohr auf den Boden fällt. A. schaut zu, wie ein Arm auf den Boden fällt. A. schaut zu, wie ein Körper auf den Boden fällt. Ein zweiter und ein dritter. Überall: rot. Männer rennen weg, Leichen bleiben liegen. Die Polizei kündigt ihre Präsenz mit drei Kugeln an, die in die Luft geschossen werden. Die Polizisten bleiben zunächst etwas entfernt stehen und betreten erst ein paar Minuten später den Park.

A. ist noch immer zwölf. In der Gasse, in der er wohnt, spielt er mit seinen Freunden Fußball. Einige Häuser wurden bereits abgerissen und durch neue ersetzt. Immer wieder fahren Autos durch die asphaltierte Gasse und unterbrechen das Spiel. Immer wieder tauchen Tschador tragende Frauen auf, die, frische Kräuter und Brot tragend, vorbeigehen. Ein paar Kinder sitzen auf dem Gehsteig im Schatten der Bäume, die alle paar Meter aufragen.

Da wird der Ball von einem Jungen in ein Haus geschossen, das sich im Bau befindet. Alle fordern ihn auf, den Ball zu holen. Aber da er kleiner ist als die anderen, übernimmt ein älterer, größerer Junge die Aufgabe. Er verschwindet hinter der Halbmauer und bleibt für eine Weile dort. Als er nach einigen Minuten noch immer nicht zurückgekommen ist, werden seine Freunde unruhig und rufen seinen Namen. Nach zehn Minuten taucht er endlich auf. Sein Gesicht ist rot und nass von Tränen. Er läuft sofort nach Hause. Nach einer kurzen Zeit kommen seine Brüder, Schlägertypen. Sie gehen in das Gebäude und beginnen, die Halbmauer vorne niederzureißen. Da weiß A., dass die Bauarbeiter seinen Freund festgehalten und missbraucht haben.

A. ist vierzehn Jahre alt. Er muss jeden Tag gegen fünf Uhr früh aufstehen, um zur Theaterschule im Norden Teherans mit dem Bus zu fahren, das ist billiger als mit dem Sammeltaxi.

Ein Jahr davor kam in ihm der Wunsch auf, Schauspieler zu werden. Als er mit dreizehn sein Maturfach wählen durfte, fiel ihm die Theaterschule ein, weil er sie immer auf dem Weg zu seinen Großeltern väterlicherseits gesehen hatte. Die beiden wohnten im Norden der Stadt, denn früher war es dort dörflich gewesen, und die bessere Luftqualität hatte seiner an Tuberkulose erkrankten Großmutter gutgetan. Erst mit der Zeit wurde diese Gegend zu einem noblen und teuren Bezirk.

Am Anfang waren seine Eltern dagegen, dass er eine künstlerische Laufbahn einschlägt. Sie wollten, dass er Arzt wird, damit er sich und vielleicht auch sie aus der Armut befreien könnte. Aber er wollte berühmt werden, durch das Schauspielen, obwohl er nur einmal in seinem Leben im Theater gewesen war, als kleines Kind. Er hatte eigentlich Serien- und Filmschauspielerei im Kopf, als er an diese Schule dachte, und fuhr einmal mit seinen Schlägerfreunden hin, um Informationen über die Aufnahmeprüfung einzuholen. Seine Eltern gaben nach, weil er, wie immer, sein Ziel beharrlich verfolgte.

Zur Aufnahmeprüfung wurde er dann sogar von seinem Vater hingefahren, in einem alten ausgeborgten Auto. Der Vater ließ ihn einige Straßen vor der Schule aussteigen, damit er sich nicht wegen des Autos schämen musste. Aber in Wahrheit schämte sich der Vater mehr als er. A.s Gedanken kreisten in diesem Moment nur um die Aufnahme, weil er diese Schule als Ticket in die andere Schicht verstand, die Welt des Ruhmes. Er, der aussah wie ein Schläger aus der Kampfstraße, der auch so redete wie einer, den aber seine Brille lächerlich ungefährlich machte, er schaffte die Prüfung, und seitdem muss er jeden Tag drei verschiedene Busse bis zur Endstation nehmen und mindestens zwei, wenn nicht drei Stunden unterwegs sein. Im Winter geht die Sonne oft erst auf, wenn er an der Schule bereits angekommen ist.

Er wartet an einem Verkehrsknotenpunkt auf den dritten Bus. Der Platz heißt Hafte-tir (der siebte Tag des Monats Tir). Das entspricht dem 28. Juni, dem Tag, an dem er geboren wurde. Aber seine Eltern ließen ein anderes Datum in seine Geburtsurkunde eintragen, eine Woche später, weil sie Angst hatten, es könnte ihm schaden, an diesem Tag auf die Welt gekommen zu sein. Denn am 28. Juni 1981 explodierte während eines Treffens der Parteiführer im Hauptquartier der Islamisch-Republikanischen Partei in Teheran eine Bombe. 73 führende Beamte der Islamischen Republik wurden getötet, darunter der Oberste Richter Ajatollah Mohammad Beheschti, der damals nach Ajatollah Chomeini die zweitmächtigste Figur war. Das Regime machte zunächst die Geheimdienste des Schahs und das irakische Regime dafür verantwortlich. Zwei Tage später wurden die Volksmudschahedin des Iran öffentlich von Chomeini als Täter benannt.

Er bemerkt eine Menschenmenge auf dem Platz. Der Bus ist noch immer nicht da. Alle, die in der Schlange stehen, gehen neugierig hin. A. folgt ihnen. Er sieht einen Baukran der Marke ATLAS, einer deutschen Firma. Ein junger Mann wird von zwei Polizisten auf den Kran geführt. Man verbindet ihm die Augen. Damals gab es keine Smartphones, deshalb wurden keine Fotos gemacht. Obwohl sein Vater nicht da ist, spürt A. dessen Hände, die ihn zurückziehen. Er dreht sich um und geht zu dem Bus, der mittlerweile gekommen ist. Wenige Augenblicke später, beim Vorbeifahren, sieht er den jungen Mann am Kran baumeln. Einer ruft: »Da ist seine Seele, seht ihr? Die Seele fliegt in den Himmel.« Alle im Bus schauen in den Himmel, aber er schaut die baumelnde Leiche an.

A. ist noch immer vierzehn und wohnt inzwischen einige Gassen weiter. Er ist am Abend mit seinen Freunden unterwegs. An bestimmten religiösen Feiertagen darf er die ganze Nacht ausbleiben, allerdings nur in einer Moschee. Stattdessen streift er mit seinen Freunden durch die Gegend. Manchmal randalieren sie, und manchmal beschädigen sie staatliche Gebäude, etwa Zentren der Milizen, von denen sie häufig schikaniert wurden.

Heute Nacht hinkt er, sein Knöchel tut weh, er hat sich beim Fußballspielen verletzt. Er bittet seine Freunde, nichts Illegales zu machen, weil er nicht weglaufen kann. Als seine Freunde im Park, wo sie um ein Lagerfeuer sitzen, entscheiden, in einen angrenzenden staatlichen Garten einzubrechen, um Hasen zu klauen, bleibt er beim Feuer sitzen. Seine Freunde klettern über die Mauer und verschwinden im Nu.

Er dreht die Kartoffeln, die unter dem Feuer versteckt sind, damit sie nicht zu Kohle werden, stochert mit einem Stock in der Glut und wirft Holz hinein. Aus der Dunkelheit tauchen drei Gestalten auf. Sie sind bestimmt schon achtzehn und groß gewachsen – im Gegensatz zu ihm. Als sie näher kommen, sieht er ihre Gesichter im Licht des Feuers. Er erkennt einen von ihnen. Der ist berüchtigt. A. grüßt und hält seinen Holzstock ins Feuer. Er spürt, dass die drei etwas mit ihm vorhaben, und sagt, dass seine Freunde bald zurück seien. Er sieht die Blicke, die sie wechseln, und steht auf. Er droht ihnen mit der Flamme des Holzstockes, aber er kann sie nicht lange fernhalten.

Nach einer kurzen Verfolgungsjagd packen sie ihn und versuchen, seine Hose runterzuziehen. Er ringt mit ihnen, aber sein Kampf ist von Anfang an zum Scheitern verurteilt. Er ist ihnen körperlich unterlegen. Einer liegt schon fast auf ihm. In diesem Moment sieht er einige Gestalten auf der Mauer: Seine Freunde sind rechtzeitig zurückgekommen.

A. ist achtzehn und nimmt an einer Demo gegen das Regime teil. Ohne ihm zu sagen, was er genau getan hat, denn er hat ja nichts getan, wird er zusammen mit anderen verhaftet.

In der Polizeistation fragen die Polizisten nach seiner Adresse. Als er »Kampfstraße« schreibt, werden sie unruhig. Er muss sich als Einziger bis auf die Unterhose ausziehen. Akribisch untersuchen sie seinen Körper nach Tattoos und Stichwunden. Als sie nichts finden, fragen sie ihn, warum er keine Wunden hat. A. versteht noch immer nicht. Er versucht zu erklären, dass er ein Student, ein Künstler sei. Während er redet, zeigen sie ihm Fotos von gesuchten Kriminellen. Erst jetzt begreift er, dass das Ganze mit seiner Adresse zu tun hat. Er kennt fast alle oder weiß zumindest, wer sie sind. Ein Freund, mit dem er aufwuchs, ist auch auf einem der Fotos. Zum ersten Mal merkt A., wie verallgemeinernd und vorurteilsbeladen andere auf seine Gegend schauen. Sogar Polizisten haben Angst vor ihr. Ihm wird bewusst, dass das Viertel, in dem er lebt, als Ghetto betrachtet wird und jeder Bewohner grundsätzlich als Krimineller oder Schläger.

Als er nach zwei Wochen entlassen wird, weil die Polizei ihn nicht länger grundlos inhaftieren kann, zieht er sich zurück. Er ist innerlich gebrochen. Seine Überzeugung, Herr über sich zu sein, ist ihm verloren gegangen.

Die Drohungen, Schläge und Folterungen haben Spuren hinterlassen – Ergebnis der immer gleichen Strategie, junge rebellische Menschen einzuschüchtern.

Die Polizisten, die ihn gefoltert haben, sieht er regelmäßig wieder. Die Polizeistation liegt gegenüber seiner Universität, er muss täglich daran vorbeigehen. Jedes Mal, wenn er sie sieht, zittern seine Knie wie in der fünften Klasse, wenn er vor dem Klassenlehrer stehen musste. Dieser Lehrer schlug immer unerwartet zu, obwohl A. ein guter Schüler war.

Zwei Wochen nachdem er die Polizeistation verlassen durfte (das müsste 2005 gewesen sein), schrieb A. in sein Notizheft:

> Iran ist wie »Der Würgeengel« von Buñuel. Eigentlich ist das iranische Regime wie dieser Film. Wir, oder die Generation vor uns, hat dieses Regime angeblich gewählt, und jetzt können wir es nicht mehr loswerden. Wir sind in einem Raum gefangen, obwohl uns physisch nichts daran hindert, ihn zu verlassen.

ERSTE ETAGE

1

»*Afghan? Afghan?*«, höre ich es hinter mir rufen und drehe mich um.

Vier bärtige Männer kommen auf mich zu. Ihre drohenden Gesten geben mir zu verstehen, dass ich besser kein Afghane sein sollte. Ich schüttele den Kopf und versuche, auf Englisch mit ihnen zu sprechen.

Sie verstehen aber kein Englisch und wollen wissen, woher ich komme. Zwei von ihnen halten meine Hände fest und wollen meinen Ausweis sehen: die grüne Karte mit meinem Foto darauf, die mir die Polizisten hier in Traiskirchen gerade ausgehändigt haben.

Ich deute auf meine Tasche, und sie lassen meine rechte Hand los, damit ich die Karte herausholen kann.

»Iran«, liest einer laut. Dann lassen sie auch meine linke Hand los und entfernen sich, nachdem sie mir die Karte zurückgegeben haben.

Ich weiß nicht, ob ich froh sein soll, aus dem Iran zu stammen, oder nicht. Offensichtlich haben diese Männer ein Problem mit Afghanen. Ich sehe ihnen nach, während sie in der Dunkelheit des Hofes verschwinden.

In einem Teil des Gebäudes befinden sich die Büros. Ich begebe mich dort wieder auf die Suche nach dem Mann aus Aserbaidschan, um für die erste Nacht in Traiskirchen einen Schlafplatz zu bekommen.

»*Irani? Irani?*«, höre ich wieder jemanden rufen, dieses Mal aber auf Dari.

Ich nicke.

»Warum kommt ihr nach Europa? Euer Land ist doch in Ordnung, es gibt keinen Krieg bei euch. Ihr macht uns Afghanen fertig, und trotzdem kriegt ihr hier Asyl.«

Ich weiß nicht, was ich antworten soll. Natürlich hat er recht. Als ich einmal in Teheran auf der Straße drei Afghanen verteidigt habe, wurde ich gleich selbst verprügelt. Es war kurz vor dem iranischen Neujahrsfest Nouruz. Die Afghanen feiern das Fest auch, hatten deshalb ihre schönsten Kleider an und wollten ein bisschen auf den Straßen flanieren, wie alle zu der Zeit. Es waren Bauarbeiter, das war nicht nur wegen weißer Farbreste an ihren Fingern gut zu erkennen. Ich kannte sie vom Sehen, sie arbeiteten in der Gasse, in der ich wohnte, sie bauten das Haus eines Freundes. Damals konnte man die Menschen nach ihrem Erscheinungsbild leichter in Schubladen stecken, weil noch nicht alle durch industriell produzierte Kleidung gleich aussahen. Man konnte sehen, wer Arbeiter, Möchtegern-Künstlerin, Möchtegern-Intellektueller, Studentin, Revolutionsgarde, Basidschi-Miliz und Schlägertyp war. Ja, auch Möchtegern-Schlägertyp.

Ein paar von dieser Sorte, die erst noch Schlagen üben wollten, trafen also kurz vor Nouruz auf die Afghanen. Es gab einen Wortwechsel, den ich nicht mitbekam, weil ich mich auf der anderen Straßenseite befand, und gleich danach schlugen die Jugendlichen zu. Ich rannte hinüber und stellte mich zwischen sie, bekam einige Faustschläge ab und wurde im Streit als Afghane beschimpft. »Afghane« ist für viele im Iran ein Schimpfwort. Mütter drohen ihren Kindern, wenn sie sich nicht benehmen, mit dem Satz: »Soll ich dich von einem Afghanen holen lassen?« Am Ende konnte ich mit der Hilfe meiner Freunde, die zufällig in der Nähe waren, mich und die Arbeiter heil aus der

Sache herausholen. Natürlich wurden wir verletzt, aber ich sage trotzdem »heil«, weil in solchen Situationen immer die Gefahr besteht, dass sich Einzelne zu einem Mob zusammenrotten und noch viel Schlimmeres passiert.

»Bist du heute erst gekommen?«, fragt mich der Afghane, der mich mit Hazara-Akzent auf Dari angesprochen hat. Er stellt sich als Kazem vor.

Ich bejahe.

Er bringt mich durch labyrinthartige Gänge zu einem Zimmer, in dem ich den Aserbaidschaner wiedertreffe. Er hat heute Nachtschicht. Ich bekomme von ihm eine Decke, ein Leintuch und einen Polster in die Hand gedrückt. Morgen soll es eine ärztliche Untersuchung geben. Wo genau, sagt er nicht. Ich soll die anderen fragen, genauso wie für den Schlafplatz jetzt. Kazem könne mir sagen, wo ich ein Bett finde. Weitere Informationen bekomme ich nicht, der Aserbaidschaner wendet sich wieder einem anderen zu.

Ich gehe mit Kazem den Gang zurück. Er ist seit gestern in Traiskirchen. Unterwegs zu unseren Schlafplätzen erzählt er mir, dass er in Teheran auf einer Baustelle gearbeitet hat. Er erwähnt kurz, dass es hier immer wieder zu Schlägereien zwischen Afghanen und Tschetschenen komme. Ich sollte mich lieber fernhalten, denke ich.

Wir gehen wieder in den Hof und von dort ins nächste Gebäude, betreten einen Saal mit ungefähr zwanzig Stockbetten. Fast alle sind belegt. Ich nehme das untere Bett neben dem von Kazem. Obwohl es spät ist, brennt noch Licht. Ich sehe bärtige Männer am hinteren Ende des Saales, es sind andere als vorhin.

Ich beziehe das Bett mit dem Tuch und werfe mich darauf. Sofort hört man die Metallfedern knirschen. Alle schauen zu mir. Ich mache eine entschuldigende Geste.

»Von wo aus Teheran bist du?«

»Aus der Gegend Kampfstraße, Straße des Sieges. Kennst du sie? Im Südosten.«

»Ja, kenne ich. Also auch ein armer Mensch«, erwidert Kazem lächelnd.

Inzwischen sind zwei der bärtigen Männer näher gekommen und mustern mich. »Muslim?«

»Sag Ja«, murmelt Kazem auf Farsi, sodass die Männer es nicht verstehen.

Ich nicke.

»Afghanistan?«

»Iran«, antworte ich.

Die Männer gehen zurück zu ihren Betten. Dann tauchen zwei Afrikaner im Saal auf. Ich setze mich auf, um sie besser sehen zu können. Sie kommen zu uns und nehmen die oberen Betten.

Ich frage sie, wo sie her seien.

Nigeria.

Ich gebe weiter, was ich von Ahmad gehört habe. Sie sollten besser nicht erzählen, welche Länder sie in der EU durchquert hätten, bevor sie nach Österreich gelangt seien.

Sie schauen mich nur kurz an, dann legen sie sich schlafen. Wissen sie das schon, oder haben sie mich nicht verstanden?

Ich sage Kazem gute Nacht. Der Nigerianer oben ist bereits eingeschlafen, er schnarcht. Ich sehe die Wölbung der Matratze über mir, dort, wo sein Hintern sein müsste. Ich mache die Augen zu und frage mich, wie ich hier gelandet bin. Ich hatte gedacht, ich würde es bis nach Kanada schaffen und Österreich würde auf dem Weg dahin nur eine Zwischenstation sein. Nun sieht es so aus, als ob hier die Endstation wäre. Seitdem ich in Wien gestrandet bin, ist alles viel zu schnell für mich gegangen. Ich hatte keine Zeit, um nachzudenken. Ich musste Asyl beantragen, sonst hätte ich jetzt auf der Straße schlafen müssen.

Der Nigerianer oben dreht sich geräuschvoll um. So, denke ich, kann ich bestimmt die ganze Nacht nicht schlafen.

Plötzlich fordert einer der bärtigen Männer den anderen Nigerianer in lautem Befehlston auf, das Licht auszuschalten. Der Nigerianer bewegt sich nicht, bis weitere Bärtige sich nähern. Sofort spürt er die Gefahr und steht auf. Die Männer lächeln zufrieden. Auf einmal ist alles dunkel. Ich höre den Nigerianer zu seinem Bett zurückgehen. Der Nigerianer über mir dreht sich wieder um. Man hört das Bett knirschen. Knirschen hier und da. Eine Knirschsymphonie im dunklen Saal.

Das Licht ging aus, die Wohnung war stockdunkel. Wir Kinder begannen zu kreischen. Ich lief dorthin, wo ich zuletzt meinen Cousin hatte sitzen sehen. Ich schlug ihm schnell auf den Kopf und rannte zurück zu meinem Platz. Meine Tante schrie auf, ich hatte irrtümlich sie geschlagen. Ich dachte mir, na gut, ich mag sie ohnehin nicht, sie ist immer gemein zu mir. Inzwischen hörte man jemanden laut furzen. Alle lachten. Meine Cousine weinte, weil jemand ihre Brüste fest gepackt hatte. Das war bestimmt mein Cousin, weil er nicht auf seinem Platz war. Ich liebte Stromausfälle – dann konnte ich mich rächen. An anderen Kindern, wenn sie gemein zu mir gewesen waren. Selbst an Erwachsenen. Ich nahm ihnen manchmal Geld aus den Taschen, wenn sie mir die versprochene Summe für meine getane Arbeit nicht gegeben hatten. Mein Cousin hingegen nutzte die Dunkelheit, um Frauen und Mädchen zu begrapschen. Sogar meine Mutter.

Je älter ich wurde, desto seltener wurden die Stromausfälle, aber das Spiel in der Dunkelheit hat im Iran eine lange Tradition. Schah Naser ad-Din, der die Massaker an den Babisten befahl, nachdem drei von ihnen ein Attentat auf ihn versucht hatten, nutzte dieses Spiel, um die Feindschaften unter seinen Frauen im Harem herauszufinden. Seine Tochter Tadsch os-Saltane, eine der ersten Feministinnen und Biografinnen im Iran, beschrieb das Spiel in ihrem Buch »Im Harem des persischen Sonnenthrons«:

> Eines der Spiele, das ich am meisten liebte und bei dem ich jeden Abend dabei sein wollte, hatte mein Vater erfunden, und man nannte es das »Lampenlöschspiel«. Es gab ungefähr hundert Gaslampen im inneren Haremsteil. Doch vor Kurzem war das elektrische Licht erfunden worden, und nun waren sämtliche königlichen Gebäude auch mit elektrischen Lampen ausgestattet. Der Ort für dieses Spiel war das »Weiße Palais«. Mein Vater hatte diesen Ort wegen seiner Größe ausgewählt. Wenn abends das Spiel stattfinden sollte, teilte man nachmittags allen Damen mit, dass an diesem Abend das »Lampenlöschspiel« stattfinden werde. Die ehrenwerten Frauen meines Vaters und die hohen Damen beteiligten sich nicht daran, denn sie betrachteten dieses Spiel als eine große Entwürdigung. Die übrigen machten jedoch mit und waren alle schon im Voraus sehr gespannt. Dieses Spiel, das so wichtig war und alle begeisterte, war im Grunde genommen ein Kinderspiel. Mein Vater verband damit allerdings folgende Absicht: Zum einen wollte er umfassend über die Zustände im Harem Bescheid wissen, und zum anderen wünschte er, in Erfahrung zu bringen, welche Damen miteinander befreundet oder

verfeindet waren. Und dies war der beste Weg, das herauszufinden. Da die Damen davon nichts ahnten und es auch nie erfuhren, war es für ihn ein leichtes Unterfangen. Für sie war das Ganze lediglich eine Zerstreuung.

Das Spiel bestand darin, dass die Lampen gelöscht wurden und in der Dunkelheit alle Frauen absolute Freiheit genossen. Es stand ihnen frei, einander zu küssen, sich zu prügeln, zu beißen, die Augen auszukratzen, die Köpfe einzuschlagen oder sich gegenseitig die Arme zu brechen. Wenn das Spiel begann, saßen zunächst noch alle Frauen im Saal und unterhielten sich miteinander. Derweil thronte mein Vater auf einem Sitz neben dem Lichtschalter. Sobald sie in ihr Gespräch vertieft waren, schaltete mein Vater die Lampen aus. Mit einem Schlag brach ein wüstes Tohuwabohu los, Hilferufe und übelstes Geschimpfe wurden laut, und ein allgemeines Geschrei hob an. Alle stürmten aufeinander los. Wer von den Frauen noch ein wenig auf sich hielt, kroch sofort in eine Ecke, versteckte sich unter einem Sofa, einem Tisch oder Stuhl und brachte sich so in Sicherheit. Die Wilderen und Temperamentvollen teilten Prügel aus und steckten selber welche ein. Sie wissen ja, dass die meisten Menschen auf der Welt schlecht sind. Bei diesem Spektakel, bei all dem Tumult und lauten Schluchzen tat die absolute Dunkelheit noch das ihre dazu. Danach bot sich dem Betrachter ein verwirrender Anblick: Es war wie in der Hölle, wo tausenderlei Gefahren auf den Menschen warten. Wenn plötzlich das Licht wieder angeschaltet wurde, sah man, in welchem Zustand sich die Damen befanden. Die Kleider der meisten waren zerrissen, Wangen und Gesichter waren blutverschmiert, nackt und bloß standen sie da, denn nach den derben Prügeln waren ihnen nur noch Stofffetzen geblieben, um sich damit zu bedecken, mit wildem Gesichtsausdruck, die Haare zerzaust, die roten Augen vor Wut weit aufgerissen. Die meisten derjenigen, die so vorsichtig gewesen waren, sich unter Tischen und Stühlen in Sicherheit zu bringen, hockten auf dem Boden, und nur ihre Arme und Beine ragten aus ihren Verstecken hervor. Das Absonderliche aber war, dass alle lachten, sobald das Licht anging, und dass sie danach, wenn das Licht erneut gelöscht wurde, sogleich wieder von Neuem mit ihrem wilden Treiben begannen. Auf diese Weise ging das Spiel dann noch zwei, drei Stunden weiter, bis schließlich die Verletzten versorgt wurden. Diejenigen, deren Kleider zerfetzt und ruiniert worden waren, erhielten Geld, um sich standesgemäß neu einzukleiden. Die Gesellschaft war zu Ende, und man zerstreute sich in alle Richtungen und war bis zum Morgen damit beschäftigt, sich wieder einigermaßen herzurichten. Mich wunderte nur, dass die Damen bei jedem Neubeginn stets wieder bereit waren, sich mit dem größten Vergnügen mit Schlägen und Tritten zu traktieren.

Auf einmal wird es wieder hell. Ich sehe Kazems Gesicht. Auch er öffnet die Augen. Der bärtige Mann, der das Licht wieder eingeschaltet hat, kommt zu mir. Für alle Fälle setze ich mich auf. Er bleibt vor meinem Bett stehen, aber er will nicht mit mir, sondern mit meinem Schlafnachbarn oben sprechen. Er weckt ihn. Die Wölbung verschwindet, der Hintern des Nigerianers setzt sich auf die Seitenstange des Bettes.

»Licht ausmachen.«

Der Nigerianer versteht ihn nicht und will sich wieder hinlegen. Ich höre ein lautes Klatschen. Der Bärtige ohrfeigt ihn. Jetzt scheint der Nigerianer irgendwie verstanden zu haben, was von ihm verlangt wird. Er springt hinunter und hinkt, sein linkes Bein hinter sich her schleifend, zu dem Lichtschalter am Ende des Saales. Wieder Dunkelheit. Ich höre seinen unregelmäßigen Gang. Zurück am Bett, zieht er sich hoch. Das Bett knirscht, und das Geräusch übertönt das Zähneknirschen eines Nachbars.

Wieder hell. Der bärtige Mann geht dieses Mal zu Kazems Bett, weckt den anderen Nigerianer oben und befiehlt ihm, das Licht auszuschalten. Bis in die Früh wird das Spiel gespielt. Jetzt verstehe ich, warum sie mich beim Ankommen nach meiner Religion gefragt haben. Wenn ich nicht bejaht hätte, ein Muslim zu sein, wäre ich ein Teil des Spiels geworden. Sie hätten auch mich aufgeweckt, um das Licht auszuschalten. Bei den Nigerianern nehmen sie automatisch an, dass sie keine Muslime sind.

Gegen acht Uhr stehe ich auf, weil sich mein Bettnachbar oben wieder gedreht hat und ich davon wach geworden bin. Ich weiß nicht, wie lange ich geschlafen habe, aber nach dem Brennen meiner Augen zu urteilen kann es nicht besonders lang gewesen sein. Ich sehe meinen Rucksack, den ich auf dem Fußboden stehen gelassen hatte, nehme ihn und lege ihn aufs Bett. Dann gehe ich in den Hof und rauche eine Zigarette.

Draußen werde ich beobachtet. Einige bitten mich um eine Zigarette, und als ich ihnen eine gegeben habe, entfernen sie sich wieder.

Ich sehe eine Schlange vor dem Nebengebäude und gehe langsam hin. Ich frage einen, den ich für einen Afghanen halte, auf Farsi, warum man hier ansteht.

»Zum Frühstück.«

Wie hungrig ich bin, merke ich erst jetzt. Ich habe seit fast einem Tag nichts gegessen. Ich dämpfe die Zigarette aus und stelle mich am Ende der Schlange an. Ein Polizist, der sie im Auge behält, schaut immer wieder zu mir. Die Schlange ist lang, es geht nur schleppend voran. Nach fünf Minuten bin ich kurz davor, das Tor zu passieren, doch da holt mich der Polizist aus der Schlange.

Ich frage auf Englisch, was los ist.

Er will wissen, ob ich bei der ärztlichen Untersuchung war.

Ich verneine, und er zeigt mir die Richtung.

Ich sage ihm, dass ich sehr hungrig bin und zuerst etwas essen möchte.

Er sagt, die Untersuchung sei wichtiger, weil ich eine ansteckende Krankheit verbreiten könnte.

»Aber ich war doch schon die ganze Zeit unter Menschen, warum wurde die Untersuchung dann nicht gleich gemacht?«

Anstatt zu antworten, bringt er mich in den Hof zurück und deutet erneut in eine Richtung.

Ich frage mich, wie Menschen hier zurechtkommen, die kein Englisch sprechen. Wieder muss ich mich anstellen, und nach einigen Stunden werde ich geimpft und geröntgt. Gegen was ich geimpft werde, weiß ich nicht. Ich kann es nicht lesen, weil alles auf Deutsch ist. Der Arzt gibt mir auch keine Antwort, weil er keine Zeit hat, zumindest behauptet er das. Ich habe aber eher den Eindruck, dass er Gefallen daran findet, diesem maschinellen Ablauf zu folgen. Wir kommen wie Schafe zu ihm, und er ist unser Schlächter.

Gegen Mittag bin ich endlich fertig und darf gehen. Ich spüre meinen leeren Magen: Er brennt, als wäre er durchlöchert, und fast rennend begebe ich mich zum Speisesaal. Dieses Mal ist die Schlange noch länger. Ich sehe denselben Polizisten dort stehen. Er mustert mich wieder, und nach einigen Minuten fragt er, ob ich bei der Untersuchung gewesen sei.

Ich zeige ihm den Impfpass, und er nickt.

Hinter und vor mir höre ich Afghanen Dari sprechen. Sie machen Witze über zwei Afrikaner in der Schlange. Mir ist übel vor Hunger und Durst. Eine Hand berührt meine Schulter. Ich drehe mich um und sehe ein bekanntes Gesicht – es ist Ahmad, der mich am Vorabend am Eingang angesprochen hat.

Er stellt sich zu mir und fragt, wo ich in der Nacht geschlafen habe. Ob ich vielleicht in das iranische Zimmer wolle? Außer ihm gebe es noch drei andere Iraner dort.

Dieses Mal berührt eine Hand *seine* Schulter. Wir drehen uns beide um und sehen in das Gesicht des Polizisten.

Er dürfe sich nicht vordrängeln, sagt er auf Englisch. Er solle sich am Ende der Schlange anstellen.

Ahmad geht unter dem Blick des Polizisten bis zum Ende der Schlange zurück. Ich merke, dass der Polizist auf mich fixiert ist, aber der Grund ist mir unklar. Nach einer Minute kommt er zu mir und holt mich wieder aus der Schlange. Ich rege mich auf und frage aufgebracht, was genau das Problem sei.

Er legt seinen Zeigefinger auf den Mund.

Ich sage, dass ich hungrig und sogar bereit sei, für das Essen zu zahlen.

Er gibt mir zu verstehen, dass ich ihm folgen soll, und geht die Schlange entlang Richtung Essenssaal. Ich muss meinen Ausweis zeigen, um passieren zu dürfen. Wir betreten den Saal, der Hunderte von Menschen fasst. Der Geruch des Essens steigt mir in die Nase. Der Polizist sagt etwas, was ich im Gewimmel nicht verstehe, dann verlässt er den Saal. Hat er mich gerade reingeschmuggelt, an der Schlange vorbei? Ich folge den Menschen, die sich Essen holen. Es gibt harte Nudeln mit einer geschmacklosen Soße, aber wegen meines enormen Hungers ist dieses Essen das beste, das ich jemals gegessen habe.

Als ich fertig bin, kommt Ahmad wieder zu mir. Er nennt mir seine Zimmernummer. Ich wollte mich eigentlich von anderen Iranern fernhalten, aber die Erfahrung in der Nacht hat meine Meinung geändert.

Am Nachmittag stehe ich vor der Tür mit der Zimmernummer 313 und klopfe. Nichts. Ich klopfe noch einmal, dann ein drittes und viertes Mal.

»Komm rein«, höre ich schließlich jemanden auf Farsi sagen.

Als ich die Tür aufmache, rieche ich Zigaretten und Tee. Zwei Männer sitzen auf ihren Betten. Ein junger und ein älterer. Ich stelle mich vor und erwähne Ahmads Namen. Der ältere Mann, der Behruz heißt, sieht aus wie ein Schlägertyp aus Teheran. Er redet auch wie einer. Der junge hat einen Akzent, der in die Gegend von Schiras passt.

Sie fragen mich, wann ich den Iran verlassen habe.

»Vor ein paar Wochen«, sage ich.

Das glauben sie mir nicht. Sie gehen von sich aus, denn sie waren monatelang auf dem Landweg unterwegs.

Ich wiederhole, dass ich tatsächlich erst vor ein paar Wochen das Land verlassen habe.

Behruz lacht zynisch und fragt mich, wie ich nach Österreich gekommen sei. Doch wahrscheinlich auch über Griechenland?

Ich verneine und sage, ich sei geflogen.

Er wird noch zynischer und fragt mich, ob ich nicht noch einen Butler bräuchte. Er grinst.

Der Jüngere fragt, ob ich einen Tee wolle.

Ich nicke und bedanke mich.

»Setz dich«, sagt Behruz. »Hast du Zigaretten?«

Ich gebe ihm die Packung.

»Ich kaufe dir eine neue, sobald ich das Taschengeld bekommen habe«, sagt er und steckt die Packung ein.

»Kann ich jetzt zum Tee vielleicht selber eine rauchen?«

Er gibt mir eine zurück und fragt: »Also, wie bist du tatsächlich nach Österreich gekommen?«

Ich wiederhole meine Antwort.

»Ja, ja, ja«, erwidert er. »Ich bin nicht so klug wie ihr, sonst hätte ich auch gewartet, bis etwas im Iran passiert, damit ich leichter Asyl bekomme.« Er zeigt auf den jungen Mann. »Ihn habe ich letztes Jahr schon in Griechenland gesehen, aber hier glauben sie, er war da gar nicht. Die denken, er wäre erst neulich aus dem Iran geflüchtet, wegen der Proteste.«

Jetzt, wo ich als Lügner abgestempelt und damit selbst hier zum Außenseiter werde, weiß ich wieder, warum ich gegenüber Iranern Vorbehalte habe. Ich trinke meinen Tee aus und möchte sofort den Raum verlassen. Kaum bin ich aufgestanden, fragt Behruz, ob ich ihm Geld borgen könne. Ich gebe ihm zwanzig Euro, um mich gut mit ihm zu stellen. Als ich meine Geldbörse wieder einstecken will, sehe ich seinen auf die Geldscheine gerichteten Blick und weiß, dass ich einen Fehler begangen habe.

Auf dem Weg zurück in den Schlafsaal begegne ich Ahmad. Er fragt mich, ob ich das Zimmer der Iraner suche.

Ich sage, dass ich gerade dort gewesen sei. Er will mich wieder mitnehmen, aber ich benutze meinen Rucksack, der herrenlos im Schlafsaal liegt, als Ausrede, und er begleitet mich dorthin.

An meinem Bett stelle ich fest, dass meine Kleidung aus dem Rucksack genommen wurde. Auf den ersten Blick fehlt nichts, weil nichts Wertvolles darin war. Ahmad schlägt vor, mit ihm zu seinem Zimmer zu gehen, aber ich lehne ab und lege mich aufs Bett.

Kazem kommt in den Saal. Er hat ein Zimmer mit Afghanen gefunden und will ab jetzt lieber dort schlafen.

Ich frage ihn, ob ich mitkommen könne.

»Mal schauen«, antwortet er.

Wir gehen zum Zimmer, das ganz in der Nähe von dem der Iraner liegt. Im Gang begegne ich Behruz, er mustert mich und meinen Rucksack.

»Du musstest sehr schnell fliehen, aber deinen schönen Rucksack hast du wohl trotzdem in aller Ruhe gepackt?«

»Ich könnte ihn ja auch unterwegs in der Türkei gekauft haben, oder? Wenn man mit gefälschtem Pass fliegt, muss man gepflegt aussehen«, antworte ich.

Ich gehe mit Kazem ins andere Zimmer. Zwei Männer sitzen auf einem Bett. Ich stelle mich vor. Einer der Afghanen ist im Iran aufgewachsen. Er heißt Baschir und ist mir sofort sympathisch, weil er lächelt und schöne lockige Haare hat.

Ich frage ihn, ob ich in diesem Zimmer bleiben könnte.

Er meint, sie hätten nur ein freies Bett, aber man könnte eine Matratze auf den Boden legen.

Kazem sagt, dass ich das Bett ruhig nehmen solle, er wolle ohnehin in einem anderen Zimmer schlafen, er habe hier nur etwas fragen wollen. Er teilt sich ein Zimmer mit einigen Hazara.

Ich bin erleichtert, ein nettes Zimmer gefunden zu haben, und Baschir räumt die Sachen von meinem Bett.

»Willst du eine Zigarette?«

Weil ich ihm nicht zur Last fallen will, frage ich, wo ich welche kaufen könne.

»Hier, nimm. Morgen bekommen wir Taschengeld. Dann haben alle wieder Zigaretten.«

»Aber ich habe Geld.«

»Dann sag es niemandem«, erwidert Baschir und will wissen, aus welcher Stadt ich bin.

»Teheran.«

»Ich bin aus Maschhad«, sagt er. »Dort ist die Hölle los, weil die Basidsch-Milizen auf der Straße patrouillieren.«

Er erzählt, dass er seit einem Jahr in Traiskirchen lebt, weil sie ihn nach Griechenland abschieben wollen. Seine Fingerabdrücke haben sie mit denen in der Datenbank verglichen und herausgefunden, dass er in Griechenland war. Aber er wusste damals nichts von Dublin. Er erzählt mir, dass Behruz das gleiche Problem hat und seit neunzehn Monaten in Traiskirchen lebt.

»Er ist ein Arschloch«, sagt Baschir. »Wollen wir Zigaretten kaufen gehen? Du kannst deinen Rucksack bei mir im Kasten einschließen.«

Beim Verlassen des Geländes lerne ich, dass man seine Karte auf ein Gerät halten muss, damit man als abwesend erfasst werden kann. Beim Reinkommen muss man die Karte wieder auf das Gerät halten, erst dann darf man das Areal betreten.

Nachdem ich am Bahnhof Zigaretten gekauft habe, verspüre ich wieder Hunger.

»Lass uns Döner essen.«

»Wir bekommen nur zehn Euro pro Woche«, sagt Baschir.

»Ich lade dich ein. Du hast mir ein Bett gegeben, ich gebe dir einen Döner.«

Wir sitzen im Gastgarten neben dem Bahnhof, und ich sehe, dass auch Behruz dort isst. Deshalb hat er Geld gebraucht, denke ich mir.

Auf dem Rückweg raucht Baschir einen Joint.

Am Abend stehe ich mit Baschir in der Essensschlange. Ein anderer Polizist ist da. Aus dem Saal hört man tumultartige Geräusche. Der Polizist wird gerufen. Nach einigen Minuten laufen noch mehr Polizisten hinein.

Baschir sagt, dass wir uns lieber aus dem Staub machen sollten, weil die Afghanen sicherlich wieder mit Tschetschenen kämpfen.

Zum Glück haben wir bereits etwas im Magen. Die ganze Nacht hören wir draußen die Massenschlägerei. Wir werden sogar aufgefordert, am Kampf teilzunehmen. Baschir steht auf und sagt, wir kämen gleich. Aber als der Afghane weg ist, setzt er sich wieder.

Er schaut ein afghanisches Musikvideo auf seinem Handy an. Ich liege im Bett und lese das einzige Buch, das ich mitnehmen konnte, Nietzsches »Also sprach Zarathustra«, auf Farsi.

> Als Zarathustra dreißig Jahre alt war, verließ er seine Heimat und den See seiner Heimat und ging in das Gebirge. Hier genoss er seines Geistes und seiner Einsamkeit und wurde dessen zehn Jahre nicht müde.

Ja, auch ich habe meine Heimat verlassen und bin in ein Gebirge gekommen, aber schon mit dreiundzwanzig, denke ich. Ich lese weiter, und auf einmal kommt Behruz ins Zimmer. Er will sich wieder Geld borgen, doch ich gebe ihm nichts. Er erwähnt meine Geldbörse, das Geld darin. Er droht mir, indem er sagt, er wisse, dass ich als ein Agent des Regimes gar nicht geflüchtet sei, dass ich sogar Bücher habe mitnehmen können. Er werde sich mein Geld holen, wenn ich schlafe. Danach geht er, und mein Herz rast vor Wut. Das Geld, der teure Rucksack und die sauberen Kleider machen mich auffällig. Ich muss mich anpassen, damit ich meine Ruhe habe.

Ich rasiere mich nicht mehr. Duschen möchte ich auch nicht, weil es keine Vorhänge gibt. Ich merke, dass Behruz hinter meinem Rücken mit dem Finger auf mich zeigt und den anderen Lügen erzählt. Ahmad geht seitdem an mir vorbei, ohne mich anzuschauen. Ich spreche ihn an, er reagiert nicht. Behruz ist erfolgreich mit seiner Methode, deshalb halte ich mich fern von den Iranern. Aber auch viele Afghanen wollen nichts mehr mit mir zu tun haben, weil sie mit Behruz befreundet sind und ihm glauben. Immer wieder berichtet mir Baschir darüber, was Behruz alles über mich erzählt – dass ich ein Spitzel des iranischen Regimes sei, dass ich gar nicht habe flüchten müssen, dass man bei mir viel Geld holen könne.

Drei Tage nach der medizinischen Untersuchung muss ich zu einem kurzen Termin. Nach einer Weile Warten bekomme ich eine weiße Karte. Die weiße Karte bedeutet, dass meine Fingerabdrücke in der europäischen Datenbank nicht gefunden wurden und ich in Österreich zum Asylverfahren zugelassen bin. Und dass ich bald in eine andere Unterkunft gebracht werde. Baschir erklärt mir das alles.

Ich kaufe mir eine Wertkarte zum Telefonieren und ein billiges Handy. Dann rufe ich den Taxifahrer an, der mir in Wien geholfen hat, und bitte ihn, nach Traiskirchen zu kommen, weil ich ihm noch immer mehr vertraue als den Leuten hier und ihm nun doch mein ganzes Geld geben will. Ich erzähle ihm von Behruz und meiner Angst, überfallen zu werden, deshalb kommt er gleich am Nachmittag.

Er hat Essen für mich dabei, das seine Frau gekocht hat. Iranisches Essen. Es ist wie ein Traum. Ich sitze mit ihm im Park in der Nähe des Bahnhofs und verschlinge das Essen. Er schaut mich lächelnd an.

Als ich fertig bin, fragt er, ob ich nicht ein bisschen Geld bei mir behalten wolle.

»Ich habe ein bisschen für mich behalten«, antworte ich.

»Aber wenn die Behörden Geld bei dir finden, glauben sie, dass du es illegal hast.«

»Ich habe eine Bestätigung von den Polizisten. Die habe ich am ersten Tag hier bekommen.«

Später, auf dem Weg zurück ins Lager, fühle ich mich besser.

»Bist du Iraner?«, spricht mich ein Mann auf der Straße an. Er fragt nach dem genauen Ort, wo er hier Asyl beantragen kann. Er heißt Alek, ist ein Armenier aus dem Iran und lebt seit einem Jahr in Wien. Weil sein Plan, ein Visum für Amerika zu erhalten, schiefgegangen ist, will er jetzt hier Asyl beantragen. Er erzählt mir von einem Programm, das es religiösen Minderheiten aus dem Iran ermöglicht, in den Besitz einer Greencard zu gelangen. Sie kommen mit einem Visum nach Österreich, werden von der amerikanischen Botschaft befragt und kriegen vielleicht die Greencard. Aber in seinem Fall hat es nicht geklappt.

Ich bringe ihn zum Tor. Der Security-Mann ruft drinnen jemanden an, und ich warte mit Alek auf den Aserbaidschaner. Wenig später wird er mitgenommen, und ich gehe in den Hof. Ich sehe Baschir Fußball spielen und frage ihn, ob ich mitspielen darf.

Auf einmal hören alle auf zu spielen. Ich glaube zuerst, dass es mit mir zu tun hat, dann merke ich, dass sie zwei jungen Frauen nachsehen, zwei jungen Afghaninnen, die im Iran aufgewachsen sind. Sie sind allein hier, deswegen sind sie Freiwild für die Männer.

Das Spiel geht weiter. Ich spiele nach vielen Jahren wieder Fußball und verspüre sogleich Freude darüber. Nach einigen Minuten bin ich außer Atem, setze mich mit Baschir neben das Fußballfeld und rauche eine Zigarette. Baschir fragt mich, ob er mit meinem Handy seine Familie anrufen könne, und ich nicke.

Er geht telefonierend weg, und ich sehe ihm nach. Da kommt Behruz mit den zwei anderen Iranern vorbei. Er zeigt auf seine Augen und dann auf mich. Ich ignoriere ihn. Zum Glück kehrt Baschir schon zurück und erzählt mir, dass seine Eltern das Geld bekommen haben.

»Welches Geld?«

»Ich arbeite hier hin und wieder, auch schwarz.«

Ich bin neugierig, hake nach. Er will mir etwas zeigen, also verlassen wir das Lager und spazieren durch die Gegend. Er zeigt mir den Ort, an dem manchmal Leute nach Arbeitskräften suchen. Auch jetzt warten dort ein paar Afghanen, in der Hoffnung auf einen Job. In diesem Moment fährt ein Cabrio vor. Ein älterer Herr sitzt am Steuer. Er hält und sagt, dass er Arbeit zu vergeben habe.

Baschir beginnt zu lachen. »Schau sie dir an, sie schlagen sich gegenseitig, damit sie mit ihm fahren können. Aber sie wissen nicht, was er mit ihnen vorhat.«

»Was meinst du damit?«

»Er kommt fast jeden Tag vorbei und nimmt einen Mann mit zu sich nach Hause. Er zahlt, damit man ihn fickt. Ich bin auch einmal mitgefahren. Aber weggelaufen, als ich begriffen habe, was er will. Er hat 100 Euro geboten.«

Ich schaue den Mann genauer an, bevor er mit einem jungen Afghanen wegfährt.

»Viele wollen mehrmals mitfahren, aber er will immer neue Leute haben«, fügt Baschir noch hinzu.

Irgendwie kann ich das nicht glauben, trotzdem sage ich nichts.

»Ich arbeite lieber für weniger Geld, als so etwas zu tun.« Baschir zögert, aber erzählt dann doch, dass er im Speisesaal aushilft und die Gänge putzt. Damit verdient er ein bisschen Geld, das er nach Hause schickt. »Erstens müssen wir noch den Schlepper ausbezahlen, zweitens ist meine Mutter krank und braucht eine Behandlung. Ohne Versicherung im Iran ist alles noch teurer.«

Bald kehren wir um, weil Baschir arbeiten muss. An der Stelle, wo die Arbeitssuchenden warten, sehen wir den jungen Afghanen wieder, der vorhin mit dem Mann weggefahren ist.

»Siehst du, er hat ihn auch nicht ficken wollen«, sagt Baschir, und wir gehen weiter.

Unterwegs begegnen wir Alek, dem Armenier aus dem Iran, und ich bleibe stehen.

»Willst du mit mir nach Wien fahren?«, fragt er mich. »Wir könnten was trinken gehen. Morgen ist Wochenende.«

»Aber ich muss mit der letzten Bahn zurück, sonst muss ich auf der Straße schlafen.«

»Du kannst auch bei mir schlafen, ich habe genügend Platz dort.«

Also begleite ich ihn zum Bahnhof. Dort sehe ich, wie die Tschetschenen auf Afghanen Jagd machen. Sie warten auf diejenigen, die mit der Bahn ankommen, um sie zu verprügeln, was auf der Straße für sie leichter ist als im Heim, weil Afghanen dort in der Überzahl sind.

Ich bin froh, Traiskirchen zu verlassen, und die Bahn fährt ein.

2

Wieder sitzt Sarah vor ihrem Laptop und hofft, neue Videos zu finden, aber es gibt keine mehr. Es scheint, als ob die Proteste im Iran nicht mehr weitergingen. Als ob die Menschen aufgegeben hätten. Sie hat inzwischen Berichte gelesen, in denen die Massenverhaftungen und die extreme Gewalt durch das Regime als Gründe für den Rückgang der Proteste genannt wurden. Sie muss sich eingestehen, dass sie enttäuscht ist. Nicht von den Menschen, die haben schon genug riskiert. Sie ist enttäuscht, weil sie auf einen Sieg über den Islamismus gehofft hatte. Sie dachte, sie könnte vielleicht doch bald in den Iran fliegen. Sie dachte, sie könnte das Land sehen, über das sie monatelang getwittert hat.

Sie schaut ihre E-Mails an. Von ihrem Doktorvater wurde sie aufgefordert, ihm Teile ihrer Dissertation zu schicken, aber sie hat seit einigen Monaten nichts mehr daran getan. Bis Ende der Woche muss sie ihm zumindest ein paar Seiten schicken. Sie klickt auf den Ordner mit dem Titel »Siegfried Kracauer« und öffnet ihn.

Schon nach kurzer Zeit kann sie sich nicht mehr konzentrieren, also schließt sie die Datei wieder und sucht auf Twitter nach neuen Informationen. Sie findet immer noch nichts, aber sie sieht, dass am nächsten Abend eine Demonstration vor der iranischen Botschaft in Wien stattfinden soll.

Am nächsten Tag beendet sie ihre Arbeit im Institut so früh wie möglich, damit sie um fünf vor der Botschaft sein kann. In der Straßenbahn hört sie Leute Farsi sprechen. Sie dreht sich um und sieht eine kleine Gruppe junger Frauen und Männer, die grüne T-Shirts anhaben. Sie weiß um die Bedeutung der Farbe Grün für die Protestbewegung im Iran: Am Anfang war sie das Symbol für die Kampagne des Präsidentschaftskandidaten Mir Hossein Mussawi. Später wurde sie zur Farbe der Hoffnung und Einheit, vor allem aber ein klares Zeichen gegen das islamische Regime.

Vor der Botschaft haben sich bereits einige Hunderte versammelt. Fast alle Gesichter sind vermummt. Auch in Wien ist die Angst vor dem Regime so groß, dass man sein Gesicht nicht zeigen will. Wieder fällt ihr auf: Iraner bilden bei Demos keine Einheit. Jede Demo besteht aus Gruppierungen, die miteinander nichts zu tun haben wollen. Die Monarchisten schwenken Fahnen, die die iranische Flagge mit Sonne und schwerttragendem Löwen zeigen. Die Volksmudschahedin, die kleinste Gruppe, schwenken eine ähnliche Flagge. Wenn auf ihren Transparenten nicht »Volksmudschahedin« stünde, könnte man beide Gruppen fast verwechseln. Die Anhänger der Grünen Bewegung haben grüne Kleidungsstücke an. Linke Gruppierungen erkennt man vor allem daran, dass sie nur aus alten Leuten bestehen – viele von ihnen haben gleich nach der Islamischen Revolution 1979 das Land verlassen.

Unter den Demonstrierenden sind vereinzelt auch Europäerinnen und Europäer, die aus unterschiedlichen Gründen die Menschen im Iran unterstützen. Einige von ihnen kennt sie. Sie stellt sich zu ihnen und schaut zu. Einige Presseleute dokumentieren das Geschehen. Auf dem Botschaftsgelände stehen ein paar bärtige Männer, die alles filmen. Jede Gruppe schreit ihre eigenen Slogans:

»*Where is my vote?*«

»Tod dem Ahmadinedschad!«

»Tod dem Chamenei!«

»Die politischen Gefangenen müssen freigelassen werden!«

Das kann sie alles gut verstehen. Aber es gibt auch kompliziertere Parolen auf Farsi, die an das Regime adressiert sind:

»*Felestino raha kon, fekri be hale ma kon. Waghti taghalob besche, iran ghiamat mische!*« (Kümmert euch nicht um Palästina, kümmert euch um uns. Falls die Wahl gefälscht ist, werden wir im Iran für eine Apokalypse sorgen!)

Da die russische Botschaft in der Nähe ist, wiederholen Protestierende die Slogans gegen Russland:

»*Russiye haya kon, keschavaramo raha kon!*« (Schäm dich, Russland, Finger weg von meinem Land!) »*Sefarate russiye, laneye tschasusiye!*« (Die russische Botschaft ist das Spitzelnest!)

Sarah weiß: Seit der Islamischen Revolution ist »Spitzelnest« die Bezeichnung des Regimes für die amerikanische Botschaft.

Sie dreht eine Runde, um die Menschen genauer zu beobachten. Ihr fällt auf, dass sich die zwei Männer, die ihr neulich gefolgt sind, auch hier befinden. Dieses Mal tragen sie keinen Bart. Sie stehen neben der Gruppe, die die Grüne Bewegung unterstützt. Unauffällig nähert sie sich ihnen – ja, es handelt sich tatsächlich um die beiden, kein Zweifel.

Sie geht auf einen jungen Mann zu, der die Parolen ausgegeben hat. Nach kurzem Zögern spricht sie ihn auf Deutsch an und teilt ihm ihre Beobachtung mit. Er dreht sich um, schaut die zwei an, bedankt sich und verschwindet in der Gruppe. Sie entfernt sich langsam und versucht, gleichzeitig die Männer im Auge zu behalten, aber sie kann sie nicht mehr sehen. Sie sind verschwunden, wie vom Erdboden verschluckt.

3

A. erinnert sich gut daran, dass er als Vierjähriger noch mit seiner Mutter und anderen Frauen badete. Dann wurde entschieden, dass er nur noch mit dem Vater duschen darf. Er kannte den Grund nicht, fragte aber nie nach, obwohl er gar nicht zufrieden damit war: erstens weil er mit der Mutter viel Zeit im Bad verbracht und gespielt hatte, zweitens weil sein Vater grob mit ihm umging. Er hielt ihn unter das heiße Wasser und wusch seine Haare, bis sie quietschten – dieses Geräusch von Sauberkeit blieb lange in seinen kindlichen Gedanken. Er wollte vor dem Vater fliehen.

Als er das letzte Mal mit seiner Mutter baden war, traute er sich, sie zu fragen, woher der dunkle Fleck auf ihrem Bauch stamme. Die Mutter war überrascht und antwortete, dieser Fleck sei ein Mondfleck. Als ihre Mutter mit ihr schwanger gewesen sei, habe es eine Mondfinsternis gegeben, und während der Mondfinsternis habe sich ihre Mutter an dieser Stelle gekratzt, so sei der Fleck zustande gekommen. Gleich darauf erzählte sie eine weitere Geschichte: die Geschichte eines Mannes, der seine Frau umbrachte, weil ein anderer Mann ihn auf einen Fleck auf ihrem Bauch angesprochen hatte. Der andere Mann wusste Bescheid, weil das Kind, das mit ihr baden gewesen war, ihm beim Spielen davon erzählt hatte. A. verstand sofort: Macht er seinen Mund auf und verliert ein Wort über diesen Fleck, wird er die Mutter verlieren.

Jahre später erinnert sich A. an diese Geschichte und ist erstaunt, wie klug seine Mutter war und wie gut sie die konservative Gesellschaft kannte. Er ist sich sicher, dass seine Mutter diese Geschichte von ihrer Großmutter gehört hatte und die wiederum von ihrer Mutter. Eine Weisheit der Urgroßmutter des Mädchens, das mit sieben die Mutter verlor und mit siebzehn heiratete.

A. ist fünf Jahre alt, und sie wohnen noch in Rey. Er spielt mit seinem Freund Mohsen auf einem nicht bebauten Grundstück vor dem Haus. Da sieht er, wie sein Vater nach Hause eilt, ohne ein einziges Mal zu ihm zu schauen. Es ist ungewöhnlich, den Vater zu dieser Vormittagszeit zu sehen, normalerweise arbeitet er bis zum Nachmittag.

A. folgt ihm nach Hause. Er hört ihn schreien. Er sieht, wie er schnell ein paar Sachen zusammenpackt und seine Mutter ihm dabei hilft. Das Haus riecht nach Ghormeh Sabzi – einem Gericht, das er damals gerne aß. Er spürt, dass etwas geschehen ist, er sieht seine Mutter weinen, er denkt, vielleicht gibt es wieder einen Streit zwischen den beiden.

Als sie das letzte Mal stritten, schmiss sein Vater der Mutter eine große Muschel ins Gesicht. Ihre Nase blutete. Sie wimmerte, während er sie ins Bad zerrte und »Ich bringe dich um!« schrie. Er hielt ein Messer in der Hand, knapp vor ihrem Gesicht. Daran sollte er sich erinnern, als er auf der Straße beobachtete, wie ein Mann seinen Dolch an den Hals eines anderen hielt. Erst Jahre später, er studierte schon Szenisches Schreiben, fand er heraus, dass dies gar nicht echt gewesen war, sondern ein religiöses Theaterstück namens Ta'zieh. Jahrelang hatte er deswegen Albträume gehabt.

Aber die Szene mit der Muschel war kein Theater. Weinend umarmte er seine Mutter. Der Vater packte ihn und schleuderte ihn gegen die Wand, doch er wollte nicht aufgeben. Er wollte seine Mutter nicht aufgeben. Er wollte die Mutter retten. Er wusste, er war der Einzige, dem das gelingen würde. Sein älterer Bruder traute sich nicht, dem Vater entgegenzutreten, weil der Vater ihm gegenüber nie sanft war.

Irgendwann ließ der Vater seine Mutter los und ging hinaus. A. umarmte sie und weinte mit ihr. Noch heute sieht man die Narbe auf ihrer Nase. Die Mutter zog nach diesem Vorfall zu ihrem Vater und kam ein paar Wochen lang nicht zurück. Es war die Rede von Scheidung, und obwohl er das Wort nicht kannte, wusste er, was es bedeutete. Wenn er sich eine Muschel ans Ohr hielt, hörte er nicht mehr das Meer, sondern die Hilferufe der Mutter. Er ließ alle Muscheln verschwinden und hasste sie von nun an. Er bat Gott, seine Mutter zurückzubringen.

Dieses Mal ist es kein Streit zwischen den Eltern. Es handelt sich um eine Bedrohung von außen, deshalb ist die Familie vereint. Der Vater packt sein Zeug und will das Haus schnell wieder verlassen, als es klingelt. Er schaut hinaus und versteckt sich sofort im Bad. Die Mutter wartet kurz. A. klettert auf einen Sessel, damit er aus dem Fenster schauen kann. Er sieht zwei Militärjeeps vor der Tür. Schon kommen uniformierte Männer ins Haus, und der Vater ergibt sich. Unter Tränen sieht A., wie sein Vater abgeführt wird. Riesige Hände greifen ihm unter die Arme und ziehen ihn mit. Eine Hand nimmt seine Tasche, der Vater schaut zu Boden. Die Mutter läuft mit offenen Haaren hinter ihnen her und wird von einer anderen Hand gestoppt. Die Autos verlassen die Straße. In dem Moment verliert A. seine Stimme.

Jahre später findet er heraus, dass der Vater nach dem Iran-Irak-Krieg nicht mehr für das Regime und die Marine arbeiten wollte. Er hatte viele Kriegsverletzungen, jede einzelne hätte für die Frühpensionierung gereicht. Seine Vorgesetzten beim Militär ließen das aber nicht zu. Bei einer offiziellen Zeremonie musste er einen Schwerttanz aufführen, während die iranische Flagge gehisst wurde. Da der Schwerttänzer Handschuhe trägt und man mit Handschuhen einem General nicht die Hand schütteln darf, musste er das Schwert unter seine Achsel stecken und die Handschuhe ausziehen, als der Oberkommandant der Marine ihm zu Beginn des Tanzes die Hand reichte. Der Oberkommandant der Marine hatte seinen Posten bekommen, weil er Revolutionsgardist war – er war vom Regime belohnt worden und hatte keine Ahnung von den Bräuchen in der Marine. Beim ersten Mal konnte sein Vater das noch hinnehmen, aber als der Oberkommandant ihm kurz danach ein zweites Mal die Hand hinstreckte, verlor er die Beherrschung und versuchte, ihn mit der Faust ins Gesicht zu schlagen. Er beschimpfte und beleidigte auch Nationalhymne und Flagge des Regimes. Es wurde sogar erwogen, ihn zu hängen.

Einige Monate lang erfuhren sie nichts. Irgendwann kam der Vater nach Hause, erzählte aber nie, was er erlebt hatte. Obwohl A. ihn später darauf angesprochen hat.

A. hatte schon einmal seine Stimme verloren. Er war mit seinem Bruder und einigen von dessen Freunden unterwegs, sie wohnten damals noch in der Marinebasis in Sirdschan, im Süden Irans. Sein Bruder und dessen Freunde wollten über die Mauer in das geschlossene Schwimmbad klettern, aber A. war zu klein und konnte nicht schwimmen, deswegen wartete er bei der Mauer auf sie. Sie ließen das Fahrrad des Bruders, das sie als Leiter benutzten, bei ihm zurück. Er hörte, wie sie im Bad herumtollten, und spielte mit Ameisen, er fing Fliegen, legte sie neben das Ameisennest und schaute zu, wie sie allmählich weggetragen wurden. Er wusste nicht, wie viel Zeit vergangen war, aber auf einmal merkte er, dass er niemanden mehr im Bad hörte. Er bekam Angst und rief seinen Bruder. Niemand antwortete, deshalb begann er zu weinen. Er versuchte, auf das Fahrrad zu steigen, um über die Mauer zu schauen, aber auch dafür war er zu klein. Er rief und rief, doch es kam keine Antwort. Einige Male fiel er vom Fahrrad und verletzte sich, kleine Steine blieben in seinen Wunden stecken. Er schrie weiter, bis er keine Stimme mehr hatte. Dann nahm er das Fahrrad und schob es weinend nach Hause.

Er sah seine Mutter vor der Tür stehen und wollte ihr die Geschichte erzählen, aber er hatte keine Stimme mehr, konnte nur Fetzen von Wörtern aussprechen. Die Mutter umarmte ihn und versuchte, ihn zu beruhigen. Der Bruder kam essend die Treppe herunter und hielt einen Teller in der Hand. Er und seine Freunde waren auf der anderen Seite des Bades über die Mauer geklettert, ohne ihm Bescheid zu geben. Sie hatten wohl gedacht, er sei längst nach Hause gegangen.

Erst als ein paar Stunden später ein Hubschrauber in der Basis notlanden musste und sein Vater, mittlerweile stellvertretender Leiter, ihn in den Hubschrauber mitnahm, um ihm eine Freude zu bereiten, begann er wieder zu sprechen.

In den neunziger Jahren hatte das Regime kaum mehr Gegner, viele waren in den Gefängnissen exekutiert worden, andere waren im Krieg umgekommen. Auch viele

Freunde seines Vaters waren ermordet worden, weil sie angeblich zu Beginn der Islamischen Revolution einen Putsch geplant hatten. Einige wurden nach Kriegsbeginn freigelassen, um als Kanonenfutter zu dienen. Sein Vater überlebte zwar, galt innerhalb seiner Familie jedoch als nicht mehr zurechnungsfähig. Alle glaubten, dass er aufgrund einer Raketenexplosion psychisch krank geworden sei. Das glaubte A. später auch. Vielleicht nutzte der Vater seine Krankheit aber auch als Ausrede, damit er machen konnte, was er wollte.

Auf jeden Fall wurde A. von seinem Vater immer wieder beschützt, zum Beispiel als ihn ein Polizist am Flughafen ohrfeigte. Sein Vater sprang auf den Polizisten zu und ohrfeigte ihn zurück. Der Polizist schaute perplex, er hatte nicht mit so einer Reaktion gerechnet. An diesem Tag war A. stolz auf seinen Vater.

Ein anderes Beispiel: A. hatte große, abstehende Ohren, weswegen er von seinen Verwandten immer wieder aufgezogen wurde. Einmal, mit fünf, hob ihn sein Onkel an den Ohren hoch, sodass ihm schwarz vor Augen wurde. Als sein Vater das sah, stürzte er sich wie ein Adler auf den Onkel. Er versuchte, ihn auch an den Ohren hochzuheben, und fragte dabei, ob ihm das gefalle. Einige Male hatte sein Vater ihn vor den Verwandten beschützt, deshalb traute sich in der Familie mit der Zeit niemand mehr, ihn zu schlagen.

Darauf war sein um ein halbes Jahr jüngerer Cousin neidisch, das wusste A. Der Cousin wurde regelmäßig vor A.s Augen verprügelt. Nicht nur von den Eltern, auch von den Verwandten. Im Grunde konnte ihn jeder schlagen. A. erinnert sich an die Augen des Cousins, die ihn in solchen Momenten flehend anschauten. Einmal wurde er mit einem Holzstock auf den Kopf geschlagen und blutete heftig. Wenn sie gemeinsam etwas Schlimmes angestellt hatten, wurde A. nur angeschrien, aber der Cousin wurde geschlagen.

Einmal war er mit dem Cousin im Geschäft seines Onkels. Der Cousin hatte früh mit der Schule aufgehört, um in der Fleischhauerei seines Vaters zu arbeiten. An diesem Tag stahl der Cousin seinem Vater viel Geld, weil er ihn hasste. Er gab das Geld A., weil er Angst hatte, erwischt zu werden. Trotzdem wurde er erwischt, aber bei etwas anderem. A.s Cousin folgte nämlich nicht dem Beispiel seines Vaters, der tagtäglich die Kundinnen und Kunden der Fleischerei über den Tisch zog. Zum Beispiel mischte dieser beim Verkauf von Faschiertem heimlich Fleischreste bei, die er schon vorher in den Fleischwolf gelegt hatte, und legte dafür das vom Kunden gekaufte gute Stück Fleisch zur Seite. An dem Tag blamierte der Cousin den Vater vor einem Stammkunden, indem er ihm mehr Faschiertes zurückgab, als er davor vor seinen Augen abgewogen hatte. Der Cousin vergaß nämlich, das gute Stück Fleisch zur Seite zu legen, und der Kunde durschaute alles sofort. Sein Vater wurde daraufhin wütend und stach ihm mit einem Fleischermesser in den Hintern. A. hat noch immer vor Augen, wie sein Cousin aus der Arschbacke blutete.

Fast alle Verwandten von A.s Mutter hatten Fleischhauereien oder Schlachthäuser. Vielleicht aß A. gerade deswegen lange kein Fleisch und konnte kein Blut sehen. Er wunderte sich immer über diesen Cousin, der als Zehnjähriger mit Vergnügen das erste Schaf köpfte. Das Köpfen der Tiere war etwas Legitimes in der Gesellschaft und galt nicht als Tierquälerei. A. wusste, dass sein Cousin die Tiere köpfte, weil er sie gerne quälte. Die Bestätigung dafür bekam er, als er miterlebte, wie der Cousin die Ohren von Welpen mit einem Messer abschnitt, wie er die

Augen von Fischen herausholte, wie er Spatzen ins Feuer steckte und danach fliegen ließ. Zeit mit seinem Cousin zu verbringen und ihn immer wieder so etwas tun zu sehen verursachte ein Unbehagen bei A., das irgendwann in Ablehnung umschlug. Er distanzierte sich nach solchen Ereignissen immer öfter, aber wenn der Cousin vor seinen Augen geschlagen wurde, empfand er Mitleid mit ihm. All das machte ihm klar, dass es ihm mit seinen Eltern deutlich schlechter gehen könnte.

In der Familie seiner Mutter war A. unbeliebt, genauso wie in der Familie seines Vaters. Er antwortete auf die neugierigen Fragen der Verwandtschaft immer mit: »Ich weiß es nicht.« Sein Bruder hingegen beantwortete meistens alle Fragen. Die Familie seines Vaters betrachtete A. als Spitzel der Mutter, und die Familie seiner Mutter betrachtete ihn als Spitzel des Vaters. In Wahrheit hielt er immer zu seiner Mutter.

Als sein Vater nach dem Vorfall beim Schwerttanz aus der Marine entlassen wurde und damit nicht nur seinen in zwanzig Dienstjahren erworbenen Pensionsanspruch, sondern auch das Grundstück verlor, das er in Teheran hätte bekommen sollen, kaufte er sich ein Auto und begann, als inoffizieller Taxifahrer zu arbeiten. Er hätte die Familie sonst nicht ernähren können. A. fuhr oft mit und sammelte das Geld ein. Er saß neben dem Vater vorne und durfte manchmal sogar lenken. Wenn sie heimlich zu den Schwestern des Vaters fuhren, wo sein Vater sich lieber aufhielt, statt arbeiten zu gehen, versprach er ihm in die Hand, es der Mutter gegenüber nicht zu erwähnen, aber es dauerte nicht lange, bis er es der Mutter trotzdem erzählte. Er wusste intuitiv, dass Schweigen für den Zusammenhalt der Familie nicht gut war.

So hörte sein Vater auf, ihn mitzunehmen. Oft kehrte er mit absichtlich geschwärzten Händen zurück, die Zeugnis davon ablegen sollten, dass das Auto kaputt gegangen war. Sonst hätte er viel mehr verdienen müssen, hätte er die ganze Zeit gearbeitet.

Seine Mutter, sein Bruder und er waren oft allein zu Hause, während sein Vater das neue Jahr und andere Feste mit den Eltern oder Geschwistern feierte. Weil seine Mutter nicht wusste, wo er war, machte sie sich Sorgen und wusste sich nur durch Aberglauben zu helfen. Sie streute Salz in seine Schuhe, damit er in seinem Bauch eine Unruhe verspüren und nach Hause kommen würde. In dieser Zeit begann A., mit seinem Vater zu brechen, obwohl er ihn noch immer als Beschützer betrachtete.

Mit neun verlor A. seinen Beschützer, als der Vater der Arbeit wegen wieder in den Süden zog – dieses Mal nach Bandar Abbas. Ihm war die Leitung einer großen halb staatlichen Fabrik angetragen worden, ein gutes Angebot, weshalb er es sofort angenommen hatte. Jetzt war er wieder ein Beamter und froh, am Ende jedes Monats sein Gehalt zu bekommen. Sobald der Vater fort war, fing der ältere Bruder an, A. zu schlagen. Zuerst blieb es bei gelegentlichen Prügeleien, dann wurden es regelmäßige Übergriffe. Sogar die Mutter wurde verprügelt. Sie beide spürten den leeren Platz des Vaters.

Als A. dreizehn war, besuchten seine Eltern den Irak. Saddam Hussein hatte die Türen des Landes für Iraner geöffnet, in der Hoffnung, so die schweren Sanktionen auszugleichen. A. blieb mit seinem Bruder allein zu Hause, und jeden Tag gab es Streit. Einmal wurde er so sehr verprügelt, dass seine Nase brach. Mit blutiger Nase und blutigem Mund rannte er in die Gasse, wo seine Schlägerfreunde saßen. Diese waren erstaunt über die Brutalität des Bruders, klingelten bei ihm und forderten ihn auf runterzukommen. Sie wollten A. rächen. Aus Angst verließ der Bruder drei Tage lang nicht das Haus.

4

In der Bahn nach Wien beginnt wieder das Katz-und-Maus-Spiel. Bei jeder Station machen sich diejenigen, die keinen Fahrschein haben, zum Aussteigen bereit und bleiben sitzen, wenn kein Kontrolleur in Sicht ist. Ich möchte die Landschaft anschauen, aber Alek, der Armenier aus dem Iran, will mit mir sprechen. Besser gesagt, er wünscht mich als Zuhörer, als Ohr. Er erzählt von seinem Leben. Auch er stammt aus Teheran, deshalb kenne ich die Orte, an denen sich das, was er erzählt, zugetragen hat. Er lebte im Bezirk der Armenier. Dort kaufte ich ein paarmal gute Torten und Wildschwein-Würste, die es nur dort zu kaufen gab.

Ich kehre in Gedanken dorthin zurück und nehme seine Stimme nur noch nebenbei wahr. Plötzlich sehne ich mich danach, durch die Straßen von Teheran zu gehen. Diese Monsterstadt überraschte mich immer bei meinen nächtlichen Streifzügen. In der Uni-Zeit war ich fast jede Nacht mit einem Freund unterwegs. Da sein Vater wohlhabend war und einige Autos besaß, hatten wir immer eines, um in der Stadt herumzufahren. Für uns war es ein Ersatz für die nicht vorhandenen Clubs. Man fuhr mit dem Auto durch bestimmte Gegenden und tauschte dann mit jungen Frauen Nummern aus. Je besser das Auto, desto besser die Chancen, natürlich. Mich interessierten die Nummern der Frauen aber nicht, mich interessierten die Stadt und die Menschen in der Nacht, die ganz anders als tagsüber waren. Teheran in der Nacht trug keinen Schleier, man sah Prostituierte, Betrunkene, Drogenabhängige, Homosexuelle, Trans-Menschen und Dealer.

Da mein Unifreund Drogen konsumierte, mussten wir immer was für ihn besorgen. Oft hielten wir neben der Autobahn an und besuchten einen Slum, um Drogen zu kaufen. Diese Slums, die es unter den Brücken bei den Autobahnen gab, hatte ich vorher nicht gekannt. Im Süden der Stadt kannte ich mich gut aus, aber im Westen und bei den Autobahnen nicht, weil man dafür ein Auto benötigte. Wir liehen uns immer das beste, ein staatliches, das aber ein privat aussehendes Kennzeichen hatte. In diesem Auto nahm mein Freund Frauen und Dealer mit. Er erzählte mir, dass er sogar Sex darin hatte. Obwohl der Vater angeblich streng religiös und die Nutzung des staatlichen Autos für private Zwecke verboten war, überließ er es dem Sohn immer wieder für seine nächtlichen Abenteuer.

»Wir müssen aussteigen.«

Ich erkenne den Ort wieder, dort habe ich vor ein paar Tagen die Badner Bahn genommen. Alek zeigt auf eine Straße, die zum historischen Wien führt, und wir gehen los. Er erklärt mir, dass wir uns im 1. Bezirk befinden. Mit Staunen blicke ich auf eine grüne Kuppel. Ich habe das Gefühl, dass ich diese Straßen schon kenne. Auf einmal denke ich, dass es vielleicht die richtige Entscheidung war, in diesem Land geblieben zu sein. Mir ist, als ob ich einen alten Film sähe und darin herumspazieren würde. Als ich in der Theaterschule begann, europäische Arthouse-Filme zu sehen, hatte ich mir in meinen Tagträumen im Bus solche Spaziergänge ausgemalt.

Alek erklärt mir, dass wir Richtung »Perater« gehen. Unterwegs kaufen wir uns ein paar Bier und eine Flasche Wodka. Schon während wir gehen, trinken wir, und ich spüre schnell einen Rausch. Ganz gesprächig werde ich, doch plötzlich werde ich unruhig, weil ich zwei Polizisten vor mir sehe. Wer im Iran Polizisten begegnet und betrunken ist, läuft Gefahr, ausgepeitscht zu werden. Als ich das Alek sage, lacht er. Er hatte das gleiche Gefühl, als er neu in Österreich war.

Wir setzen uns auf eine Wiese nahe dem Prater. Es ist mittlerweile fast dunkel, und wir trinken die Wodka-Flasche aus. Das Riesenrad ist jetzt beleuchtet. Dass das Riesenrad und der Prater in einem Theaterstück vorkommen, das ich kannte, dem »Reigen«, wusste ich damals nicht.

Nach einer Weile betreten wir den Park. Überall wird laute Musik gespielt, und die Lichter, die die Geräte attraktiv machen sollen, blenden mich. Meine Augen brauchen Zeit, um sich daran zu gewöhnen. Leute kreischen und winken. Wir streifen herum und schauen uns alles an.

Bei einem Gerät namens Extasy hören wir laute Elektromusik. Wir bleiben stehen, und Alek will tanzen. Ich fühle mich nicht danach. Ich schaue mich um und entdecke eine weitere tanzende Person, es ist Ahmad. Er sieht uns und taumelt auf uns zu. Er kann kaum noch gerade gehen, umarmt uns und freut sich, uns zu sehen. Die zwei tanzen weiter, und ich entferne mich, weil mir die Musik zu laut ist.

Ich setze mich auf eine Bank und zünde eine Zigarette an. Ich erkenne viele aus Traiskirchen, als ob das ihr Treffpunkt wäre. Inzwischen sind die zwei zurück und schnorren Zigaretten. Ich wollte Traiskirchen und seinen Leuten entkommen, aber alle sind hier.

Da ich noch mehr Bier trinken will und die anderen auch, laufen wir herum, um billiges Bier zu finden. Wir gehen durch eine dunkle Allee. Es stehen einige leicht bekleidete Frauen dort, Prostituierte. Ich gehe schnell an ihnen vorbei, aber nach einigen Schritten höre ich Schreie. Als ich mich umdrehe, sehe ich, dass Ahmad in seinem Rausch die Frauen angegriffen hat, und sie sich wehren. Das geht mir zu weit – ich möchte nicht, dass wir Aufmerksamkeit auf uns ziehen. Diese Frauen sind Außenseiterinnen wie wir, Randerscheinungen, die von der Mehrheitsgesellschaft verachtet werden. Immer wieder holt Ahmad aus, dann verliert er das Gleichgewicht und fällt auf den Boden. Er steht auf und will weitermachen, aber wird stattdessen von den Frauen verprügelt. Alek lacht amüsiert. Ich gehe dazwischen, ziehe Ahmad weg. Fluchend versucht er, sich zu befreien, aber ich schubse ihn kräftig und nicke den Frauen zu, als Entschuldigung. Ahmad beginnt zu kotzen. Alek lacht die ganze Zeit.

Ich schaue auf die Uhr und sehe, es ist fast halb zwölf. Ich sage, dass ich zurückfahren will. Ahmad hört nicht zu, aber Alek erwidert, dass die Bahn nicht mehr fährt, erst wieder in der Früh. Ich spüre, dass diese Nacht nicht gut für mich ausgehen wird. Er schlägt vor, in einen Club zu gehen. Ich zeige auf Ahmad, und Alek macht mit der Hand eine Geste, die »egal« heißen soll. Wir probieren es zuerst zu dritt bei einigen Clubs, dann auch einzeln, aber wir kommen nirgends rein. Am Rande eines Casinos setzen wir uns hin und trinken weiter Bier. Es ist fast halb eins. Alek steht auf und sagt, dass er nach Hause geht.

»Ich dachte, ich kann bei dir schlafen«, sage ich.

»Das geht leider nicht. Ich schlafe in einer Autowerkstatt, und mein Chef erlaubt es nicht.« Er verschwindet, bevor ich noch etwas sagen kann.

So sind die Freundschaften hier, denke ich.

Ahmad hat sich beruhigt, und das ist kein gutes Zeichen. Ich sehe ihm an, dass er bald einschlafen wird. Es ist kühl geworden. Wir haben nur ein T-Shirt an. Ich sage, dass wir irgendwohin müssen, wo es warm ist. Ahmad sagt: »U-Bahn«, und zeigt mir die Richtung. Wir gehen hin, aber als wir davorstehen, sperren sie den Eingang gerade zu.

Mir ist kalt, Ahmad ist noch immer betrunken und spürt die Kälte nicht. Wir setzen uns neben dem U-Bahn-Eingang hin. Nicht weit von uns streiten ein paar Betrunkene. Ich fürchte mich ein bisschen, weil Teheran zu dieser Uhrzeit nicht ungefährlich ist – warum sollte Wien anders sein?

Der Streit der anderen schaukelt sich hoch. Eine Hand wird zur Faust geballt, und die Faust holt aus, trifft die Nase und bringt den Mann zu Boden. Sein Kopf trifft auf eine scharfe Kante und macht ein dumpfes Geräusch. Blut spritzt aus dem Kopf, er sieht aus wie ein geplatzter Granatapfel. Das Blut wird immer mehr und bildet eine Lache. Der Mann ist tot, denke ich, und bekomme Angst. Hier ist es wie in Teheran.

Ich zwinge Ahmad aufzustehen. Kaum sind wir losgegangen, tauchen Polizisten am U-Bahn-Eingang auf. Adrenalin schießt in meinen Körper. Wir wollen uns eigentlich so weit wie möglich entfernen, doch dann spüre ich warme Luft, die seitlich aus einer Lüftung kommt. Ich denke nicht lange nach, auch Ahmad weiß sofort, was zu tun ist. Wir suchen ein paar Kartons und bereiten vor dem Lüftungsgitter einen Schlafplatz vor. Nach fünf Minuten fühlen wir uns so wohl, dass wir einschlafen.

Nach einer Weile höre ich etwas und mache die Augen auf. Zwei Leute haben sich neben uns gelegt. Bis fünf Uhr wache ich immer wieder auf, denn um uns herum versammeln sich noch andere. Mittlerweile sind es mehr als zehn. Ich wecke Ahmad, und wir machen uns auf den Weg. Unterwegs ist mir wieder kalt, und ich muss an Pinguine denken, die sich aneinanderpressen, um sich warm zu halten.

In der Bahn nach Traiskirchen, die inzwischen wieder fährt, schlafen wir ein und wachen in Baden auf. Wir sind zu weit gefahren und müssen noch einmal bezahlen, damit wir zurückfahren können. Langsam werden wir nüchtern und bekommen Hunger. Zum Glück sind wir rechtzeitig zum Frühstück da. Beim Reingehen werden wir gefragt, wo wir die Nacht verbracht haben. Ich sage auf Englisch, dass wir die Bahn verpasst haben und deswegen im Park schlafen mussten.

Am Tisch erzählt mir Ahmad, dass er früher am Abend mit Behruz und den anderen unterwegs gewesen ist, sie aber ohne ihn weitergezogen sind, als er betrunken wurde. Er bedankt sich, dass ich auf ihn aufgepasst habe, und fragt mich, ob ich tatsächlich fürs Regime arbeite.

Ich lache und esse weiter.

»Bist du wirklich kein Spitzel?«

»Um denen zu berichten, dass ihr sauft? Das ergibt doch keinen Sinn. Ich könnte in Wien viel leichter an euch rankommen, um euch zu bespitzeln. Ich könnte euch zum Essen einladen und besoffen machen, euch bei mir schlafen lassen und so euer Vertrauen gewinnen. Ich brauche doch nicht selbst Asyl zu beantragen, um mich zu tarnen. Behruz will Geld, und ich gebe ihm keines. Indem er solchen Blödsinn verbreitet, will er mich unter Druck setzen.«

Im Hintergrund sehe ich Baschir, der mich mit einer Handbewegung zu sich ruft. Ich gehe hin, und während er mir zwei Semmeln hinhält, fragt er mich, wo ich die ganze Nacht gewesen sei. Semmeln bekommt nicht jeder – man braucht Beziehungen für so was.

Ich erzähle ihm kurz, was geschehen ist.

Er lächelt. Das heißt, du wirst lernen, dass du hier den Menschen nicht vertrauen solltest. Das heißt, hier gibt es keine Freundschaften. Das heißt, halte dich fern, besonders von deinen Landsleuten. Das hat er nicht gesagt, aber er lebt es.

Trotzdem bin ich in kürzester Zeit zu seinem besten Freund geworden. Wirklich?

Nach dem Frühstück schlafe ich tief. Ich wache erst vor dem Abendessen auf und gehe in den Hof. Dort sehe ich Behruz in einer großen Gruppe sitzen. Ahmad ist auch dabei. Ein gutes Gedächtnis haben sie hier auch nicht.

Ich gehe zum Ende des Hofes, wo weniger Leute sind, und will eine Zigarette rauchen. Bevor ich den ersten Zug nehmen kann, fragen mich vier Männer nach einer Zigarette. Zuletzt ein Afrikaner, der sich zu mir setzt, nachdem er sich vergewissert hat, dass ich Englisch kann. Hier redet man nicht miteinander, wenn man nicht die gleiche Muttersprache hat, aber er ist offen. Er stammt aus Nigeria und erzählt mir von seiner Route. Er beklagt sich, dass die Leute ihn hier schlecht behandeln. Letzte Woche beim Duschen wurde sein Handtuch weggenommen, und alle versammelten sich, um seinen Schwanz anzuschauen.

Ich sage ihm, dass ich deshalb nicht duschen gehe.

Er fragt mich, ob sie mich trotz der gleichen Herkunft auch schlecht behandeln.

Ich sage ihm, dass ich kein Afghane bin, aber sie untereinander auch nicht nett sind.

Auf einmal springen alle auf und stellen sich in die Schlange. Ich stelle mich auch an, da ich das Mittagsessen verpasst habe und sehr hungrig bin. Um fünf Uhr Abendessen zu bekommen ist für mich noch immer nicht ganz logisch. Oft bekommen wir Hunger in der Nacht. Viele sind nicht daran gewöhnt, so früh zu essen.

Der Polizist, der mich an meinem zweiten Tag in Traiskirchen zum Arzt geschickt hat, schaut mich schon wieder an. Ich schaue weg, aber er kommt zu mir und zieht mich wie neulich aus der Schlange.

Ich frage ihn, ob er ein Problem mit mir hat.

Er möchte wissen, wo ich die Nacht verbracht habe.

Ich erzähle ihm die Geschichte und will zurück in die Schlange.

Er sagt, dass ich ihm folgen soll.

Ich bin skeptisch und folge ihm nur widerwillig.

Er bringt mich wieder zum Speisesaal und lässt mich rein.

Ich frage ihn, warum.

Er antwortet zu meinem Erstaunen auf Farsi, dass er mich eben mag.

Irritiert glaube ich, mich verhört zu haben.

Aber ich habe mich nicht verhört. Er sagt, dass seine Mutter auch aus dem Iran fliehen musste, weil sie politisch verfolgt wurde, doch davon dürfe ich niemandem erzählen.

Jetzt verstehe ich, warum er sich immer in der Nähe der Iraner und Afghanen aufhält. Er hört ihnen zu.

Seitdem muss ich immer wieder an den Polizisten denken. Ich dachte, er wäre ein Rassist und würde mich deswegen schikanieren, aber im Gegenteil, er mag mich.

Später erfahre ich, dass der Polizist meinen Asylgrund kannte, was erklärt, warum er mich angesprochen hat. Er teilt mir auch mit, dass ich in Kürze die Information bekommen werde, wohin man mich bald transferieren wird. Flüchtlinge, die wie ich eine weiße Karte erhalten hätten, seien zwar zum Asylverfahren zugelassen und könnten in Österreich bleiben, dürften sich aber nicht länger als eine oder zwei Wochen in Traiskirchen aufhalten. Hier sei nur ein Erstaufnahmelager, von Traiskirchen aus würden Flüchtlinge auf ganz Österreich verteilt.

Ich rufe den Taxifahrer an, um ihn zu bitten, noch einmal hierherzukommen und mir Geld vorbeizubringen, da ich bald verlegt werden soll und am neuen Ort bestimmt Geld brauchen werde. Kurz habe ich Angst, dass er nicht abhebt oder leugnet, dass ich ihm mein Geld gegeben habe, aber beides passiert zu meinem Erstaunen wieder nicht. Er verspricht mir, gleich am nächsten Morgen um sieben Uhr in der Früh das Geld vorbeizubringen.

Am Tag des Transfers – der Taxifahrer hat sein Wort gehalten – warte ich in einem Kleinbus auf die anderen. Ich wurde nach Plankenstein zugeteilt, in Niederösterreich. Ich weiß nicht, was das bedeutet. Das Wichtigste für mich ist, wie lange man von dort nach Wien braucht. Eine Stunde, sagt einer, zwei Stunden, sagt ein anderer. Der Polizist ist nicht da, ich kann ihn nicht fragen.

Der Kleinbus wird langsam voll. Es sind hauptsächlich Afrikaner und Tschetschenen, die einsteigen. Da sehe ich Kazem mit seinem Rucksack und frage, wohin er muss. Er zeigt mir das Papier, auf dem der Name seiner Unterkunft steht. Er wird am selben Ort untergebracht wie ich. Das gibt mir ein bisschen Hoffnung, zumal nach dem traurigen Abschied von Baschir, den ich hinter mir lasse, ohne zu wissen, ob wir uns jemals wiedersehen werden.

Der Kleinbus ist voll, und wir fahren los. Wir fahren durch Wälder, überall Felder, alles ist grün. Immer wieder bleibt der Bus in einem Dorf stehen, und einige steigen aus. Es scheint, als ob wir nach Herkunft aufgeteilt würden. Wo die Afrikaner aussteigen, sieht man nur Afrikaner herumlaufen. Kazem und ich sind die Letzten im Bus, die noch abgeliefert werden müssen. Wir sind bereits über vier Stunden unterwegs. Je mehr wir uns von Traiskirchen entfernen, desto größer wird meine Sorge, nicht mehr nach Wien fahren zu können. Immer weiter geht es, durch eine hüglige Landschaft. Alle paar Minuten sehen wir ein paar Häuser, dann wieder nichts. Irgendwann, in der Ferne, eine Burg und eine Kirche. Vor der Kirche bleibt der Bus stehen.

Wir steigen verschwitzt aus und erkundigen uns beim Fahrer, wo wir sind. Er spricht kein Englisch. Er sagt etwas auf Deutsch, dann auf Arabisch. Ich frage ihn auf Arabisch nochmals, wo wir sind. Er sagt, dass wir warten müssten, bis der Chef komme.

Ich sehe ein altes Gebäude, darauf steht »Schule«. Ich wundere mich darüber, weil hier offenbar kaum Menschen leben. Aus dem Gebäude kommen zwei junge Männer, es sind Afghanen. Ach so, denke ich, in der ehemaligen Schule ist das Asylheim.

Die Afghanen teilen uns mit, dass in dem Heim nur Afghanen und Iraner leben. Ein Iraner, der letzte Woche hier angekommen sei, sei gleich wieder abgehauen. Er habe noch gefragt, wie man von hier nach Wien komme.

Das ist auch meine erste Frage, deshalb glauben sie, dass ich ebenfalls abhauen will.

Ich sage, dass ich nur aus Neugier gefragt habe, aber sie lachen, und das heißt: »Du lügst.«

Einer der Afghanen heißt Dschawad und stammt aus Herat, ist aber im Iran aufgewachsen und lebt mit seiner Frau im ersten Stock. Die alleinstehenden Männer leben alle im Erdgeschoss.

Der Bus fährt weg.

Nach einer Stunde taucht ein groß gewachsener Österreicher auf. Kazem und ich bekommen von ihm ein Dreibettzimmer zugeteilt. Er drückt uns ein paar Teller und je ein Häferl in die Hand. Er kann nur schlecht Englisch, aber es reicht, um sich zu verständigen. Er sagt, dass er gleich noch mal kommen werde, weil wir die Hausregeln unterschreiben müssten.

Ich gehe mit ihm hinaus auf die Straße und kann plötzlich die Kirche nicht mehr sehen. Der Nebel hat alles verschluckt. Ich höre Schüsse und Schreie. Menschen mit blutigen Händen laufen an mir vorbei. Ich sehe die Spezialeinheiten der Polizei und Revolutionsgarden, die Menschen verprügeln. Einem Mann wird in den Kopf geschossen. Ich will wegrennen.

»Ist schön hier, oder?«, sagt Kazem von hinten.

Ich drehe mich zu ihm um. Keine Schreie mehr, die Menschen sind verschwunden.

»Ja, das schaut aus wie in Filmen«, sage ich, aber ich erwähne nicht, dass ich vor allem Tarkowski-Filme meine. Als ich sie mir ansah, dachte ich, dass so ein Nebel künstlich erzeugt wird, aber jetzt weiß ich, alles könnte echt gewesen sein. Ich gehe in die Richtung, in der die Kirche sein müsste. Ich schaffe es bis zur Tür und drücke sie auf. Sie öffnet sich langsam, und ich sehe ein schwaches Licht im Inneren.

»Komm zurück, er ist da!«, höre ich Kazem rufen.

Ich mache die Tür wieder zu und gehe zurück zum Heim. Wir müssen zwei Zettel unterschreiben, die wir nicht verstehen. Alles ist auf Deutsch. Wir bekommen unsere Essensrationen, und der Heimleiter verschwindet. Ich bin hungrig, Kazem auch.

Kazem sagt in einem Befehlston, dass ich Nudeln kochen soll.

Ich sage, wir könnten gern darüber sprechen, wer was macht, wer putzt und kocht –

Bevor ich meinen Satz zu Ende bringen kann, packt er mich am Hals. »Hier ist nicht Iran, du Hurenkind. Du kochst und putzt für mich, wie ich es im Iran für euch gemacht habe.«

Ich bin überrascht und weiß nicht, wie ich reagieren soll. Seine Hände sind kräftig, weil er auf Baustellen gearbeitet hat, seit er ein Kind war. Ich bekomme kaum Luft und presse gerade noch heraus: »Aber ich kann nichts dafür, dass die Iraner scheiße zu dir waren.«

»Ich ficke alle Iraner. Wenn du noch einen Satz sagst, haue ich dir auf die Fresse.«

Er lässt meinen Hals los, mir wird kurz schwindlig. Ich gehe hinaus und versuche mich zu erinnern, wie meine Mutter Nudeln gekocht hat. Ich habe keine Ahnung. Im Iran habe ich nur vegetarisch gekocht, deshalb kann ich keine Gerichte mit Fleisch. Eine große Auswahl haben wir sowieso nicht. Die erhaltenen Essensrationen umfassen, wie sich bald herausstellen wird, immer das Gleiche: Tiefkühlhendl, Zwiebeln, Kartoffeln, Reis, Nudeln, Bohnen und Linsen in der Dose, Milch, Tomatensoße, Mehl und Äpfel. Fast hätte ich die Fischstäbchen vergessen. Nach einigem Nachdenken entscheide ich mich für gekochte Kartoffeln. Ich stehe auf und will die Kartoffeln in den Topf werfen, da kommt Kazem aus dem Zimmer und schaut, was ich gemacht habe.

»Hast du immer noch nichts gemacht? Ich habe dich gewarnt.«

Seine Hand wird zur Faust und trifft auf meinen Mund. Ich schmecke Blut und will mich wehren, aber mein Körper wird nach hinten gezogen.

»Wir sind alle Schiiten, nicht streiten«, sagt Dschawad und stellt sich vor mich.

Ich sage Kazem, dass ich es ihm heimzahlen werde.

»Du Scheißiraner, ich ficke dich!«

Ich begreife, dass er mich für alles Schlechte, das er im

Iran erlebt hat, büßen lassen will. Ich gehe mit blutigen Lippen zum Chef des Heimes und bitte ihn um ein Einzelzimmer, weil ich hier im Moment der einzige Iraner sei.

»Es gibt kein Einzelzimmer«, sagt er.

Ich weiß, dass er lügt, denn der Iraner, der nur kurz da war, hatte ein Einzelzimmer bekommen. Er bringt mich in ein Zimmer, das ich mit drei Paschtunen aus Afghanistan teilen muss. Sie wirken nett. Der Chef holt mein Zeug und gibt es mir. Ich richte mein Bett und will schlafen.

Da höre ich Dschawad vor der Tür meinen Namen rufen. Ich gehe hinaus und frage ihn, warum er nicht reinkommt. Er hatte früher eine Schlägerei mit den Paschtunen, deshalb. Er fragt mich, ob ich mit ihm essen will. Er kocht, ich muss ihm helfen und nachher alles abwaschen. Ich freue mich darüber und nehme die Einladung sofort an.

»Die Paschtunen sind wie Tiere. Du solltest nicht mit ihnen essen.«

Neun Flüchtlinge wohnen in diesem Heim. Außer mir sind es alle Afghanen, ein Sikh ist auch darunter. Es gibt nur eine Frau hier, die Ehefrau Dschawads.

Bald merke ich, dass meine Zimmerkollegen in der Früh beten. Sie wecken mich, aber ich bleibe liegen. Ein paar Tage lang werde ich freundlich aufgefordert mitzubeten, doch ich ignoriere es. Eines Morgens lassen sie nicht locker. Sie wollen unbedingt, dass ich aufstehe und mitbete.

»Du darfst nicht liegen bleiben, wenn wir den heiligen Koran aufschlagen und lesen.«

»Dann sollt ihr den Koran geschlossen halten, damit ich weiterschlafen kann.«

So streite ich weiter mit ihnen. Ich darf nicht liegen bleiben, weil es dem Koran gegenüber respektlos ist.

Es ist bereits September, und langsam beginne ich durchzudrehen. Der Druck durch die anderen ist hoch, und ich verbringe sogar bei Regen viel Zeit im Wald. Sie wollen, dass ich fromm bin und nach islamischen Gesetzen lebe, obwohl sie das selbst nicht tun. In der Nacht werden Sexwerbungen angeschaut, und ich höre, wie alle in ihren Betten wichsen.

Lange habe ich nichts von meinen Eltern gehört, weil ich kaum Guthaben auf dem Handy habe. Mit den letzten 10 Cent Guthaben schreibe ich eine SMS an den Taxifahrer und bitte ihn, mir Guthaben zu schicken. Er meldet sich sofort und schickt mir den Code, den ich selbst eingeben kann. Ich rufe meine Mutter an, und als ich ihre Stimme höre, kann ich meine Tränen nicht mehr zurückhalten. Sie weint auch. Einige Minuten lang hören wir uns heulen. Sie war lange im Krankenhaus, aber sie erzählt mir nichts davon. Ein Freund, den ich danach anrufe, berichtet mir davon. Meine Mutter hatte nach meiner Flucht einen Herzinfarkt, und ich bekomme ein schlechtes Gewissen, weil ich am Telefon geweint habe. Ich beschließe, es nie wieder zu tun.

Früh am nächsten Morgen werde ich wieder geweckt. Ich stehe auf und schimpfe auf den Islam und den Koran. Meine Zimmerkollegen brauchen ein bisschen Zeit, um zu begreifen, was ich sage, weil sie meinen Akzent nicht gut verstehen. Sie springen auf und gehen auf mich los, um mich zu verprügeln. Um sie zurückzuhalten, werfe ich mein Geschirr auf sie. Ich sehe, dass einer von ihnen zum Messer greift, und da sich mein Bett neben der Tür befindet, renne ich erst barfuß in die Küche und dann hinaus. Sie verfolgen mich, also renne ich in den Wald. Ich renne, so schnell ich kann, bis ich sie abgehängt habe. Ich höre sie schreien, sie drohen mir mit dem Tod.

Ich bleibe einige Zeit im Wald und werde vom Schneeregen nass. Dann wage ich mich zurück, um den Chef des Heimes aufzusuchen. Er ist gerade dabei, in sein Auto zu steigen. Seine Frau ist schon weg, weil jeder von ihnen irgendwo in der Nähe ein Restaurant betreibt.

Er dreht sich um und fragt, was los ist.

Ich sage, dass sie mich umbringen wollen, weil ich Atheist sei. Er solle mir das Einzelzimmer geben, sonst sei er für meinen Tod verantwortlich.

Missmutig schaut er mich an und überlegt, bevor er schließlich zusagt. Wir gehen gemeinsam ins Heim. Er holt zum zweiten Mal meine Sachen und bringt mich in das Einzelzimmer oben.

Auf dem Weg dorthin versuche ich, ihm zu erklären, dass ich vor den Islamisten im Iran nach Österreich habe fliehen müssen, aber hier nun wieder unter Islamisten sei, die mich wegen islamkritischer Äußerungen umbringen wollten.

Es scheint, als ob es ihm egal wäre.

Dschawad taucht auf, als wir die obere Etage betreten. Er fragt mich, was geschehen ist.

Ich kann ihm nicht die ganze Wahrheit sagen, weil ich hier Freunde brauche. Obwohl er ein Schiit ist, ist er trotzdem ein Muslim und würde islamkritische Äußerungen genauso missbilligen wie die sunnitischen Paschtunen. Also erzähle ich ihm, dass sie mich umbringen wollten, weil ich Schiit sei.

Er schüttelt den Kopf und erwidert: »Deswegen hatte ich auch eine Schlägerei mit ihnen.«

Als der Heimleiter weg ist, gehe ich ins Zimmer und sperre die Tür sofort hinter mir zu. Das Zimmer ist nicht einmal sechs Quadratmeter groß. Ich mache das Fenster auf, das sich zum Wald hin öffnet. Die Blätter haben sich bereits gelb gefärbt und riechen nach Tod. Eine wohltuende Ruhe überkommt mich. Obwohl ich mich im Zimmer kaum bewegen kann, wirkt es für mich so groß wie die Welt.

Dschawad klopft an die Tür, ich habe ihn bereits an seinem Gang erkannt. Ich mache die Tür auf, und er fordert mich auf, mit ihm nach unten zu gehen, um sich mit den Paschtunen zu schlagen. Er hat Kazem Bescheid gesagt, wir könnten sie zu dritt besiegen. Ich versuche, ihn zu beruhigen, aber er will den Plan nicht aufgeben. Ich muss ihn auf seine Frau ansprechen, damit er die Idee mit der Schlägerei fallenlässt.

In der Nacht träume ich von einer öffentlichen Erhängung. Ich schaue zu, wie alles vorbereitet wird, aber man sieht das Opfer nicht, weil das Gesicht bedeckt ist. Zwei Männer führen es auf den Kran zu. Dann nehmen sie ihm die Maske vom Gesicht, und ich erkenne mich selbst als Opfer. In dem Moment wache ich auf, schlafe aber wieder ein.

Dieses Mal träume ich, dass ein Mann durch das Fenster in mein Zimmer leuchtet und dann langsam einsteigt. Er setzt sich neben mich auf die Matratze, ich spüre es sogar im Schlaf. Ich versuche aufzuwachen, aber es geht nicht. Lächelnd beginnt er, sein Messer zu schärfen. Da schrecke ich hoch und spüre meine volle Blase. Auf der Toilette wird mir schwarz vor Augen. Erst nach einer Weile komme ich zu mir. Ich habe mich am Kopf verletzt, weil ich gestürzt bin. Ich lege mich wieder hin und schlafe so tief wie ein Betrunkener.

In der Früh höre ich Dschawad an die Tür klopfen. »Holst du dir nicht das Essen?«

Jeden Morgen um sieben Uhr müssen wir die Lebensmittel abholen, weil der Chef und seine Frau sich danach um ihre Restaurants kümmern müssen. Wir sind für sie ein gutes Nebeneinkommen, obwohl sie kaum Zeit in uns investieren. Unser Problem ist, dass wir hier nichts zu tun haben außer Schlafen. Da wir jeden Tag so früh aufstehen müssen, wird der Tag noch quälend länger. Deshalb schlagen wir vor, die Uhrzeit der Abholung zu ändern, aber es gibt darüber nicht einmal eine Diskussion. Wir haben aufzuwachen, wir haben uns fertig zu machen, wir haben uns daran zu gewöhnen, dass wir in der Kälte aus dem Haus hinausgehen müssen, wir haben früh ins Bett zu gehen, wir haben anzutreten, wir haben die Hände aus den Taschen zu nehmen, wir haben eine Schlange zu bilden, wir haben den Chef zu begrüßen, wir haben unsere Lebensmittel zu schleppen, wir haben jeden Tag mit dem gleichen Essen klarzukommen, auch mit Krankheiten und Langeweile.

In diesem Heim ist jeder Tag gleich. Nach dem Abholen der Lebensmittel, die wir kaum mehr sehen können, warten wir auf Post. Der Postbote kommt zwischen halb acht und acht. Wenn er nichts mitbringt, gehen wir zurück in die Zimmer und machen nichts. Nur am Sonntag ist ein wenig Betrieb vor dem Haus, denn da kommen einige Menschen, um in die Kirche zu gehen. Obwohl sie uns meiden, stehen wir draußen und beobachten sie.

Mit der Zeit werden wir alle apathisch, Depressionen überfallen uns. Wir haben keine Bücher außer dem einen von mir, wir haben keine Beschäftigungen, wir haben nichts außer einem Fernseher, mit dem wir die Zeit totschlagen können. Die Inhalte der Sendungen verstehen wir nicht. Viele machen sich Sorgen um ihre Familie, die sie früher miternährt haben. Nun ist auch die Zukunft ihrer Angehörigen ungewiss, wie unsere. Immer wieder probieren wir, ein paar Wörter Deutsch zu lernen, um mit den Heimleitern besser kommunizieren zu können, aber uns fehlt jegliches Lehrmaterial dazu. Die beiden sprechen kaum Englisch und haben weder Zeit noch Lust, uns etwas Deutsch beizubringen. Das einzige Thema, das uns alle verbindet, ist unser Asylverfahren. Wir alle warten auf die Ladung zur Einvernahme, den Bescheid oder irgendeine Nachricht. Jeden Tag warten wir. Und warten. Niemand hat eine Ahnung, wie lange wir warten müssen.

Eines Tages sind wir alle krank, weil wir immer das Gleiche essen. Wir haben alle eine gelbe Haut und Juckreiz. Ich bitte den Chef, uns zum Arzt bringen, aber er sagt, er habe keine Zeit. Wenn wir wollten, könnten wir ja zu Fuß dort hingehen. Also lassen wir das mit dem Arzt.

Ich habe stark abgenommen und keinen Appetit. Ich will zum ersten Mal ins Dorf, um im Supermarkt etwas einzukaufen. Ich frage den Chef, ob er mich wenigstens ins Dorf bringen kann. Er verneint, das sei nicht seine Aufgabe. Darum gehe ich zu Fuß. Ein Weg ist ungefähr acht Kilometer lang. Unterwegs fliegt ein Löwenzahnsamen zu mir. Im Iran bringen sie normalerweise gute Nachrichten. Aber was für eine hier?

Ich erinnere mich an das Gedicht LÖWENZAHN von Mehdi Achawan Sales, zumindest einen Teil davon:

Geh an einen Ort, wo sie dich erwarten.
Löwenzahn! In meinem Herzen ist alles blind und taub.
Lass ihn, den in seinem eigenen Land Fremden,
Du hast immer schlechte Nachrichten gebracht.

Ich sage zu meinem Herzen: Du bist falsch, ach, du bist falsch,
Du bist ein Betrüger, ein Betrüger bist du.
Löwenzahn! Oh, aber … weißt du …
Bist du etwa weggeweht mit dem Wind? Ich spreche doch mit dir!
Wohin bist du gegangen?
Ach, gibt es wirklich noch irgendwo Neuigkeiten?
Hat noch warme Asche überdauert in einer Feuerstelle –
Es muss ja keine Flamme sein – aber gibt es immerhin noch eine kleine?
Löwenzahn! Die Wolken der ganzen Welt
Weinen in meinem Herzen Tag und Nacht.

Nach ungefähr zwei Stunden erreiche ich das Dorf. Als ich an der Post vorbeigehe, fällt mein Blick auf das Bild eines Laptops. Ich gehe hinein und frage auf Englisch, wie viel das Gerät kostet. Es dauert, bis eine Person kommt, die Englisch spricht. Sie erklärt mir, dass man den Laptop gratis erhält, wenn man für zwei Jahre einen Internetvertrag abschließt. Sofort bitte ich sie, einen für mich abzuschließen. Ich brauche ein Konto bei der BAWAG dafür.

»Dann geben Sie mir ein Konto«, sage ich.

Das geht nicht, weil sie im Dorf keine Bankfiliale haben. Ich muss ins nächste Dorf, das fünfzehn Kilometer entfernt liegt. Dort, sagt sie, könne ich alles erledigen.

Ich bitte sie, mir den Namen des anderen Dorfs aufzuschreiben, damit ich am nächsten Tag hingehen kann.

Als ich wieder auf der Straße stehe, sehe ich den Supermarkt. Dort gehe ich mit frischem Gemüse und Obst, plus Alkohol, zur Kasse und will mit einem Fünfhunderteuroschein zahlen. Die Kassiererin schaut auf das Geld und redet mit einer Kollegin. Dann kommt eine dritte und schaut auch das Geld an.

Ich frage, ob alles in Ordnung sei.

Sie ignorieren mich und reden weiter. Kurz darauf taucht ein Polizeiauto auf, das kann ich durch die Scheibe sehen. Zwei Polizisten steigen aus und betreten den Supermarkt, kommen auf uns zu. Mir wird flau. Einer der Polizisten packt mich an den Handgelenken, der andere schaut sich das Geld an.

»*Is it real money?*«

Ja, antworte ich. Aber kurz zweifele ich selbst, weil das Geld aus dem Iran stammt, und dort wurde mir vielleicht Falschgeld verkauft. Oder hat mir der Taxifahrer Falschgeld zurückgegeben?

»*You sure? Real money?*«

Ich bejahe es wieder, und der andere Polizist drückt noch fester auf meine Handgelenke.

Ein drittes Mal stellen sie dieselbe Frage.

Endlich frage ich, was das Problem sei. Ob es sich etwa um Falschgeld handele?

»*No. But why do you have too much money?*«

Und wieder verstehe ich nicht, was er meint. Das ist kein Falschgeld, aber ich darf kein echtes Geld haben?

»*Too much money. Why? From who, where?*«

Ich erinnere mich an die Bestätigung, die sie mir in Traiskirchen ausgestellt haben, nachdem ich ihnen einen Teil meines Geldes gezeigt hatte. Weil die Polizisten sie sehen möchten, fahren sie mich mit dem Polizeiauto zum Heim, und dort zeige ich sie ihnen. Sie fotografieren sie und wollen gehen, da bitte ich sie, mich zum Supermarkt zurückzubringen, damit ich meine Einkäufe zu Ende bezahlen und mitnehmen kann. Aber sie weigern sich. Ich bleibe vor der Kirche stehen und sehe, wie das Auto kleiner und kleiner wird und dann im Wald verschwindet.

Um meine Wut zu ersticken, gehe ich spazieren. Am Weg sehe ich einige Apfelbäume stehen, die unter ihren Früchten bereits in die Knie gegangen sind, weil niemand sie pflückt. Manche Äpfel wurden von den Vögeln angepickt und hängen noch immer am Baum. Am Boden rund um den Baum feiern Würmer und Ameisen die Apfelspeise. Froh, mit der Natur vereint zu sein, pflücke ich vier Äpfel. Ich beiße in einen, und Bilder meiner Kindheit reihen sich vor mir auf. Der säuerliche Geschmack regt meine Erinnerung an, und ich sehe mich als vierjähriges Kind den Apfelbaum in Sirdschan hochklettern. Schon springe ich auf den nächsten Baum, diesmal im Garten meines Großvaters im Norden Teherans. Ich pflückte immer die unreifen Äpfel, weil sie sauer waren und ich den Geschmack mochte. Meine Großmutter schimpfte dann mit mir.

Nach einer halben Stunde kehre ich zurück. Das Polizeiauto steht vor dem Heim, die Beamten von vorhin warten schon auf mich. Jetzt geht es um Diebstahl. Ich bin verwirrt.

Sie deuten auf die drei Äpfel in meinen Händen.

Ich erwidere, dass ich sie am Weg gepflückt habe, nicht einmal die Vögel hätten sie fressen wollen. Ich zögere, bevor ich frage: »Wer hat mich denn angezeigt? Die Vögel oder die Würmer?«

Die Apfelbäume gehörten der Familie oben auf der Alm, sagt einer, sie hätten mich beobachtet.

Ich versuche, die Situation zu erklären, aber sie wollen nicht zuhören. Ich darf mich bei den Apfelbäumen nicht mehr aufhalten, doch die Grenze zwischen Wald und Eigentum ist mir und auch den anderen unklar. Es gibt keine Markierungen. Es ist alles Natur. Woher sollen wir wissen, dass die Natur in Österreich privat ist?

Aus dem Mund des einen Polizisten riecht es nach Verfaultem, ein Geruch, den ich von irgendwoher kenne. Ein Geruch, der mir fast Übelkeit bereitet. Ich weiche zurück, aber er beugt sich immer weiter vor. Dann mache ich den Mund auf und atme durch ihn hindurch.

Am Ende bekomme ich eine Mahnung, und das Auto wird wieder kleiner.

5

A. ist hin- und hergerissen zwischen Aufgeben und Zuversicht. Jeden Tag geht er in Teheran auf die Demos, weil er eine kleine Hoffnung hat, dass das Regime bald gestürzt wird. Die Beziehung mit seiner Freundin hat er beendet, weil er die ständigen Streitereien satthatte. Es ging in letzter Zeit wie immer um die Hochzeit, die sie erpressen wollte, um seine Mutter, die in ihren Augen eine Hexe war und ihrer Beziehung durch Zauberei Schaden zufügte, um ihre Mutter, die auf der Hochzeit bestand, um das Geld, das er nicht hatte, weil er keine Serien mehr schrieb, um die Wohnung, die er sich nicht leisten konnte, um das Geld, das seine Eltern für die Hochzeit zu zahlen hätten, um die Goldmünzen, die er ihr offiziell versprechen müsste.

Er liegt im Park in der Sonne. Gestern Nacht ist er mit einigem Glück einer Festnahme entkommen. Die Hauptstraße Keschawarz, in der sie bis in die Nacht demonstrierten, wurde nach einer Straßenschlacht gesperrt. Auf einmal tauchten Revolutionsgarden und Polizisten auf. Massenweise sollten sich Leute mit auf den Rücken gebundenen Händen auf die Straße legen. A. flüchtete mit einem Freund in Richtung des nahen Parks, aber auch dort standen viele. Sie sahen den Sicherheitsmann eines staatlichen Gebäudes die Tore zusperren. Sie liefen zu ihm und machten eine Hilfe suchende Geste. Der Sicherheitsmann, offenbar selbst gegen das Regime, ließ sie herein. So entkamen sie. In dieser Nacht wurden mehr als zweihundert Personen festgenommen, hörte A.

Jetzt ist es fast sieben Uhr am Morgen. Sein Freund ist nach Hause gefahren. A. will später jemanden in der Nähe treffen, deshalb bleibt er.

Hinter einem Busch küssen sich zwei Jugendliche. Er war oft mit Ava in diesem Park, Tulpenpark genannt, wurde mehrmals festgenommen, weil er mit ihr dort saß. Polizisten bauten sich vor ihm auf, befahlen ihm aufzustehen, und dabei starrten sie auf seinen Schwanz. Sie wollten sehen, ob er einen Ständer hatte. Dann wurde er wie immer gefragt, wer die Frau neben ihm sei. Da er wusste, dass es sonst Schwierigkeiten gäbe, sagte er:

»Meine Verlobte.«

Die Polizisten lachten.

Einer sagte: »Du bist doch selbst eine Verlobte, du Süßer.«

»Magst du sehen, wie der Süße unten aussieht?«, erwiderte A. und bekam eine Ohrfeige.

Er dreht sich um und sieht junge Männer vom Land, die sich gerade das Gesicht bei einem Wasserhahn waschen, als ob sie im Park übernachtet hätten. Sie gehen an ihm vorbei. Er hört, dass sie Dialekt reden. A. hat einen lurisch-kurdischen Nachnamen, deshalb wurde er oft in der Schule ausgelacht. Eigentlich ist er mehr Teheraner als die, die ihn ausgelacht haben. Seit Generationen lebt seine Familie in der Hauptstadt. Man wusste nicht einmal mehr, aus welcher Region sie nach Teheran vertrieben oder gezogen ist. Es kränkte ihn zwar anfangs, aber irgendwann fand er die Vorstellung schön, Lure zu sein. So fuhr er nach Lurestan und versuchte, die Sprache zu lernen. Oft half ihm das bei Festnahmen. Es gibt unter Polizisten immer welche, die aus Lurestan stammen. Dann sagte A. die paar Sätze Luri oder Kurdisch, die er gelernt hatte, und auf einmal waren sie nett zu ihm.

A. schaut auf die Uhr. Es ist heiß geworden. Er steht auf und geht frühstücken. Seit längerer Zeit hat er Lust auf Lammkopf, aber es ist schon zu spät dafür. »Nach sieben gibt es kaum mehr Lammkopf bei uns«, sagt der Besitzer des Restaurants. A. atmet noch den Duft ein, bevor er das Lokal verlässt. Beim Vorbeigehen sieht er Knochenreste auf dem Tisch liegen. Hauptsächlich Zähne.

Er hat kein Netz. Bei einer Telefonzelle bleibt er stehen und ruft seinen Freund Ardavan an. Eine Frau hebt ab. Die Stimme überschlägt sich fast. Sie teilt ihm mit, dass Ardavan in der vergangenen Nacht verhaftet wurde.

A. ist schockiert. »War Ardavan auch auf der Demo?«

»Nein«, lautet die Antwort, »er war bei einem Freund zu Hause. Alle in dieser Wohnung wurden verhaftet. Eine Versammlung der neuen Linken«, fügt sie hinzu. Gleich danach sei das Haus der Eltern, wo Ardavan noch wohne, auch durchsucht worden. Sie hätten seine Bücher und den Computer mitgenommen, sagt die Stimme am Telefon noch.

A. wollte gestern ebenfalls zu diesem Treffen gehen, aber die Demo, die in der Umgebung der Hauptuniversität, also in der Stadtmitte stattfand, wurde zu einer Schlacht, und deshalb blieb er dort.

Woher wussten sie von dem Treffen? Wird er beobachtet? A. ruft zu Hause an, möchte wissen, ob alles in Ordnung ist.

Niemand meldet sich.

Er wählt die Nummer des Geschäfts, und seine Mutter hebt ab. Sie klingt nicht besorgt, weil sein Freund sie auf dem Weg nach Hause bereits darüber informiert hat, wo sie die Nacht verbracht haben.

A. fragt, ob ihn gestern irgendjemand gesucht habe.

»Wer soll dich gesucht haben?«, fragt die Mutter zurück.

Das heißt, alles ist in Ordnung. Noch. »Meine Freunde«, antwortet A.

»Nein, niemand war da.«

Er ist sich sicher, dass Ardavan verhaftet wurde, weil er Mitglied einer oppositionellen Organisation ist. A. muss sich entscheiden, was er nun machen und wo er sich verstecken soll. Wird er jetzt verhaftet, kommt er vielleicht nie wieder aus dem Gefängnis heraus.

Langsam wird er paranoid, er schaut sich ständig um. Er glaubt, dass sie ihn auch verhaften werden, wenn er nach Hause geht. Darum ruft er seinen alten Schulkameraden Reza an, den er aus der Theaterschule kennt. Reza wohnt allein, weil er sich von seiner Frau getrennt hat, und sagt, er soll vorbeikommen. A. ist erleichtert, denn ihm fällt sonst niemand ein, zu dem er gehen könnte. Bei Reza ist er sicher, weil sie schon länger kaum Kontakt hatten.

Obwohl sie in der Theaterschule oft Zeit miteinander verbrachten, stichelte Reza immer wieder, wenn es um A.s soziale Herkunft ging. Immer wieder sprach er von A.s Verwandlung vom Proleten zum Künstler. Zog A. neue Klamotten an, machte er Kommentare darüber. Er wollte allen klarmachen, aus welchem Milieu A. stammt. Dabei hatte A. seine bildungsferne Herkunft nie verheimlicht. Vielleicht war er tatsächlich ein Prolet gewesen, als er begonnen hatte, auf diese Schule zu gehen, aber er hatte sich verändert. Er hatte viel gelesen und glaubte, ein Intellektueller geworden zu sein. Einer, der aus dem Volk kommt und dem Volk nahesteht. Reza und andere machten selbst in Anwesenheit von Ava immer wieder Witze über ihn, das Proletenkind. Kleine Witze, die Bösartigkeit in sich bargen. Er wollte nur Respekt, besonders wenn Ava dabei war. Glaubte, dass sie aus Neid so mit ihm umgingen. Diese Verachtung und Überheblichkeit hielt er irgendwann kaum mehr aus. Er entschied sich, die Freunde aus der Theaterschule seltener zu sehen, auch wegen Avas Eifersucht. Sie sagte immer wieder, alle Frauen aus diesen Kreisen seien Schlampen und wollten sofort mit ihm ins Bett. Ihre Eifersucht bedeutete viel Streit, der so vermieden werden konnte.

Da A. erst später zu Reza kann, läuft er in der Revolutionsstraße herum. Dort befindet sich der riesige Campus der Universität mit vielen Buchgeschäften gegenüber. Alle Institute haben ihre Hauptgebäude dort. Es dauert mehr als zehn Minuten, um von einer Seite zur anderen zu gelangen. Nicht umsonst hält das Regime das Freitagsgebet dort ab, schließlich passen Tausende Menschen auf den Campus. Seine Uni, in der er Szenisches Schreiben studierte, befindet sich auch an dieser Straße. Fast jede Demo gegen das Regime startet von dort aus, fast eine Tradition. Er schaut sich Bücher an, um sich die Zeit zu vertreiben.

Dann geht er weiter, biegt in eine kleine Nebenstraße ein. Er hört ein Motorrad, das größer klingt als die anderen 125cc-Motorräder – mehr als 200cc sind im Iran verboten. Er dreht sich um, da bleibt das große Motorrad vor ihm stehen. Ein schwarz gekleideter Mann mit schwarzem Helm sitzt darauf, und während A. ihn anschaut, öffnet der Mann seine Jacke und greift mit der einen Hand hinein. A. verspürt große Angst, denn Motorradfahrer im Iran tragen selten einen Helm, dagegen haben motorisierte Revolutionsgarden und Geheimdienstler bei den Demonstrationen oft Helme auf, damit sie nicht erkannt werden. Er will sich hinter ein Auto werfen, damit er den Schüssen aus der Waffe, die der Mann gerade zieht, entgeht. Aber es ist zu spät. Die Hand schnellt heraus, und während der Mann ihn ansieht, beginnt A. zu zittern – besonders seine Knie zittern, wie damals, als er vor dem Lehrer stand und auf die Schläge wartete. Zu seinem Erstaunen hält der Mann ein Handy in der Hand und schaut auf das Display. A. setzt sich auf die Straße und fängt an zu heulen, als er das Motorrad wegfahren hört.

»Was ist? Steh auf. Bist du verrückt geworden?«, schreit ein anderer Motorradfahrer.

A. steht sofort auf, um keine Aufmerksamkeit zu erregen, und setzt sich auf die Stufen vor einem Buchgeschäft. Dort bleibt er eine Weile sitzen.

Am Nachmittag klingelt er bei Reza. Bereits im Stiegenhaus hört er einen Papagei schreien. In der Wohnung angekommen, sieht er ihn herumfliegen. Reza bietet ihm Tee an, und sie beginnen zu erzählen, was sie in den letzten Jahren gemacht haben. Als Reza einen Anruf bekommt, muss er schnell weg, weil er gerade mit einer Theatergruppe an einer Inszenierung arbeitet und einen Schlüssel vorbeibringen muss.

A. ist müde und legt sich hin. Als er eingeschlafen ist, träumt er von Männern, die ihn verfolgen. Kurz bevor sie ihn kriegen, taucht ein Reh auf und lenkt die Männer ab. Dieses Reh rezitiert persische Gedichte vor allem von Firdausi, und die Männer bleiben stehen, weil sie, wie von einer magischen Kraft in den Bann gezogen, zuhören müssen. Oft weiß A. bei der Verfolgungsjagd nicht, wohin er laufen soll, aber das Reh zeigt ihm den Weg. Dann begegnet er ihm unter einem Baum und hat den Eindruck, es zu kennen. Das Reh erinnert ihn an eine Frau, aber noch bevor sich das Rätsel löst, stürzt sich ein Adler auf ihn. Er versucht sich zu befreien. Der Adler macht Geräusche wie ein Papagei, verletzt ihn im Gesicht. Er macht die Augen auf und sieht den Papagei auf sich sitzen.

A. fühlt sich wie im Opiumrausch, wie die Hauptfigur in »Die blinde Eule«, dem Roman von Sadeq Hedayat. Es ist bereits dunkel, und Reza ist noch immer nicht zurück. A. ruft ihn an, aber Reza hebt nicht ab.

Das Alleinsein bringt A. auf sexuelle Gedanken. Soll er Ava anrufen und in diese Wohnung einladen, obwohl sie nicht mehr zusammen sind? Hier könnten sie in Ruhe machen, was sie wollen. A. denkt an die Nächte, die er bei Ava verbracht hat, wenn die Mutter nicht in Teheran war. Die jüngere Schwester schlief daneben, und trotzdem fummelten sie. Oft drehte sich die Schwester mit dem Rücken zu ihnen, als ob sie davon gewusst hätte, und A. steckte seinen Schwanz zwischen Avas Beine. Hörte die Schwester zu? Tat sie nur so, als würde sie schlafen? Jetzt kommt es ihm komisch vor, neben der Schwester so dreist gewesen zu sein, aber er würde jetzt wohl das Gleiche tun, wenn Ava neben ihm läge. Oft ging A. mit ihr ins Kino, und dort, trotz der Kontrolle, steckten sie beide die Hand in die Unterhose des anderen. Oft wollte Ava seine Hand nicht in ihrer Hose, weil sie Angst hatte, also war nur ihre Hand in seiner. Sie legten ihre Jacken darüber. Hoch und runter, hoch und runter, bis es nach Samen roch.

A. bekommt langsam einen steifen Schwanz. Er erinnert sich an den Tag, als er zum ersten Mal bei Hossein war. Hossein wohnte einige Gassen weiter und war bekannt für seinen großen, dicken Schwanz. A. war schockiert, als er mitbekam, dass alle ihn darauf ansprachen. Er ging mit einem Freund zu Hossein, und nach einigen Minuten tauchten weitere junge Männer auf. Mehdi, sein bester Freund, war auch darunter. Er merkte, dass die Situation angespannt war, konnte aber den Grund nicht ausmachen und sah Mehdi fragend an. Der machte eine Geste. A. simulierte mit zwei Fingern eine gehende Person, und Mehdi nickte. Dann standen sie beide auf und gingen zur Tür.

Hossein sagte, dass niemand rausdürfe, weil man sonst den Plan ruiniere.

Mehdi erwiderte, dass sie oben warten würden.

Schon klingelte es an der Haustür. A. und Mehdi liefen schnell hinaus und versteckten sich auf dem Treppenabsatz der oberen Etage. Von dort sahen sie, dass ein Bekannter mit zwei jungen Frauen hochkam, und als die drei in der Wohnung verschwunden waren, verließen sie das Haus. Draußen äußerte Mehdi seine Vermutung: Alle, die schon in der Wohnung waren, würden sich verstecken, damit sie sich dann auf die Frauen stürzen könnten. Die Frauen seien bereit, mit den Männern, die sie als ihre Freunde betrachteten, zu schlafen, und nun würden sie gezwungen, mit allen Männern in der Wohnung zu schlafen.

Es war ein beliebter Trick in seinem Bezirk. Man nannte es nicht Vergewaltigung, weil Vergewaltigung in den Augen vieler anders aussah. Die weit verbreitete Sichtweise war, dass es sich um eine Vergewaltigung nur dann handelt, wenn eine Frau, die keinen Sex will, dazu gezwungen wird. Wenn eine Frau jedoch einwilligt, Sex zu haben, dann wird es selbst dann nicht als Vergewaltigung betrachtet, wenn sie mit physischer Gewalt von weiteren Männern zum Sex gezwungen wird. Denn einer mehr oder weniger ist unwichtig.

A. war damals fünfzehn Jahre alt, und das Gesicht der beiden jungen Frauen hatte er noch lange vor Augen. Später sollte er ein schlechtes Gewissen haben, weil er ihnen nicht geholfen hatte.

Das Telefon klingelt. Reza teilt ihm mit, dass er bald zurück sei. A. ist hungrig und wartet, damit sie gemeinsam essen können. Er ruft noch einmal seine Mutter an und sagt ihr, dass er auch diese Nacht nicht nach Hause kommen werde. Obwohl die Mutter darauf besteht zu erfahren, wo A. ist, erzählt er nichts. Er hat Angst, dass das Telefonat abgehört wird. Stattdessen geht er zum Regal und schaut sich die Bücher an, die Reza sich über die Jahre gekauft hat.

ZWEITE ETAGE

1

Endlich habe ich es bis zur Ortschaft mit der Bankfiliale geschafft, deshalb besitze ich nun einen Laptop mit Internetzugang. Seitdem ich den Iran verlassen habe, hat sich viel verändert: Es gibt unzählige Protestvideos auf YouTube, die ich mir jetzt die ganze Zeit anschaue. Als ich im Iran mitprotestierte, hatte ich diese Möglichkeit nicht. Damals war das Internet verlangsamt – ich konnte nur bei Ava einige sehen, die von einem iranischen Auslandssender gezeigt wurden.

Die ersten drei Nächte bleibe ich wach. Erst schaue ich mir Videos aus der Zeit an, als ich noch im Iran lebte, und dann die neuen. Ich sehe Bilder von heftigen Auseinandersetzungen mit der Polizei. Es gibt sogar Aufnahmen, die zeigen, wie ein Polizeiauto Menschen auf der Straße niederfährt. Ich schaue sie an und weine, ohne es zu wollen. Meine Tränen fließen, ich habe keine Kontrolle darüber. Mittlerweile beginne ich selbst dann zu weinen, wenn ich ein kitschiges Video anschaue. Ich merke, dass ich sehr emotional geworden bin, auch wenn ich mich ganz anders fühle. Ich spüre mein Herz nicht mehr, stattdessen einen Stein. Von allen in der Unterkunft habe ich mich zurückgezogen und verbringe nur noch Zeit im Internet.

Bevor ich den Internetzugang bekam, war ich oft im Wald spazieren. Eines Tages schrieb ich nach meiner Rückkehr dieses Gedicht auf Farsi:

Sag etwas
nichts zu sagen
komm, wir gehen fort von hier
nein, ich werde bleiben
du bist verrückt
ja
dann sei eben allein
es ist auch ein Glücksfall, wenn sich das so ergibt
was hast du mit dem größten Mörderland der Weltgeschichte zu schaffen?
ich liebe es wie eine Frau
was fängst du mit seinen Bewohnern an?
ich werde mich unter sie mischen
du bist verrückt, rede doch mit den Bäumen
ja, das habe ich schon und werde es wieder tun
sie hören mich
ich weiß es
in einem Anfall von Einsamkeit habe ich ihr Flüstern gehört

Ich weinte Blut um mein Heimatland
und auf einmal begriff ich, dass die Geliebte
die eine scheue, aber schöne Frau war
den Plan gefasst hatte, mich zu töten
denn sie hatte mich verlassen
die Bäume am Waldweg indes verstanden meine Tränen
sie waren älter und älter geworden
gekrümmt und mit der Wurzel ausgerissen
sie hörten mein Wehklagen

denn in ihre Stämme waren Wunden geritzt:
wir lieben euch, dich und alle Toten
Tote?

Und der Waldweg ist bedeckt mit grünen Blättern
die im Frühling ihres Lebens auf die Erde gefallen sind
eine Totenklage ist im Gange
ein Trauergesang von mir
ein Klagegeschrei der Bäume
und als eine Opfergabe die grünen Blätter im Frühling ihres Lebens
ja, mit den Bäumen werde ich reden
weil ihr mich für verrückt haltet
diejenige, die ich für die Hüterin meiner Geheimnisse hielt
war von allen die Offenmäuligste
und hat die Reife ihres Geschlechts in den Armen eines anderen gefeiert
was soll dann von euch zu erwarten sein?

Klagen mit den Bäumen also und mit euch schweigen
aufrechte Zedern, mit der Wurzel ausgerissen
und Blätter, grüne
in den Schlamm gestürzt mit der Flüssigkeit meiner Tränen
nun also sage ich, bevor ich in Blut ertrinke
sag etwas, was es auch sei
es wird das Schweigen brechen
du bist verrückt
ja, ich weiß
mein Verbrechen besteht darin, dass

ich mich nicht am Vergessen berauschen kann gleich euch
kommt alle und hört zu, und ich werde unverhüllt reden

Aber du, der du starbst?
ich werde das Leben wiederfinden
und das ist der Neubeginn meiner Geschichte

Noch nie habe ich den Wunsch, mich mit Menschen auszutauschen, so deutlich verspürt. Aber die Möglichkeit dazu gibt es nicht. Mit denen im Heim kann ich nicht reden, weil sie mich trotz der gemeinsamen Sprache nicht verstehen. Ich bin neidisch, weil sie das Leben offenbar besser ertragen, weil sie offenbar weniger leiden als ich. Sie schauen aus, als würden sie ihr Leben genießen, obwohl es kaum zu genießen ist. Wenn ich sie beobachte, merke ich, dass ich weniger überlebensfähig bin. Ich hatte immer ein falsches Bild von mir, sah mich als starken Menschen, dachte, ich hätte meine Emotionen unter Kontrolle.

All das stimmt nicht. Ich habe mich durch mein Wissen, durch meinen Intellekt definiert, vielleicht weil ich meine soziale Herkunft verstecken wollte. Nun, wo ich durch Sprach- und Statusverlust ein Nichts geworden bin, habe ich mich verloren. Ich stehe mir im Weg – beim Leben, beim Überleben. Wenn dieses Heim und die österreichische Pampa mich nicht umbringen, dann bringe ich mich selbst um, denke ich. Ich heule, ich habe Sehnsucht, ich habe Heimweh, ich leide. Meinen Rucksack habe ich noch immer nicht ganz ausgepackt. Ich lebe wie ein Reisender, der morgen zurückkehren kann. In meinem Zimmer habe ich nichts verändert. Der Großteil meiner Kleidung ist nicht aufgehängt, sondern liegt auf einem Sessel.

In Gedanken gieße ich jeden Tag meine Pflanze in Teheran. Wer wird sie jetzt gießen? Manchmal rede ich tagelang mit niemandem, und wenn mich meine Mutter zweimal in der Woche anruft, fühlt es sich an wie das Horn des Erzengels Israfil, das am Tag des Jüngsten Gerichts zweimal geblasen wird – das erste Mal, um zu verkünden, dass auf der Erde kein Leben mehr ist, das zweite Mal, weil die Toten auferstehen sollen, um vor Gott Rechenschaft abzulegen. Israfil ist der Verkünder des Sterbens und der Wiederauferstehung, und die Trompete bleibt immer an seinen Lippen, bereit, geblasen zu werden, wenn Gott es befiehlt.

Und dann ist da noch die Wut. Ich bin wütend auf mich, weil ich Angst habe, offen darüber zu sprechen, dass ich ein Atheist bin. Angst habe ich nicht so sehr davor, dass Muslime mich hier umbringen. Ich befürchte vielmehr, noch einsamer zu sein, wenn die anderen es wissen. Gleichzeitig ärgert es mich, dass ich auf sie angewiesen bin. Ich muss für eine unbestimmte Zeit mit ihnen leben und währenddessen ständig lügen. Ich hasse mich dafür, dass ich lüge, dass ich meinen Hass auf Religionen nicht offen kundtun kann. Ich will ich sein und scheitere daran, scheitere am Leben.

Aber nichts davon kann ich meiner Mutter sagen. Weder über meine Einsamkeit noch über meine Wut kann ich mit ihr reden. Erstens, weil sie nichts ändern kann, zweitens, weil sie sich Sorgen macht, und das ist nicht gut für ihr krankes Herz. Meine Eltern werden in meiner Isolation zu Stimmen. Sie verlieren ihre Körperlichkeit, ihre Probleme werden unwichtig. Vielleicht auch wegen meiner eigenen Probleme. Ich merke, dass sie netter geworden sind, weil ich umgekehrt auch für sie kein Körper mehr bin. Sie können keine Macht mehr über mich ausüben, und deshalb sehnen sie sich nach mir. Je unabhängiger du von ihnen wirst, desto netter werden sie.

In der Früh klopft es an meine Tür. Ich wundere mich, weil ich die Schritte nicht gehört habe, aber ich bin noch nicht fertig mit den Videos, die ich die ganze Nacht angeschaut habe. Ich frage, wer da ist, und höre eine fremde Stimme. Als ich aufmache, sehe ich den Postmann vor mir. Er zeigt mir ein blaues Kuvert und gibt mir zu verstehen, dass ich unterschreiben muss, um den Brief entgegenzunehmen. Es ist die Ladung zu meiner Asyl-Einvernahme. Ich höre die Menschen im Iran protestieren, aber leise. Die Schritte entfernen sich. Das blaue Kuvert liegt zerrissen auf dem Boden.

Ich muss wieder nach Traiskirchen, Ende September, und ich müsste glücklich sein, aber kann es nicht, weil ich nicht mehr weiß, wie das geht. Ich ziehe eine Grimasse, die ein Lächeln bedeutet, doch innerlich spüre ich nichts und lasse es wieder sein. Ich schalte den Laptop aus und schlafe tief. Schon wieder ein Albtraum. Jemand bricht ein und will mich umbringen. Dann träume ich, dass ich in den Iran fliege. Auf den Straßen von Teheran beginne ich, vor lauter Freude zu weinen. Ich wache auf. Mein Polster ist nass.

Kazem hat seine Ladung für denselben Tag bekommen, der Chef des Heimes wird uns zwei Tage früher hinfahren, weil er es dann mit etwas anderem verbinden kann. Ich freue mich darauf, wieder in eine Stadt zu kommen. In letzter Zeit bin ich öfter zum Einkaufen ins Dorf gegangen, weil ich eine Abkürzung durch den Wald gefunden habe. Vor Kurzem, als ich mit vollen Sackerln den Berg nur schwer hochkam, traten mir zwei Männer in den Weg. Sie sprachen mich auf Deutsch an.

Ich sagte ihnen auf Englisch, dass ich nichts verstehen könne.

Da teilte mir der eine auf Englisch mit, ich dürfe diesen Weg nicht mehr benutzen. Es sei ein Privatgrundstück und gehöre ihm.

Ich entschuldigte mich und sagte, ich hätte es nicht gewusst.

Er antwortete, dass ihm das egal sei. Das nächste Mal werde er auf uns Flüchtlinge schießen und behaupten, dass er auf Tiere schießen wollte. Die Polizisten würden ihm glauben und nicht uns.

Seitdem habe ich Angst, durch den Wald zu gehen, und nehme den Weg entlang der Straße, der länger, aber sicherer ist.

Ich gehe wieder ins Dorf, weil ich etwas einkaufen will.

Meine Mutter ruft mich an und fragt, wo ich gerade sei.

Ich sage, zu Fuß unterwegs.

Sie wundert sich, dass man in Europa immer zu Fuß unterwegs ist.

Es würde zu teuer werden, wenn ich ihr alles erzählen würde. Ich sage, dass alle in der Gegend Autos hätten, nur wir nicht.

Sie fragt, warum uns dann keiner mitnehme.

Das frage ich mich auch. Im Iran würden die Leute einen mitnehmen. Sogar die Polizei. Meine Mutter hat eine romantisierende Vorstellung von Europa, wie viele andere im Nahen Osten. Sie glaubt, die Menschen in Europa seien allesamt gutherzig und nähmen Fremde im Auto mit. Sie glaubt, dass niemand in Europa zu Fuß gehen muss, dass es überall öffentliche Verkehrsmittel gibt, dass alle hier gerne teilen, dass die Leute menschlicher sind als im Iran.

Im Dorf werde ich von allen Seiten beobachtet. Heimlich durch die Fenster und offen auf der Straße. Ich fühle mich nicht wohl, deshalb kaufe ich schnell für zwei Wochen ein und gehe zurück.

Unterwegs beginnt es, heftig zu regnen. Ich wickele mein Handy in ein Plastiksackerl, um es zu schützen. Ein Polizeiauto nähert sich. Ich versuche, es anzuhalten, aber es fährt vorbei. Ich nehme die Sackerln, die ich auf den Boden gestellt hatte, wieder in die Hand und gehe langsam weiter.

Die Straße führt mittlerweile steil bergauf. Einige Minuten später wird der Regen noch heftiger. Das Wasser tropft mir von den Haaren in die Augen, und ich kann schlecht sehen. Ich höre wieder ein Auto kommen und versuche, es anzuhalten. Zwei Frauen sitzen darin, ich erkenne die, die am Steuer ist. Ihre Familie lebt drei Kilometer vom Heim entfernt. Sie fahren vorbei, und ich fange an zu weinen. Ich frage mich, warum sie mir nicht helfen. Nach etwa hundert Metern bleiben sie stehen. Ich kann es kaum glauben. Voller Freude laufe ich zum Auto. Bevor ich dort angekommen bin, streckt die Beifahrerin ihren Arm heraus. In der Hand hält sie einen Regenschirm.

Ich frage sie, ob sie mich nicht mitnehmen könnten.

Sie wedelt mit der Hand, um zu betonen, dass das die einzige Hilfe ist, die sie anzubieten haben.

Ich stelle meine zwei schweren Sackerln wieder auf den Boden, um den Schirm zu nehmen. Im Nu fährt das Auto los und verschwindet hinter den Bäumen am Beginn des Waldes. Ein Eissalat rollt auf die Fahrbahn, danach eine Packung Champignons. Ich hantiere mit dem Schirm herum und bemühe mich gleichzeitig, dass die beiden Sackerln nicht umfallen. Wie soll ich den Schirm tragen, wenn ich keine Hand frei habe? Was soll mir der Schirm bringen, wenn ich bereits nass bin? Die Frau wollte etwas tun, damit sie kein schlechtes Gewissen hat, aber der Schirm wird mir zur Last. Ich stopfe ihn in eines der Sackerln und gehe weiter.

Etwas ist passiert: Ich fühle mich hier zum ersten Mal gesehen. Ich fühle mich gesehen, weil sie mir helfen wollten. Aber ihre Geste macht mir auch bewusst, dass sie uns Flüchtlinge als Gefahr wahrnehmen. Sie denken, dass Österreich ein großes Schönbrunn ist, das den wilden, primitiven, stinkenden Tieren ein Obdach bietet. Ein großer Zoo. Wir werden nur dann zur Gefahr, wenn man mit uns in Kontakt kommen muss. Wir sind wohl wie ansteckende Krankheiten, deshalb soll man uns meiden.

Genau so begegnen uns die Leute, wenn sie am Sonntag in die Kirche gehen und wir vor dem Heim oder auf der Wiese vor der Kirche stehen – denn dann steigen sie schnell aus ihren Autos aus und gehen hastig vom Parkplatz Richtung Kirche, nehmen den direktesten Weg, anstatt kurz die frische Luft einzuatmen, sich umzuschauen, vielleicht sogar die Sonnenstrahlen auf der Haut zu genießen und erst danach zur Kirche zu schlendern, wie sie es sonst immer tun, wenn ich sie aus dem Fenster beobachte. Genau so verhält sich der Mann Gottes, der Priester, als ich ihn an einem Sonntag anspreche und bitte, jemanden für uns zu finden, der uns ab und zu Deutschunterricht gibt. Genau so verhält sich der Chef des Heimes, wenn ich am Sonntag zu ihm ins Gasthaus gehe und wie alle anderen ein Bier trinken will. Ich würde das gleiche Geld dafür bezahlen, aber er sagt mir, dass die anderen Gäste es nicht mögen, wenn wir uns dort aufhalten. Wir dürfen am Sonntag nichts von ihm wollen, wir dürfen uns am Sonntag nicht in der Nähe seines Hauses und Gasthauses zeigen. Diese alte Schule, die uns als Heim dient, ist unsere Quarantänestation, damit wir die anderen Menschen nicht anstecken.

Das alles geht mir durch den Kopf, als mir die Frau den Schirm aus dem Auto reicht. Ich verstehe jetzt, warum der Priester mir mit der Polizei gedroht hat, als ich nach Deutschunterricht fragte – er wollte nicht einmal zuhören, was mein Anliegen ist. Jetzt verstehe ich, warum er mir verbot, die Kirche noch einmal zu betreten, warum er meinte, die Leute wollten uns nicht in der Kirche sehen, die Kirche sei kein Ort für uns. Und jetzt verstehe ich auch, warum wegen des sogenannten »Apfeldiebstahls« die Polizei gerufen wurde. Die Polizei soll als Wachhund dafür sorgen, dass wir im Heim bleiben. Und aus Angst vor der Polizei bleiben wir im Heim.

Ich bleibe sogar in meinem Zimmer. Ich beginne, meine alten Freunde aus dem Iran ausfindig zu machen. Ich suche sie auf Facebook, ich schicke ihnen E-Mails. Ich brauche Menschen, mit denen ich reden kann – mit denen ich reden kann, ohne mich zu verstellen. Ich will nicht mehr so tun, als ob ich an eine Religion glauben würde. Ich will sagen können, warum ich aus dem Iran fliehen musste. Aber es meldet sich kaum jemand zurück. Sie haben entweder keinen Zugang zum Internet oder sind gerade mit dem Geschehen im Land beschäftigt. Also fange ich an, mich in den Yahoo Chat Rooms umzusehen. Aber dort finde ich nur lauter Hoffnungslose aus dem Iran, die wie ich mit ihrer Einsamkeit ringen.

Es kommt der große Tag. Wir wachen früh auf, weil wir nach Traiskirchen zur Einvernahme fahren müssen: Kazem, Dschawad mit seiner hochschwangeren Frau – die ich überhaupt zum ersten Mal seit meiner Ankunft sehe, ich wusste nicht einmal, dass sie schwanger ist – und ich.

Was macht sie den ganzen Tag, wenn sie nie das Zimmer verlässt, verlassen darf? Wie vertreibt sie sich ihre Zeit? Ist sie überhaupt volljährig? Sie sieht für mich eher wie eine Minderjährige aus.

Es ist noch dunkel. Der Chef des Heimes bringt uns mit seinem neuen Audi hin. Unterwegs tippt er Nachrichten und lenkt mit den Knien.

Ich spreche ihn darauf an.

Er erwidert, dass er ein guter Fahrer sei.

Ich sage ihm, dass ich nicht seinetwegen mein Leben verlieren wolle.

Er lacht und sagt: »Du kommst aus dem Nahen Osten, wo der Tod allgegenwärtig ist, und sagst mir, was zu tun ist?«

Ich schweige.

Kurz darauf wird Dschawads Frau schlecht. Der Chef des Heimes hat Angst um sein Auto und macht fast eine Vollbremsung auf der Autobahn, bevor er auf dem Pannenstreifen stehen bleibt. Während sie sich übergibt, untersucht er das Auto, um sicher zu sein, dass alles sauber geblieben ist.

Um sechs Uhr sind wir in Traiskirchen. Wir gehen ins Gebäude und wollen frühstücken. Ich halte Ausschau nach dem Polizisten, der Farsi kann, aber er ist nicht da. Wegen der Einvernahme bin ich nervös. Ich habe viele Lebensmittel mit, damit ich sie den Freunden von Kazem geben kann, die uns nach der Einvernahme bei sich übernachten lassen, bis dahin wohnen wir im Heim. Seitdem ich einen Laptop mit Internet besitze, sind alle freundlich zu mir, sie wollen auf diesem Wege ihre Familien kontaktieren. Selbst diejenigen, die mich umbringen wollten, haben sich entschuldigt. Kazem auch. Also lasse ich sie meinen Laptop benutzen – bis einer der Paschtunen aus meinem früheren

Zimmer sich Pornos darauf anschaut und sich der Laptop mit einem Virus infiziert. Da schränke ich die Nutzung wieder ein.

Beim Frühstück sehe ich Bashir wieder, der gerade im Speisesaal arbeitet. Ich freue mich darüber, und er sagt, dass ich in seinem Zimmer übernachten könne, solange ich in Traiskirchen sei. Das ist eine Erleichterung, weil ich mich von den Iranern, die inzwischen zahlreicher geworden sind, fernhalten möchte.

Bashir fragt, ob ich etwa heute meine Einvernahme hätte.

»Erst in zwei Tagen. Wir wurden schon früher hergebracht, weil der Chef nicht zweimal fahren wollte.«

Weil er weiterarbeiten muss, wird unser Gespräch immer wieder unterbrochen. Ich gehe raus, auch hier gibt es schöne Waldwege, und dort spaziere ich herum. Es ist ein sonniger Tag, deshalb sind einige Leute unterwegs. Am liebsten würde ich gleich nach Wien fahren, um wieder in einer Großstadt zu sein und Traiskirchen und allen seinen Konflikten auszuweichen. Aber ich warte auf Bashir, um mit ihm gemeinsam zu fahren.

Ich gehe hinter einem älteren Ehepaar. Sie drehen sich ständig um, weil sie Angst vor mir haben, sie wollen nicht mit mir allein im Wald sein. Ich tue so, als ob ich nichts davon mitbekäme, und lächele sie an. Nach einer Weile nehme ich eine Abzweigung. Ich kann sie noch immer sprechen hören, sehe sie aber nicht mehr.

Die deutsche Sprache ist keine Natursprache, denke ich wieder. Ihr Klang kommt mir immer noch kühl vor, wie ein großer Bahnhof mit einer eisigen Ankunftshalle. Da ich ein Stadtmensch bin, gefällt mir diese Sprache, obwohl ich fast nichts davon verstehe. Ich frage mich, ob Architektur und Sprache miteinander in Verbindung stehen. Haben wir im Iran so viele Kuppeln, weil der Klang der Wörter nach Bögen verlangt? Oder weil die Buchstaben aussehen wie Bögen, zum Beispiel der Buchstabe Nūn?

ن

Ist die persische Poesie der Grund, warum viele Gebäude im Iran gewölbte Dächer haben? Diese schöne Natur in Österreich passt gar nicht zum Deutschen, eher zu Farsi.

In diese Gedanken versunken, kehre ich zurück. Am Bahnhof begegne ich Behruz mit einigen Iranern, die offenbar neu in Traiskirchen sind. Ich will an ihnen vorbeigehen, aber Behruz tritt mir den Weg. Er wiederholt seine Anschuldigungen und stellt mich als Spitzel des Regimes dar. Dann versucht er, mir die Geldbörse aus der Tasche zu ziehen. Während ich mich wehre, hetzt er die anderen gegen mich auf. Zum Glück reagieren sie nicht, und ich kann meine Geldbörse retten.

Plötzlich spüre ich einen Faustschlag, und mir wird schwarz vor Augen. Ich taumele ein paar Schritte zurück. Behruz lacht und kommt näher. Jetzt muss ich mich selbst retten, drehe mich um und renne los. Behruz wirkt wie ein Hund, dessen Verfolgungsinstinkt geweckt ist. Er rennt hinter mir her, und kurz bevor er mich erwischt, setze ich mich auf den Boden, mache mich klein. Er stolpert und fliegt auf die Fresse. Diesen Trick habe ich als Jugendlicher gelernt. Während Behruz, der kräftig und sportlich ist, bäuchlings auf dem Boden liegt, springe ich auf seinen Rücken. Ich schlage ihn ein paarmal auf den Kopf, dann nehme ich ihn in den Schwitzkasten, dabei liege ich fast auf ihm. Die anderen Iraner laufen auf uns zu und wollen uns auseinanderbringen. Ich versuche, sie mit einem Schrei wegzuscheuchen, drücke Behruz den Hals zu und sage, dass er sich entschuldigen soll. Ich drücke so lange, bis er sich entschuldigt. Dann lasse ich ihn los und verschwinde.

Ich zittere vor Aufregung. Ich frage mich, wie es dazu kommen konnte, dass ich so gewalttätig geworden bin. Warum lasse ich mich von Iranern so schnell provozieren? Warum habe ich Kazem, dem Afghanen, gegenüber anders reagiert?

Ich stürze in den Speisesaal, sehe Bashir. Kurz erzähle ich ihm, was geschehen ist, und bitte ihn, gleich mit mir nach Wien zu fahren. Er lässt seinen Besen fallen und zieht sich um, dann gehen wir zum Bahnhof. Auf der Straße attackiert mich Behruz mit einem Messer. Bashir geht dazwischen und schreit: Wenn er nicht aufhöre, werde er mit den Afghanen ein Problem bekommen. Behruz hört auf und geht Richtung Unterkunft.

Ich sage Bashir, dass ich Behruz anzeigen will.

Bashir sagt, dass sich die Polizisten für uns nicht interessieren. »Sie werden nicht einmal zuhören, weil sie verlangen, dass du Deutsch sprichst.«

Mir fällt der Polizist ein, den ich kenne. Wir kehren um, und diesmal kann ich ihn finden. Ich erzähle ihm in Bashirs Anwesenheit die Geschichte auf Englisch. Er hört sich alles an und geht dann zu Behruz, der im Hof sitzt. Bashir ist überrascht, dass der Polizist sich für uns Zeit nahm und uns zuhörte.

In der Nacht vor meiner Einvernahme wird mir auf dem Gang schwindlig. Kurz bevor ich ohnmächtig werde, höre ich einen Afghanen fragen, ob ich betrunken sei, und schon falle ich mit dem Gesicht auf den Boden. Ich sehe, wie ich in den Himmel fliege, und kann die Sterne anfassen. Ich greife nach ihnen – sie sind wie kleine Eier, und ich esse sie.

Da spüre ich einen heftigen Schlag in mein Gesicht. Ich öffne die Augen und sehe eine große Gruppe, die auf mich runterschaut. Ein junger Mann schlägt mir mit flacher Hand noch immer ins Gesicht, um mich aufzuwecken.

Er fragt mich, ob ich OK sei.

Ich kann nicht antworten, weil ich meinen Kiefer nicht aufmachen kann.

Er schlägt weiterhin zu, es tut sehr weh, ich kann ihn trotzdem nicht stoppen.

Sie fragen mich wieder, ob ich betrunken sei oder Drogen konsumiert hätte, ich kann nicht antworten. Dann taucht ein Iraner auf und schiebt die anderen zur Seite. Ich versuche, durch meine Zähne zu sagen, dass ich nichts genommen habe. Als sie mich zum Aufstehen zwingen wollen, falle ich wieder um. Ich habe meine Muskeln nicht mehr unter Kontrolle. Einer schüttet mir ein Glas Wasser über den Kopf. Das bringt auch nichts. Nach einigen Minuten tragen sie mich in den Hof. Dort zittere ich vor Kälte. Die Securitys tauchen auf und schnüffeln an mir, weil sie vermuten, dass Alkohol im Spiel ist. Ich will schreien, dass sie einen Arzt rufen sollen, aber ich kann meinen Mund noch immer nicht öffnen. Nun beginnt auch mein Kiefer zu zittern, meine Zunge ist gelähmt. Aus meinem Mund kommt Schaum, deswegen wird endlich ein Krankenwagen gerufen. Ich werde wieder ohnmächtig.

Als ich zu mir komme, höre ich eine Ärztin mit mir sprechen. Sie redet Englisch, aber ich kann weiterhin nicht antworten. Ein Afghane wird dazugeholt, der dolmetschen soll. Ich kann trotzdem nicht antworten. Auf einmal beginne ich zu lachen, weil die Sprachen sich so lustig anhören. Die Sprachen klingen wie eine lustige Melodie. Ich bekomme Lust zu tanzen, aber ich kann nur lachen. Ich versuche zu sagen, dass ich sie alle nicht verstehe. Dass ich diese komischen Sprachen nicht verstehe. Doch ich bekomme kein Wort heraus. Ich spreche eine Sprache, die sie nicht verstehen. Alle Sprachen, die ich konnte, habe ich verlernt, und jetzt rede ich etwas, was ich für eine Sprache halte. Ich lache, obwohl ich schreien will.

Meine Sachen werden durchsucht. Es kommen noch andere Ärzte hinzu, ich werde auf ein Bett gelegt. Ich sehe die Sterne und will danach greifen, weil ich hungrig bin. Das Zittern hält an. Dann werden die Sterne größer und weißer, dazwischen sehe ich ein Gesicht. Es lächelt. Die Sterne schauen aus wie die Lampen an der Decke eines Krankenwagens. Erneut werde ich ohnmächtig.

Ich wache wieder auf. Sie schieben mich in einem Krankenhaus einen Gang entlang, ich sehe die Neonleuchten über mir vorbeigleiten. Dann ziehen sie mir in einem Raum das T-Shirt aus. Mir wird kalt. Ich spüre einen Stich. Jemand sagt, ich solle den Mund aufmachen, und eine Hand steckt mir eine Tablette hinein. Fröstelnd sitze ich halb nackt auf dem Bett. Vier Hände helfen mir beim Aufstehen und hieven mich auf ein anderes Bett. Mein Blut verlässt, in der Hand einer Krankenschwester, den Raum.

Mir ist kalt. Ich sehe mein T-Shirt auf einem Sessel liegen, aber ich kann nicht aufstehen. Ich will etwas rufen, es gelingt mir nicht. Ich lege mich hin und versuche zu schreien. Offensichtlich habe ich mich verständlich machen können, denn nach einigen Minuten bringt eine Hand mein T-Shirt zu mir. Ich ziehe es schnell an, es ist nass. Ich zittere noch immer. Dann versuche ich wieder, etwas zu sagen. Dieses Mal schaffe ich es auf Englisch, und eine Hand deckt mich mit einer Decke zu.

Ich frage die Person, die hinter mir steht, ob ich bald gehen kann. Wo bin ich?

»You must stay here tonight. You are in Baden hospital.«
»But I have my interview tomorrow.«
»You can leave tomorrow morning.«

2

Beim Lesen ihrer Doktorarbeit sieht sie einen blutigen Krieg zwischen den Wörtern. Die Wörter schießen aufeinander, die Wörter bluten, die Wörter liegen auf der Straße, die Wörter werden zusammengeschlagen, die Wörter sterben. Sie kann nichts mehr schreiben, ohne an die Videos von den Protesten im Iran zu denken. Überall sieht sie die brutalen Bilder, die ihr Hirn gespeichert hat. Sogar beim Essen erinnert sie sich daran, deshalb hat sie seit längerer Zeit kein Fleisch mehr gegessen. Sie kann nicht mehr schlafen, weil sie ständig die Toten vor Augen hat. Manchmal, wenn sie vor lauter Erschöpfung einschläft, träumt sie vom Iran. Sie sieht sich auf der Straße und muss ihr Leben retten, weil sie zum Ziel der Kugeln wurde.

Sie weiß, dass sie eine Auszeit nehmen muss. Sie muss aufhören, diese Videos anzuschauen. Sie sollte sich für eine Weile nicht mehr mit dem Iran beschäftigen. Sie sollte an ihrer Dissertation arbeiten, mit der sie nicht vorankommt. Doch jedes Mal, wenn sie ihren Laptop einschaltet, öffnet sie automatisch YouTube oder Twitter.

Sie verlässt die Wohnung und spaziert Richtung Donaukanal. Dort beobachtet sie Leute, die Rad fahren oder joggen. Vor ein paar Wochen hat sie bei der Rossauer Kaserne etwas Neues entdeckt. Sobald es dunkel wird, stehen dort Männer, die Frauen Sex anbieten. Warum wird auch sie angesprochen, macht sie einen so einsamen Eindruck? Am Anfang nahm sie es nicht ernst, aber da sie fast jedes Mal angesprochen wurde, macht sie sich Gedanken. Einmal blieb sie sogar stehen, damit diese Männer genug Zeit hatten, sie anzuschauen. Damit sie erkannten, dass sie noch jung war, dass sie solche Angebote nicht brauchte, dass sie jederzeit einen Mann verführen könnte. Aber als sie stehen blieb, wurde sie von den Männern umringt und konnte ihren Weg nur mit Mühe fortsetzen. Sie dachte daran, diese Männer zu beobachten, um herauszufinden, welche Frauen sie ansprachen, doch das war gar nicht so einfach, weil man dafür nahe herangehen musste. Sie standen immer in der Dunkelheit.

Heute Abend will sie nicht an ihnen vorbeigehen, deswegen bleibt sie in der Nähe des Kanals und geht weiter – erst in Richtung Schwedenplatz, dann in Richtung Synagoge. Obwohl der Abend noch jung ist, sind dort betrunkene Männer unterwegs. Sie bekommt Lust auf ein Bier. Kurz entschlossen steuert sie das Café Alt-Wien an, weil sie dort auch etwas essen könnte. Das Café ist verraucht und voll. Sie findet einen Tisch und bestellt ein Bier. Obwohl sie schon länger in Wien wohnt, kann sie manche Österreicher noch immer nicht verstehen. Weil sie als Deutsche oft unhöflich behandelt wird, bestellt sie »ein kleines Bier«, damit kann sie eigentlich nichts falsch machen.

»Ein Seidel oder einen Pfiff?«

»Ein kleines.«

»Beide sind klein, junge Frau. Bei uns gibt es Unterschiede beim Bier. Zum Essen ein Gulasch? Wenn Sie in Wien sind?«

»Ich wohne in Wien.«

»Warum sind Sie dann alleine da? Und lernen nicht g'scheit Wienerisch?«

Sie ignoriert ihn.

Wenig später bekommt sie ein Seidel und ein Gulasch serviert, obwohl sie keines bestellt hat. Sie schaut das Fleisch an, und ihr wird schlecht. Sie schiebt den Teller weg und nimmt einen Schluck Bier. Zum Gulasch hätte sie klarer Nein sagen sollen. Sie betrachtet die Poster an den Wänden, während sie zwei jungen Frauen am Nebentisch zuhört, die sich auf Dänisch unterhalten. Sie können nicht wissen, dass sie alles versteht, denn als Kind hat sie lange in Dänemark gelebt. Offensichtlich sind sie gerade mit der Schule fertig geworden, und ihr Wienurlaub ist die erste Reise danach. Eine ist unglücklich verliebt in einen Jungen, der kürzlich mit einer anderen gevögelt hat. Immer wieder weint sie, und die Freundin versucht, sie zu beruhigen.

Amüsiert hört sie zu und fragt sich, ob sie auch so war in diesem Alter. Damals organisierte sie Proteste und Veranstaltungen gegen Nazis an der Uni. Ihre Gedanken schweifen ab in diese Zeit, da wird sie durch eine andere Sprache abgelenkt. Sie hört eine Frau Farsi sprechen. Sie dreht sich um und sieht eine Gruppe von Menschen, die wie Touristen aussehen. Sie sprechen Farsi, aber wegen des Lärms kann sie kaum etwas verstehen. Gerne hätte sie die Gruppe angesprochen, um ihre Meinung zu den Protesten zu hören, aber sie entscheidet sich dagegen.

Als der Kellner die Rechnung bringt, will er wissen, warum sie ihr Gulasch nicht gegessen hat.

Sie antwortet: Weil sie Deutsche sei.

Der Kellner weiß nicht, wie er darauf reagieren soll.

Sie lächelt zufrieden und verlässt das Café.

Sie schlendert zum Stadtpark und steigt dann in die U4 Richtung Friedensbrücke. Sie setzt sich und beobachtet die anderen Fahrgäste. Noch bevor die U-Bahn in die Station einfährt, geht sie zur Tür. Dort steht ein bärtiger Mann, der sie anschaut. Sie merkt sofort, dass sie ihn kennt. Sie lässt ihren Blick weiterschweifen, schaut ihn dann noch einmal an, jetzt schaut er weg. Sie zittert vor Aufregung, weil sie diese Begegnung nicht fassen kann. Hastig steigt sie aus und bleibt auf dem Bahnsteig stehen, um den Mann noch genauer zu betrachten. Dann holt sie ihr Handy heraus, und noch während die Bahn abfährt, ruft sie die Polizei.

»Polizeinotruf, grüß Gott?«

»Guten Abend. Ich weiß, dass es sehr komisch klingt, was ich Ihnen mitteilen möchte, aber ich muss es trotzdem tun. Ich bin gerade der meistgesuchten Person der Welt in der U4 begegnet.«

»Um wen handelt es sich?«

»Osama bin Laden.«

»Bin Laden in der U4? Sind Sie nüchtern?«

»Ja, ich bin nüchtern, und das ist kein Witz. Sie sollten sich beeilen, sonst wird er entkommen. Er müsste gerade bei der Station Spittelau sein, in der U4.«

»Ist Ihnen bewusst, dass ein solcher Scherzanruf bei der Polizei teuer für Sie werden kann? Wie alt sind Sie denn?«

»Ich bin über dreißig, und ich weiß ganz genau, was ich hier gerade behaupte. Sie sollten sich beeilen, bevor er entkommt.«

»Dieses Mal verzichte ich auf rechtliche Konsequenzen. Aber das nächste Mal wird es anders aussehen.«

Noch lange hört sie den Piepston. Warum sind die Polizisten bloß so dumm? Natürlich ist es für ihn die beste Tarnung, in Europa zu leben, weil niemand hier mit ihm rechnet. Jede Person, die ihn erkennt, wird wie ein Verrückter behandelt werden.

Wütend kehrt sie in ihre Wohnung zurück. Sie muss sofort ihren besten Freund anrufen, um ihm davon zu erzählen. Er lebt in Amerika und wird schon aufgewacht sein. Doch er hebt nicht ab.

Sie zieht ein Album aus dem Regal und blättert darin. Zwischen Bildern aus ihrer Kindheit stößt sie auf ein Bild ihres toten Vaters. Sie erinnert sich an den Moment, als sie seine Hand hielt und er starb. Sie beginnt zu weinen, obwohl die Erinnerung auch eine schöne ist.

Und genau in dem Moment ruft ihr Freund aus Amerika zurück. Sie geht nicht ran, weil sie ihre Tränen nicht zurückhalten möchte. Stattdessen legt sie sich aufs Bett. Sie spürt einen kantigen Gegenstand und greift danach: Sie hat sich auf »Tausendundeine Nacht« gelegt. Da überkommt sie der Wunsch, über das, was sie am Abend erlebt hat, einen Tweet zu schreiben.

Sie steht auf und setzt sich an ihren Laptop. Die iranischen Touristen, die sie im Café Alt-Wien gesehen hat, lachten und scherzten, als ob nichts im Iran los wäre, ja als ob sie nicht mitbekommen hätten, dass täglich Landsleute ermordet werden. Sie denkt: Vielleicht brauchen der Iran und seine Bevölkerung zwei Heldinnen, die sich selbst, andere und sogar die Seele der Tyrannen retten wie im Buch »Tausendundeine Nacht«. Vielleicht brauchen sie auch die Unterstützung der internationalen Gemeinschaft, damit der Kampf der iranischen Bevölkerung für Demokratie nicht in Stille erstickt wird und in Vergessenheit gerät.

Sie feilt noch lange an dem Tweet, bevor sie endlich zufrieden ist und ihn postet.

3

Leiterin der Amtshandlung: »Sehen Sie sich gesundheitlich in der Lage, an der heutigen Einvernahme teilzunehmen?«

Antragsteller (nachfolgend A.): »Ich komme direkt vom Krankenhaus, weil ich gestern kollabiert bin.«

Leiterin der Amtshandlung: »Warum? Haben Sie Befunde mit?«

Ich reiche ihr den Befund. Sie beginnt, ihn zu lesen.

Leiterin der Amtshandlung: »Warum haben Sie Stress?«

Ohne eine Antwort abzuwarten, nimmt sie meinen Rucksack und durchsucht ihn. Sie holt die Lebensmittel heraus: billige Nudeln, billigen Reis, billiges Tomatenmark, billige Dosenbohnen. Alles in allem hat es weniger als zehn Euro gekostet. Sie stapelt die Sachen auf dem Tisch und fragt mich, warum ich sie mit mir herumtrage, aber erwähnt es nicht im Protokoll.

Ich erkläre, dass ich ab heute nicht mehr im Erstaufnahmelager übernachten dürfe und woanders schlafen müsse, bis der Heimleiter uns wieder abhole. Er betreibe seine Restaurants, und deswegen wolle er uns erst an seinem freien Tag wieder zurück zum Heim in Plankenstein fahren. Die Leute, bei denen ich übernachten könne, seien auch Flüchtlinge und hätten kein Geld, deswegen wolle ich nicht mit leeren Händen dort auftauchen.

Sie schaut mich ungläubig an, dann sagt sie etwas auf Deutsch, woraufhin sie und der Dolmetscher lachen.

Leiterin der Amtshandlung: »Woher hatten Sie das Geld für die Eröffnung eines Kontos bei der PSK und die Bestellung eines Breitband-Duos?« Sie hat den Zettel in meiner Tasche gefunden.

Ich antworte, dass ich zwar Asylbewerber, aber nicht komplett verarmt sei.

Ich soll erzählen, warum ich geflüchtet bin – ich soll meine Flucht legitimieren. Ich soll eine Sprache finden, in der ich all die Angst, Gewalt und Verlorenheit schildern kann.

Mir ist noch flau. Ich bekomme einen trockenen Mund. Ich trinke die ganze Vernehmung hindurch Wasser. Die Stunden, die ich gestern zu wenig geschlafen habe, spüre ich wie eine Last. Ich kann mich nicht konzentrieren. Sie stellt chronologische Fragen durcheinander, was mich noch mehr verwirrt. Ich nehme meinen ganzen Mut zusammen, in dieser Sprache, von der ich mich befreien möchte, einer Sprache, die ich verlernen möchte, die ich in mir auslöschen möchte, alles zu erzählen. Aber immer wieder stellt sie Zwischenfragen mit einem zynischen Unterton.

Leiterin der Amtshandlung: »Warum haben Sie Theaterwissenschaft studiert? Warum nicht Politikwissenschaften? Wenn Sie, wie Sie behaupten, politisch aktiv waren?«

Ich wusste nicht, dass der Dolmetscher den Studiengang Szenisches Schreiben nicht kennt und mit Theaterwissenschaft übersetzt hat. Dass er mir gegenüber feindselig ist, gibt er mir von Anfang an zu verstehen, mit seiner Körperhaltung, mit seiner Mimik und mit der Art, wie er mit mir spricht. Ich sage, mir wäre es lieber, wenn ich am Stück erzählen könnte, wegen der Chronologie. Aber sie beharrt darauf, dass ich nur ihre Fragen beantworten dürfe.

Leiterin der Amtshandlung: »Wann hatten Sie zuletzt Kontakt mit Ihren Eltern oder Ihrem Bruder?«

A.: »Vor zwei Tagen mit meinem Bruder. Er hat mir eine E-Mail geschickt mit meinen Videoaufzeichnungen von den Protesten.«

Leiterin der Amtshandlung: »Was hat Ihr Bruder Ihnen erzählt?«

A.: »Ich hatte auf seinem Handy angerufen. Wir haben nicht viel gesprochen, weil ich vermute, dass er abgehört wird.«

Leiterin der Amtshandlung: »Warum gefährden Sie Ihren Bruder, indem Sie ihn anrufen? Was wollen Sie mit diesen Videoaufzeichnungen von den Demos, die Sie vorlegen, beweisen?«

A.: »Ich wollte –«

Leiterin der Amtshandlung: »Sie gaben in der ersten Einvernahme an, dass Sie aufgrund von Filmaufnahmen im iranischen Fernsehen erkannt und daraufhin verfolgt wurden. Wie kommen Sie zu einer solchen Behauptung?«

A.: »Erst einmal passiert das öfter. Aber ich habe das gar nicht gesagt. Die Dolmetscherin hat alles falsch verstanden und falsch übersetzt. Ich sagte nur, dass das Regime damit angefangen hat, mit Gesichtserkennungsprogrammen zu arbeiten, und Aufnahmen von Überwachungskameras dafür nützt, um Menschen zu verhaften.«

Leiterin der Amtshandlung: »An welchen Demonstrationen haben Sie teilgenommen?«

Leiterin der Amtshandlung: »Hatten Sie eine spezielle Aufgabe bei den Demonstrationen?«

Leiterin der Amtshandlung: »Schildern Sie nun Ihren Fluchtgrund, also den Grund, der Ihre Flucht ausgelöst hat.«

Ich beginne, von den Protesten zu erzählen. Ich sehe neben mir das Gesicht des erschossenen jungen Mannes. Ich sehe in Zeitlupe, wie die Kugel seinen Kopf trifft –

Ob ich die Kugel wirklich fliegen gesehen habe? Der Dolmetscher, merke ich, verspottet mich. Als ich zu weinen anfange, übersetzt er grinsend weiter.

Ich frage ihn, was es da zu lachen gebe.

Er antwortet mit fester Stimme, dass mich das nichts angehe. Ich solle weitererzählen.

Ich sage dann auf Englisch zu der Richterin – als solche hat der Dolmetscher sie vorgestellt, obwohl ich später erfahre, dass sie keine ist –, dass er nicht neutral dolmetsche. »Ich erzähle über einen Menschen, der neben mir erschossen wurde, was ist daran lustig?«

Mit erhobener Stimme sagt sie auf Deutsch, dass sie nur Deutsch spreche und kein Englisch verstehe.

Ich realisiere, dass sie nicht mit mir Englisch reden möchte, dass ich ausgeliefert bin. Mehrmals sagt der Dolmetscher offen, dass ich aufhören solle zu lügen.

Ich wiederhole auf Englisch, dass er mich gerade als Lügner bezeichnet habe.

Beide grinsen.

Kurz glaube ich, dass ich noch träume. Dass ich noch im Krankenhaus liege, dass ich schnell aufwachen muss, dass das Ganze nicht Wirklichkeit sein kann. Aber ich spüre Schmerzen, ich spüre ein Stechen in der Brust. Mir ist schwindlig, und mein Mund bleibt trotz der vielen Schlucke Wasser trocken.

Nach einer Stunde Befragung, Aufregung, Verwirrung und Weinen muss ich auf die Toilette. Ich habe zu viel Wasser getrunken. Als ich das WC verlasse, stelle ich fest, dass der Dolmetscher vor der Tür gewartet hat, damit er zuhören kann, falls ich mir telefonisch Hilfe für die Erzählung meiner Geschichte holen sollte.

Ich setze mich im Verhörzimmer wieder hin. Es ist nach zehn Uhr, die Sonne, die am Morgen geschienen hat, ist wieder weg. Das Licht und die Sonnenstrahlen waren meine einzige Hoffnung, meine Komplizinnen. Der Dolmetscher spricht mich direkt an.

»Ich kenne Leute wie dich gut. Du willst in Europa studieren und hattest kein Geld, nun erzählst du irgendwelche Geschichten, um hier bleiben zu dürfen. Sag ihr die Wahrheit, vielleicht hilft sie dir. Und du kannst auch deiner Religion treu bleiben und musst nicht lügen. Ihr Muslime macht uns Minderheiten im Iran fertig, und hier seid ihr alle auf einmal keine Muslime mehr.«

Ich weiß nicht, was ich sagen oder machen soll. Ich zögere und beschließe dann, ihr auf Englisch zu sagen, was er mir gerade unterstellt hat. Er schaut amüsiert zu.

Sie schreit etwas auf Deutsch.

Ich sage, dass ich unter diesen Umständen nichts mehr sagen werde. Dass ich einen anderen Dolmetscher will.

Auf einmal spricht sie Englisch. Sie sagt, ich sei ein Flüchtling und kein Gast, der sich Sachen wünschen dürfe. Wenn ich hier nicht weitermachen wolle, bekäme ich einen negativen Bescheid, und sie kümmere sich darum, dass ich abgeschoben würde.

Dann reden sie kurz miteinander. Der Dolmetscher grinst und demonstriert seine Macht über mich. Mir ist nicht mehr nach Weinen zumute. Ich muss das hier durchziehen. Ich darf keine Schwäche zeigen, schließlich könnte es sein, dass er für das Regime arbeitet, dass er ein Spion ist. Was hätte er sonst für ein Motiv?

Leiterin der Amtshandlung: »Woher wissen Sie, dass Ihr Computer beschlagnahmt wurde?«

Leiterin der Amtshandlung: »Was wird Ihnen vorgeworfen?«

Leiterin der Amtshandlung: »Woher wissen Sie, was Ihnen vorgeworfen wird?«

Leiterin der Amtshandlung: »Wie war es Ihnen möglich, so schnell das Land zu verlassen?«

Leiterin der Amtshandlung: »Woher hatten Sie so viel Geld?«

Leiterin der Amtshandlung: »Wie konnten Sie trotz der Gefahr mit Ihrem Vater in Kontakt treten, um das Geld für die Schlepper und Ihre Flucht aufbringen zu können?«

Leiterin der Amtshandlung: »Warum sagen Sie nicht gleich, von wem Sie das Geld hatten? Warum führten Sie vorhin Ihren Vater an, als Geldgeber?«

Leiterin der Amtshandlung: »Was möchten Sie mir denn noch erzählen?«

Leiterin der Amtshandlung: »Hatte Ihre Familie Probleme aufgrund der regimekritischen Einstellung Ihres Vaters?«

Leiterin der Amtshandlung: »Was hat Ihr Vater nach der Entlassung aus der Marine beruflich gemacht, wovon konnte er leben?«

Leiterin der Amtshandlung: »Als was arbeitet Ihr Bruder?«

Leiterin der Amtshandlung: »Wie konnte Ihre Familie Ihr Studium finanzieren?«

Leiterin der Amtshandlung: »Das Studium war kein Problem? Da gab es keine Probleme aufgrund des Vorlebens Ihres Vaters?«

Leiterin der Amtshandlung: »Sie haben doch behauptet, dass Ihr Vater in seinem Vorleben Probleme hatte. Aber normalerweise wird man wegen eines regimekritischen Vaters, der aus dem Militär entlassen wurde, zum Studium nicht zugelassen.«

Leiterin der Amtshandlung: »Warum haben Sie in Teheran nicht Ihr Masterstudium gemacht?«

Leiterin der Amtshandlung: »Wieso haben Sie vorhin angegeben, dass Sie die Aufnahmeprüfung für den Master gemacht und auch bestanden haben, jedoch wegen der Probleme Ihres Vaters nicht genommen worden sind? Warum haben Sie nicht gleich gesagt, dass der eigentliche Grund für die Ablehnung Ihre Diplomarbeit war, und haben stattdessen Ihren Vater angeführt? Man bekommt den Eindruck, dass Sie Ihre Geschichte nur aufbauschen wollen.«

Leiterin der Amtshandlung: »Wenn beides zusammengehört, warum haben Sie beide Sachverhalte dann nicht gleich zusammen angeführt?«

A.: »Ich bin nicht dazu gekommen, da immer andere Fragen gestellt werden.«

Leiterin der Amtshandlung: »Man kann seine Geschichte lückenlos erzählen, auch wenn man dazu Fragen gestellt bekommt. Voraussetzung ist natürlich, dass man alles selbst erlebt hat.«

Leiterin der Amtshandlung: »Welcher Religion gehören Sie an?«

Der Dolmetscher und sie grinsen.

Leiterin der Amtshandlung: »Was kostet das Studium monatlich?«

Leiterin der Amtshandlung: »Von wann sind die mitgebrachten Aufzeichnungen der Proteste? Haben Sie das gefilmt? Sind Sie auch selbst zu sehen?«

A.: »Da ich die Proteste und die Brutalität der Polizei filmen wollte, bin ich selbst kaum drauf. Aber es gibt Momente, wo wir wegrennen oder uns vor Steinen schützen, da bin ich für ein paar Sekunden zu sehen.«

Leiterin der Amtshandlung: »Mit welchem Handy haben Sie gefilmt?«

Leiterin der Amtshandlung: »Zu welchem Zweck haben Sie die Demonstrationen gefilmt?«

Leiterin der Amtshandlung: »Was wollten Sie mit diesen Aufzeichnungen machen?«

Leiterin der Amtshandlung: »Sie haben mehrere Demonstrationen gefilmt. Wo haben Sie diese Aufzeichnungen aufbewahrt beziehungsweise gespeichert?«

Leiterin der Amtshandlung: »Sie gaben vorhin an, dass Ihr Computer beschlagnahmt wurde. Ihr Bruder hatte also keinen Zugriff auf die Aufzeichnungen.«

A.: »Da ich die Videos vom Internet-Café hochladen wollte, hatte ich einige USB-Sticks mit kopierten Videos darauf.«

Leiterin der Amtshandlung: »Wie sind Ihr Bruder und Ihr Freund an Ihr Handy gekommen?«

Leiterin der Amtshandlung: »Wie konnten Sie mit Ihrem Handy beim Filmen zoomen?«

Leiterin der Amtshandlung: »Wie konnten Sie nach Österreich einreisen?«

Leiterin der Amtshandlung: »Sind Sie damit einverstanden, dass wir in Ihrem Herkunftsstaat Erhebungen unter Verwendung Ihrer personenbezogenen Daten durchführen?«

Leiterin der Amtshandlung: »Konnten Sie alle Ihre Gründe, warum Sie aus dem Iran geflüchtet sind, vollständig anführen, oder möchten Sie noch etwas hinzufügen?«

Vom Verhörzimmer gehe ich direkt zum Bahnhof. Ich fahre nach Wien und laufe dort ziellos durch die Straßen. Später fahre ich mit der U1 und beobachte die anderen Fahrgäste. Ich lausche ihrer Sprache und frage mich, ob ich sie eines Tages verstehen werde. Als ich draußen den Fluss sehe, steige ich aus und setze mich ans Ufer. Es ist noch immer warm, und die Sonne scheint wieder. Ich hole mein Notizbuch heraus und schreibe:

Ich will alles, was ich sehe, alles, was ich spüre, aufschreiben. Ich hasse es zu vergessen, und ich will nichts vergessen. Alles, was ich erlebt habe, alles, was ich gesehen habe, will ich bewahren: wie oft ich geweint habe und alle Bösartigkeiten, die ich erdulden musste. Ich wünschte, ich wäre in der Lage, das Gefühl der tiefen Einsamkeit in diesem Land festzuhalten. In meinem Land habe ich auch gelitten, ich war auch einsam, aber anders. Hier ist alles anders, meine Gefühle, ich selbst. Warum kann ich keine Ruhe finden? Warum verursacht alles Leiden? Warum ändern sich meine Gedanken und die Beweggründe für mein Handeln ständig?

In meiner Heimat hatte ich einen anderen Antrieb als hier. Ich wollte das Regime besiegen, mich und nicht nur mich befreien. Ich wollte mithelfen, ein neues Land aufzubauen, in dem wir unter säkularen Gesetzen leben können. Ich wollte den Islam, ich wollte alle Religionen bekämpfen, ich wollte durch das Theater und das Schreiben für Aufklärung sorgen, ich wollte mich gegen die Ungleichheit und Tyrannei stellen, ich wollte mich gleichzeitig dem Klassenkampf widmen. Nun aber kämpfe ich gegen Windmühlen der Bürokratie, gegen hohle Worte. Nun muss ich beweisen, dass ich überhaupt so etwas bin: ein Kämpfer, ein kämpfender Künstler.

Nichts will ich vergessen, nicht einmal die dreckigsten Momente meines Lebens. Die Zeit, das Leben und das Gedächtnis, sie machen, was sie wollen. Wirst du genug Zeit haben, an alles Erlebte zurückzudenken? Nein. Kannst du dich überhaupt an alles erinnern? Nein. Das wirst du nicht und willst du auch nicht. Weil du dich täglich für etwas Neues interessierst.

Ich will es nicht ungesagt lassen, jetzt, wo der Regen der Einsamkeit alle meine Farben mit Tränen weggewaschen hat und ich nur eine Farbe übrig habe: Diese Farbe ist deine, aber ich werde dich, wie du früher warst, nie wieder sehen, und diese Erkenntnis ist schmerzvoll.

30.09.2009, 17.15 Uhr

Ich stehe auf und gehe weiter, weil die Sonne untergegangen ist und die Nacht anbricht. Beim Unterqueren einer U-Bahn-Brücke höre ich über mir das Gestöckel einer Frau – ihre Absätze klingen auf dem Eisenboden wie die Stöcke, die von Polizisten im Iran gegen die Eisenzäune des Unigeländes geschlagen wurden. Ich habe nur ein T-Shirt an und versuche, mich durch Bewegung warm zu halten. Diese Nacht ist dunkel wie meine Einsamkeit. Ich gehe durch die Straßen, stundenlang, und achte darauf, den Polizisten auszuweichen.

Erst als die Sonne aufgeht, fasse ich wieder etwas Hoffnung und fühle mich fast wie von einem Gott erhört. Erschöpft betrete ich den Burggarten. Ich sehe einige junge Leute, die auf der Wiese liegen und lesen. Sofort werfe ich meinen Rucksack auf die Wiese und lege mich auch hin, bette meinen Kopf darauf. Die Sonnenstrahlen treiben die Kälte der Nacht aus meinem Körper, und ich schlafe mit dem Gedanken ein, dass im Iran nur Arme und Obdachlose auf Wiesen und in den Parks schlafen. Ich schlafe tief, bis ich am Nachmittag durstig und verschwitzt aufwache.

Ich verlasse den Park und suche ein Geschäft, um mir etwas zu essen und zu trinken zu kaufen. Auf dem Weg zurück zum Park für eine zweite Runde Schlaf nehme ich an der Oper eine Gruppe wahr, die protestiert. Aus der Entfernung sehe ich Plakate, auf denen »Iran« steht. Vor lauter Freude will ich schon losrennen, da stelle ich fest, dass keiner der Teilnehmer aus dem Iran zu sein scheint. Alle sehen europäisch aus. Enttäuscht halte ich mich im Hintergrund. Als ich mir ganz sicher bin, dass diese Gruppe ausschließlich aus Nicht-Iranern besteht, versuche ich, den Veranstalter ausfindig zu machen. Ich nehme einen großen Mann mit Glatze ins Visier und gehe zu ihm.

Auf Englisch spreche ich ihn an und frage, was das Theater bedeute. Sie sollten, sage ich, den Iran doch bitte den Iranerinnen und Iranern überlassen, die gerade auf der Straße ihr Leben riskierten, um das Regime zu stürzen.

Er fragt mich, was ich genau meine.

Ich sage, dass sie zuerst ihr rassistisches Land ändern sollten, und zwar lieber jetzt als morgen. Eine Solidaritätskundgebung sei zwar erfreulich, um Aufmerksamkeit zu schaffen, helfe den Menschen im Iran aber wenig. Österreich zu verändern würde den Menschen, die so wie ich aus dem Iran hätten fliehen müssen, mehr helfen.

Er schaut mich an, als würde er mich nicht ernst nehmen, und sagt, dass er gleich eine Rede halten müsse.

Kurz danach höre ich meine Muttersprache aus dem Mund eines Mannes, den ich bis jetzt nicht wahrgenommen habe. Ich gehe zu ihm und wiederhole auf Farsi, was ich gesagt habe. Er verweist mich an eine Frau mit langen, dunkelblonden Haaren. Noch einmal muss ich auf Englisch das Gleiche erzählen, aber ihre Augen zeigen, dass sie mit Interesse zuhört.

Der Mann mit Glatze, den ich zuerst angesprochen habe, beginnt mit seiner Rede. Es ist laut. Die Frau sagt, dass wir zur Seite gehen sollten, um in Ruhe reden zu können. Sie fragt mich aus, obwohl das gar nicht notwendig ist. Ich rede wie ein Wasserfall, weil ich mich seit Langem nicht wie ein Mensch gefühlt habe, sondern wie ein bloßes Objekt im Asylverfahren. Alles, was ich bis jetzt gesagt habe, war für die Behörden. Aber für die Frau erzähle ich ohne Zwang. Immer wieder kommen Leute zu uns, begrüßen mich und sprechen kurz mit ihr. Aber sie kehrt sofort zu unserem Gespräch zurück mit einer neuen Frage, die ich gerne beantworte.

Inzwischen ist die Kundgebung zu einem Ende gekommen. Ich bin müde und würde gerne wieder im Park schlafen.

Sie fragt mich, wo ich wohne.

»Auf der Straße im Moment. Sonst in einem Asylheim in Niederösterreich. Ich musste am Tag meiner Einvernahme das Lager in Traiskirchen verlassen. Ausgemacht war, dass ich bei anderen Flüchtlingen in der Nähe von Traiskirchen übernachte, aber nach meiner Einvernahme war ich so aufgewühlt und verzweifelt, dass ich gleich nach Wien gefahren bin, und jetzt kann ich diese Leute nicht erreichen. Mein Mitbewohner im Heim, Kazem, der das organisiert hat, hat kein Telefon«, antworte ich.

Wir fragen uns, wie man von Wien nach Plankenstein kommt, und sie schaut auf ihrem Handy nach den Verbindungen. Dann sagt sie, dass man vom Zielbahnhof noch fünfzehn Kilometer zu Fuß gehen müsse, und schüttelt den Kopf. Nach kurzem Überlegen lädt sie mich zu sich nach Hause ein.

In der Straßenbahn, als sie sich mit einer Hand festhalten will, rutscht kurz ihr T-Shirt hoch. Ich sehe schwarze Haare, die von ihrem Bauchnabel hinunterführen. Ich bekomme einen Schreck. Ist sie keine Frau? Will sie mich bei sich zu Hause vergewaltigen oder betäuben und meine Organe verkaufen? Im Iran passiert so etwas immer wieder und hier, denke ich, sicherlich auch, weil menschliche Organe noch begehrter geworden sind.

Als wir vor ihrem Wohnhaus stehen, bin ich mir nicht mehr sicher, ob ich es betreten soll. Wenn ich diesen Schritt wage, sage ich mir, gibt es kein Zurück mehr. Sie schaut mich fragend an, und ich ergebe mich meinem Schicksal.

In der Wohnung zeigt sie mir Videos von den Protesten. Viele davon kannte ich noch nicht. Sie versteht alles, was ich sage, und ich möchte ihr vertrauen, ja ich will endlich jemandem vertrauen können. Ich zeige ihr die Videos, die ich aufgenommen habe und die mein Bruder mir per E-Mail geschickt hat. Ihre Augen beginnen zu glänzen, das heißt, jetzt vertraut sie mir auch.

Ich bin hungrig, aber zu schüchtern, um sie nach Essen zu fragen. Im Iran wird man ständig gefragt, ob man hungrig sei, dann lehnt man zweimal ab, und beim dritten Mal akzeptiert man und schlägt zu. Das nennt man *Tarof*. Sie dagegen holt sich immer wieder etwas aus dem Kühlschrank, aber fragt mich nie, ob ich auch etwas möchte. Sie sagt nur: Wenn ich hungrig sei, solle ich mir einfach etwas nehmen.

Wir reden lange, dann bietet sie mir ein Zweiersofa zum Schlafen an. Es ist zu klein, um die Beine ausstrecken zu können, trotzdem ist es viel besser, als durch die kalten Straßen zu laufen. Als sie das Licht ausschaltet und auf Farsi gute Nacht zu mir sagt, schnürt sich mir die Kehle zu. Ich habe lange nicht mehr gehört, dass jemand mir in meiner Muttersprache gute Nacht sagt. Obwohl ich müde bin, schlafe ich vor Hunger nicht ein.

Draußen ist es hell von den Lichtern der Stadt, und im Gebäude gegenüber, einem Hotel, küsst sich ein Pärchen, ohne die Vorhänge zugemacht zu haben. Etwas Schweres drückt auf meinen Brustkorb, ich liege mit offenen Augen da. Zum ersten Mal denke ich, dass Heimweh ein Gewicht hat. Im Asylheim kann ich besser mit Heimweh umgehen als hier in dieser Stadt. Obwohl ich dort mit niemandem reden kann, bin ich immerhin unter meinesgleichen, den Außenseitern, den Geflüchteten.

Ich wache auf, weil der Flugbegleiter mich bittet, meinen Sicherheitsgurt zu schließen. Ich schaue aus dem Fenster und erkenne Teheran. Da kommt auch schon die Durchsage, dass wir gleich landen werden. Mich überfällt eine derartige Freude, dass ich weinen muss. Als ich aus dem Flugzeug steige, küsse ich die Erde meines geliebten Landes, aber kaum hebe ich den Kopf, sehe ich bärtige Revolutionsgarden, die auf mich warten. Sofort will ich wieder zurück ins Flugzeug, doch die Maschine ist schon weg. Ich renne in die andere Richtung, aber der Boden ist ein Fließband und bringt mich zurück.

»Hast du schlecht geträumt?«

Ich spüre zuerst ihre Hand und höre dann ihre Stimme. Ich öffne die Augen und sehe, wie sie sich über mich beugt. Die Sonne scheint schräg herein, Staubflocken werden im Licht sichtbar. Dostojewski kommt mir in den Sinn, bei dem das Sonnenlicht ein Zeichen Gottes ist, etwa in »Die Brüder Karamasow«. Sie ist auch von Gott gesandt worden, um mich zu retten, denke ich kurz, als ich die Silhouette ihres Gesichts und der dunkelblonden Haare sehe. Mein Gesicht ist nass, weil ich geweint habe.

»Ich habe schon gefrühstückt, aber arbeite heute von zu Hause aus«, sagt sie.

Sofort erinnere ich mich an meinen Hunger.

»Möchtest du heute Nacht auch bei mir schlafen?«, fragt sie mich.

»Nein, heute Nacht schlafe ich bei Freunden.« Ich lüge, ohne zu wissen, warum.

»Willst du dich vielleicht mal duschen?«

Ich verneine.

Wir reden kurz und tauschen Kontaktdaten aus. Noch während ich ihre Wohnung verlasse, weiß ich, dass ich es bereuen werde, ihr Angebot nicht angenommen zu haben, ja dass ich in der Nacht um ihre Wohnung herumspazieren und mich selbst beschimpfen werde. Ich wandere durch die Straßen, bis ich den großen Billa in der Nähe entdecke und hineingehe, um mir etwas zu essen zu kaufen.

In der Nacht brennt ihr Licht lange, und das fühlt sich gut an. Als sie es ausschaltet, breche ich auf der Straße in Tränen aus. Dieses Mal aber nicht leise, sondern laut. Ich renne los, denn ich habe das Gefühl, dass sich irgendwo etwas nur für mich ereignet, und diesem Ereignis muss ich beiwohnen. Nur für mich findet es statt, und eine unsichtbare Kraft zieht mich hin. Ich renne und renne, renne wie ein Pferd, das in mir gefangen ist, aber nirgends ereignet sich etwas, nur in mir. Erst viel später verstehe ich, dass an diesem Abend mein Ich, wie ich es kannte, in mir begraben wurde. Und mein Herz der Grabstein war.

Aus der Begegnung mit Sarah wird erst eine Freundschaft, dann eine unglückliche Liebe, trotzdem ist diese Begegnung eine Rettung, die mich am Leben hält, bis jetzt. Zurück im Heim beginne ich, auf Yahoo Messenger mit ihr zu chatten, und manchmal sprechen wir per Video. Wir schreiben uns fast jeden Tag und tauschen uns über Literatur, Philosophie und Geschichte aus. Sie schickt mir Lektüre auf Englisch, und ich stelle fest, wie beschränkt mein Wissen ist. Ich lerne viel von ihr.

Aber über ein Thema streiten wir immer wieder: Israel.

Ich bin nicht gut auf Israel zu sprechen. Ich verstehe ihre Begeisterung für Israel nicht und versuche, sie mit kindischen Aussagen zu provozieren, damit sie in Erklärungsnot gerät. Aber sie ist geduldig und will mich mit Argumenten überzeugen.

Ich sage, dass sie sicher Jüdin sei.

Sie verneint es.

Ich sage, dass ihr Name es verrate.

Sie antwortet, dass sie eben einen biblischen Namen habe.

In meinen Augen ist sie eine Jüdin, ob sie es nun zugibt oder nicht. Warum sonst verteidigt sie Israel?

Sie erklärt mir, wie man am besten von Plankenstein nach Wien kommt. Man muss sich persönlich oder telefonisch beim Heimleiter abmelden, muss Bescheid geben, wie lange man wo sein wird, weil man sonst seinen Platz verliert. Auf diese Weise besuche ich sie einige Male, und einmal nimmt sie mich zu einer Geburtstagsparty mit.

Wir spazieren gemeinsam hin. Wir gehen durch Straßen, die ich nicht kenne. Alles nehme ich in mich auf. Ich stehe außerhalb der Zeit. Wir sprechen über mein Abschlussstück, das sie gerade zu lesen versucht. Weil es auf Farsi ist, hat sie immer wieder Verständnisschwierigkeiten. Ich sage, dass es historische und literarische Anspielungen darin gebe, die auch viele Iraner nicht verstehen würden. Wir gehen eine schöne Hauptstraße entlang. Ich rede über die historischen Anspielungen und habe plötzlich das Gefühl, dass wir in der Zeit zurückgeschleudert werden. In Wien, dieser historischen Stadt. Sie zeigt mir zwei Museen nebeneinander, das Museums-Quartier. Ich kann das Wort nicht einmal aussprechen. Dann kommen wir zur Mariahilfer Straße, dort findet die Party statt.

Sie klingelt. Die Tür wird geöffnet. Wir gehen die Treppen hoch und betreten die Wohnung. Ich nehme viele Stimmen wahr. Es riecht nach Alkohol. Ich will die Schuhe ausziehen, aber sie sagt, dass das nicht notwendig sei. Rechts im Gang gibt es einen großen Schrank mit vielen schwarzen Schuhen. Nur Frauenschuhen. Auf einem Paar entdecke ich Davidsterne. Ich frage mich, wo wir sind.

Sie sagt, ich solle ihr folgen. Im Gang sehe ich eine kleine Israelflagge. Wir betreten ein großes Zimmer. Dort sehe ich weitere Israelflaggen. Ist das tatsächlich eine Geburtstagsparty? Ich beobachte die Menschen. Viele Gesichter kommen mir von der Kundgebung her bekannt vor. Dann wird mir ein Mann vorgestellt, der Farsi mit einem kurdischen Akzent spricht. Das macht mich noch skeptischer. Ich überlege, sofort zu gehen.

In diesem Moment kommt der große Mann mit Glatze, der auf der Kundgebung eine Rede gehalten hat, und bringt uns in die Küche. Dort sitzen viele Leute um den Tisch. Mir wird eine schwarzhaarige Frau vorgestellt, die Geburtstag hat, Sarahs Freundin. Wir setzen uns hin. Ich beginne mit Small Talk und trinke schnell ein paar Gläser Rotwein.

Die schwarzhaarige Frau fragt mich: »*Where do you come from?*«

»*Iran*«, antworte ich.

»*I know, but from which city?*«

»*Tehran*«, sage ich.

»*From the North or the South?*«

»*Is it important?*«

»*Yes, so I know, if you were rich or not.*« Sie sagt das und lacht.

Ich meine, an ihrem Hals einen Davidstern zu sehen. Ich sehe genauer hin, aber sie scheint zu glauben, ich glotze auf ihren Busen, deshalb höre ich damit auf. Ich hatte recht: Sarah ist eine Jüdin und hat mich hierhergebracht, damit der Mossad mich als Spitzel anwerben kann. Deswegen wollen sie wissen, ob ich arm oder reich bin. So können sie einschätzen, ob ich käuflich bin oder nicht. Oder eher, für wie viel man mich haben kann.

Ich denke mir, dass das iranische Regime offenbar doch in einigen Dingen recht hat. Auf der ganzen Welt ist der Mossad auf der Suche nach Iranern, um sie als Spitzel anzuwerben. Ich fühle mich schlecht, weil ich die Falle nicht erkannt habe. Unruhe erfasst mich. Ich gehe auf die Toilette, und auf dem Weg dorthin schaue ich mir die Wohnung etwas an. Ich nehme andere Gegenstände wahr, die mit Israel zu tun haben, auch Bücher. Im Bad setze ich mich hin und bin verzweifelt. Ich wollte mich für eine bessere Zukunft im Iran einsetzen, und jetzt bin ich zu einem Verräter geworden. Jetzt will der Mossad meine Not ausnutzen.

Jemand will ins Bad. Ich erschrecke und stehe auf, bereit zu kämpfen. Zum Glück habe ich die Tür zugesperrt. Ich öffne sie langsam und sehe den Kurden vor mir. Ah, er ist natürlich da, um mich weichzuklopfen. Er soll den netten Landsmann spielen, um …

»Geht's dir gut?«

»Ja«, sage ich und will zur Wohnungstür.

Von hinten höre ich Sarahs Stimme, die fragt, wohin ich will.

»Ich will weg hier«, sage ich.

»Bist du beleidigt, weil sie dich gefragt hat, ob du aus dem Norden oder Süden bist?«

»Nein, ja. Ich will einfach weg hier.«

Aber dann denke ich, dass ich mich normal verhalten sollte. Ich sollte mir nichts anmerken lassen. Einfach abwarten, bis sie mir ein Angebot machen. Ich gehe zurück in die Küche und trinke weiter. Spreche mit einigen Menschen, die mich ausfragen.

Am nächsten Morgen wache ich mit Kopfweh auf. Meine Arme und Beine sind eingeschlafen, ich kann mich kaum bewegen. Ich stehe auf und gehe auf die Toilette. Zum ersten Mal habe ich bei ihr auf dem kleinen Sofa durchgeschlafen, weil ich betrunken war. Ich schreibe einen Zettel – »Denk fest daran, ich wäre ein Traum« – und verlasse ihre Wohnung. Ich wollte immer schon mal so etwas hinterlassen, wie in einem Roman, den ich ein paar Jahre zuvor gelesen hatte.

Es ist zehn Uhr, und sofort bereue ich, nicht noch geblieben zu sein. An einem Samstag gibt es keinen Schulbus von St. Pölten bis zu meinem Heim. Ich muss mit dem Zug nach Mank fahren und von dort ungefähr fünfzehn Kilometer zu Fuß gehen. Unterwegs versuche ich, ein Auto zu stoppen, aber jedes Mal, wenn eines stehen bleibt und der Fahrer mein Gesicht sieht, steigt er aufs Gas.

Während ich die steile Straße bergauf gehe, denke ich darüber nach, warum ich so paranoid bin. Was soll der Mossad eigentlich mit mir vorhaben? Wozu bin ich überhaupt nützlich? Gibt es nicht Hunderte andere Flüchtlinge aus dem Iran? Habe ich Informationen, die interessant sein könnten? Am späten Nachmittag komme ich durstig und hungrig im Heim an. Ich esse etwas und gehe sofort schlafen.

In der Nacht klopft jemand an meine Tür. Dschawad ruft, dass seine Frau glaube, das Kind werde bald kommen. Ich gehe mit ihm zum Leiter des Heims. Wir klingeln und klopfen. Es dauert lange, bis er aufmacht.

Dschawad sagt, dass er uns bitte zum Krankenhaus bringen soll.

Der Heimleiter gibt mir die Nummer der Rettung und geht wieder schlafen.

Ich klopfe erneut und frage ihn, warum nicht er die Rettung ruft.

Er sagt, dass das nicht seine Aufgabe sei.

Wir gehen zurück, und ich rufe die Rettung, weil ich als Einziger hier Englisch kann.

Eine Frauenstimme am anderen Ende der Leitung, wo auch immer dieses Ende ist, begrüßt mich höflich auf Deutsch.

Ich erkläre ihr, dass ich kein Deutsch spräche und nur auf Englisch mit ihr reden könne.

Sie wechselt ins Englische, und nachdem ich ihr den Fall erklärt habe, fragt sie mich, ob man das Kind schon sehen könne.

Ich antworte, dass ich nicht einmal die Frau sehen könne, und muss lachen.

Die Frau lacht auch kurz.

Bevor sie nach dem Grund fragt, warum ich sie nicht sehen kann, sage ich, dass die Schwangere eine Muslimin sei und ich sie deswegen nicht sehen dürfe.

Sie sagt, sie schicke gleich einen Krankenwagen, inzwischen müsse sie mir zu der Schwangeren ein paar Fragen stellen.

Dschawad macht die Tür einen Spalt auf, und ich stelle die Fragen seiner Frau, ohne sie zu sehen. Es ist das erste Mal, dass ich mit ihr spreche.

Einige Minuten später ist der Krankenwagen da. Ich muss als Dolmetscher mitfahren.

In der Klinik vergehen Stunden, und nichts passiert. Gegen zehn Uhr am Vormittag teilt uns eine Krankenschwester mit, dass das Kind erst in ein paar Tagen auf die Welt komme. Die Frau dürfe bleiben, aber wir müssten gehen.

Dschawad und ich machen uns auf den Weg. Das Krankenhaus befindet sich in Scheibbs, und von dort fahren am Sonntag keine Busse Richtung Plankenstein. Ungefähr vierzehn Kilometer müssen wir über eine teilweise sehr steile Strecke zu Fuß gehen. Wir versuchen, Autos zu stoppen, aber unsere Gesichter sind zu fremdartig und schrecken die Leute ab. Das letzte Stück, das wir bergauf gehen müssen, macht uns sehr zu schaffen, deshalb pausieren wir oft.

Als wir im Heim ankommen, ist es bereits dunkel. Kazem bringt uns sofort das Essen, das er für uns gekocht hat, weil Dschawad ihn unterwegs angerufen und darum gebeten hat. Ich spüre die schlaflose Nacht und die beiden langen Märsche, kann nur noch mit Mühe die Augen offen halten und gehen, meine Füße sind geschwollen.

Kaum habe ich mich in mein Zimmer zurückgezogen, um zu schlafen, klopft Dschawad wieder. Ich mache auf, und er drückt mir sein Handy in die Hand. Eine Frauenstimme sagt, dass das Kind doch schon heute Abend auf die Welt komme. Ich gebe Dschawad das Handy zurück und will fast weinen. Wieder gehen wir zum Heimleiter, und wie gewöhnlich sagt er uns, dass es nicht seine Aufgabe sei, uns irgendwohin zu fahren. Im Internet finde ich eine Taxinummer aus Scheibbs. Der Mann am Telefon nennt einen Preis: 80 Euro. Natürlich kann Dschawad sich das nicht leisten.

Also machen wir uns wieder zu Fuß auf den Weg. Dieses Mal kommt Kazem auch mit, damit wir bessere Chancen haben, falls uns im Dunkeln wilde Tiere anfallen. Wir glauben immer wieder, welche im Wald zu hören. Jeder sucht sich einen Holzstock zur Verteidigung.

An der Abzweigung, die nach Scheibbs führt, bleiben wir vor einer Kneipe stehen. Ich schlage vor, dass wir hineingehen und die Leute höflich um Hilfe bitten. Wir lassen unsere Stöcke vor der Tür und treten ein.

Sobald man uns wahrnimmt, herrscht Stille. Wir stehen am Eingang, und ich spreche den Mann an, der uns am nächsten sitzt. Er ignoriert mich. Deshalb entscheide ich mich, laut zu sprechen, damit alle mich verstehen. Ich entschuldige mich für die Störung und erkläre, warum wir Hilfe brauchen.

Auf einmal stehen drei Männer auf – es sind nur Männer dort – und kommen bedrohlich auf uns zu. Sie drängen uns Richtung Tür. Dschawad will sich nicht rausschieben lassen. Im Gerangel trifft ihn eine Faust im Gesicht. Er will sich rächen, doch ich packe ihn und ziehe ihn hinaus. Kazem folgt uns. Beim Hinausgehen schlägt mich jemand auf den Hinterkopf. Dschawad will noch immer zurück, aber ich sage ihm, dass wir keine Chancen hätten. Selbst die Polizei sei auf ihrer Seite.

Wir gehen an der Straße weiter. Die Angst, von Wölfen oder Autos getötet zu werden, ist groß, wir sprechen es jedoch nicht aus. Dschawad drückt mir wieder sein Handy in die Hand.

Die Frauenstimme fragt mich, wo wir seien.

Ich sage, dass wir unterwegs seien, aber es werde noch dauern, weil wir zu Fuß kommen müssten.

Ihre Stimme stockt. Es ist die Krankenschwester, die auch gestern Nacht Schicht hatte.

Ich sage, dass wir auch in der Früh hätten zurückgehen müssen.

Ein Auto saust vorbei, ein zweites, ein drittes. Jedes Mal, wenn ein Auto uns entgegenfährt, sehe ich im Licht der Scheinwerfer die Gesichter von Dschawad und Kazem. Ich frage mich, warum das Schicksal uns zusammengebracht hat. Waren Kazems Vorfahren tatsächlich Mongolen, die Persien erobert haben? Ein paar Tage zuvor hatte ich im Internet nachgeschaut, welche Abstammung Hazaras haben.

Ein Auto bleibt stehen. Wir freuen uns, aber es fährt augenblicklich wieder los. Wir gehen und gehen. Ich spüre einen Stich in meinen Beinen und will mich kurz hinsetzen. Dschawad ist einverstanden, wir beide sind müde. Es ist still. Ein kalter Wind weht. Wir sind vollkommen verschwitzt. Ich öffne meine Jacke und atme tief ein. Der Mond leuchtet über uns, wir genießen die Ruhe, bis wir auf einmal Geräusche im Wald hören. Kazem springt auf und zeigt in die Richtung, aus der die Geräusche kommen. Dschawad und ich springen auch auf. Unsere Hände umklammern den Stock, unsere Beine rennen beinahe.

Dschawads Handy klingelt noch zweimal. Ich muss Fragen an seine Frau stellen, weil die Krankenschwestern sonst nicht mit ihr sprechen können.

Gegen ein Uhr in der Früh, nach etwa drei Stunden unterwegs, kommen wir halb tot an. Die Krankenschwester, die mit mir telefoniert hat, empfängt uns und zieht Dschawad an der Hand hinter sich her. Kazem und ich folgen ihnen nach oben. Vor dem Zimmer bleiben wir stehen, Dschawad und die Krankenschwester treten ein. Sekunden später hören wir Babyschreie. Kazem und ich setzen uns kurz hin, sofort kommt die Krankenschwester wieder heraus und bittet uns, mit ihr mitzugehen. Dschawad darf bei seiner Frau im Zimmer bleiben, für uns hat sie ausnahmsweise zwei Betten organisiert. Sie ergänzt, dass morgen der Heimleiter angerufen werde, um uns abzuholen. Sie meint, das sei seine Aufgabe.

Wir fallen in unsere Betten und wachen erst wieder auf, als eine Krankenschwester, die wir bisher noch nicht gesehen haben, mit Frühstück ins Zimmer kommt und uns freundlich begrüßt. Die Sonne scheint herein, das weiße Zimmer blendet uns, und das blonde Haar der Krankenschwester leuchtet. Ich erinnere mich kurz an einen Bergman-Film, wie hieß er? »Persona«. Träume ich gerade? Meine schmerzenden Füße deuten darauf hin, dass es real ist. Kazem zeigt mir seine Blasen, die mittlerweile fast alle aufgeplatzt sind. Ich schaue meine Füße an, auch sie sind voller Blasen.

Nach dem Frühstück kommt Dschawad dazu. Wir müssen das Krankenhaus verlassen, nur Dschawads Frau darf mit dem Kind noch länger bleiben. Der Heimleiter wird angerufen. Wir setzen uns neben dem Krankenhaus in die Sonne und warten auf ihn.

Bald taucht er auf. Er ist sauer. Wir steigen ein und sind froh, dass wir nicht zu Fuß gehen müssen. Aber das Glück hält nicht lange an. Der Heimleiter zwingt uns, nach fünf Kilometern auszusteigen, weil er zu seinem Restaurant will. Ich streite mit ihm, doch das bringt nichts. Wir müssen wieder zu Fuß gehen.

An einen Freund im Iran schreibe ich:

> Seitdem ich in diesem Heim wohne, musste ich Hunderte von Kilometern zu Fuß gehen. Alle versuchen, so oft wie möglich von diesem Ort wegzukommen, allerdings dürfen wir während unseres Asylverfahrens die ersten sechs Monate nicht umziehen, wir dürfen auch nicht das Bundesland wechseln. Es scheint, die Menschen in den Städten müssen vor uns geschützt werden, und in der Provinz werden wir von der Poli-

zei schikaniert, damit wir das Land freiwillig wieder verlassen. Hauptsache, es geht möglichst unwirtlich für uns zu. Flüchtlinge werden oft menschenunwürdig untergebracht, unter unzumutbaren Umständen. Trotzdem haben wir vielleicht Glück im Unglück. Wir dürfen diesen Ort nach sechs Monaten verlassen, falls wir uns eine Wohnung, die nicht mehr als 150 Euro im Monat kostet, organisieren können. Es ist vorgeschrieben, dass die Miete nicht mehr als die Hälfte des monatlichen Auszahlungsbetrags ausmachen darf. Allerdings ist es fast unmöglich, unter diesen Bedingungen eine Wohnung zu finden. Wir haben keine Kontakte, kaum Geld, und niemand will uns eine Wohnung geben. Meine deutsche Freundin kann mir auch nicht helfen, weil ich nicht in Wien wohnen darf, und woanders kennt sie niemanden.

Inzwischen sind neue Leute in unser Heim gebracht worden. Ein iranischer Kurde, ein iranischer Türke und ein paar Afghanen. Natürlich bleiben wir nicht verschont von schlechten Nachrichten. Einige haben inzwischen ihre negativen Bescheide bekommen. In diesen Fällen ist es meine Aufgabe, mit ihnen nach St. Pölten zu fahren, um Einspruch zu erheben. Dort gibt es nur einmal in der Woche eine Dolmetscherin, deshalb gehe ich fast immer mit.

Dieses Mal begleite ich Ghodrat. Wir machen uns gegen vier Uhr in der Früh auf den Weg. Es ist Winter geworden, dunkel und kalt, aber wir haben in der Dunkelheit keine Angst mehr, weil wir inzwischen wissen, dass es in Österreich keine wilden Tiere gibt. Wir müssen uns beeilen, damit wir gegen sechs Uhr den Schulbus in Texing erwischen, dem Geburtsort von Engelbert Dollfuß. Schon oft bin ich an dem Museum vorbeigegangen, das diesem Austrofaschisten gewidmet ist. Ich verstehe jetzt, warum man hier zu einem feindseligen Menschen wird.

Ghodrat, ein junger Afghane, ist neulich achtzehn geworden und bekam als Geschenk den negativen Bescheid. Jetzt erzählt er mir von seinem Leben in den Paschtunengebieten. Er hat ein paar Jahre in Pakistan gelebt, aber seine Familie hatte nicht genug Geld, damit er in die Schule gehen konnte.

Während ich ihm zuhöre, leuchte ich mit meinem Handy auf den Weg, weil ich Angst habe, den Abhang hinunterzufallen. Gleich neben der Straße geht es steil bergab. Es ist so dunkel, dass die kleine Lampe des Handys nicht ausreicht. Manchmal beuge ich mich vor und taste den Asphalt ab, damit ich sicher bin, dass wir auf der Straße gehen.

Nach einer Stunde Marsch hören wir ein Auto, das sich von hinten nähert. Ich sage zu Ghodrat, dass wir auf der Seite der Straße gehen sollten, wo die Bäume stehen. Ich gebe Lichtsignale, damit der Fahrer uns sieht. Damit er weiß, dass wir keine Tiere, sondern Menschen sind. Als er die Lichtsignale wahrnimmt, schaltet er die großen Scheinwerfer aus und drückt aufs Gas. Ich rufe Ghodrat zu, er solle versuchen, sich an den Bäumen festzuhalten. Das Auto rast knapp neben uns vorbei, wir hören zwei Leute irgendetwas aus dem Auto grölen. Augenblicklich fährt das Auto rückwärts, und man probiert noch einmal, in uns hineinzufahren. Wir rufen um Hilfe, panisch vor Angst. Wenn sie uns töten, werden sie unsere Leichen ins Tal werfen, und niemand wird uns suchen. So wie den Iraner, der als vermisst gilt, aber nicht gesucht wird, weil er abgehauen sein soll. Was ist, wenn auch er überfahren wurde? Die Rücklichter des Autos, die wieder leuchten, verschwinden hinter den Bäumen.

Wir beide sind starr vor Schreck. Ghodrat heult. Ich lasse den Baum, an den ich mich geklammert habe, los und versuche, ihn zu beruhigen, damit wir den Bus noch erwischen. Er zittert am ganzen Leib. Er will nicht mehr, er kann nicht mehr. Ich rede auf ihn ein, dass wir nach St. Pölten müssten, sage, dass wir Widerstand leisten sollten, dass der Fahrer doch genau das gewollt habe, dass es ihm darum gegangen sei, uns Angst zu machen und uns von hier zu vertreiben, dass wir schon Schlimmeres überlebt hätten, dass wir doch stärker seien. Aber er kann und will nicht mehr kämpfen. Also kehren wir zurück.

Vom Heim aus rufe ich die Polizei an und melde den Vorfall.

Man fragt mich, ob ich das Kennzeichen gesehen hätte.

Ich erkläre, dass es zu dunkel gewesen sei, aber es sei ein weißer VW gewesen, und von denen werde es nicht so viele in der Umgebung geben.

Der Mann sagt: »Ohne ein Kennzeichen können wir leider nichts machen.«

Ich sage aufgebracht, es handele sich um einen Mordversuch, ob ihm das bewusst sei?

Er hat längst aufgelegt.

Dem iranischen Kurden in der Unterkunft komme ich näher, weil ich auch für ihn übersetze und ihn meinen Laptop benutzen lasse. Er hat einen Bruder, der seit ein paar Jahren in Wien ist. Mit der Zeit erfahre ich, dass er nach sechs Monaten sofort von hier wegziehen will. Ich sehe die Möglichkeit, mich ihm anzuschließen, weil sie für die Kaution Geld brauchen. Da der Bruder Türkisch spricht und bei einem Dönerstand arbeitet, kennt er viele Türken. Er hat eine Wohnung in der Nähe von Sieghartskirchen gefunden, dort dürfen wir, sagt er, später hinziehen.

Von dort werden wir leichter nach Wien kommen. Für die Wohnung muss dann jeder von uns 150 Euro Miete zahlen, so bleiben uns noch 140 Euro monatlich für Essen und sonstige anfallende Kosten, aber darüber denken wir noch nicht nach. Wir wollen nur weg von hier.

4

A. ist 19 Jahre alt. Er fährt mit seinem Vater in den Norden des Irans, nach Amlasch. Dort wurden früher, auf einem historischen Gebiet mit vielen Gräberfeldern, Schätze ausgegraben, die Einheimischen sind noch immer auf der Suche danach. Da viele Funktionäre des Regimes ebenfalls von den eisenzeitlichen Grabbeigaben profitieren, können die Ausgrabungen weitergehen, obwohl sie illegal sind. Manchmal werden die gefundenen Goldgefäße, Tonfiguren und Werkzeuge auch als Marlik bezeichnet, nach ihrem Fundort. Die berühmten Gegenstände aus Marlik sind überwiegend aus Gold, auch viele Rhyta in Tierform sind darunter, vor allem Ochsen. Das sollte die Verbundenheit der Menschen mit der Natur und besonders mit den Tieren, die die Feldarbeit erleichtern, zeigen.

Als A. und sein Vater in Amlasch ankommen, ist es fast dunkel. Die Gegend ist wunderschön – wie die Alpen in Österreich, diesen Vergleich wird A. aber erst Jahre danach ziehen können. Als sie aus dem Auto steigen, hat A. den Metalldetektor in der Hand, den sie gekauft haben, um Schätze zu finden. Sie müssen schnell ins Haus gehen, damit die neugierigen Nachbarn sie nicht beobachten. Auffällig ist, dass die Menschen hier teure Autos fahren, obwohl sie in einer eher ärmlichen, rural geprägten Gegend wohnen, fast ausschließlich Mercedes. Noch auffälliger ist die Zahl der Banken in der Ortschaft. Obwohl nur etwa 2000 Leute in den Dörfern der Umgebung wohnen, gibt es vier Banken, die alle ein teures Auto verlosen, damit man sein Bargeld hinbringt. Es sind Indizien dafür, dass die Anwohner reich sind. Dass sie sehr gut mit den antiken Schätzen verdienen.

Nach dem Abendessen präsentieren die Gastgeber, Bekannte des Bruders von A.s Vater, unangekündigt ihre Funde. A. ist überwältigt von den Gegenständen, die er bisher nur in Museen sehen konnte, jetzt jedoch in der Hand hält. Er will den Eindruck erwecken, ein Profi zu sein, deswegen holt er einen Pinsel und haucht auf die Gegenstände, wie er es einmal in einem Film gesehen hat. Der älteste Sohn der Gastgeberfamilie erklärt, dass sie Keramikkannen kaputtschlügen, die mindestens dreitausend Jahre alt seien – weil es viele von ihnen gebe und sie kaum Einnahmen brächten. Sie seien nur auf der Suche nach Gold.

A. versetzt das einen Stich. Er erwidert, dass manche dieser Behälter mehr wert seien als Gold, wegen der Inschriften und figürlichen Darstellungen. Archäologen könnten dadurch jede Menge über vergangene Epochen erfahren, in Europa bekomme man viel dafür. Er hofft, er kann die Familie dazu bewegen, in Zukunft auch die Gefäße mitzunehmen und weiterzuverkaufen, damit sie nicht verloren gehen.

Er wühlt in den Gegenständen und findet viele Figurinen aus einem marmorähnlichen Stein, Frauen oder Göttinnen, die im Durchschnitt größer sind als die der Männer. Beweist das, dass es hier matriarchale Strukturen gab, oder wurde die Frau als Symbol der Natur bloß größer dargestellt?

»Wir müssen bald los«, sagt der jüngste Sohn der Familie.

»Wohin?«

»Zur Ausgrabungsstelle. Jetzt ist die beste Zeit. Wir können das Gerät gleich ausprobieren.«

A. ist nicht zufrieden, er dachte, sie würden tagsüber graben. »Aber warum nicht am Tag?«

»Das machen wir auch noch. Aber einige Orte können wir nur in der Nacht besuchen.«

Zu sechst sitzen sie in einem Auto und fahren in die Berge: der älteste Sohn am Steuer, seine drei Brüder, A. und sein Vater.

»Falls die Polizei uns anhält, sagen wir, dass wir zu unseren Verwandten unterwegs sind«, sagt der zweitälteste Bruder.

Der Jüngste ergänzt: »Die Polizei ist auf unserer Seite, aber wir wollen nicht jeden schmieren müssen. Wir zahlen nur was an den Chef, genauso wie an den Bürgermeister.« Der Bürgermeister ist die Kontaktperson zwischen A.s Vater und dieser Familie.

Sie fahren in langsamem Tempo durch die Gegend. Plötzlich sieht A., der mit dem jüngsten Bruder vorne sitzt, zwei funkelnde Augen auf der Straße: ein Hase, wie vom Blitz getroffen, geblendet von den Scheinwerfern. Sofort werfen die Brüder Münzen aus dem Fenster. Bevor A. nach dem Grund fragen kann, sagt der älteste Bruder, dass die Hasen ein schlechtes Omen seien, deshalb versuchten sie, es mit Geld abzuwenden.

In der Nähe von Marlik steigen sie aus. Sie müssen zu Fuß weitergehen. Der Mond beleuchtet den Weg. A. kann sogar die Hasen sehen, die auf den Wiesen herumhoppeln. Überall sind Löcher, über die kein Gras mehr gewachsen ist. Solche Löcher haben sie auch während der Fahrt gesehen, Spuren der illegalen Ausgrabungen. Das heißt, jeder könnte etwas dagegen tun, aber alle profitieren davon, deshalb wird geschwiegen.

Sie gehen weiter, A. trägt das Gerät. Er hat es selbst gekauft. Die Firma hat er von einem öffentlichen Telefon aus kontaktiert, und als er das Gerät abholte, wechselte er fünf Motorradtaxis, damit er einer möglichen Verfolgung entgeht. Man sagt, diese Firmen gehörten den Geheimdienstlern oder den Revolutionsgarden. Sie verkaufen oder vermieten die Geräte, und dann verfolgen sie diejenigen, die sie abholen, um zuschlagen zu können, sobald sie Schätze gefunden haben. A. hatte sich einen genauen Plan ausgedacht, wie er einer möglichen Verfolgung entgehen könnte. Drei Stunden war er unterwegs, bis er sich sicher genug fühlte, mit dem Gerät nach Hause zu fahren. An einen GPS-Tracker hatte er nicht gedacht.

A. hört an einem leisen Widerhall, dass in der Nähe eine Spitzhacke in den Boden gestoßen wird. Sie kommen zu einem Loch, an dem bereits zwei Leute graben. Die vier Brüder und diese zwei Leute kennen sich. A. sieht rund um das Loch Tausende Scherben von Tier- und anderen Keramikgefäßen.

Bis jetzt hätten sie nichts gefunden, teilen die Stimmen der beiden anderen mit. A. solle sofort das Gerät auspacken und nach Schätzen suchen.

A. bereitet das Gerät vor und beginnt zu suchen. Die Brüder haben Spitzhacken und Schaufeln dabei. Als der Vater ihm die Tasche abnehmen will, lässt er es nicht zu. Er hat eine kleine Kamera in der Tasche installiert, weil er einen Film über illegale Ausgrabungen drehen will. Selbst sein Vater weiß nichts davon. Der hat die Hoffnung, reich zu werden, und das wünscht A. ihm auch. Aber A. will durch den Film die Schätze vor weiteren illegalen Ausgrabungen schützen. Auch wenn die Kamera in der Nacht nicht aufnehmen kann, möchte er zumindest die Stimmen festhalten, deshalb trägt er die Tasche über der Schulter, während er mit dem Gerät nach Metall sucht.

Bei der Abholung funktionierte das Gerät, der Verkäufer

fand alle Metallgegenstände, die A. im Raum versteckt hatte, wieder. Aber jetzt funktioniert es nicht mehr. Vielleicht, überlegt A., kann es nur Gegenstände über der Erde erkennen und nicht unter der Erde. Er lässt sich nichts anmerken und sucht, möglichst zielstrebig aussehend, weiter. Einige Stellen lässt er markieren, und dort beginnen die Brüder sofort zu graben.

Er sucht weiter. Vom anderen Loch her kommt ein Schrei, offensichtlich haben sie etwas gefunden. Alle laufen hin. Die Männer reichen eine kleine Figurine nach oben. Sie ist aus Gold und hohl. A. nimmt sie in die Hand und betrachtet sie. Ihn überkommt ein herrliches Gefühl. Er hält ein Stück Geschichte in seiner Hand, als erster Mensch nach drei- oder viertausend Jahren. Auf der Rückseite ist ein Mann in einem Boot abgebildet, wie eine ägyptische Figur hält er einen Stock als Ruder, unten ist eine Swastika zu sehen. A. möchte das Eingravierte filmen, aber er kann es nicht. Die Figurine wird weitergereicht, und alle staunen über ihre Schönheit.

»Sollen wir die zwei Typen da unten umbringen, um uns das Ding zu holen?«, fragt der älteste Bruder, und A. bekommt vor Angst eine Gänsehaut.

»Na, was meinst du?«, fragt der zweitälteste Bruder ihn.

A. kann kaum sprechen und schüttelt den Kopf.

Der älteste Sohn lacht und sagt, dass die beiden da unten Cousins von ihnen seien.

A. atmet auf. Er ist froh, dass es nur ein schlechter Scherz war.

Am nächsten Tag gehen sie, getarnt als mögliche Käufer, zu drei Häusern. Dort bekommen sie wieder Gegenstände vorgeführt. A. platziert die Gerätetasche so, dass er ein bisschen filmen kann.

»Die sind aber nicht alt«, sagt er, als er wieder Swastiken entdeckt.

»Warum?«, fragt der Verkäufer.

»Weil sie aus Nazideutschland stammen und nicht ein paar tausend Jahre alt sein können.«

Der Verkäufer schaut ihn mit großen Augen an und erwidert: »Ich habe sie aber selbst gefunden!«

A. lacht. »Keine Sorge. Ich wollte nur sagen, dass viele Menschen Fälschungen in Umlauf bringen.«

Jetzt lachen alle, und der Verkäufer erzählt, wer hier Fälschungen verkauft. A. nutzt die Gelegenheit und richtet seine Tasche auf die Gegenstände.

»Aber kennst du dich überhaupt aus?«, fragt ihn der Sohn des Verkäufers, der so alt ist wie er.

A. ist verdutzt, trotzdem antwortet er, ohne zu zögern. Er sagt, dass er Archäologie studiert und sogar ein Semester in Italien war. Das Wort »Italien« wirkt sofort und lässt die Münder offen stehen.

Wieder im Auto, erklärt der älteste Bruder, wohin sie fahren. Dieses Mal sind sie, ohne die mittleren Brüder, nur zu viert: der älteste und der jüngste Bruder, A. und sein Vater. Sie werden drei Orte absuchen – ein Tal, durch das ein Fluss fließt, ein altes Gräberfeld und schließlich eine Stelle neben einem großen Stein, der angeblich wie ein Adler aussieht. Dieser Stein soll damals als Zeichen gedient haben, um die Stelle wiederfinden zu können. A. setzt eine seriöse Miene auf, weil er mittlerweile weiß, dass das Gerät unbrauchbar ist. Vielleicht hat er es deshalb so leicht bekommen.

Im Tal versucht er erneut, die anderen zu täuschen. Alle warten ungeduldig, dass er ein paar Stellen markiert. Er überlegt kurz, ob er einfach irgendwohin zeigen soll, da attackieren ihn drei Rinder, die davor ganz gemächlich auf der Wiese gegrast haben. Die einheimischen Begleiter bauen sich, um größer zu wirken, vor ihnen auf und schreien, aber die Rinder lassen sich nicht abbringen, und so rennen alle weg. Obwohl die Rinder knapp hinter ihm sind, freut sich A., dass sie ihn aus dieser misslichen Lage befreit haben. Sie rennen und rennen, sie durchqueren den Fluss, ohne die Schuhe auszuziehen, sie rennen mit nassen Schuhen weiter, aber die Rinder geben nicht auf. Beim Laufen hat A. die versteckte Kamera auf die Rinder gerichtet, um alles aufnehmen zu können. Als sie an einer Straße ankommen, an der ein Haus steht, werden sie mit offenen Armen empfangen und bekommen heißen Tee.

Später, auf dem alten Gräberfeld, entscheidet sich A., schneller zu lügen. Er zeigt wahllos auf einige Stellen. Fast überall sind die Spuren illegaler Ausgrabungen zu sehen, und neben jedem Loch liegen haufenweise Scherben. A. setzt sich hin und betrachtet sie genau, fast mit Tränen in den Augen. Er stellt fest, dass die Lehmgefäße hier kaum Inschriften haben, trotzdem könnten sie Gegenstand von Studien sein. Während er damit beschäftig ist, untersuchen die Brüder die Stellen, auf die er gezeigt hat. Sie wollen in der Nacht wiederkommen, um zu graben, deshalb markieren sie sie.

Beim dritten Ort hält der älteste Bruder einen Vortrag. Er deutet auf die großen Steine, die Tiere darstellen sollen, und sagt, sie seien immer ein Zeichen für Schätze, besonders der Adler. Er zeigt A., wo sich der Kopf des Adlers befindet und in welche Richtung sein Schnabel weist. Dort befinde sich der Schatz. Dann gehen sie weiter, und er deutet auf einen Stein in der Form einer Schildkröte, da solle man langsam gehen und achtgeben, das stelle die Schildkröte symbolisch dar. Deshalb gehen sie langsam und betrachten das Umfeld genauer. Unweit der Schildkröte befindet sich ein Stein, der wie ein Fisch aussieht. Der Fisch symbolisiere Reichtum, der Schatz müsse sich in der Nähe befinden, A. solle also die Umgebung des Fisches mit seinem Gerät absuchen. Allerdings müsse er aufpassen, weil die Schlange ihn anfallen könnte.

»Welche Schlange?«, fragt A.

Der älteste Bruder antwortet: »Die Schlange, die als Wächter des Schatzes dient. Alle Schätze werden von Schlangen bewacht. Oft gibt es auch Dschinns, die als Wächter dienen. Deshalb darf man einen Schatz nicht einfach mitnehmen, das bringt Tod oder Unglück über die ganze Familie. Man muss zuerst aus dem Koran zitieren, um die Schlangen und Dschinns zu vertreiben, und dann die Besitzer um Erlaubnis fragen, damit man den Schatz überhaupt anfassen darf. Viele Schätze stehen unter dem Schutz eines Talismans und können gefährlich sein. Manche der Schlangen sind ehemalige Schatzsuchende, die durch diesen Talisman verwandelt wurden und auf dem Schatz liegen, weil es zu ihrem Schicksal wurde, auf das Gold aufpassen zu müssen.«

Kurz glaubt A., Teil eines iranischen Märchens geworden zu sein. Alles, was der älteste Bruder erzählt, klingt nach Legenden oder Geschichten, die er aus Büchern kennt. Dann sucht er die Stelle mit dem Gerät ab, besser gesagt, er tut, als ob. Er hat gemischte Gefühle: Einerseits ist er traurig, weil sie nichts finden werden, was ihre Armut lindern könnte. Andererseits ist er froh, weil er heimlich einiges an Material gesammelt hat.

Nach der Reise nach Amlasch beginnt in Teheran wieder der Alltag. Beinahe jeden Abend wird gestritten, weil die Familie keine Hoffnung für die Zukunft hat. Die Armut äußert sich wie Tollwut, die Familienmitglieder greifen sich gegenseitig an. Die täglichen Erniedrigungen auf der Straße, bei der Arbeit werden weitergereicht. A. kennt dieses Spiel seit seiner Kindheit – so geht es zu, sobald seine Familie in finanzielle Schwierigkeiten kommt.

Und finanzielle Schwierigkeiten haben sie wegen seines Vaters fast immer. Ihr Leben ist, emotional und materiell betrachtet, eine Achterbahnfahrt. Seitdem der Vater aus der Marine entlassen wurde, ist es ein einziges Auf und Ab. Eine Zeit lang war er der Leiter einer großen Fabrik im Süden des Landes und verdiente sehr viel, dann wurde er von seinen Freunden übers Ohr gehauen und verlor alles.

Für A. ist die Taktik seiner Eltern, die Not in Szene zu setzen, nicht mehr neu. Über die Jahre hieß es, dass sie die Miete nicht mehr bezahlen könnten und eine Lehmhütte in der Wüste mieten müssten. Der Vater sagte, dass die Kinder doch groß genug seien, um auf sich selbst aufzupassen. Sie würden auf die Straße gesetzt, damit sie Geld verdienten, dann zögen nur die Eltern aus Teheran weg. All diese Schilderungen vom Ende der Familie, die die Kindheit von A. bedrohten, waren die Ursache einer unheimlichen Sorge, deretwegen er jede Nacht wach lag. Oft schreckte er ängstlich auf und kontrollierte zuerst, ob alle Gegenstände noch da waren. Dann schaute er, ob es Anzeichen eines bevorstehenden Umzugs gab. Konnte er keine feststellen, atmete er auf und weinte kurz. Er fragte sich, wann die Eltern ihren Plan umsetzen würden. So, dass es überraschend käme? Er versuchte, sich brav zu verhalten, um die Umsetzung des Planes womöglich zu verhindern. Er befürchtete, allein durch die Kraft seiner Gedanken den Familienuntergang herbeizuführen.

Er brauchte einige Jahre, um das Verhalten seiner Eltern zu durchschauen. Er stellte fest, dass seine Familie ein

Symbol für den Iran war, weil man in ihr nur redet, ohne je etwas in die Tat umzusetzen. Eine Familie, die mit finanziellen Schwierigkeiten beschäftigt ist und sich nebenbei selbst zerstört. Hinzu kamen Zauberei und Aberglaube. Seine Mutter ging sehr oft zu einem Amulettenschreiber und Zauberer, der für alles eine Lösung hatte. Diese Lösungen waren irgendwelche Wörter und Buchstaben auf einem Stück Papier.

Seine Mutter hatte auch eine Zeichnung dafür anfertigen lassen, dass die Beziehung mit Ava in die Brüche ging. Sie war der Meinung, dass Ava nicht die richtige Frau für ihn sei. Als A. die Zeichnung entdeckte, gab es einen Monat lang die heftigsten Streitereien – nicht weil er Angst hatte, die Zeichnung wirke sich auf die Beziehung aus, nein. Ihm war bewusst geworden, wie seine Eltern tatsächlich waren. Sie gingen regelmäßig zu diesem Mann und ließen sich Zeichnungen anfertigen, um reich zu werden, um Arbeit zu finden, für alle möglichen Probleme. Frauen, die ihre Männer mit anderen Frauen erwischten, griffen auch zu diesen Methoden. Obwohl im Iran alle religiös sind, bemühen sie dennoch gerne Zauberei und Aberglaube. Immer und überall wird nach Ausnahmen von Regeln gesucht. Im Islam ist die Magie verboten – prompt wird im Alltag eine Ausnahme gemacht, während im direkten Gespräch betont wird, was für ein pietätvoller Gläubiger man sei.

Im Laufe seiner Kindheit und Jugend entdeckte A. Hunderte dieser Zettel. Sehr oft fand er auch auf der Straße welche. Mit der Zeit realisierte er, wie verbreitet der Aberglaube war. Iran ist ein Land, das auf den ersten Blick modern wirkt, aber unter der Oberfläche mittelalterlich ist. Als Kind machte A. bei solchen Ritualen mit. Er mischte ihm unbekannte Pulver in das Getränk seines Vaters, damit er sich im Sinne der Mutter verhalten würde. Oder er schrieb seine Wünsche auf einen Zettel, wickelte ihn in ein grünes Blatt, das er von einer Pflanze oder einem Baum gepflückt hatte, und warf ihn ins fließende Wasser.

Erst als Erwachsener fand er heraus, dass solche Bräuche aus der Zeit vor dem Zoroastrismus stammten – einer Zeit, in der Inder und Iraner noch ein Volk waren und eine gemeinsame Religion hatten, bis die Iraner in den heutigen Iran einwanderten. Wünsche in fließendes Wasser zu werfen heißt, die Göttin des Wassers um die Erfüllung dieser Wünsche zu bitten, während man als Muslim eigentlich Allah darum bitten sollte. Die Göttin des Wassers und der Fruchtbarkeit heißt Anahita. Es gibt Tausende Alltagsrituale im Iran, die mit ihr in Verbindung stehen. Obwohl die zwei monotheistischen Religionen, der Zoroastrismus und der Islam, jahrhundertelang dagegen ankämpften, existieren solche Rituale nach wie vor. Seine Mutter nahm immer eine Schüssel voller Wasser mit, wenn sie den Vater bis zum Taxi begleitete. Als das Taxi wegfuhr, schüttete sie Wasser hinter ihm her. Statt zu Allah zu beten, um ihn auf seinen Fahrten zu beschützen, betete sie – ohne es zu wissen – zu Anahita, damit sie auf den Ehemann aufpasse und ihn heil nach Hause bringe.

Es werden auch Geschäfte mit den Göttern gemacht. Etwas Gutes wird getan, weil man die Hoffnung hat, dass der Gott es doppelt vergilt. A. beobachtete immer wieder, dass seine Mutter sich gute Taten vornahm und auf den Lohn Gottes hoffte. Wenn sein Bruder einen guten Job brauchte, gab sie den Armen viel Geld. Nach diesem Motto verhalten sich fast alle Iranerinnen und Iraner.

Das Schlimmste, was A. im Laufe seines Erwachsenwerdens erlebte, war das Aufkommen des Wunsches, seine Eltern zu ermorden. Als die Familienuntergänge an Dramatik zunahmen, sagte sein Vater, er werde die Familie bald mit Rattengift umbringen. Er werde es einfach ins Essen mischen, und dann sei alles vorbei. Das erste Mal nahm A. es nicht ernst, aber als der Vater es ein paarmal wiederholte, bekam er Angst, irgendetwas zu essen. Oft ließ er die Eltern zuerst essen, damit er sehen konnte, was mit ihnen passierte. Gleichzeitig packte ihn die Sorge, ohne Familie zurückzubleiben, und er aß schnell alles auf. Aber nie geschah etwas.

Als er sechzehn war, oft Schwierigkeiten mit seinen Eltern hatte und keine Zukunft für sich oder seine Familie sah, begann er, sich den Plan des Vaters zu eigen zu machen. Er überlegte, dass er selbst es sein könnte, der sich und die Familie mit Rattengift erlöste. Dass es für alle das Beste wäre. Alle litten, aber niemand hatte den Mut, dem ein Ende zu setzen. Einmal fragte er sogar seinen besten Freund Mehdi, wo er Rattengift herbekommen könnte. Er verriet nichts von seinem Plan, meinte nur, er wolle damit Experimente machen. Als sie dann bei einer Demo waren, die unerwartet in ihrem Bezirk stattfand, hetzten die Polizisten Hunde auf sie. Da sagte Mehdi: »Wenn wir jetzt Rattengift hätten, könnten wir die Polizisten fertigmachen.«

Allerdings machte A. sich immer wieder bewusst, dass er ein besseres Leben hatte als viele seiner Freunde im Bezirk. Im Vergleich zu ihrer Familie war seine halbwegs intakt. Mehdi musste mit dreizehn aufhören, in die Schule zu gehen, weil sein Vater einen Unfall hatte und die Familie nicht mehr ernähren konnte. Er war zwar das jüngste Kind in der Familie, aber der einzige Sohn. Er begann zu arbeiten, damit seine Schwestern weiterstudieren konnten. A. arbeitete in den Ferien mit ihm in einer Druckerei, die

Kinderbücher herstellte. Es war eine harte Arbeit, sie durften zehn Stunden lang keine Pause machen. A. fühlte sich wie eine Leiche, während andere Freunde den Sommer genossen. Seine Eltern sagten immer wieder, dass er nicht arbeiten müsse. Trotzdem wollte er Mehdi beistehen.

Nach fünf Wochen konnte er nicht mehr. Seine Hände waren voller Schnittwunden von dem Papier, teilweise sehr tiefen. Obwohl sie hinter den Papierbergen standen und von den Besitzern nicht gesehen wurden, konnten sie sich nicht drücken, weil die drei Brüder sofort aufmerksam wurden, wenn die Geräusche der Arbeit verstummten. Dann brüllten sie die Namen derer, die kurz pausiert hatten. Sie lagen immer richtig. Sie hatten Ohren, die so empfindlich waren wie Hundenasen. A. und Mehdi fühlten sich stets beobachtet.

Für A. war es ein erster Schritt ins Erwachsenwerden: Er merkte, wie schwer Arbeiten ist. Doch bald waren die Ferien vorbei, und er kehrte ins Schülerleben zurück. Fast alle seine Freunde standen zumindest mit einem Bein im Erwachsenenleben, weil sie sehr früh nicht mehr in die Schule gingen. Er wollte auch möglichst bald erwachsen werden. Er spürte die Unsicherheit in seiner Familie, deshalb begann er mit sechzehn, als Regieassistent bei Serien und Filmen zu arbeiten. So konnte er ein bisschen Geld verdienen und seine Unabhängigkeit beweisen.

Als sich Mehdi ein paar Jahre später hochgearbeitet hatte und ein riesiges Fitnessstudio neben seinem damals schon bestehenden Schmuckgeschäft aufmachte, schlug er A. vor, mit ihm zusammenzuarbeiten. Mehdi meinte, dass er ihm vertraue und deshalb das Schmuckgeschäft in seine Hände legen wolle, damit er sich dem Fitnessstudio widmen könne. Das Handeln mit Fake-Schmuck hatte ihm zu diesem Zeitpunkt schon viel Geld eingebracht. Er ließ den Schmuck bekannter Marken in China nachmachen und verkaufte die Resultate in seinem Geschäft. So finanzierte er das Fitnessstudio und bald ein zweites Schmuckgeschäft.

A. schlug den Vorschlag freundlich aus, er verfolgte mittlerweile einen anderen Traum. Zwar wollte auch er Geld verdienen, aber als Künstler. Zu Ruhm und Reichtum wollte er als Autor gelangen, obwohl er kaum etwas dafür unternahm. Hin und wieder schrieb er ein paar Kurzgeschichten und kurze Stücke, die er für wertvoll hielt. Er hatte das Gefühl, ein Genie zu sein und sofort berühmt zu werden, wenn er erst zu schreiben begänne. Er begann lange nicht.

Mit neunzehn schaffte er es, nachdem er bereits unzählige Ideen für Serien beim staatlichen Fernsehen eingereicht hatte, endlich einen Auftrag zu bekommen. Es ging um einen Fernsehfilm, der die Tugendhaftigkeit der Jugend stärken sollte: um junge Menschen, die im heiligen Monat Ramadan durch ein Wunder den Weg zurück zu Allah finden und aufhören, kriminell zu sein.

Der Auftrag war für einen 19-Jährigen wie ein Lottogewinn. Obwohl er einen Vertrag für ein Honorar von damals umgerechnet zwölftausend Euro unterschrieb, bekam er nur sechstausend davon, was noch immer sehr viel war. Der Produzent steckte die andere Hälfte in seine Tasche, wie es auch heute noch alle machen. A. dagegen würde beim Aushandeln des nächsten Vertrags auf seinen letzten hinweisen können, um ein besseres Honorar zu erzielen.

Er erinnert sich noch gut an das erste Treffen mit dem Produzenten und dem Regisseur. Anwesend war auch ein Vertreter des Fernsehens. A. verstand nicht, warum sie noch nicht begannen, wollte aber auch nicht nachfragen. Nach fünfzehn Minuten fragte der Produzent, der den Vertreter des Fernsehens besser kannte, warum sie noch warteten. Dieser schaute auf einen Zettel, las A.s vollständigen Namen vor und sagte, sie warteten noch auf diesen Herrn, den Drehbuchautor. A. machte auf sich aufmerksam, voller Stolz, sodass der Vertreter ihn überrascht anschaute und sagte, er habe ihn für den Regieassistenten gehalten, weil er ja noch ziemlich jung sei. Aber er freue sich, dass diese Generation Interesse habe, für das Fernsehen zu arbeiten.

Mit jenem Vertrag sah sich A. an die Spitze des Ruhmes gelangen. Er sah sich sogar die Flagge auf dem Gipfel seines Ruhmes feststecken. Er bekam bald weitere Verträge, nur die Qualität der Serien und Telefilme, die er schrieb, sank rasant. In seiner Phantasie rutschte er vom Berg des Ruhmes wieder runter. Kaum hatte er die Flagge festgesteckt, stürzte er ab. Er bekam Geld und konnte sich vieles leisten, trotzdem war er unzufriedener als zuvor. Er hatte den Traum, dass er eines Tages ein gutes Stück oder einen guten Roman schreiben und damit eine Revolution verursachen würde. Er glaubte an die subversive Kraft der Kunst in despotischen Ländern. Aber nach mehreren Serien musste er feststellen, dass er wohl nicht genug Niveau hatte, sonst hätte er so etwas nie geschrieben, auch wenn er Geld brauchte. Er schrieb Auftragswerke über religiöse Themen, obwohl er die Religion, insbesondere den Islam, am liebsten bekämpfen wollte. Es handelte sich um Serien mit religiösen Inhalten, die für besondere Monate wie Ramadan oder andere Feier- oder Trauertage bestellt wurden.

Mit einundzwanzig entschied sich A., noch ein letztes Mal eine Serie fürs Fernsehen zu schreiben, dann wollte er diese Tätigkeit beenden. Er fühlte sich mittlerweile wie eine männliche Prostituierte, wollte das Regime bei seiner religiösen Propaganda nicht mehr unterstützen. Er lehnte Religionen und das Regime ab, aber seine Serien waren Propaganda für beides. Daher wollte er jetzt etwas schreiben, was er gut fand, etwas, was er Racheprojekt nannte, um seinen Plan für eine Revolution in die Tat umzusetzen. Die ganze Zeit hatte er verstecken müssen, dass er kein Muslim ist und an nichts, an gar nichts glaubt. Da er auch als Regieassistent arbeitete und die Leute kannte, die seine Texte verfilmten, musste er oft mit ihnen beten. Immer musste er eine Maske tragen, die zur Situation passte, doch es war nie die, die er tragen wollte, ja er wollte gar keine Maske tragen. Deshalb war Selbsthass in ihm gewachsen. Er wollte etwas dagegen tun, er wollte Kritik üben. Also dachte er so lange nach, bis er eine aus seiner Sicht brillante Idee hatte.

Wir, ja Wir, haben die Ermahnung hinabgesandt und Wir werden sie gewiss bewahren. Mit diesem Satz aus der Sure Al-Hijr, den er auch als Motto verwendete, begann sein Exposé. Die Serie sollte vom zweiten Umayyaden-Kalifen namens Yazid handeln, dem ersten in diesem Amt, der den Propheten Muhammad nicht mehr persönlich gekannt hatte. Bei den Schiiten ist er verhasst wegen der Ermordung des dritten Imams der Schiiten, Hossein, die sich wie folgt zutrug: Yazid befahl seinen Soldaten, Hossein zu zwingen, ihm gegenüber die Treue zu schwören, und für den Fall, dass er sich weigern sollte, seinen Kopf zu schicken. Hossein weigerte sich. Er wurde damit zu einer Symbolfigur für Widerstand und ist beliebt bei den Menschen. Kein Wunder also, dass das Regime seine Beliebtheit für die eigene Propaganda nutzt. Im Narrativ des Regimes ist es selbst Imam Hossein, und die Amerikaner sind Yazid. Deshalb ließ A. diesen Kalifen in seinem Exposé die Fälschung des Korans in Auftrag geben.

Die Handlung beginnt im heutigen Teheran. Ein angesehener religiöser Mann, der einige wertvolle, handgeschriebene Koran-Exemplare geerbt hat, will sie einem Museum schenken. Davor möchte er sie in der Moschee, in der er seit seiner Kindheit sein Gebet verrichtet, ausstellen. Von der geplanten Ausstellung in der Moschee und der Übergabe an das Museum wird in den Nachrichten berichtet, der Name des Mannes wird erwähnt. Diebe, die in seiner Gegend wohnen, werden darauf aufmerksam. Sie fassen den Plan, die Korane, noch bevor sie in die Moschee gebracht werden, an sich zu reißen. In der Nacht schaffen sie es, in das Haus des Mannes einzubrechen, und nehmen die Bücher mit. Bald wird bekannt, dass die Korane geraubt wurden, und die Polizei sucht mit einem Großaufgebot die Diebe. Diese sind mit dem Auto unterwegs Richtung Grenze, um die Bücher sofort außer Landes zu bringen.

Eingeblendet wird eine Stadt, die verflucht wurde, mit Menschen, die dort unter dem göttlichen Fluch leben. Ein Flashback verdeutlicht, dass der Kalif Yazid Kopisten beauftragt hat, den Koran zu seinen Gunsten zu fälschen. Sie sollten ihn im Rahmen einer Weissagung namentlich darin erwähnen, als den Retter des Islam. Goldgeschenke und Drohungen brachten die Kopisten dazu, den Auftrag anzunehmen, und sie machten sich an die Arbeit und fertigten einige schöne Exemplare an, die im Lauf der Zeit kopiert und verbreitet und damit zur gültigen Version wurden und nun gestohlen worden sind. Die Stadt, die verflucht wurde, ist die Stadt, in der die Kopisten den Koran fälschten.

Die Diebe geraten in eine Polizeikontrolle, halten aber nicht an, sondern es kommt zu einer Verfolgungsjagd. In der Wüste schießen die Polizisten auf das Auto, sodass die Diebe ihre Flucht zu Fuß fortsetzen müssen. Sie sehen eine Stadt und laufen hin. Damit kehren die gefälschten Korane an den Ort zurück, an dem sie angefertigt wurden. Die Stadt löst sich in Luft auf, und die Diebe werden verhaftet.

A. ließ eine Fassung des Exposés von einem Religionsberater, der für das Fernsehen arbeitete, lesen. Dieser gab ihm grünes Licht. Das Exposé wurde weitergereicht und vom staatlichen Fernsehen genehmigt. A. unterschrieb den Vertrag und fing an, das Drehbuch zu schreiben.

Wenig später wurde er zu einem Treffen eingeladen, das seltsamerweise in Qom, dem Vatikan der Schiiten, stattfinden sollte. Das Büro, das er betrat, hatte mit dem Fernsehen nichts zu tun. Es war das Büro eines schiitischen Gelehrten. A. hatte nicht wie sonst warten müssen, sondern der Mann mit Turban saß schon dort und trank seinen Tee. Er war jung und wirkte sympathisch.

»Wie ich sehe, sind Sie sehr jung und sympathisch«, sagte der Gelehrte, nachdem sie sich begrüßt hatten.

A. lachte und sagte, dass der Gelehrte auch jung und sympathisch sei.

Der Gelehrte antwortete: »Aber ich kann alt werden, im Gegensatz zu dir.«

A. war überrascht und wusste nicht, wie dieser Satz zu interpretieren sei. »Ich verstehe Sie nicht«, erwiderte er.

»Ich habe nachgefragt bei Menschen, die dich kennen

und die du vielleicht nicht kennst. Ich habe versucht, alles über dich in Erfahrung zu bringen, damit ich weiß, wer du bist und was du bis jetzt gemacht hast. Bis jetzt hast du dich unauffällig verhalten. So unauffällig, dass du fürs Fernsehen schreiben konntest, obwohl du noch Dramatik an der Uni studierst.«

»Aber was meinen Sie damit?«, fragte A.

»Ich meine, dass du mit deinen gerade mal einundzwanzig Jahren klug bist. Aber warum müsst ihr immer auf der anderen Seite sein und nie auf unserer?«

»Ich habe doch viele religiöse Serien und Fernsehfilme geschrieben«, sagte A.

»Ja, das wundert mich auch. Aus dem Glauben heraus hast du es nicht getan. Soll ich vermuten, dass du es nur fürs Geld gemacht hast?«

»Aber ich stamme aus einer sehr religiösen Familie. Kennen Sie Haj Mansur Arzi? Seitdem ich ein Kind bin, kennt er mich.«

»Ja, ja, ja. Ich kenne die Geschichten. Aber ich weiß auch, dass dein Vater aus der Marine entlassen wurde, weil er ein Monarchist ist. Er schimpfte über die islamische Republik. Bestimmt kennst du *die* Geschichte?«

»Er hatte ein Problem mit seinem Vorgesetzen«, antwortete A. schnell.

»Ach, so hat er euch das erzählt?«

»Er ist sehr religiös und betet jeden Tag. Jeden Donnerstagabend sitzt er bei Haj Mansur Arzi und weint vor Mitgefühl, während dieser über Imam Hossein und dessen Leidensweg redet. Also, wie –«

Da unterbrach ihn der Gelehrte. »Ich rede jetzt, und du antwortest nur, wenn ich dich etwas frage, verstanden? Ich habe in deiner Uni angerufen, um mich über dich zu erkundigen. Weißt du, wen ich dort kontaktiert habe?«

»Den Leiter meines Instituts?«, fragte A.

»Nein, der ist unwichtig. Das Büro der Basidsch-Milizen.«

A. bekam Angst.

»Du warst nie dort, außer dem einen Mal, als du mit deinen Freunden das Büro gestürmt hast. Du warst nie beten. Du hast dich nie an ihren Aktivitäten beteiligt. Du verbringst deine Zeit mit Menschen, die nicht unserer Vorstellung entsprechen.«

»Das ist aber nicht verboten«, warf A. ein.

»Du hältst den Mund, während ich rede, sonst wirst du nie alt werden. Hast du verstanden?«

A. nickte.

»Ich habe alles über dich in Erfahrung gebracht, um die Idee hinter deinem Exposé besser zu verstehen. Ich wollte es zuerst durchwinken und dich danach verhaften und foltern lassen, damit du über deine Absichten, die du damit verbindest, sprichst. Dann fand ich heraus, dass deine Mutter eine vorbildliche Frau ist, die den Tschador trägt. Also dachte ich mir, er ist jung und hat eine zweite Chance verdient. Deshalb habe ich dich hierher bestellt, statt dich von der Polizei abholen zu lassen. Jetzt habe ich meine Meinung wieder geändert. Was ist, wenn dein Filmprojekt durchgegangen wäre? Was ist, wenn man diese Serie ausgestrahlt hätte? Du wolltest einen großen Schaden verursachen, denselben, den die Zionisten gegen den Islam anstreben. Mir wird ganz anders, wenn ich an die Konsequenzen denke. Ist es nicht schade, dass du nicht alt werden kannst? Oder wenn ja, nur im Gefängnis?«

Der Gelehrte nahm die Haltung eines Siegers ein. A. war bereits am Boden und malte sich das Schlimmste aus, sogar die Todesstrafe.

»Die einzige islamische Republik zeigt im Staatsfernsehen eine Serie darüber, wie der Koran gefälscht wurde. Was für ein Skandal! Alle im Ausland werden über uns lachen. Natürlich zuerst deine Auftraggeber. Die Saudis? Nein, sie können es nicht gewesen sein. Zionisten? Amerikaner? Oder die Monarchisten?«

Als A. diese Vorwürfe hörte, dachte er, dass er die Sonne nie wieder sehen würde. Er sah sich schon an einem Kran baumeln. An einem deutschen Kran vielleicht der Firma Atlas?

»Hältst du uns für dumm? Glaubst du, dass wir nichts durchschauen? Glaubst du, dass du kleiner Pimmel, dessen Urin nicht wie der eines Mannes riecht, gegen uns gewinnen kannst? Gefälschte Korane, die von damals bis heute kopiert wurden und sich tausendfach verbreitet haben. Obwohl die ersten Exemplare am Ende durch die Hand Gottes vernichtet werden, sind Tausende andere Exemplare in Umlauf. So wolltest du uns hinters Licht führen? Für wen hältst du mich? Ich weiß, dass du überrascht bist. Ich sehe es in deinen Augen.«

A. war nicht überrascht, nicht mehr. Er war kurz davor zu sterben. Seine Hände und Knie zitterten, deshalb hielt er seine Hände unten. Er sah die Gesichter der Polizisten vor sich, die ihn gefoltert hatten. Dieses Mal würde er an die Revolutionsgarden oder den Geheimdienst der Revolutionsgarden ausgeliefert werden, die sind noch brutaler. Als Spion der Israelis habe er diese Serie geschrieben, um den Glauben der Menschen an den Islam zu schwächen, würde er unter der Folter zu hören kriegen.

»Du willst doch alt werden?«, fragte ihn der Gelehrte jetzt und unterbrach A.s Gedanken.

A. nickte.

»Ich lasse dich dieses Mal laufen, weil ich hier keine fremden Geheimdienste im Spiel sehe. Aber ich lasse dich beobachten. Fürs Fernsehen wirst du nie wieder etwas schreiben.«

Als A. wieder auf der Straße war, schaute er in die Sonne und war glücklich, alles wieder sehen zu dürfen. Er schrieb tatsächlich nie wieder etwas fürs Fernsehen, nicht unter seinem Namen. Er schrieb später ein paar Texte für Off-Kommentare in Dokumentarfilmen, um Geld zu verdienen, und verwendete dafür ein Pseudonym.

Den Vorfall verdrängte A., um sich weiter zu trauen, kritische Theaterstücke zu schreiben. Er schrieb die Stücke so, dass sie wegen der Zensur nicht aufgeführt werden konnten. So geschah es, dass das Abschlussstück für die Uni zu seinem letzten Stück auf Farsi wurde. Kurz danach floh er aus dem Land.

Das Stück hieß »Damavand, erloschener Vulkan«. Darin versuchte er, mit dem Regime, der Gesellschaft und den Religionen abzurechnen. Es war ein Stück, das sich im Laufe des Schreibens stark veränderte. Anfangs sollte es voller Hoffnung sein, ein Retter sollte auftauchen, um die Menschen im Iran zu befreien. Aber während der Arbeit daran wurde es pessimistischer oder eher: an die Realität des Landes angepasst. Es gab keine Hoffnung, und die wenigen, die sich erhoben, fielen dem Regime zum Opfer. Ein Stück in drei Szenen. Nachdem A. es fertiggeschrieben hatte, war er ziemlich stolz.

Zusammen mit einem theoretischen Teil reichte er das Stück ein, um sein Studium im Bereich Szenisches Schreiben abzuschließen. Bei der Verteidigung äußerte sich einer der drei Professoren beeindruckt, ja sogar euphorisch darüber, und er bekam die Bestnote. Aber als er sein Zeugnis abholen wollte, wurde er zum Sicherheitschef der Uni geschickt. Zuerst wurde ihm gesagt, dass er die Semestergebühren nicht bezahlt habe. Der Sicherheitschef schickte ihn zu einem Mitarbeiter, der A.s Vater als Gauner und Dieb bezeichnete – er habe ungedeckte Schecks ausgestellt.

A. forderte den Mitarbeiter auf, sich für die Beleidigung seines Vaters zu entschuldigen.

Der Mitarbeiter erwiderte, A. sei unzweifelhaft der Sohn dieses Gauners, weil er sich genauso frech verhalte.

Als A. das hörte, trat er gegen den Schreibtisch, hinter dem der Mitarbeiter stand. Alle Gegenstände fielen vom Tisch, der Tisch kippte gegen den Mitarbeiter und brachte ihn zu Fall. A. schrie und beschimpfte ihn. Daraufhin stürmten Sicherheitsleute den Raum und nahmen ihn fest.

Nachdem er sich beruhigt hatte, führten sie ihn zum Stellvertreter des Sicherheitschefs. Der stellte ihn vor zwei Alternativen: Entweder kooperiere er mit den Sicherheitsbehörden der Uni, oder sie würden ihn zum Gericht außerhalb der Uni schicken.

A. fragte: Warum zum Gericht, was habe er getan?

Der Stellvertreter legte die Diplomarbeit auf den Tisch. Gotteslästerlich und regimefeindlich sei sein Stück.

A. bekam wieder zittrige Knie. Er fragte sich, welche Lehrkraft ihn verpfiffen hatte.

Der Sicherheitschef füllte ein Formular aus, um das Stück dem Gericht zur Überprüfung vorlegen zu können. »Der Direktor muss das noch bestätigen, aber da wird es keine Schwierigkeiten geben. Du wirst ein großes Problem bekommen. Du weißt, welche Konsequenzen das für dich haben kann?«

A. fragte sich, wie er das bloß verhindern könnte. Er sah wieder die Gesichter der Polizisten vor sich, die ihn gefoltert hatten, und dieses Mal kam ein neues Gesicht dazu: das Gesicht des Gelehrten, das er bis jetzt verdrängt hatte.

Der Stellvertreter sagte: »Es sei denn, du schreibst auf einen Zettel, was du von diesem Professor weißt.« Er nannte den Namen des Professors, der bei A.s Verteidigung gewesen war. »Du musst schreiben, dass er gotteslästerliche Sachen im Unterricht verbreitet und mit Studentinnen schläft.«

A. erwiderte, dass er weder das eine noch das andere bestätigen könne. »Er ist Philosophie- und Soziologie-Professor. Was er sagt, ist das, was die Philosophen gesagt haben. Diese Philosophen wurden auch im Iran publiziert, was soll daran falsch gewesen sein?«

»Schreib es, oder wir schicken dein Stück zum Gericht«, sagte der Stellvertreter zornig.

»Ich brauche Zeit«, antwortete A.

Unterwegs zum Direktor der Uni überlegte er sich, wie er am besten vorgehen sollte. Offensichtlich wollte die Sicherheitsbehörde diesen Professor entlassen und versuchte, Beweise gegen ihn anzuhäufen. Aber was, wenn er eine Aussage macht und sie sein Stück dennoch dem Gericht übergeben?

Im Büro des Direktors war er aus Verzweiflung zunächst stumm. Der Direktor war sein ehemaliger Professor, der ihn mochte. A. war einer der wenigen, die immer die beste Note bekamen. Andere Studenten hatten begonnen, Unterschriften gegen den Professor zu sammeln, weil sie ihn zu streng fanden. Er aber mochte A., weil er alle Stücke, die er den Studenten zu lesen aufgab, entweder schon gelesen hatte oder eifrig las. Da A. davor auf einer Theaterschule gewesen war, war er mit den Stücken ohnehin vertraut. Die Liste mit den Unterschriften verschwand, als der Professor unerwartet zum Direktor der Uni ernannt wurde.

»Ich werde es nicht zulassen, dass sie das Stück an das Gericht schicken. Ohne meine Erlaubnis können sie es nicht tun. Mach dir keine Sorgen, wir wollen keine Skandale und sie auch nicht. Sie wollen dich nur benutzen, um den Kollegen aus der Universität zu werfen«, erklärte der Direktor.

»Aber ich will nicht gegen ihn aussagen«, sagte A.

»Musst du auch nicht, aber sie werden dein Zeugnis nicht herausgeben. Da kann ich dir nicht helfen. Sie werden dich nicht mehr hier studieren lassen. Du musst bereits einen Stern haben.«

Einen Stern zu haben bedeutet, dass man auf der schwarzen Liste steht. Im Normalfall hätte A. ohne eine weitere Aufnahmeprüfung sein Masterstudium an dieser Uni aufnehmen können, was er auch vorgehabt hatte. Wenn die Gesamtnote besser als 17 von 20 war, durfte man einfach weiterstudieren, und das war bei A. der Fall. Er war so erleichtert, dass sein Stück nicht an das Gericht weitergegeben wurde, dass er das mit der schwarzen Liste vergaß.

Am nächsten Tag ging er wieder zum Stellvertreter und verfasste eine schriftliche Stellungnahme. Er schrieb, dass er den Philosophie- und Soziologieprofessor sehr schätze, weil er in seinem Fach eine Koryphäe sei. Er habe viel von ihm gelernt und ihn nie etwas Gotteslästerliches sagen hören. »Nun zu den Vorwürfen mit den Studentinnen: Es versteht sich von selbst, dass ich nicht wissen kann, ob er mit Studentinnen allein war, im Seminar entstehen keinerlei sexuelle Aktivitäten. Ob er mit Studentinnen redet? Ja, das macht er, genauso wie ich mit ihnen rede. Wir sind an der Uni, da wird diskutiert, damit wir uns weiterbilden. Aber natürlich kann alles verschieden interpretiert werden. Was manche vielleicht als Flirt betrachten, betrachten andere als normales Gespräch.«

So schrieb A. weiter und weiter. In Wahrheit fand er das Verhalten des Professors gegenüber Studentinnen problematisch, vielleicht hätte er auch auf einer europäischen Universität Schwierigkeiten bekommen. Der Professor äußerte sich Frauen gegenüber oft abfällig und sexistisch. Aber hier versuchten sie ihn aus politischen Gründen hinauszuwerfen.

Der Stellvertreter las alles durch und sagte dann: »Du hast aber nicht geschrieben, was ich dir gesagt habe.«

»Ich habe die Wahrheit geschrieben. Wie kann ich behaupten, dass er mit Studentinnen geschlafen hat, obwohl ich nie dabei war?«

»Aber du weißt genau, dass er sie zu sich einlädt und sexuelle Anspielungen macht«, antwortete der Stellvertreter.

»Das macht er nicht, zumindest nicht öffentlich«, sagte A.

»Aber das reicht nicht aus, um dich aus der Affäre zu ziehen. Du musst mehr schreiben. Du hast nichts zu befürchten, wir zeigen ihm diesen Zettel nicht.«

»Warum muss ich dann meinen Namen angeben und sogar unterschreiben?«, fragte A.

»Weil wir es sonst nicht verwenden können«, antwortete der Stellvertreter.

»Ich kann nicht lügen. Sie wollten etwas Schriftliches, und ich habe etwas geschrieben. Kann ich jetzt bitte mein Zeugnis bekommen?«, fragte A.

»Hast du keine Angst, dass wir dein Stück ans Gericht geben?«

»Sie können mich nicht erpressen«, erwiderte A.

»Gut, dann schaue ich, ob das genügt. Aber es bleiben noch zwei Punkte offen. Erstens musst du dich bei dem Mitarbeiter, den du geschlagen hast, entschuldigen. Zweitens eine Erklärung abgeben, dass du dich vom Inhalt deines Stücks distanzierst.«

»Erstens habe ich ihn nicht geschlagen, sondern ich habe gegen den Tisch getreten. Zweitens wird es nicht einfacher, wenn ich schreibe, dass ich etwas falsch gemacht habe.«

»Wie du willst, dann schicke ich dein Stück gleich ans Gericht.«

»Ich habe mit dem Direktor geredet. Er will den Fall intern lösen, einen Skandal vermeiden. Ich habe getan, was ihr wolltet, mehr geht nicht.«

»Frech bist du geworden, seitdem du mit dem Direktor geredet hast. Ich werde dir das Zeugnis nicht geben, bis du meine Schuhe geküsst hast.«

»Kennst du Haj Mansur Arzi? Ich bin mit ihm verwandt. Du wirst sehen, wer wem die Schuhe küssen muss. Ihr habt meinen Vater beleidigt, und er ist mit ihm verwandt«, sagte A. laut.

Er log, denn Haj Mansur Arzi war weder mit seinem Vater noch mit seiner Mutter verwandt. Er war nur ein guter Freund von einem Onkel seiner Mutter. A. kannte ihn seit seiner Kindheit, weil sein Vater ihn öfter zu religiösen Zeremonien mitgenommen hatte.

Haj Mansur Arzi war als radikaler Prediger und Sänger religiöser Inhalte weithin bekannt. Er galt als Kopf der Partei Gottes und hetzte gegen anders Gesinnte, teilweise bis hin zu Mordaufrufen. Im Jahr 2009 machte er einen berühmt gewordenen Kommentar zu den Protesten im Iran: »Hundert Jungen und Mädchen wurden in ein mit Alkohol gefülltes Schwimmbad gebracht, wo sie auch Drogen bekamen und sich gegenseitig vergewaltigten, bevor sie auf die Demonstranten losgelassen wurden. Die Jungen und Mädchen griffen diese an und töteten sie.« Er betrieb Propaganda für das Regime und brachte politische Gegner durch Hetze zum Schweigen.

Eine andere einflussreiche Person in A.s familiärem Umfeld war Habibollah Asgaroladi Mosalman, auch der ein Freund des Onkels seiner Mutter. Er war ein hochrangiger iranischer Politiker und Vorsitzender der konservativen Islamischen Koalitionspartei und hatte 1981 und 1985 für die Präsidentschaft kandidiert. Beide Männer, ob A. es recht war oder nicht, wurden nun wichtig für ihn. Einer der beiden würde ihm aus dieser Lage heraushelfen können.

Zu Hause angekommen, sprach er mit seiner Mutter über den Vorfall an der Uni. Er erzählte nicht von seinem Stück, nur von den Gebühren und seiner körperlichen Auseinandersetzung mit dem Sicherheitspersonal. Er wollte, dass seine Mutter ihren Onkel kontaktierte, damit der mit dem Sicherheitschef der Uni sprach. Ihr Onkel kannte viele Revolutionsgarden und Geheimdienstler.

A. pokerte im Bewusstsein, dass er durch das, was er jetzt tat, die Ehre seiner Familie beschmutzen könnte. Er wusste, der Onkel seiner Mutter würde keine Gnade kennen, würde er von seinem Stück erfahren. Auch Haj Mansur Arzi nicht. Sie beide waren religiöse Fanatiker, und zwar äußerst mächtige. A. wollte sich nur dieses Mal ihre Macht zunutze machen, um der drohenden Strafe zu entgehen.

Die Mutter griff weinend zum Telefon. Eine Woche später wurde A. von der Universität angerufen und weinte auch, vor Erleichterung. Ihm wurde gesagt, er könne sein Zeugnis abholen. Wieder fuhr er zur Uni.

Dieses Mal nahm ihn der Sicherheitschef persönlich in Empfang. Ihm wurde Tee serviert. A. war ungeduldig und wollte nur schnell sein Zeugnis abholen. Der Sicherheitschef aber wollte noch reden.

Er fragte, warum A. seine Verwandtschaft mit Haj Mansor Arzi nicht erwähnt habe.

A. erwiderte, dass er sie normalerweise nie erwähne.

Der Sicherheitschef redete und redete.

A. wurde skeptisch, weil er das Gefühl hatte, der Sicherheitschef wolle Zeit schinden. »Bekomme ich mein Zeugnis oder nicht?«, fragte er mit fester Stimme.

»Ja, ja. Gleich.«

»Geben Sie es mir, sonst bekommen Sie ein Problem«, erwiderte A.

Der Sicherheitschef sagte, dass sich das Zeugnis bei seinem Stellvertreter befinde. Er wolle nur freundlich fragen, ob A. bereit wäre, sich beim Stellvertreter und dem Kollegen, den er geschlagen habe, zu entschuldigen.

A. wurde zornig. Er schrie, dass er sofort sein Zeugnis haben wolle. Außerdem sollten sich die zwei Mitarbeiter bei ihm entschuldigen, nicht umgekehrt, weil sie ihn und seine Familie beleidigt hätten.

Nach einem Telefonat tauchten die zwei Mitarbeiter mit seinem Zeugnis auf und entschuldigten sich bei ihm.

Beim Hinausgehen schwebte A. fast vor Freude und fragte sich, was wohl passiert wäre, wenn er die beiden Kontakte nicht gehabt hätte.

Einige Wochen später erfuhr er, dass der Professor, über den er ausgesagt hatte, entlassen worden war. Er hörte von einem Freund, dass der Professor es ihm übel nahm. Ihm war ein belastendes Papier gezeigt worden, mit A.s Namen und Unterschrift, während das, was A. tatsächlich geschrieben hatte, abgedeckt gewesen war. Wieder war A. zornig. Eigentlich gewannen die Sicherheitsbehörden immer, sie hatten ihr Ziel erreicht. Sie hatten ihn gezwungen, ein Teil ihres Apparats zu werden. Sie hatten seine nicht belastenden Angaben benutzt, um den Professor zu entlassen und seinen Namen in den Dreck zu ziehen.

In der Zeit, in der A. sein Zeugnis noch nicht bekommen hatte, gab seine Mutter den Armen viel Essen und Geld, um mit Gott einen Deal zu schließen.

5

Sarahs Wut auf die Polizei hat nachgelassen, obwohl sie es nach wie vor nicht fassen kann, dass Bin Laden frei herumlaufen darf. Ihre Gedanken kreisen jetzt um etwas anderes. Sie hat auf einer Kundgebung einen jungen Mann kennengelernt, der erst vor wenigen Wochen aus dem Iran kam. Er war auf die Leute in Österreich nicht gut zu sprechen. Sie hat sich Zeit genommen und ihm zugehört. Er musste fliehen, trotzdem wurde ihm bei der Einvernahme vorgeworfen, dass er lügt. Sie fragte ihn, wo er wohnt, und er antwortete: Im Moment auf der Straße. Da überlegte sie, ihn zu sich nach Hause mitzunehmen. Sie hatte Angst vor ihm, weil sie ihn nicht kannte, aber ihre Neugier war größer. Falls er die Wahrheit sagt, dachte sie, hätte er viel über die Proteste im Iran zu erzählen, und das interessierte sie.

In der Straßenbahn unterhielten sie sich im Stehen, und er stieß versehentlich gegen eine Frau. Er entschuldigte sich auf Englisch, die Frau beschimpfte ihn trotzdem. Sie musste eingreifen und wurde als Deutsche gleich mit beschimpft. Vielleicht verband sie ja auch das Fremdsein, obwohl sie in seinen Augen eher eine Einheimische war.

Kurz bevor sie bei ihr zu Hause ankamen, wollte er nicht mehr mit zu ihr. Sie hielt das für Schüchternheit und schaffte es, ihn umzustimmen. In der Wohnung zeigte sie ihm die neuesten Videos. Viele kannte er nicht, weil er nicht auf Twitter war. Er zeigte ihr auch Filme, aber nicht im Internet, sondern diejenigen, die er mit seinem Handy aufgenommen hatte. Darauf war er selbst zu sehen. Ab da hatte sie keine Angst mehr vor ihm.

Sie redeten bis in die Früh. Gegen vier waren sie müde, und sie bot ihm ihr Bett an, weil sie nur ein kleines Sofa hat. Er entschied sich für das Sofa, auch wenn er darauf seine Beine nicht ausstrecken konnte. Am nächsten Tag blieb sie zum Arbeiten zu Hause.

Seitdem halten sie über das Internet Kontakt. Entweder schreiben sie sich Nachrichten, oder sie skypen. Das letzte Mal, als er in Wien war und ihre jüdische Freundin kennenlernte, wurde ihr klar, dass die Beziehung zu ihm problematisch sein wird. Einerseits will sie ihm helfen, andererseits fühlt sie sich zu ihm hingezogen. Sie will die Chance, ihn besser kennenzulernen, nutzen, möchte hören, was er erzählt. Deshalb schickt sie ihm auf Englisch diese Nachricht, in der Hoffnung, dass er sie liest und auch versteht:

> Seit der Geburtstagsparty haben wir leider nicht mehr gesprochen, und ich möchte versuchen, dir meinen Standpunkt zum Judentum noch mal zu erklären, damit es mit unseren Gesprächen (vielleicht ja auch Treffen?) möglichst bald weitergeht. Ich weiß zwar nicht, wie du das siehst, aber ich würde mir das wünschen.
>
> Also, du hast dich gewundert, warum ich eine positivere Einstellung zum Judentum habe als zu anderen Religionen, obwohl das Alte Testament voller grausamer Geschichten ist. Ich glaube nicht an Gott, und meine Familie ist auch nicht jüdisch, aber ich denke, man kann vom Judentum viel lernen. Die wichtigsten Lehren des Judentums stehen nicht in der Bibel, sondern im Talmud, und man könnte sein ganzes Le-

ben damit verbringen, ihn aufmerksam zu lesen. Ich bin keine Judaistin, aber vertraut damit, wie sich das Judentum in den Werken der größten deutschsprachigen Autoren spiegelt. In dieser Religion dreht sich alles um Diskussionen und Kritik. Die Einstellung der Juden zu allem, einschließlich sich selbst, ist die des Zweifels, und ich finde es absolut bemerkenswert, dass in einigen ihrer Schriften sogar Gott als Hypothese betrachtet wird. (In der Kabbala wird Gott »Nichts« genannt.)

Diese große Bedeutung von Debatte und Kritik ist einer der Gründe, warum in Deutschland und Österreich von der Mitte des 19. Jahrhunderts bis zur Machtübernahme der Nazis so viele bekannte Intellektuelle jüdischer Herkunft waren. Anders als das Christentum beschönigt das Judentum Gott nämlich nicht. Seine Gesetze sind hart und grausam und werden im Talmud auch als grausam bezeichnet. Aber anders als etwa der Islam verlangt der jüdische Gott nicht, dass sich alle Menschen diesen Gesetzen unterwerfen – sie gelten nur für Juden, für alle anderen gelten sie nicht. Die Christen in Europa haben alles getan, um Juden in ihren Geburtsländern erst auszugrenzen und dann zu Flüchtlingen zu machen. Auch aus diesem Grund sind Juden zu guten Gesellschaftskritikern geworden, und ihr Denken war aufgrund ihrer Exilgeschichte viel früher als das der anderen international.

Sie schickt ihm diese Nachricht und schreibt weiter an ihrer Doktorarbeit. Was sie ihm nicht erzählt hat, ist, dass sie manches besser versteht, seit sie ihn kennt. Sie sieht eine Parallele zwischen seinem Leben und dem Leben Siegfried Kracauers.

DRITTE ETAGE

1

Die sechs Monate in Plankenstein sind um. Es ist Februar, und ich bin in die Wohnung in der Nähe von Sieghartskirchen umgezogen. Vieles ist dadurch besser, aber nichts ist gut.

Ich gehe die neue Gegend erkunden. Meine Eier schmerzen in der Größe eines Schuhs, den ein netter Herr meinem kurdischen Mitbewohner schenkte, zusammen mit einem zweiten. Meine linke Schläfe schmerzt in der Größe einer Faust – der Faust ebendieses kurdischen Mitbewohners, der sich gestern mein gekochtes Essen auf einen Teller schaufelte und danach zuschlug.

In einer der letzten Nächte in Plankenstein träumte ich, dass ich ein Geschichtsbuch operiere. Alle Geschichtsbücher brauchten einen Kaiserschnitt, weil sie nicht in der Lage waren, natürlich zu gebären. Ein paar Minuten lang lagen sie unter Narkose auf dem Tisch, und wir konnten mit ihnen machen, was wir wollten.

Warum sind nicht alle Ereignisse der letzten Jahrhunderte vor meinen Augen abgelaufen? Ich habe sie nur gehört. Mit meinen Ohren, den langen Korridoren meiner Ohren: Ich habe die Könige und Wesire gehört, gute und schlechte, die Boten und Generäle. Meine Ohren schmerzen von den Schreien der Kinder und Frauen, die vor den Mongolen geflüchtet sind. Aus meinen Ohren tropft das Blut der Menschen, die von den Arabern getötet wurden, weil sie sich geweigert haben, zum Islam zu konvertieren.

Von meinem Kinn tropft das Blut der von den Mongolen in Merw geschlachteten Menschen. Vom Läppchen meines linken Ohrs hängen die Knochen derer, die verhungert sind, weil die Russen und Engländer 1941 bis 1945, während ihrer Besetzung des Irans, sich die Essensrationen aus den Hälsen der Iraner holten. Werden auch zukünftige Generationen aus dem Ohr bluten, wenn sie die Geschichte der Proteste im Jahr 2009 hören? Oder werden sie die Taten des islamischen Regimes vergessen? Kann ich diese Geschichte festhalten?

Ich muss alle Geschichten festhalten. Meine und ihre.

Auch in Sieghartskirchen, vier Kilometer von unserer neuen Wohnung entfernt, werde ich angestarrt. Mein linkes Bein streicht ganz sanft über den Asphalt, und vielleicht macht mich mein Hinken verdächtig. Die Autos fahren auf der Stille ihrer Räder. Der Kreisverkehr kreist leise um sich selbst. Die Straßen strecken sich langsam. Die Brücke hockt über dem Wasser. Die Schaufensterscheiben reichen mein Bild von Hand zu Hand. Mein Körper stinkt nach der Heimdecke, die ich mitgenommen habe. Ein Stück Wolke steckt im Rachen des Himmels, und er hustet. Er hustet so lange, bis man seine Spucke abkriegt. Im Supermarkt stehen Menschen mit Appetit auf ein Schnitzel vor der Fleischtheke an. Meine Hand greift zwischen Kühlschrank und Einkaufskorb hin und her, dann zwischen Tasche und Kassiererin. Auf dem Weg zurück in die Wohnung gehen die Bäume an mir vorbei. Ein alter Mann würgt eine Bierflasche, bis sie schäumt.

Ich schaue auf meine schwarzen Nader-Schuhe an den Füßen – die Schuhe, die im Iran, in den Händen der Polizisten vor der Zelle, fremd aussahen. Die über den heißen Asphalt Neu-Delhis schritten und froh waren, dass ich einen Stern bekommen hatte und nicht mehr im Iran studieren durfte. Die kurz fremdgingen, als ich im Zug nach Mumbai schlief und ein Inder mit ihnen austeigen wollte. Sie waren auch zufrieden in Istanbul, obwohl meine Knie vor Angst zitterten, weil ich zum ersten Mal am eigenen Leib erfahren musste, wie es ist, illegal in einem Land zu sein. Diese Schuhe, sie lernten, schneller zu gehen, sobald sie Polizisten sahen. Und sie waren trunken vor Freude, als sie den Boden von Österreich betreten konnten, ohne dass ein Visum das legitimiert hätte.

Jetzt, in der Küche, höre ich ein Geräusch aus dem Wohnzimmer und drehe mich um. Das Bett liegt ruhig, und der Stuhl hockt nach wie vor da. Der rote Vorhang ist schwanger, und sein Bauch reicht bis zur Zimmermitte. Am Tag meiner Ankunft bin ich vom Sessel gefallen, weil sein Bein gebrochen ist. Hätte ich eine Waffe gehabt, hätte ich auf den Sessel geschossen, wie man Pferde erschießt, wenn sie sich das Bein brechen.

Ich beschließe, mir die Bilder auf dem Laptop anzuschauen, die meine Mutter abfotografiert und mir geschickt hat. Ich mache den Ordner mit den Bildern auf. Die stillen Schreie der Hochzeitsgäste, das getrocknete Lachen, das Klatschen der Hände, Meeresgeräusche, wenn das Meer seine Gischt auf den Sand kotzt. Alles schwimmt im Raum und erreicht mein Ohr. Ein junges Mädchen steigt tanzend aus dem Bildschirm. Zwei Arme hängen vom Leib meines Vaters, der noch nicht dreißig ist. Der schwarze Tschador meiner Mutter, der während der Saddam-Zeit im Irak war. Die schwarzen Socken riechen nach den Gräbern der Imame, die sie an ihren Füßen besucht haben.

Vor dem Fenster wirft sich der Regen gegen die Scheibe wie ein Vogel. Ich mache Tür und Fenster auf, damit die Regentropfen sich willkommen wissen. Das Foto meines Vaters, gefangen im Bildschirm, vertausendfacht sich durch mein Blinzeln und fliegt aus dem Fenster. Ich gehe mit meinen Eltern zum Park, springe in die Umarmung meines Vaters, dann ziehen wir alle eine Grimasse und lachen, beobachtet von Kindern, und meine Mutter hält die leere Schaukel fest, damit ich gleich hinaufklettern kann. In Sieghartskirchen wische ich meine Tränen ab, die salzig sind.

Es hat aufgehört zu regnen. Wie der alte Mann würge ich eine Bierflasche und sauge den Schaum auf. Schon sind da mehr Bierflaschen, um die erste zu rächen, ich würge sie alle. Alkohol macht aus mir ein Lineal. Ich fange dann an, alles zu messen. Sogar die Größe meiner Einsamkeit. Das ist mehr, das ist länger, das ist breiter, das ist höher, das ist besser, das ist kürzer, wie viel Schlechtes ist gut, das Böse ist ein Fluss, das Böse ist grün, das Böse ist ein Film, das Böse ist eine Waffe, das Böse ist süß, das Böse ist salzig wie Tränen, das Böse ist Trauern.

Am nächsten Tag wache ich mit Kopfweh auf. Ich möchte duschen, aber im Bad entscheide ich mich um. Ich bin nackt wie das Wasser. Meine Körperhaare, wie lange sind sie schon meine Begleiter? Warum sind sie mir treu? Mein kurdischer Mitbewohner ist nach Wien gefahren, zum Glück. Sonst wäre unser Streit noch ausgeartet. Ich will auch nach Wien fahren, ich halte es hier nicht aus.

Mir fällt ein, Sarah kommt heute aus Deutschland zurück. Sie hat mir eine Nachricht geschickt:

> Was ich dir noch erzählen wollte: Ich lese gerade einen Essay von Ernst Jünger, »Der Kampf als inneres Erlebnis«. Darin beschreibt er seine Erfahrungen

aus dem Ersten Weltkrieg aus einer heroischen Perspektive. Der Stil ist teils expressionistisch, teils eine Mischung aus Klischees und schlechtem Nietzsche-Verschnitt, zumindest dort, wo er roh und brutal ist. Alles ziemlich krude und befremdlich, interessant ist jedoch die Beschreibung des Tötens. Er gibt sich gar keine Mühe zu verbergen, dass es ihm gefallen hat zu töten, ja mehr noch: dass es allen Kriegsfreiwilligen gefallen hat. Außerdem beschreibt er seinen Wunsch zu sterben so, dass es aufschlussreich für mich ist. Erotisch aufgeladen, ganz deutlich sogar.

Kracauer hingegen wirft in seinem Buch all das zusammen – revolutionäre Massen, Mord, die Lust zu töten und zu sterben, Krieg und Sex – und nennt es »die Elemente«. Anstatt es zu verherrlichen, sucht er nach Schutz vor ihrer zerstörerischen Kraft und findet ihn am Boulevard, im Herzen der Stadt, auf dem Marktplatz, der gewissermaßen die ganze Welt umschließt, und in Offenbachs satirischen Operetten. Aber es gibt auch Drastisches in seinem Buch. Über Sex und Frauen spricht er mit einer erzwungenen Ironie, die kaum zu ertragen und völlig untypisch ist.

All das kann ich nun langsam immer besser verstehen.

Sie versucht mich aufzurichten, indem sie mich an ihren Gedanken teilhaben lässt, aber ich bin zu weit weg von allem. Ich lebe außerhalb der Zeit. Ich kann nicht nachdenken, weil ich immer hungrig bin. Mit den 140 Euro im Monat, die alle Ausgaben abdecken sollen, kann ich mich nicht ernähren. Wenn meine Hose kaputt geht oder ich warme Kleidung für den Winter brauche, ich einen neuen

Rasierer, Shampoo oder einen Fahrschein nach Wien für den Besuch bei der Rechtsberatung kaufen muss, bin ich Mitte des Monats schon hungrig. Oft verschafft mir das billigste Bier ein nachhaltigeres Gefühl des Sattseins als die Hofersemmeln. Ich habe stark abgenommen. Ich habe begonnen, Zigarettenstummel zu rauchen. Ich bin tief gesunken, und das kann Sarah nicht verstehen. Ich sage ihr nicht, dass ich hungrig bin. Wenn ich bei ihr bin, bietet sie mir neuerdings Essen an, aber ich bin zu stolz, um es anzunehmen. Nur wenn sie kurz auf die Toilette geht, stopfe ich mir ein paar Sachen in den Mund. Da ich viel für Kaution und Möbel zahlen musste, habe ich kaum mehr Geld, und meine Eltern können mir auch keines schicken. Sie haben nicht viel, und die Sanktionen machen alles noch schwerer.

Ich frage mich, wie Hungern klingt. Kann man es musikalisch darstellen?

Ich breche auf, um zu Sarah zu fahren. An der Busstation ist es kalt. Zwei Jugendliche warten auch. Ich frage sie auf Englisch, ob der Bus nach Wien fährt. Sie bejahen es. Dann fragen sie mich, woher ich sei. Ich bin überrascht, dass sie mich überhaupt etwas fragen, und antworte wie ein Wasserfall. Sie sind überfordert, wollen nichts von Folter und Mord im Iran wissen. Sie wollen nichts vom Schmerz wissen, den ein gezogener Fingernagel auslöst.

Der Mund des Busfahrers formt sich zu einer Kanone, um »Wien« zu sagen. Ich steige ein. Der Busfahrer nimmt mein letztes Geld und gibt mir 20 Cent zurück. Das ist jetzt alles, was ich noch habe. Die Sitze haben Kuhlen von den Gesäßen der Leute. Ein Mann steckt hinter Millionen Wörtern fest, aus seiner Zeitung lächelt mich ein anderer an. Felder und Bäume streifen an den Scheiben des Busses vorbei, mein Bild ist in der Scheibe gefangen. Das Dorf wird kleiner, und der Fahrer wechselt in den nächsten Gang. Die Dörfer auf dem Weg werden größer und wieder kleiner. Sonnenschein dringt durch die Scheibe, ohne sie zerbrechen zu müssen. Die Blätter liegen aus Protest vor dem Bus, um die Weiterfahrt zu stoppen. Die Reifen beginnen zu schreien, und die Lippen des Fahrers zielen auf mich: Endstation Hütteldorf. Wenn ich es sage, klingt es wie »Hoteldorf«, deshalb versteht mich niemand. Oder man will mich nicht verstehen.

Meine Hand bewegt sich jetzt zwischen meiner Tasche und dem Ticketautomaten hin und her, täuscht etwas vor. Schwarzfahren ist der einzige Weg. Die Blicke der Menschen in der Schlange bohren sich in meinen Rücken. Mit mir steigen viele andere in die U-Bahn ein. Zuletzt ein Mann mit seinem Husten. Der Geruch nach Zigaretten schickt Signale von meinem Hirn zu meiner Hand, die zu zittern beginnt. Der Wunsch zu rauchen ist stärker als die Angst, beim Schwarzfahren erwischt zu werden. Sobald der Geruch nachlässt, kommt die Angst wieder. Noch mehr Menschen steigen ein, die mich erwischen könnten.

Sarah hat eine neue Adresse. Die alte Wohnung hätte ich gerne noch einmal gesehen. Ich mochte die Wohnung wegen des Hotels gegenüber. Ich konnte stundenlang die Hotelfenster beobachten. Bis die Dunkelheit sich auf die Menschen warf und sie unsichtbar machte.

In dieser Wohnung lagen unsere Körper zum ersten Mal aufeinander. Ich sage nicht, dass wir uns liebten, weil nur unsere Körper aufeinanderlagen. Unsere Seelen standen daneben und starrten uns an. Erst danach sagte sie mir, dass sie es eigentlich nicht wollte. Ich wollte es auch nicht. Wer wollte es dann? Unsere Körper? Als sie mich zum ersten Mal anfasste, waren unsere Körper voller Alkohol. Ihre Hände streichelten mich, ich schrie aus Spaß nach meiner Mutter.

So begann ihre Analyse. Sie unterstellte mir ein Geburtstrauma, machte sich Gedanken über mein Verhältnis zu meiner Mutter. Ich hatte den Eindruck, sie wurde eifersüchtig auf sie. Für mich ein Déjà-vu, weil auch Ava auf meine Mutter eifersüchtig gewesen war. Ein Riss tat sich auf, der langsam größer wurde. Ich wollte Sarah nicht mehr sehen.

Aber ich muss sie sehen. Ich brauche sie, ohne sie wäre ich verloren. Sie ist mein einziger Ausweg aus dem Leben eines Flüchtlings. Bei ihr kann ich kurz vergessen, wer ich bin und was ich bin. Besser gesagt, was ich alles nicht bin. Den Verlust meiner Identität. Bin ich ein Künstler? Was bedeutet es, ein Künstler zu sein? Was sehen die Menschen hier in mir?

In der U-Bahn kommt Unruhe auf. Die Hände der Menschen bewegen sich zwischen ihren Geldbörsen und dem Kontrolleur hin und her. Zwischen dem Kontrolleur und mir sind es noch über zwanzig Personen. Die letzte Station haben wir gerade eben passiert. Meine Schuhe spüren die Angst, die sie immer in Anwesenheit von Polizisten oder anderen Wachleuten spüren. Sie sind aber nicht immer schüchtern. Wenn man sie genau untersucht, findet man vielleicht noch das Blut des Polizisten, der die Schuhe auf seinem Gesicht spürte, als er 2009 Menschen wie Tiere mit seinem Schlagstock von der Straße vertreiben wollte. Die nächste Station wird rollend erreicht. Die Hand des Fahrgasts, der mir gegenübersitzt und seinen Fahrschein vorzeigen soll, bewegt sich nicht zwischen Geldbörse und Kontrolleur, sondern er springt auf und rennt zur Tür. Die Schuhe des Kontrolleurs verwandeln sich in Suchhunde und laufen ihm nach. Ich bleibe sitzen.

Das Geschehen auf der Straße interessiert mich nicht mehr, sobald ich bei Sarah klingle. Sie wohnt jetzt in der obersten Etage. Von ihrem Balkon sieht man das Riesenrad und den Donaukanal. Es regnet wieder. Das Schweigen schwillt an. Die Kaffeetassen gewöhnen sich daran, kalt zu sein. Auf dem Weg zur Toilette sehe ich das Kopfkissen, in der Mitte eingesunken wie nach langem Schlafen.

Als ich zurückkomme, liest Sarah Zeitung. Das Geräusch des Kühlschranks. Der kalte Geschmack der Reste. Ich bleibe bei ihren Büchern stehen. Mit zwei Fingern greife ich nach Brecht und ziehe ihn zu mir, wie man eine Maus von hinten greift und aus dem Loch zieht. Ich schlage das Buch auf und frage mich, warum das B einen so angeschwollenen Bauch hat. Warum hat ein A gespreizte Beine? Kommen sie deshalb nacheinander? A spreizt die Beine und wird begattet. B hat das Baby im Bauch. Dann trägt C das Baby aus.

»Brauchst du eigentlich was?«

»Ich wollte dich nur sehen. Störe ich?«

»Nein, aber ich muss an meiner Diss arbeiten.«

Anspannung liegt in der Luft. Schon wieder.

»Ich suche ein Zimmer in Wien.«

»Ich habe schon ein paar Freunde gefragt. Nicht alle wollen jemanden, der nicht gemeldet ist, bei sich in der Wohnung haben. Aber vielleicht wird nächsten Monat ein Zimmer frei, in einer WG, da lebt der Bruder von einem Freund.«

Meine Augen brennen. »Ich habe meine Eltern nach Geld gefragt.«

»Ich kann dir auch Geld borgen.«

Bösartige Gedanken überfallen mich. Soll ich sie abzocken? Mein Leben wäre viel einfacher, wenn ich ein bisschen Geld hätte. Sie hat sicher genug. Ich brauche ja nicht viel. Ich versuche, die Gedanken wieder aus meinem Kopf zu drängen.

»Willst du duschen oder etwas essen?«

Der Geruch hat mich verraten. Meine Traurigkeit geht damit einher, dass ich nicht dusche. Hat auch Hunger einen Geruch, nicht nur den aus dem Mund? Ich schüttele den Kopf.

Wenig später, auf der Straße, schiebt sich die Kälte zwischen uns. Sarah schaut mich heimlich an. Ein Stück Himmel liegt auf dem Boden. Ich steige mit der Sohle auf den Himmel, und der Himmel beginnt zu wackeln. Der Regen hat aufgehört.

»Da war früher eine Synagoge. Dieser Bezirk war mal jüdisch und ist es teilweise noch immer.«

Menschen mit Kippa gehen an uns vorbei. Warum kann ich nicht einfach Sarahs Hand nehmen und mich verlieben? Jetzt schaue ich sie heimlich an. Ich versuche, ihrem Blick zu folgen. Sie betrachtet eine Tischlerei. Vor dem Geschäft liegen Reste von Brettern. Niemand weiß, zu welchem Baum sie mal gehört haben.

»Sollen wir sie begraben?«, frage ich.

»Du meinst die Juden?«

»Nein, ich meine die Holzreste.«

Sie zeigt mir auf der Straße ein kleines Messingquadrat, auf dem Namen und Geburts- und Sterbedaten stehen.

Teheran ist wie ein Friedhof, weil man fast alle Straßen nach Menschen benannt hat, die im Iran-Irak-Krieg gefallen sind. Aber in Wien werden die Toten verdrängt. In der Öffentlichkeit sind sie reduziert auf ein kleines Messingquadrat, denke ich.

»Ein Stolperstein. Das ist alles, womit wir uns in dieser Stadt an die Juden erinnern.«

Sie erklärt mir, was Stolpersteine sind.

Als ich Sarah das zweite Mal in ihrer neuen Wohnung besuche, habe ich den negativen Bescheid in der Tasche, mein Asylantrag wurde abgelehnt. Innerhalb von zwei Wochen muss ich beim Bundesverwaltungsgericht Beschwerde einlegen, sonst ist es vorbei.

Ich habe auch ein USB-Modem für das Internet bei mir, aber das funktioniert nicht zuverlässig. Ich musste den Internetvertrag kündigen, weil ich ihn mir nicht mehr leisten kann.

Meine Haut ist gelblich geworden. Die Streitereien mit den Mitbewohnern gehen weiter, zumal jetzt noch mehr Menschen in der Wohnung leben und alle miteinander verwandt sind außer mir. Jemand holte heimlich den letzten Schein aus meiner Geldbörse, 20 Euro. Dann holte ich mir das Geld wieder zurück, aus der Geldbörse des Freundes von meinem kurdischen Mitbewohner. Wir beide taten so, als wäre nichts passiert.

Ich weiß, dass ich am Ende bin. Am Ende angekommen wie ein Zug, der vor einer Betonmauer in der Bahnhofshalle steht. Aber im Gegensatz zu Zügen kann ich nicht rückwärtsfahren. Lässt sich das größte Drama, das nur innerlich geschieht, in Worte fassen? Es gelingt mir nicht. Wie kommt es dazu, dass man Hand an sich legen will? Wie kommt es dazu, dass man sich nehmen will, was man am liebsten hat: das Leben? Ich kann es nicht erklären.

Immer mal wieder habe ich mit dem Gedanken, mich umzubringen, geliebäugelt oder gespielt, aber dieses Mal ist es mehr. Als 22-Jähriger habe ich Tabletten genommen, um von meinen Eltern ein Ja zu erpressen. Ein Ja, das Ava zu meiner Frau machen sollte. Ich wollte erreichen, dass sie mich dabei unterstützen, dass sie mir helfen, Geld zu verdienen, eine Arbeit zu finden. Das tat ich, um Ava meine Liebe zu beweisen.

Aber unter dem Einfluss der Tabletten verliebte ich mich in alle Irren im Krankenhaus. Ich verliebte mich in das Gemüse, das einmal ein Mensch gewesen war: in den Menschen, der sich durch Pflanzengift in einen Kürbis verwandelt hatte. Er lag neben mir und zitterte wie das Blattwerk einer Pflanze im Wind. Ich selbst war aufgedunsen von den Tabletten, ein Kugelfisch, der durch das Aufblasen seines Leibes Gefahr von sich fernhält. Auch mein Leib war aufgeblasen, damit der Tod mich nicht fängt. Nach zwei Tagen wollte ich nicht mehr zurück nach Hause. In diesem Krankenhaus der Irren, das wegen des Regimes überfüllt war, war das verlorene Paradies wiederhergestellt. Wenn die anderen Menschen das gewusst hätten, hätten sie es gestürmt. Die Krankenschwester schaute mich liebevoll an, und ich rezitierte Gedichte für sie, darunter Zeilen aus dem Gedicht IM RINGEN MIT DEM SCHWEIGEN von Ahmad Schamlu, der sich den Künstlernamen Bâmdâd gegeben hatte, Morgengrauen: »Bâmdâd bin ich, endlich, des Kampfes müde, obwohl ich außer mir niemanden bekämpft habe, jedoch ist dieser Kampf erschöpfender als jeder andere.« Unter den Bögen ihrer Brauen, die stets gezupft waren, schimmerten die Augen wie wilder Honig. Bin ich der Bär?, fragte ich mich im Rausch, und bestimmt dachte sie sich: Ein poetischer Narr. Närrische Poesie.

»Willst du dich wirklich umbringen?«, fragt Sarah mich jetzt.

»Ja, es ist das Beste für alle. Ich möchte nicht im Iran beerdigt werden. Ich möchte hierbleiben, auch wenn die österreichische Regierung das nicht will.«

Dann gehe ich auf ihren Balkon und steige über das Geländer. Schaue ein letztes Mal auf das fließende Wasser des Donaukanals und denke, auch ich werde bald flüssig sein, wenn ich meinen hungernden Leib losgeworden bin. Ich lasse das Geländer los, aber eine Kraft packt mich von hinten. Zwei Hände ziehen mich über das Geländer auf den Balkon zurück.

Ab da sehe ich in Sarah einen Engel, eine Rettung, das Leben im Gegensatz zum Tod. Ich fühle mich mit ihr verbunden, bis zum Ende der Welt. Diese Gedanken wärmen mich, erfüllen mich, aber schon tauchen andere Gedanken wieder auf, über den Iran, mein Leben in Österreich, mein Heimweh, meine finanziellen Probleme, den negativen Bescheid. Ich wünschte mir, mein Kopf hätte einen Reißverschluss wie Sarahs Rock und ich könnte ihn aufmachen. Dann würde ich alles in eine Schachtel schütten und wegschicken. Egal, wohin, nur weit weg müsste es sein. Am besten in den Iran.

Kaum bin ich zurück in Sieghartskirchen, klingelt es an der Wohnungstür. Es ist der Postbeamte mit einem Paket. Ich muss etwas unterschreiben, dann lässt er mich mit dem Paket stehen.

Ich setze mich in der Küche hin, auf den Sessel zwischen dem Rot des geöffneten Vorhangs und der Farblosigkeit der Küchenfenster, die hinter dem Vorhang zum Vorschein kamen. Ich mache die Schachtel auf und inhaliere die Luft, die meine Mutter ausgeatmet hat. Alles, was sich in dieser Schachtel befindet, hat meine Mutter angefasst. Ich greife vorsichtig hinein und nehme einzelne Gegenstände heraus, Süßigkeiten, Nüsse, Bücher und einen kleinen Teppich. Meine Augen beginnen zu brennen, fünf Tränen lang.

Ich schlage eins der Bücher auf, das früher mir gehörte. Hinten drin steht ein Datum, zu der Zeit habe ich es gelesen. Zwischen den Blättern kommen einige Euroscheine zum Vorschein. Meine Augen brennen noch mehr. Diese Gegenstände dürfen frei reisen, ohne Reisepass oder Visum, wir Menschen nicht. Ich stehe auf und lege die Schachtel neben den Herd.

Dort bewegen sich meine Hände zwischen mir und dem Kühlschrank, zwischen mir und dem Herd. Mein kurdischer Mitbewohner nähert sich von hinten, ich spüre seinen Blick in meinem Rücken. Für den Fall, dass er mich wieder angreifen will, ballt sich meine Hand zur Faust.

»Hallo«, sagt er. »Wo warst du?«

Ich drehe mich um und sehe die versöhnliche Geste. »Hast du auch Hunger?«

Er bejaht, und wir setzen uns im Wohnzimmer auf den Boden, um zu essen. Die Bohnen schmecken gut. Das Brot, das ich aus Wien mitgebracht habe, ist noch immer frisch. Die Kälte schmuggelt sich von der Eingangstür zu uns. Draußen heult der Wind und will uns streicheln, nachdem er den frisch gefallenen Schnee gestreichelt hat, nur lassen ihn die Scheiben nicht durch. Wir sitzen auf dem Teppich, vor einem Plastiktischtuch, auf dem die Teller stehen. So essen viele im sogenannten Orient.

»Haben dir deine Eltern die Schachtel geschickt?«, fragt mein Mitbewohner.

Ich nicke. »Falls du etwas davon haben willst, nimm einfach.«

Es klopft an die Scheibe der Wohnungstür. Wir halten es für Wind. Es klopft wieder. Ich stehe auf und sehe durch die Scheibe zwei Polizisten. Mein Mund warnt den Mitbewohner, aber er bleibt sitzen, und ich öffne die Tür. Die Polizisten kommen mit nassen, dreckigen Schuhen herein.

Ich frage sie, was sie wollen.

Keine Antwort.

Sie gehen ins Wohnzimmer und treten auf die Vögel und Blumen des Teppichs.

Mein Mitbewohner sagt auf Farsi, sie sollen ihre Schuhe ausziehen. Er zeigt mit dem Finger auf die Schuhe.

Die Polizisten befehlen etwas auf Deutsch und treten auf das Brot, das auf dem Plastiktischtuch liegt.

Mein Mitbewohner steht auf und wird lauter.

Ich sage auf Englisch, dass sie nicht einfach reinkommen dürfen. Dass sie vom Brot steigen sollen.

Einer der Polizisten erwidert auf Englisch, wir sollen leise sein, ansonsten würden sie uns verhaften.

Ich sage, dass wir nichts gemacht haben.

Doch, sagt er, wir wohnten hier illegal. Wir seien überhaupt illegal in diesem Land. Er legt die Hand auf seine Waffe.

Ich flüstere meinem Mitbewohner zu, dass er sich beruhigen soll.

Sie wollen unsere Ausweise und Meldezettel sehen.

Ich werfe ein, dass sie zuerst aus dem Wohnzimmer gehen müssten, dann würden wir ihnen alles zeigen.

Sie weigern sich.

Wir weigern uns auch. Ich lasse meinem Frust freien Lauf und sage, dass sie uns ruhig verhaften könnten, wir hätten eh nicht genug zu essen. Im Gefängnis würden wir wenigstens genug zu essen bekommen.

Wir reden so lange, bis sich die Polizisten Richtung Wohnungstür begeben. Nachdem wir die Dokumente geholt haben, gehen auch wir zur Tür.

Wir hätten uns bei der Polizei melden müssen, als wir hier eingezogen seien, behaupten die Polizisten. Sonst würden sie annehmen, dass wir illegal hier wohnen. Wo denn die anderen seien?

»In Wien«, antworte ich.

»Morgen müsst ihr alle mit euren Dokumenten zu uns kommen. Sonst kommen wir wieder.«

Die Polizisten verlassen die Wohnung, wir schließen die Tür. Mein Magen brennt. Das frische Brot hat schwarze Flecken von den Schuhen. Meine Augen brennen, aber keine Tränen fließen. Auch mein Mitbewohner unterdrückt seine Tränen. Er ruft seine Verwandten an, damit sie aus Wien zurückkommen.

Ich sitze mit einer Zigarette in der Küche. Der Rauch steigt kreiselnd in die Höhe. Ich steige auch in die Höhe, lasse mich treiben, bis ich vor dem Stadttheater in Teheran lande. Meine Freunde stehen auf dem Platz davor und diskutieren darüber, wie man das Regime am besten bekämpfen kann.

Einer sagt, dass man von Südamerika in den Siebzigern lernen solle.

Ich puste den Rauch aus und will darauf antworten, aber der Freund neben mir ist schneller und sagt:

»Die sogenannte Islamische Revolution 1357/1979 war beeinflusst von den bewaffneten Aufständen in Südamerika und Leuten wie Che Guevara, und wir sehen das Resultat heute im Iran. Nur eine Waffe in die Hand nehmen und töten ist nicht ausreichend. Die Islamisten haben mehr Waffen. Die Bevölkerung müsste erst aufgerüttelt werden und Demokratie wollen, und danach könnte man das Regime wegspucken. Niemand kann gegen eine aufgeklärte Masse standhalten. Wir müssen demokratische Gedanken und Toleranz verbreiten, was dem Regime ein Dorn im Auge ist.«

Ich nicke.

Am Nachmittag muss ich raus. Die Sonne hat noch nicht die Kraft, den Schnee zu schmelzen. Beides zusammen ist zu grell für meine Augen, ich muss sie immer wieder schließen, so sehr blendet mich das vom Schnee reflektierte Sonnenlicht.

Während ich die Straße entlanggehe, rufe ich bei der Caritas in Wien an und frage nach einem Termin wegen meines negativen Bescheids. Die Stimme teilt mir mit, dass man persönlich vorbeikommen müsse, und verwandelt sich in ein Piepsen.

Eine Frau kommt mir entgegen. Ich grüße sie – sie ignoriert mich und geht weiter. Einige Schritte weiter kommt ein Mann aus einem Haus. Ich begrüße auch ihn – Stille. Die Polizisten haben nicht gelogen, als sie sagten, die Nachbarn hätten sie informiert.

Im Bett küsst die Decke meinen Hals, ich schiebe sie weg. Die schlechte iranische Musik, die mein Mitbewohner ständig hört, dringt bis zu mir. Auch das Licht aus dem anderen Zimmer. Ich wünschte, die Dunkelheit würde mich überfallen, damit ich endlich schlafen kann. Aber nachdem die Dunkelheit mich überfallen hat, überfallen mich Gedanken und Erinnerungen. Gedanken über die Zukunft. Erinnerungen aus der Vergangenheit, die nicht vergangen ist. Bilder aus meiner Kindheit, die ich vergessen hatte.

Ich erinnere mich, wie ich zum ersten Mal vom Klang eines Wortes begeistert war, ohne zu wissen, was es bedeutet. Aufgeschnappt hatte ich das Wort aus dem Mund meiner Mutter. »*Afioni, afioni.*« Ich war elf und wiederholte dieses Wort. Ich merkte, dass eine geheime Kraft mich dazu zwang, es laut auszusprechen, um die Reaktion der Menschen zu testen. Nur traute ich mich nicht.

Am Tag darauf fuhr ich mit meinem Fahrrad. Mein kleines Fahrrad schien mir damals groß. Ich kam zum Kreisverkehr in der Nähe unserer Wohnung. Auf der Wiese in der Mitte des Kreisverkehrs hockten ein paar Männer, ich wusste nicht, warum. Ich wusste nicht, dass die Wiese eine Art Sklavenmarkt war und die, die Arbeit zu vergeben hatten, sich ihre Handlanger während der Kreisfahrten aussuchten. Die Welt drehte sich um sie, deshalb standen sie außerhalb der Zeit. Zumindest sahen sie so aus.

Ich trat in die Pedale. Die Männer hörten das Klingeln meiner Klingel und wurden auf mich aufmerksam. Ich rief das Wort zu ihnen hinüber: *»Afioni, afioni, AFIONIII!«* Sofort fuhr ich davon. Meine Beine wurden schneller, die Strecke bis zur Wohnung kürzer.

Später, als ich im Geschäft die Bestellung meiner Mutter aufgab, drang das magische Wort von der Seite in mein Ohr. Der Arbeiter, der es mir zugeflüstert hatte, roch nach Baumaterial und fragte mich:

»Warum hast du uns vorhin *Afghani* genannt? Wir sind doch Iraner.«

Ich rannte in die Wohnung, das Joghurt blieb auf der Theke des Geschäftes stehen.

Seitdem weiß ich, dass man Wörter, nur weil sie schön klingen, nicht laut aussprechen darf. Sie verursachen Missverständnisse. Für den Mann war *Afghani* ein Schimpfwort. *Afioni* aber bedeutet so viel wie opiumsüchtig. Ich lernte die Bedeutung erst einige Jahre danach kennen. Oder ich wusste es intuitiv, weil die Arbeiter dort hockten wie Süchtige.

Am nächsten Morgen besiegen unsere Beine die Strecke, die zwischen uns und der Polizeistation liegt. Gegen Mittag besiegen die Räder des Busses die Strecke, die zwischen Sieghartskirchen und Wien liegt. Nach einigen Mühen und Fragen finde ich die Caritas in der Mariannengasse im 9. Bezirk.

Fast alle in der Schlange riechen nach Heimdecken. Die Temperatur des Raumes ist ziemlich hoch und bringt uns zum Schwitzen. Eine aus dem Schalter gestreckte Hand greift nach meinen Unterlagen und zieht sie zu sich. Ein Mund zeigt mir Zähne, zuerst lächelt, dann redet er. Daraufhin entfernt sich mein Körper vom Schalter, Verzweiflungsschreie dringen in meine Ohren, andere Sprachen auch. Obst wird in den Raum getragen. Mit den Augen verfolge ich die Richtung, auch Jesus deutet mit seinem Blick dorthin. Er ist zu müde, um sich eine Banane zu holen. Ich dagegen gehe hin und nehme mir gleich zwei, schiebe sie sofort in den Tunnel meines Mundes. Alles bewegt sich in diesem Raum außer den Zeigern der Uhr. Die Tür wird auf- und zugemacht, so schleicht Kälte in den Raum. Das ist das erste Mal, dass ich mich über Kälte freue.

Ich weiß nicht, wie viel Zeit vergangen ist – ein Zeiger der Uhr hat sich bestimmt zweimal gedreht –, als ich endlich meinen Namen höre. Meine Beine tragen mich durch einige Zimmer. Alle sind lieblos gestaltet, als ob sie für ein Verhör eingerichtet wären, beim Vorbeigehen schnappe ich Gesprächsfetzen auf. Mir wird befohlen, vor einer Tür zu warten. Vor dieser Tür sagt mir eine Frau, dass ich nach St. Pölten müsse, weil die dortige Diakonie für mich zuständig sei. Das will ich aber nicht. Ich sage, ich käme leichter nach Wien als nach St. Pölten. Die Grimassen der Frau werden bedrohlich, doch ich lasse mich weder beeindrucken noch von dem Ort verjagen. Obwohl ihre Stimme lauter wird, kann mich nur Körperkraft wegbewegen. Sie ruft das Sicherheitspersonal. Inzwischen überlege ich, wie ich mich am besten wehren könnte.

Da öffnet sich die Tür des Zimmers. Eine kleine Frau schreit uns an, leise zu sein. Zuerst reden die zwei Frauen, dann redet die kleinere mit mir. Ich merke, dass sie über mich entscheiden kann. Und sie entscheidet sich zuzuhören, will wissen, warum ich nicht nach St. Pölten will. Sie ruft einen Dolmetscher und gibt mir die Hand, offenbar hat sie zuvor Mandarinen geschält.

Im Zimmer schafft es die Sonne nicht durch die Scheiben, weil sie verklebt sind. Helles Lampenlicht beleuchtet den Raum. Ich spüre Hoffnung aufkeimen, das kommt vom Licht. Man hört eine Frau, die auf hohen Absätzen durch die Gasse geht. Das Klacken vermischt sich mit dem Stimmengewirr mehrerer Männer, vermutlich Flüchtlinge, die gerade bei der Caritas gewesen sind.

Ich soll mich setzen. Das bedeutet mir die kleine Frau mit der Hand.

Genau in dem Moment, als der Dolmetscher den Raum betritt, entdecke ich, dass der Rahmen des Fensters in der Mitte eine andere Farbe hat, die ziemlich frisch aussieht.

»Ist Ihnen etwas geschehen, neulich, als es eine Auseinandersetzung gab? Sind Sie verletzt worden?«, frage ich.

Verdutzt schaut mich die kleine Frau an. »Woher wissen Sie das? Kennen Sie die Person?«

Ich zeige auf das Fenster, die frische Farbe des Rahmens.

Diese winzige Beobachtung und die Schlussfolgerung daraus überzeugen sie, meinen Fall zu übernehmen, obwohl die Caritas in Wien für mich nicht zuständig ist. Das erzählt sie mir später. Später erfahre ich auch, dass sie eine der besten Rechtsberaterinnen der Stadt ist. Trotzdem quält sie mich jedes Mal.

2

A. ist 23 Jahre alt, und die Proteste gehen weiter. Er hat in Rezas Wohnung eine Weile geschlafen, jetzt ist er wach und liegt herum. Es ist Abend geworden, Reza sollte schon seit Stunden zu Hause sein. A. ist hungrig und kann sich nichts zum Essen holen, weil er keinen Wohnungsschlüssel hat. Müsste er sich nicht verstecken, wäre er längst wieder gegangen.

Er erinnert sich daran, wie unsympathisch ihm Reza immer wieder war. In den Jahren, die sie sich nicht gesehen haben, hat er sich offenbar nicht geändert. A. ärgert sich, dass er hierhergekommen ist, doch eine bessere Idee hatte er nicht. Er durchsucht die Küche nach etwas zu essen, findet nichts außer einer Opiumpfeife. Er legt sich wieder hin und versucht zu lesen, doch das Geschrei des Papageis stört ihn. Darum geht er ins Schlafzimmer, wohin ihm der Papagei aber folgt. Er geht wieder hinaus und macht schnell die Tür hinter sich zu. So hat er Ruhe. Der Papagei schreit ununterbrochen, dann ist er plötzlich still.

Inzwischen fühlt sich A. wieder müde und schläft ein. Die ganze Nacht träumt er wirr und war auf der Flucht. Der Papagei kam auch vor.

Noch im Halbschlaf hört er, dass jemand die Tür aufmacht, und erschrickt. Er schaut Richtung Gang und stellt mit Verwunderung fest, dass Rezas Exfrau gekommen ist. Hinter ihr steht ein Mann. Es ist Morgen.

A. begrüßt die beiden unsicher.

Sie fragt ihn, was er da mache.

Er erzählt, was geschehen ist.

Sie lacht und sagt, dass Reza gestern Abend im Norden des Iran auf einer Party gewesen sei.

A. ist überrascht.

Sie sagt: »Er ist noch immer dasselbe Arschloch. Heute werden wir uns offiziell scheiden lassen.«

A. antwortet: »Ich dachte, ihr seid schon ...«

»Wir sind seit zwei Jahren getrennt, aber nicht geschieden. Deshalb habe ich noch den Schlüssel. Das ist übrigens mein Freund, wir wollen zum letzten Mal hier Sex haben.«

A. weiß nicht, was er antworten soll.

Sie lächelt und sagt: »Reza kommt gleich mit seiner Freundin. Du kennst sie von früher.«

Die zwei verschwinden im Schlafzimmer. Der Papagei ist wieder ins Wohnzimmer geflogen und schreit. A. geht ins Bad, um sich fertig zu machen, damit er sofort gehen kann. Das Telefon klingelt, er hebt im Wohnzimmer ab. Reza teilt ihm mit, dass sie in wenigen Augenblicken da seien. Sie hätten Frühstück für ihn dabei. A. will sagen, dass er gleich gehen werde und seine Exfrau da sei, doch Reza hat schon aufgelegt.

Er nimmt Geräusche wahr, die aus dem Schlafzimmer kommen, dann Geräusche an der Tür. Reza taucht mit seiner Freundin auf, und im Schlafzimmer beginnt seine Exfrau, wie auf Kommando zu stöhnen. A. ist perplex und hat Angst vor Rezas Reaktion. Der lässt seine Einkäufe auf die Küchenplatte fallen und zieht seine Freundin in das zweite Schlafzimmer. Kurz darauf stöhnen beide Paare fast synchron. A. lacht über das ganze Theater. Er überlegt, die Wohnung zu verlassen, dann entscheidet er sich anders und bereitet sein Frühstück vor.

Ihm fällt ein, dass die Exfrau teuer bezahlen könnte, denn sie geht als verheiratete Frau fremd. A. ist Zeuge, nach islamischem Recht müsste sie gesteinigt werden. Ihr Freund auch, weil er mit einer verheirateten Frau Sex hat. Bei Reza hängt es davon ab, ob seine Freundin verheiratet ist oder nicht. Ist sie unverheiratet, würde sein Fremdgehen nur mit Auspeitschung bestraft.

Die zwei Paare versuchen weiter, sich gegenseitig zu übertönen. A. fragt sich, wie lange man Sex haben kann. Da er keine Erfahrung damit hat, weiß er es nicht. Er erinnert sich an die Opiumpfeife in der Küche. Können sie deshalb ihren Orgasmus derart in die Länge ziehen?

In einem kleinen Haus in der Nähe vom Chorasan-Platz hat er miterlebt, wie junge Männer Opium rauchten, um länger Sex haben zu können. Einer seiner Unikollegen, der Drogenprobleme hatte, wohnte kurz dort. Er war nicht aus Teheran und hatte zuvor mit anderen Studenten in einer WG gewohnt. Nachdem seine Eltern erfahren hatten, dass er Drogen nahm, hörten sie auf, ihm Geld zu schicken, und er musste aus der WG ausziehen. Die Eltern glaubten, er konsumiere Opium, weil er sich bei der Schwester geweigert hatte, Milchprodukte, insbesondere Joghurt zu essen. Angeblich wirken Milchprodukte gegen den Rausch, weshalb Opium-Abhängige sie üblicherweise meiden. Opium gilt im Iran als traditionelle Droge, ist fast eine Volksdroge. Alle kennen den Geruch, man kann es nicht überall konsumieren. Außerdem braucht man Zeit, denn man muss es stundenlang rauchen, um high zu werden. Das setzt voraus, dass man genug Geld hat und nicht arbeiten muss. Daher greifen viele zu chemischen Drogen, die schnell wirken und überall konsumierbar sind.

Was die Eltern von A.s Unikollegen nicht wussten, war, dass er auch Heroin, Haschisch, Crystal-Meth und sogar

Krokodil konsumierte. A. hatte einmal mitbekommen, wie er auf der Toilette Crystal-Meth und Krokodil nahm. Diese Drogen sind geruchlos und haben eine starke Wirkung. Man braucht nur ein Jet-Feuerzeug, zwei Sicherheitsnadeln und einen Kugelschreiber.

Der Unikollege wurde obdachlos. Einige Nächte verbrachte er bei A. Das einzige Schlafzimmer, das die Familie hatte, wurde A. und ihm überlassen. Der Unikollege rauchte die ganze erste Nacht aus dem Fenster, trotzdem stank das Zimmer nach Zigaretten. In der zweiten Nacht sah A. ihn aus dem Fenster klettern, um Drogen zu holen. A. war verärgert und wollte ihn nicht mehr bei sich haben. Deshalb landete der Unikollege schließlich in dem kleinen Haus, das für Drogenkonsum genutzt wurde. Ein anderer Unikollege, der einen reichen Vater hatte und auch Drogen konsumierte, hatte es zu diesem Zweck gemietet. Es hatte insgesamt vierzig Quadratmeter: einen kleinen Hof mit Außentoilette, ein Zimmer unten und ein Zimmer oben. Es befand sich im Süden von Teheran, in engen Gassen, die nur zu Fuß erreichbar sind. Dort wohnen nur arme Leute.

Damit der Unikollege nicht wieder bei ihnen aufkreuzte, ging A. zu ihm ins kleine Haus, obwohl ihm der Ort unangenehm war. Dort erlebte er mit, wie über zehn junge Männer um mehrere Campingkocher saßen und Opium rauchten. Manchmal bestellten sie eine Prostituierte, die Maryam hieß und in dem kleinen Zimmer oben alle bediente. Sie rauchten und gingen einer nach dem anderen hoch. A. und der Unikollege waren die Einzigen, die nicht hochgingen. A. fragte sich immer wieder, ob der Unikollege in seiner Abwesenheit vielleicht doch mit der Prostituierten Sex hatte. In diesem kleinen Zimmer oben wohnte er auch.

Seitdem A. mehr mit Süchtigen zu tun hatte, entwickelte er ein Auge dafür. Ihm fielen die Jet-Feuerzeuge und Sicherheitsnadeln auf, die zum Beispiel die Taxifahrer im Auto hatten. Von dem Unikollegen erfuhr er, dass zumindest die Hälfte aller jungen Männer seines Jahrgangs Drogen konsumierte. Viele nahmen fast jeden Tag Tramadol-Tabletten, die aus Opiaten bestehen.

Auf einmal geht die Tür des einen Schlafzimmers auf, und Reza kommt im Kimono heraus. Er schreit, damit seine Exfrau es hören kann: »Nach dem besten Sex der Welt müssen wir das beste Frühstück zu uns nehmen. Ihre Muschi ist eine verzaubernde Welt. Ich könnte mich mein ganzes Leben lang darin verlieren.«

Nun öffnet sich die zweite Tür, und die Exfrau taucht in einem ähnlichen Kimono auf. Sie lacht laut und ruft: »Du kannst nur Esel ficken; den Esel, der im Schlafzimmer ist. Wärst du ein Ficker, hätte ich dich nicht verlassen.«

Die zwei stehen einander gegenüber und starren sich an. A. sieht die Hand nicht, er hört nur die Ohrfeige, die Reza ins Gesicht trifft. Gleich darauf hört er noch eine Ohrfeige. Er geht.

A. ist froh, diesen verrückten Ort hinter sich zu lassen. Es ist kurz nach Mittag, trotzdem sind die Straßen voll, und die Autos stehen im Stau. Er kämpft sich durch und fragt sich, ob die Proteste weitergehen. Im Land gibt es kaum Zugang zu Nachrichten. Er weiß nur, dass das Regime mit Verhaftungen begonnen hat. Ganz offiziell.

Er überlegt, wo er noch übernachten könnte. Seine anderen Unikollegen sind entweder zurück in ihren Heimatstädten, oder er hat den Kontakt zu ihnen verloren. Er ruft seinen Freund Mehdi an, von einem öffentlichen Telefon aus, um nicht geortet zu werden. Mehdi wohnt zwar noch zu Hause, doch vielleicht könnte er im Fitnessstudio übernachten.

Mehdi ist nicht erreichbar. A. geht seine Kontakte durch. Er erinnert sich an seinen afghanischen Freund Adam, der mit vier anderen Arbeitern in einem improvisierten 16-Quadratmeter-Zimmer auf einer Baustelle schläft. Adam hebt ab und sagt, er könne am Abend zu ihm kommen. Er fragt nicht, warum A. bei ihm übernachten will. Wahrscheinlich vermutet er, dass er entweder wegen einer Recherche kommen möchte oder etwas mit ihm zu besprechen hat.

A. hat nicht genug Geld bei sich, um etwas zu essen mitzubringen. Er fühlt sich schlecht und überlegt, von wem er sich etwas ausborgen könnte. Die Gegend, in der er wohnt, will er für den Fall, dass sie ihm dort auflauern, meiden. Deshalb hat er seine Kindheitsfreunde außer Mehdi nicht angerufen.

An diesem Abend sind sie in dem Zimmer auf der Baustelle zu siebt. Adam hat Besuch von seinem Cousin aus Afghanistan, der erst vor Kurzem nach Teheran gekommen ist, um im Iran zu arbeiten. Er ist illegal eingereist. A. kennt ihn von einer Reise mit Adam nach Afghanistan. Sie waren gemeinsam in Kabul.

Adam kocht Omelette mit Tomaten. A. ist es immer noch unangenehm, dass er nichts mitgebracht hat. Es gibt zwanzig Barbari-Brote. Alle sitzen auf dem Boden um ausgebreitete Zeitungen herum, die das Tischtuch ersetzen. Die Brote liegen schon darauf. Adam stellt die große Pfanne daneben, und alle beginnen, mit der Hand zu essen. Dazu gibt es rohe Zwiebeln.

Während des Essens erzählt der Cousin von Afghanistan, den neuesten Entwicklungen dort. Er hat die letzte Zeit in Kabul gelebt, um eine Arbeit zu finden, aber es ist ihm nicht gelungen. Er erzählt von der Korruption der Regierung und den Palästen der Politiker, die mit ausländischen Geldern gebaut wurden. Er nennt Straßennamen und sagt, dass diese Straßen nun von Betonmauern gesäumt seien. Die Politiker lebten in ihren Festungen und verprassten das amerikanische Geld. Die einfachen Menschen hätten nichts zu essen und kämen täglich bei Anschlägen um.

A. fragt sich, ob es das Schicksal der Menschen im Nahen Osten ist, so zu leben und – zu sterben. Zumindest, denkt er, gibt es in Afghanistan eine gewisse Demokratie und Redefreiheit, anders als im Iran.

Adams Handy läutet, er geht hinaus. A. merkt, dass er beim Sprechen versucht, wie ein Iraner zu klingen. Er sagt etwas ab, verschiebt es auf morgen.

A. fühlt sich noch schlechter. Nach dem Telefonat fragt er Adam, ob seine Anwesenheit störe. Ob er anderen Gästen seinetwegen habe absagen müssen.

Adam lächelt und verneint. Er schaut seinen Cousin an und sagt, dass sie für ihn zur Begrüßung eine kleine Feier machen wollten.

A. sagt, dass er gerne mitfeiern würde.

Adam antwortet: »Nein, eine Feier mit Damen und so.«

A. versteht sofort. Seinetwegen hatte Adam Prostituierten abgesagt.

In der Nacht kann er kaum schlafen. Es ist heiß, und in dem Zimmer gibt es wenig Sauerstoff. Gegen sechs Uhr früh stehen alle auf. A. steht auch auf und macht sich gleich auf den Weg. Adam will ihn überreden, noch zum Frühstück zu bleiben, aber A. möchte nicht. Er schämt sich, will ihm nicht noch für eine weitere Mahlzeit auf der Tasche liegen.

Er schaltet sein Handy ein und sieht, dass einige Anrufe eingegangen sind. Die Anrufe stammen vom Nachbar aus der Gasse seiner Eltern, mit dem er vor ein paar Tagen auf einer Demo war. Er ruft zurück.

Der Nachbar teilt ihm mit, dass es gegen fünf Uhr am Morgen eine Hausdurchsuchung bei seinen Eltern gegeben habe. Die Beamten in Zivil hätten einige seiner Bücher, seinen PC und seine Kamera mitgenommen.

A. ist nicht überrascht. Er hat damit gerechnet.

»Und noch etwas«, sagt der Nachbar. »Sie haben deinen Vater abgeführt. Er hat verhindern wollen, dass sie deine Sachen mitnehmen. Er muss handgreiflich geworden sein. Deine Mutter hat gesagt, dass du nicht nach Hause kommen sollst, damit du nicht verhaftet wirst.«

A. fragt stotternd: »Und, was ist jetzt mit ihm?«

Der Nachbar antwortet: »Deine Eltern wollen nicht, dass ich es dir sage, aber ich will dich auch nicht anlügen. Die Beamten meinten, sie werden deinen Vater freilassen, wenn du dich stellst. Ich glaube, sie bluffen.«

A. ist außer sich. Er will sich stellen, trotz seiner Angst vor Folter, Misshandlungen und Tod, damit sein Vater freigelassen wird. Im nächsten Moment bezweifelt er, dass sein Vater auch wirklich freigelassen würde, und wartet ab. Währenddessen versteckt er sich bei verschiedenen Leuten und organisiert mithilfe eines ehemaligen Unikollegen einen Schlepper. Zugleich versucht er, das für den Schlepper benötigte Geld zusammenzukriegen. Er befürchtet, in der Bank verhaftet zu werden, deswegen leiht er sich das Geld.

Nach ungefähr einer Woche wird der Vater freigelassen. A. weiß, dass nun der Zeitpunkt gekommen ist, sein Land zu verlassen.

Ab jetzt ist der Nachbar Bote zwischen ihm und seiner Familie. Er überbringt ihm Nachrichten und sogar seinen großen Rucksack für die Flucht. A. erfährt so, dass die Polizisten auch sein Filmmaterial mitgenommen haben, das Material, das er heimlich über die illegalen Ausgrabungen in Amlasch gedreht hat. Die Hälfte von einem Kurzfilm ist auch weg. Er wollte diesen Kurzfilm im nächsten Frühling fertigstellen. Die Teile, die in der Wüste spielten, hatten sie schon in einigen Dorfruinen gedreht. Nur die Teile, die er in einem Kirschgarten während der Blüte drehen wollte, fehlten.

Die Idee seines Films, der dem Stil Pasolinis folgen sollte, basierte auf einem iranischen Märchen, angereichert mit Psychoanalyse nach einer längeren Beschäftigung mit Freud. Hauptfigur ist ein junger Mann, der sich aus der Abhängigkeit von seiner Familie befreien möchte. Nach einem heftigen Streit mit seinem Vater verlässt er die Wohnung. Auf Spaziergängen außerhalb der Stadt ist er auf unzählige rote Blumen aufmerksam geworden, die in einem Fluss treiben, und nun folgt er diesem Fluss stromaufwärts, um herauszufinden, woher die Blumen kommen.

Der Fluss führt ihn zu einem Garten, der von einer Mauer umgeben ist. Während der Fluss unter der Mauer durchfließt, muss der junge Mann über die Mauer klettern, um in den Garten zu gelangen. Also klettert er über die Mauer und entdeckt in der Mitte des Gartens einen Taptschan, der wie eine Brücke die beiden Flussufer verbindet. Darauf liegt eine Frauenleiche mit abgetrenntem Kopf. Der schreckliche Anblick lässt ihn erstarren – bis er etwas hört. Er versteckt sich und beobachtet, was passiert. Ein Mann mit Glatze, der seinem Vater sehr ähnlich sieht, taucht fliegend auf. Es scheint ein Dschinn zu sein. Er klebt den Kopf der Frau mit seiner Spucke an, und schon ist sie lebendig. Obwohl die Frau ihn weinend anfleht, sie laufen zu lassen, zwingt er sie zum Sex. Danach köpft er sie wieder, und ihre Blutstropfen, die in den Fluss fallen, werden zu unzähligen roten Blumen. Der Dschinn fliegt im Nu davon.

Da nähert sich der junge Mann der Leiche und probiert den Trick mit der Spucke, aber sie wird nicht wieder lebendig. Er vermutet, dass es ein mächtiger Dschinn ist, der sie entführt hat und in diesem Garten gefangen hält. Die Frau ist wunderschön, und er verliebt sich in sie, doch in dem Moment hört er die Wiederkehr des Dschinns. Er versteckt sich, bis der Dschinn sie wieder lebendig gemacht hat, und schlägt ihm mit einem Stock auf den Kopf. Die Frau sagt, er solle den Dschinn mit dem Dolch ins Herz stechen, ansonsten werde er bald wieder zu sich kommen und beide töten. Er will sie küssen, aber sie verlangt, dass er zuerst den Dschinn tötet.

Sobald er den Dschinn ins Herz gestochen hat, verschwindet alles. Er liegt in einer Wüste, bedeckt mit Hunderten roten Blumen. Als er am nächsten Tag wieder zu Hause bei seiner Familie ist, ist ihr Zusammenleben harmonischer geworden. Er hat den Vater in Gestalt eines Dschinns ermordet und ist versöhnt mit ihm.

In der Zeit, in der A. sich versteckt hält, denkt er fast ununterbrochen an seine Notizen, Filme und gesammelten Materialen, die man ihm weggenommen hat. Das Wichtigste waren seine Notizbücher, die als Tagebücher und eine Art Zettelkasten dienten.

Der Nachbar bringt ihm seinen Rucksack und Geld von seinen Eltern. A. macht den Rucksack auf und sieht Nüsse, Essen, das seine Mutter ihm mitgegeben hat, darunter Kleidungsstücke. Er holt alles aus dem Rucksack heraus, und auf einmal entdeckt er seine Notizbücher. Vor lauter Freude lacht er nach langer Zeit zum ersten Mal. Die Polizisten haben die Notizbücher übersehen, weil er sie zwischen den Büchern versteckt hatte, damit seine Mutter sie nicht findet. Offensichtlich wusste sie aber genau, wo sie sind. A. ist froh, dass er eine so neugierige Mutter hat. Diese Notizbücher sind für ihn das Konzentrat seines Lebens. Seit der Theaterschule führt er sie. Obwohl sein Computer mit den Stücken und Geschichten beschlagnahmt worden ist, kann er jetzt wenigstens die Anfangsideen in seinen Notizbüchern wiederfinden.

A. hat ein schlechtes Gewissen, weil er sich die ganze Zeit mehr Sorgen um die Notizbücher gemacht hat als um seine Eltern. Er wischt es für einen Moment beiseite und überprüft, ob alles, was er von zu Hause gebracht bekommen wollte, da ist. Sein Blick fällt auf das einzige Buch, um das er gebeten hat: »Also sprach Zarathustra«. Warum hat er sich für dieses Buch entschieden und nicht für ein anderes? Er findet keine Antwort darauf.

Der Nachbar versorgt ihn auch mit Informationen darüber, was in der letzten Zeit in der Gasse passiert ist und wie es seinen Eltern geht. Sobald A. das hört, fühlt er sich noch elender. Er wird das Land verlassen müssen, ohne seine Eltern noch einmal sehen zu können. Was der Nachbar ihm nicht sagt, ist das: Seine Mutter liegt im Krankenhaus. Sie hatte nach der Hausdurchsuchung einen leichten Herzinfarkt und bekam einen zweiten, stärkeren, nachdem sie eigenhändig seinen Rucksack für die Flucht gepackt hatte.

Als A. sich von seinem Nachbar für immer verabschiedet, weint er so lange, bis er keine Tränen mehr zu vergießen hat. Dann geht er hinaus und nimmt Abschied von Teheran. Obwohl die Gefahr besteht, dass er verhaftet wird, kann er nicht darauf verzichten.

Er geht zu seinen liebsten Orten. Er spaziert durch die Straßen. Er schlendert am Stadttheater vorbei. Setzt sich in den daran angrenzenden Studentenpark und beobachtet die Leute. Dieser Park ist ein wichtiger Treffpunkt für Menschen, die nicht in die binären Geschlechterrollen passen. Homosexuelle, Trans-Menschen und Genderfluide versammeln sich dort und können ihresgleichen treffen. A. verbrachte viel Zeit dort und traf sich oft mit seinen Freunden. Da er sich immer als Außenseiter fühlte, fühlte er sich in diesem Park wohl. Natürlich gab es immer wieder Anfeindungen gegen die Homosexuellen, aber sobald es dunkel wurde, war es ruhig.

Er geht zum Stadttheater zurück und betrachtet das Gebäude. Er verbrachte auch da viel Zeit. Seit er fünfzehn war, hat er das Theater immer wieder besucht oder saß mit den Freunden auf dem Platz davor. Er erinnert sich an das erste Mal, als er hierherkam, da war er ungefähr elf Jahre alt. Auf der anderen Seite der Straße gab es einige Hochzeitssäle, und in einem davon heirateten Verwandte von ihm. Er spielte zuerst im Saal, dann irgendwann auf dem Gehsteig vor dem Saal. Später überquerte er die Straße und entdeckte das besondere Gebäude.

Er erinnert sich sehr gut daran, wie merkwürdig ihm alles vorkam. Er versuchte herauszufinden, was für ein Gebäude es ist. Dieses riesige, runde Gebäude, das kaum beleuchtet war. Keine Lichter außer einem großen, beleuchteten Schild, auf dem einige seltsame Namen standen. Einige konnte er nicht lesen, sie waren in fremder Schrift. Er staunte und vergaß die Kinder, mit denen er gespielt hatte. Er reagierte nicht auf ihr Rufen und machte eine Runde um das Gebäude herum. Obwohl es dunkel war und er Angst hatte, wollte er herausfinden, was dieses Gebäude in sich barg. Im Park sah er einige Menschen sich lachend versammeln. Fast alle geschminkt und als Frauen verkleidet, aber mit männlichen Stimmen.

Er lief zurück zu seinem Vater. Der schälte gerade eine Orange und hielt ihm eine Scheibe hin. Er nahm den Geruch der Orange wahr, und die ätherischen Öle der Schale spritzten ihm ins Gesicht. Er trat einen Schritt zurück und versuchte, ihn trotz der lauten Musik und des Geredes der Gäste zu fragen:

»Was ist das für ein Gebäude gegenüber?«

»Welches?«, fragte der Vater.

»Das runde Gebäude gegenüber, im Park.«

»Das ist das Stadttheater«, antwortete sein Vater, während er ihm eine weitere Orangenscheibe in den Mund schob. Bei Hochzeiten galt damals das Gesetz, so viel zu essen, bis man platzt, weil man etwas Teures schenken musste, und das sollte durch das viele Essen wettgemacht werden.

»Das Stadttheater«, wiederholte A., aber er hatte keine Vorstellung davon. Außer einmal mit der Schule, mit sechs Jahren, war er nie in einem Theater gewesen. Damals hatte er ein Kindertheater mit Puppen und Tieren gesehen. Er war so verzaubert gewesen, dass er sich noch gut daran erinnern konnte. In dieser Phantasiewelt war alles möglich: Man konnte das sein, was man sich wünschte, man musste es nur laut sagen. Das hatte ihn fasziniert, weil er sich als Kind gern eine Welt zusammenbaute und dorthin flüchtete. Und plötzlich hatte er gesehen, dass diese Welt auch außerhalb existierte. Wo das Aussprechen der Wörter und Sätze Wunder bewirkte und alles geschehen ließ.

Nun geht er als 23-jähriger am Stadttheater vorbei und fragt sich, ob ihn dieses Erlebnis zum Theater geführt hat.

Es könnte das letzte Mal sein, denkt er, dass er dieses Gebäude, diese Straßen sieht. Er spürt einen Kloß im Hals, den er nicht runterschlucken kann. Lässt sich der Moment festhalten? Damit er sich später daran erinnern kann? Werden Erinnerungen uns mit der Zeit nicht täuschen? Er setzt sich hin und schreibt alles in das Notizbuch. Er schreibt und hält seine Tränen zurück.

Nach einer Weile steht er auf und geht die Revolutionsstraße entlang. Er beginnt, über die Straßennamen nachzudenken. Die Hauptstraße, in der er aufgewachsen ist, heißt Kampfstraße. Ist es ein Zufall, dass viele Menschen dort Schlägertypen sind? Die Parallelstraße heißt Krankenschwester-Straße. Nach jedem Kampf gibt es auch Verletzte, die dann von den Krankenschwestern behandelt werden. Diese zwei Straßen führen zu einer Straße, die Straße des Sieges heißt. Kampf bis zum Sieg? Diese Straße wiederum führt zum Märtyrerplatz, und die Revolutionsstraße führt zum Freiheitsplatz. Alles absurd, denkt er sich.

Bald kommt er an seiner Uni und der Polizeistation vorbei, in der er gefoltert wurde. Er geht schneller. Da ist das Buchgeschäft, das er oft besucht hat. Das Geschäft gehört zu einem guten Literaturverlag namens Nilufar, der kritische Bücher veröffentlicht, vielfach von Autorinnen und Autoren, die später Opfer der Kettenmorde des Regimes geworden sind. Das erste Mal kam er mit seinem besten Freund aus der Theaterschule hierher, Arasch. Er denkt an ihn. Sie haben sich seit ein paar Jahren nicht mehr gehört und gesehen, wegen seiner Exfreundin Ava. Sie war wie immer eifersüchtig auf andere Frauen, in diesem Fall auf die um Arasch. Sollte er ihn nicht noch einmal treffen?

Er bleibt bei einem öffentlichen Telefon stehen und ruft ihn an. Die Festnetznummer kennt er als eine von wenigen auswendig. Araschs Mutter hebt ab. Er nannte sie immer

Tante. Sie erkennt ihn sofort und begrüßt ihn freundlich. Arasch nimmt den Hörer von ihr entgegen.

A. fragt ihn, ob sie sich heute noch sehen könnten. Ob er Zeit habe?

Arasch fragt zurück, ob er sich verabschieden wolle.

A. ist verblüfft und will wissen, woher er das weiß.

Arasch antwortet: »Nach so vielen Jahren rufst du an und fragst mich in diesem Ton, ob wir uns sehen wollen. Was glaubst du denn? Ich kenne dich gut genug.«

Eine halbe Stunde später treffen sie sich in der Revolutionsstraße. Arasch will zu den Protesten. Er fragt A., ob er mitkommen wolle. A. denkt: Für ein letztes Mal, warum denn nicht? Sie bleiben bei einer Apotheke stehen, und Arasch kauft sich eine Maske. Er schaut A. fragend an.

A. sagt, dass er sein Gesicht nicht vor Kameras verstecken möchte. Er sei gegen das Regime, und das verstecke er nicht.

Arasch lächelt und sagt: »Jetzt, wo du weggehst?«

A. antwortet: »Auch davor habe ich nie eine Maske getragen.«

Aber er denkt, dass er tatsächlich nichts mehr zu verlieren hat.

Sie biegen in die Keschawarz-Allee, die Parallelstraße der Revolutionsstraße, an der der Tulpenpark ist. Dort versammeln sich gerade Hunderte Menschen, und ständig werden es mehr. Sie schließen sich ihnen an.

Schon nach zehn Minuten tauchen die Revolutionsgarden und Milizen auf ihren Motorrädern auf. Sie schießen in die Luft und gehen mit Schlagstöcken auf die Demonstrierenden los. Sie produzieren Lärm, einen höllischen Lärm, um den Menschen den Tod vor Augen zu führen. Arasch und er weichen mit Dutzenden anderen in eine

Seitengasse aus. Die bärtigen Männer auf den Motorrädern haben es geschafft, die Versammlung brutal und schnell aufzulösen.

Die zwei gehen möglichst ruhig in der Seitengasse weiter. Ein Motorrad nähert sich von hinten. A. blickt kurz zurück und sieht, dass ein bärtiger Mann mit gezogener Waffe auf sie zielt. Sein Körper brennt auf dem Rücken und am Hinterkopf, da, wo er vermutet, dass ihn eine Kugel treffen könnte. Er ist sich sicher, gleich einen Schuss zu hören und einen stechenden Schmerz zu spüren. Einen bohrenden Schmerz. Er sieht es kommen, dass er stolz und im Stehen sterben muss.

Plötzlich reagiert sein Körper mit einem Krampf. Auf die Angst vor der Kugel, vor dem Weitergehen. Der Krampf äußert sich wie ein epileptischer Anfall. Seine Finger krümmen sich. Er ist unfähig zu gehen und rollt sich im Fallen zu einer Knolle zusammen. Der Körper probt den Tod, kostet ihn oder tastet sich an ihn heran. Während er fällt, schaut er zurück. Der bärtige Mann mit der Pistole ist längst weg. Die Hand war nicht bereit zu schießen. Er wollte ihnen nur Angst einjagen, wollte zeigen, dass er über die Körper anderer verfügt, über Tod und Leben entscheiden kann.

Blitzartig ist der Krampf weg. A. kann wieder aufstehen und gehen, aber das Regime hat die Angst in seinem Körper installiert. Sein Körper wird ihn immer wieder daran erinnern, dass die Angst in ihn eingebrannt ist. Genauso wie das Zittern seiner Knie, das ihn befällt, wenn er bei seiner Uni die Polizisten sieht, die ihn gefoltert haben.

Arasch und A. gehen schneller. Sie rennen fast, da sie hinter sich Schüsse hören, die entweder die Luft durchlöchern oder Menschenleiber. Sie laufen Richtung Norden, weil sie hoffen, dass es in der Valiasr-Straße ruhiger ist, aber auch dort gibt es eine Schlacht mit der Polizei. Das Tränengas, das sich in der Luft ausbreitet, verursacht Hustenreiz. Die Menschen strömen in alle Richtungen. Einige bluten am Kopf oder haben Blutergüsse. Besonders Frauen werden gezielt von den Schlägern attackiert.

Sie biegen von der Valiasr-Straße in eine andere Seitengasse ab. Auch dort breitet sich Nebel aus. Ein Nebel aus Rauch und Tränengas. Sie können kaum atmen und nur schlecht sehen, versuchen, mit ihren T-Shirts Mund und Nase zu bedecken. Es hilft nicht, sie gehen im Nebel weiter. Schreie und Schüsse sind zu hören. Wäre nicht das Brennen im Hals und in den Augen, würden sie sich vielleicht fragen, ob sie es tatsächlich gerade erleben oder alles ein Film ist.

Am Ende der Gasse löst sich der Nebel auf. Sofort machen sich einige daran, Barrikaden zu errichten, um die Motorräder an der Weiterfahrt zu hindern. Junge Männer laufen auf Arasch und A. zu und geben ihnen Wasser und Milch, damit sie sich Gesicht und Augen waschen können. Nach ein paar Minuten beruhigt sich das Brennen ein bisschen, und sie beginnen zu helfen. A. holt Mülltonnen, die in den Gassen stehen, und wirft sie um. Manche werden in Brand gesetzt, so kann sich das Tränengas nicht ausbreiten. Auch eine Kreuzung wird mit Barrikaden versperrt. Mittendrauf liegen die Steine, die zum Einsatz kommen sollen.

Unweit der Kreuzung entdeckt A. eine Baustelle. Er ruft andere zu Hilfe, und gemeinsam rennen sie hin. Die Bauarbeiter wollen die jungen Männer daran hindern, Material von dort wegzunehmen, aber sie geben auf, weil die Menge wütender und größer wird. Sie holen Ziegelsteine und große Bretter von der Baustelle. Die Ziegelsteine müssen noch zerkleinert werden, damit man sie weit werfen kann. Alle arbeiten hektisch. Entweder werden die Barrikaden verstärkt oder Steine gesammelt, oder man holt sich von der Baustelle robuste Stöcke. Jeder weiß: Die Polizisten auf den Motorrädern sind oft unbewaffnet bis auf die Schlagstöcke, nur Motorradfahrer in Zivil, die entweder Revolutionsgarden oder Milizen sind, haben Schusswaffen.

Da hören sie wieder Motorräder, die sich von vorne nähern. Die brennenden Mülltonnen qualmen sehr stark, Steine fliegen. Die Motorräder können nicht weiterfahren, wenden. Auf einmal tauchen von hinten Polizisten zu Fuß auf. Die Menge rennt in die Richtung der Motorräder. Überall beginnen Kämpfe. Arasch und A. erreichen mit einer Gruppe von anderen erneut die Valiasr-Straße. Jetzt gibt es dort keinen Nebel mehr, dafür werden Menschen von Motorrädern gejagt. Die Polizisten sitzen jeweils zu zweit auf einem Motorrad, und der, der hinten sitzt, schlägt mit dem Schlagstock auf Köpfe. So fest und brutal, dass viele ohnmächtig werden, manchmal auch sterben.

Körper liegen leblos auf der Straße. Alles verlangsamt sich. A. sieht, dass die Motorräder auf sie zufahren. Sie laufen Richtung Gehsteig, trotzdem machen die Polizisten Jagd auf sie. Sie wenden und kommen zurück. Manche versuchen sogar, nur die Menschen auf den Gehsteigen zu jagen. Deshalb flüchten sich viele in die Wassergräben neben der Straße, um sich vor den Schlägen zu schützen. Die Gräben sind relativ breit, man hofft, dass die Schlagstöcke der Polizisten auf den Motorrädern nicht bis zu ihnen nach unten reichen.

A. steht auch in einem der Wassergräben und sucht Arasch. Er sieht ihn auf der anderen Straßenseite. Während er noch überlegt, was er machen könnte, trifft ihn ein Schlag an der Schulter. Die Schulter brennt, die Schlagstöcke verursachen einen bösen Schmerz. Von hinten sieht er zwei Polizisten nah am Wassergraben fahren, um die Menschen darin zu erwischen. Die Menschen sind in den Wassergräben gefangen wie Tiere in einem Käfig und können nichts dagegen tun.

Auf einmal kommen noch mehr Menschen aus der Seitengasse, darunter die jungen Männer mit den langen Stöcken. Einige von ihnen versuchen, sie in die Räder der Motorräder zu stecken. Der Polizist, der A. geschlagen hat, fällt kopfüber, sein Helm rollt die Straße entlang. Er ist sichtlich überrascht von dem Trick und dem Fall. Er will sich hochstemmen, aber da hat ihn A. längst mit seinem Fuß auf der Fresse erwischt. A. kann kaum glauben, wie schnell er vom Wassergraben zu ihm gerannt ist. Er holt zu einem zweiten Tritt aus, aber eine große Menschenmenge stürmt auf ihn und die anderen liegenden Polizisten zu, die immer mehr werden. A. steckt seine Finger in die Nase des Polizisten und zieht, obwohl er ihn unter den Händen und Füßen, die auf ihn einschlagen, nicht mehr sehen kann. Schon schiebt man ihn zur Seite. Einige Motorräder liegen bereits im Feuer. Die anderen Polizisten versuchen nicht mehr, ihre Kollegen zu retten. Am Anfang fuhren sie noch um die gefallenen Kollegen im Kreis herum, damit sie wieder aufstehen konnten. Nun ist die Menge der Protestierenden zu groß und lässt niemanden durch. A. schaut auf seine Finger und sieht Blut. Obwohl er Gewalt verabscheut, konnte er sich nicht zurückhalten.

Aber es gibt auch Polizisten, die verschont werden. Die meisten sind bis auf die Unterhose nackt und voller Blut. Manche von ihnen tragen noch Fetzen von ihren Uniformen. Sie bedanken sich weinend bei den Menschen, die sie haben gehen lassen.

A. hält Ausschau nach Arasch. Er ist zufrieden, weil die Menschen Zusammenhalt demonstriert haben: die Macht der Masse. Da tauchen aus den Seitengassen wieder Polizisten auf. Wieder werden die Protestierenden gejagt. In jeder Sekunde passiert so viel, dass A. nicht alles aufnehmen kann. Er flieht wie ein Beutetier vor Löwen oder eher Hyänen auf der Jagd. Die Masse schrumpft. Immer wieder flüchten einige in Seitengassen. Das ist die Strategie der Polizei, um die Versammlung schneller aufzulösen.

Aber von einer Sekunde auf die andere bleiben alle stehen. Von Norden kommen nun auch Polizisten. A. springt in den Wassergraben und schaut sich um. Er entdeckt Arasch und läuft zu ihm. Er sagt, dass sie sich abseilen sollten, sicher verfolge die Polizei einen üblen Plan. Sie laufen in eine Seitengasse rechts, während die anderen in eine Seitenstraße links biegen. Einige warnen, angeblich stehen dort überall Polizisten. Es gibt noch andere, die die gleiche Idee hatten. Alle sind außer Atem und bleiben kurz stehen.

Eine junge Frau läutet an einem Haus. Niemand macht auf. Aus einem Nebenhaus hören sie einen Mann rufen, dass er die Tür öffnet. Alle laufen hin und strömen in den Hof, der den Einwohnern als Parkplatz dient. Drinnen sind schon über zwanzig Leute. Der Mann, der sie eingelassen hat, ist selbst ein Demonstrant. Er sagt, die Nachbarn seien nett und wollten sie hier schützen. Sie verstecken sich hinter den Autos am Ende des Hofes und horchen.

Eine Anwohnerin beobachtet das Geschehen vom Fenster der dritten Etage aus. Sie sagt, sie gebe Bescheid, wenn die Polizisten kämen. In den letzten Wochen hätten sie sich mit Gewalt Zugang zum Hof verschafft und die Menschen festgenommen, die sich in den Häusern versteckt hätten.

Alle sind angespannt. Arasch und A. zünden sich eine Zigarette an, während sie, mit dem Rücken zur Wand, auf dem Boden sitzen. Ein Pärchen umarmt sich, beide weinen leise. Langsam werden die Schreie und Schüsse lauter. Sie hören Motorräder, die durch die Gasse fahren. Gefährlich wäre es, wenn sie stehen blieben. Die Menschen im Hof werden nervöser, die Hände zittriger, die Blicke fiebriger. Die Frau gibt von oben ein Zeichen, dass sie ruhig bleiben sollen.

Wenig später taucht sie unten auf und berichtet, dass die Polizei, unterstützt von Milizen, durch die Gassen marschiert und teilweise mit Gewalt in die Häuser eindringt. Nun haben noch mehr Menschen Tränen in den Augen.

A. fragt sich, wohin die Frau von oben verschwunden ist. Könnte sie nicht einige bei sich in der Wohnung verstecken? Das geht ihm durch den Kopf. Er presst die Hände auf die Knie, damit sie keine Schwäche zeigen.

Geräusche verraten, dass Milizen und Polizei sich langsam nähern. Die Anspannung steigt. Man hört, dass Autos und Fenster demoliert werden. Die Polizei wird später den Protestierenden Vandalismus vorwerfen, die Bevölkerung soll ihnen den entstandenen Sachschaden anlasten. Aber heimlich werden genügend Videos aufgenommen, die die Polizisten bei ihrem Zerstörungswerk zeigen.

Der Lärm nimmt weiter zu. Während sie von Haus zu Haus gehen, schlagen die Polizisten mit ihren Stöcken gegen die Eisentore und treten dagegen wie betrunkene Randalierer. Auch die Motorräder sind Furcht einflößend laut. Die Polizisten lassen die Motoren martialisch aufheulen, indem sie im Leerlauf Gas geben. Immer mal wieder stechen Frauenschreie aus der Geräuschkulisse heraus. Einige Häuser vor dem Hof, in dem sich Arasch und A. verstecken, treten die Polizisten so lange gegen ein Tor, bis sie hineinkönnen. Auch dort hat sich eine Gruppe versteckt gehalten, das verraten die Schreie der Menschen bei der Festnahme.

A. kann, jetzt hinter dem Auto liegend, durch den schmalen Spalt unter dem Hoftor auf die Gasse sehen. Er sieht die Füße der Passanten bis zu den Knöcheln. Genau so lag er, als er klein war und sich in den Moscheen oder heiligen Gräbern auf den Marmorboden gelegt hatte, bäuchlings, sodass er die Füße der anderen in Socken sah. Genau so lag er mit seinen Schulkameraden im Zugabteil, als sie nach Maschhad fuhren.

Sie lagen zu sechst im Abteil und durften das Licht nicht ausschalten, obwohl sie schlafen sollten. Der Koranlehrer verbot es. Er ging zwischen den Abteilen hin und her und beobachtete sie. In A.s Abteil lagen alle wach und lachten immer, wenn sie den Koranlehrer durch das Abteilfenster sahen. Er lag wie ein Spürhund auf der Lauer und lief im Gang zwischen den Abteilen hin und her, um die Jugendlichen bei sexuellen Akten, die er zwischen ihnen vermutete, zu überraschen. Er hatte eigene Vorstellungen, was Jungen in der Dunkelheit alles miteinander machen konnten.

Auch in dem schönen alten Haus in Maschhad durften sie nicht unter einer Decke schlafen. Sie mussten Abstand halten und hatten Einzeldecken. Das Haus war sehr groß und hätte, wenn sie andere Sachen hätten machen wollen, dafür ausreichend Platz geboten. Einem Atrium nicht unähnlich, gab es in der Mitte des Hauses einen Garten mit einem Brunnen, in dem man schwimmen konnte. Auffallend waren die Sterne an der Fassade über jedem Fenster. Der Koranlehrer sagte, es seien islamische Ornamente, aber es waren Davidsterne. A. wusste damals nicht, dass in Maschhad Juden gelebt hatten. Wusste nicht, dass es gegen diese Juden Pogrome gegeben hatte, ja dass bei einem großen Pogrom im Jahr 1839 viele getötet worden waren und man die restlichen gezwungen hatte zu konvertieren. Wusste nicht, dass einige von ihnen aber heimlich Juden geblieben waren und seitdem ein Doppelleben führten – ein Doppelleben, das viele in diesem Land unter dem Regime führen mussten. Wusste nicht, dass dieses Haus vielleicht auch Juden gehört hatte, die getötet worden waren.

Durch den Spalt sieht A. Militärschuhe. Sie bleiben vor dem Tor stehen. Die Männer schlagen mit Schlagstöcken gegen das Tor. Er hört sein Herz hämmern, so laut, dass es alles andere übertönt. Spürt Araschs warmen Atem auf seinem Gesicht, derart nah sind sie sich im Liegen gekommen. Im Hof wird geräuschlos geweint und gezittert. A. drückt seine Sohlen gegen die Mauer hinter sich, damit die Füße nicht zappeln. Die Militärschuhe stehen noch vor dem Tor. Einige zeigen in seine Richtung, andere nicht. Zwei Militärschuhe entfernen sich, dann kehren sie zurück, springen aus dem Blick. Das Haustor wackelt gewaltig, hält aber stand. Die Militärschuhe sind wieder zu sehen, entfernen sich von dem Tor, ändern die Richtung, und plötzlich rennen sie aufs Tor zu, springen und verschwinden in der Luft. Dann ein Riesenlärm, ein wackelndes Tor, schon sind die Schuhe wieder zu sehen.

A. spürt, dass er sich übergeben muss. Er hebt seinen Bauch ein bisschen an, damit weniger Druck darauf ist. Er schaut herum, fragt sich, wohin er spucken könnte. Da seine Füße nicht mehr gegen die Mauer drücken, zappeln sie so heftig, dass er sie kaum unter Kontrolle kriegen kann. Da flüstert ihm Arasch ins Ohr, dass die Männer weitergehen. A. schaut zu den Militärschuhen, sie bewegen sich tatsächlich fort. Er sieht die Motorräder vorbeirollen. Plötzlich muss er sich nicht mehr übergeben.

Er legt sich auf den Rücken, während noch mehr Militärschuhe vorbeimarschieren, und zündet sich eine Zigarette an. Erst jetzt merkt er, dass er für einen kurzen Moment keine Geräusche wahrnehmen konnte, bis Arasch zu ihm gesprochen hat. Nun hört er sie wieder, die Motorräder, Schlagstöcke, Schreie und die Alarmanlagen der demolierten Autos. Im Hof vibriert alles, der Boden unter ihm auch. Er liegt da und schaut auf die Decke des Vordachs, auf der Fingerabdrücke und Spuren von Händen zu sehen sind. Er folgt mit seinen Augen den Linien dieser Spuren, und seine Tränen ziehen diese Linien nach.

Einige Stunden später rennen Arasch und A. durch die verwüsteten Straßen Teherans. Überall demolierte Autos, qualmende Mülltonnen, Barrikaden, Steine und Müll. Hin und wieder sieht man Spuren von Blut auf dem Asphalt. Zuerst rannten sie weg, weg von diesem Hof, weg von diesem Käfig, in dem sie eingesperrt und ausgeliefert waren, und jetzt rennen sie nebeneinander, als ob sie zwei Pferde wären, die auf ihren Rücken die Last der Wetten tragen. Selbstbewusst und elegant. Gleichzeitig bedrückt, weil die Gelder, die auf sie gesetzt wurden, verloren gehen. Die Familien der Wettenden werden hungern müssen, weil sie keine Chance haben zu gewinnen.

Es war auch für Arasch nicht das erste Mal, dass er eine Demonstration miterlebt hatte. Sie beide sahen Proteste gegen das Regime bereits 1999, mit dreizehn, allerdings ohne voneinander zu wissen. Damals wohnte Arasch mit seiner Familie gegenüber vom Studentenheim der Hauptuniversität. Er konnte aus den Fenstern beobachten, wie Geheimdienste in Zivil die Studierenden auf dem Unigelände attackierten, schlugen, festnahmen und sogar töteten. A. fuhr zu jener Zeit im Taxi seines Vaters durch die Revolutionsstraße, vorbei an der Uni. Auch er sah somit die ersten großen Proteste gegen das Regime nach der Revolution.

Genau zehn Jahre ist das jetzt her. Mit Arasch, mit dem zusammen er nun rennt, hat er vieles erlebt. Mit ihm trank er zum ersten Mal Alkohol. Er wunderte sich, wie heiß es in seinem Hals und Bauch durch Ethanol wurde. Araschs Eltern waren gebildet und sehr liberal. Er trank manchmal mit seinem Vater Rotwein und rauchte zu Hause. Der Vater stellte den Wein selber her, und sie durften manchmal mittrinken.

Araschs Vater war es auch, von dem A. von den Massakern an den Gefangenen unter dem iranischen Regime erfuhr. Im Sommer 1988 wurden im Verborgenen mehrere Tausend politische Gefangene ermordet, weil das Regime sich seiner Gegnerinnen und Gegner entledigen wollte. Einmal bekam A. mit, wie Araschs Vater zu weinen begann, als er betrunken war – er holte eine Socke hervor und roch daran. A. fand das seltsam und witzig zugleich. Erst danach hörte er, dass diese Socke das Einzige war, was dem Vater von seinem Bruder geblieben ist. Es war nicht der einzige Bruder von ihm, der umgebracht wurde, doch von dem anderen ist nichts geblieben.

Außerdem erfuhr A., dass auch Araschs Mutter einen Bruder verloren hatte und dass ihre Schwester durch einen Irrtum siebzehn Jahre lang im Gefängnis saß. Arasch erzählte, dass seine Tante als Siebzehnjährige im Park saß und sich auf ihre Prüfungen vorbereitete. Ein Mann kam auf sie zu, steckte ihr einen Zettel ins Buch und ging vorbei. Da sie dachte, es handele sich um einen Anmachversuch, ignorierte sie den Zettel und las weiter. Kurze Zeit später tauchten Revolutionsgarden auf, die ihre Sachen durchsuchten und diesen Zettel fanden. Es war ein linkes Infoblatt. Sie saß siebzehn Jahre im Gefängnis und wurde oft vergewaltigt und gefoltert. Diese Tante verließ nach ihrer Freilassung das Land.

A. machte mit Arasch auch eine Reise. Sie fuhren in den Norden Irans, wo seine Eltern herkamen und noch Verwandte hatten. Sie holten die Bücher des einen getöteten Onkels aus dem Familiengarten. Dieser Onkel hatte Philosophie in Amerika studiert. Vor seiner Verhaftung hatten sie die Bücher im Garten vergraben. Araschs Großmutter wollte sie nie wieder herausholen, und niemand wusste, warum. Aus Angst? Obwohl zwei ihrer Söhne bereits ermordet waren? Arasch und A. gruben mit ihren Schaufeln so lange, bis sie die eisernen Truhen fanden. Die Bücher waren noch gut erhalten, darunter einige, die in der Sowjetunion auf Farsi veröffentlicht worden waren, etwa »Das Kapital« von Karl Marx. Im Norden befanden sie sich ja nah an der Grenze zur Sowjetunion.

Atemlos bleiben sie stehen, schnappen nach Luft.

»Das ist doch dumm und verdächtig, dass wir so rennen.« A. lacht.

»Willst du noch mit zu mir?«, fragt Arasch.

»Nein, ich muss langsam weg.«

»Wohin?«

»Weiß ich nicht. Ich meine, es wird sich zeigen. Lass uns was essen, und dann gehe ich.«

Sie holen sich ein Hirnsandwich. Setzen sich hin und reden über alles, außer über seine Flucht.

Als A. wieder alleine ist, geht ihm Arasch nicht aus dem Kopf. Er hat ihn immer beneidet, weil er ihn klüger fand. Bei ihm hat er gelernt, dass man viel lesen sollte. Und dass es nicht weiterhilft, an Gott zu glauben, weil der Islam eine menschliche Erfindung ist wie alle anderen Religionen auch.

Am nächsten Tag muss sich A. noch von Mehdi verabschieden. Sie treffen sich im Park, in der Nähe von seinem Fitnessstudio. Gemeinsam erinnern sie sich daran, wie sie ganze Nächte auf der Straße verbracht haben. A. hat ihm einmal bis in die Früh Gesellschaft geleistet, als Mehdi wach bleiben wollte, aus Liebe.

Er war verliebt in ein junges Mädchen, das zur Verwandtschaft der Nachbarn gehörte. Sie wohnte mit ihren Eltern im Norden von Teheran, weil sie wohlhabend waren. Mehdi hatte sie ein Jahr zuvor beim traditionellen *Halimpazon* der Nachbarn zum ersten Mal gesehen: Einmal im Jahr, im Ramadan, kochten die Nachbarn die ganze Nacht lang eine Art Brei, den *Halim*, und verteilten ihn in der Früh in der Nachbarschaft. Sie kochten ihn in gigantischen Töpfen, somit konnten Hunderte Nachbarn satt werden. In dieser Nacht stand ihre Tür offen, die Nachbarn konnten kommen, um umzurühren, und sich dabei etwas von Gott wünschen. A. war nie dort gewesen, außer diesem einen Mal, als er Mehdi Gesellschaft leisten wollte. Gegen vier Uhr am Morgen wurde die Tür geschlossen, aber Mehdi wollte auf der Straße warten, damit er das Mädchen beim Wegfahren sehen konnte.

A. blieb bei ihm. Sie saßen ein paar Häuser weiter auf einer Treppe und lehnten sich an die Tür. So hatten sie einen guten Blick auf das Haus, in dem das Mädchen übernachtete. Sie redeten und redeten, bis es hell wurde. Irgendwann schliefen sie im Sitzen ein, bis jemand die Tür aufmachte und sie aufweckte.

Mehdi blieb beharrlich. Er wollte unbedingt mit dem Mädchen zusammenkommen – deswegen auch der Wunsch, schnell reich zu werden –, und zwei Jahre später, als sie fünfzehn waren, hatte er es geschafft. Er hatte sich damals ein billiges Motorrad gekauft, um leichter zur Arbeit fahren zu können. Auf diesem Motorrad begleitete A. ihn einmal in den Norden Teherans, weil Mehdi mit seiner Freundin dort verabredet war. Sie waren zwei Stunden lang unterwegs, und als ein Polizist versuchte, sie anzuhalten, fuhren sie weiter, denn Mehdi besaß keinen Führerschein. Es kam zu einer Verfolgungsjagd, der Polizist hatte das bessere Motorrad. Mehdi sagte zu A., dass er bei einer Gasse abspringen solle, weil sie zu zweit zu schwer seien. A. sprang ab und versteckte sich hinter einem Auto, und der Polizist verfolgte Mehdi weiter.

Viele Stunden danach, als A. mit Mehdis Vater bei der Polizeistation ankam, wo Mehdi inzwischen festgehalten wurde, hatte er bereits ausgesagt, das Motorrad gestohlen zu haben und an einigen Einbrüchen der letzten Woche beteiligt gewesen zu sein. Der Polizist starrte auf den Kaufvertrag, den der Vater mitgebracht hatte, und fragte Mehdi:

»Warum hast du das Geständnis unterschrieben?«

Mehdi lachte bitter und antwortete: »Eine Runde hat gereicht.«

Auf dem Weg zurück erzählte er, dass die Polizisten ihn in ein Traktorrad gesteckt und die Treppe hinuntergerollt hätten. Er konnte kaum noch gehen.

A. ist froh, dass Mehdi inzwischen seine große Liebe vergessen hat und ihretwegen keine Dummheiten mehr macht. Seinen in den Bergen begangenen Selbstmordversuch aus Liebeskummer hatte er überlebt. Er musste nicht mehr für wenig Geld in Schlachthäusern arbeiten. Im Gegenteil, er hatte es geschafft, viel zu verdienen. A. und Mehdi kannten sich aus der Schule, aber sie wurden erst Freunde, als A. mit seiner Familie in die Gasse zog.

Nun stehen sie voreinander, und es ist unklar, ob sie sich je wiedersehen werden. Mehdi will ihm beim Abschied

Geld geben, doch A. lehnt höflich ab. Daraufhin nimmt Mehdi seine Kette mit dem Anhänger und gibt sie ihm als Erinnerung mit. A. steckt die Kette ein. Die zwei drücken sich fest und lange, halten ihre Tränen still zurück.

In der Nacht sitzt A. im Bus und kann wegen der Dunkelheit draußen kaum etwas erkennen. Er hat den späten Bus genommen, um einer möglichen Kontrolle zu entgehen. Sie fahren in eine Stadt, die nahe an der türkischen Grenze liegt. Dort wartet der Schlepper, der ihn illegal über die Grenze in die Türkei bringen wird. Er hat alles für ihn organisiert.

3

Während Sarah an ihrer Doktorarbeit schreibt, schweifen ihre Gedanken immer wieder ab. Sie denkt meistens an ihn. Sie stellt sich vor, wie sie sich küssen und ausziehen. Dann stellt sie sich vor, überall in ihrer Wohnung Sex mit ihm zu haben. Dann versucht sie, sich selbst zu befriedigen. Dann fühlt sie sich einsam und zurückgewiesen. Dann liegt sie im Bett und weint. Und so schafft sie wieder kaum mehr als eine halbe Seite.

Das ist im Moment ihr Alltag. Sie hat sich Hals über Kopf in A. verliebt und kann nicht aufhören, an ihn zu denken. Sobald sie an ihn denkt, denkt sie an Sex mit ihm. Sie versucht, sich von ihm zu distanzieren. Sie versucht, ihn so selten wie möglich zu sehen. Sie ist gekränkt und zugleich wütend auf ihn. Sie wünscht ihm insgeheim noch mehr Elend, damit er zu ihr zurückkommt.

Erst schien alles gut zu funktionieren. Sie hatten ein paarmal Sex, hatten eine schöne Zeit. Doch dann begann er, komisch zu werden. Er wurde wortkarg und vermied den Körperkontakt mit ihr. Diese Veränderungen verstand sie nicht. Sie dachte, sie seien in einer Beziehung, sie seien ein Paar. Sie dachte, er liebe sie. Aber das schien eine Illusion gewesen zu sein. Die anhaltende Distanzierung schmerzt sie sehr.

Jetzt träumt sie oft von ihrem Vater. Ihr Vater hat sie abgelehnt. Auch die Mutter ist immer kühl gewesen. Weder als Kind noch als Erwachsene hat sie von den Eltern Zuneigung erfahren. Ihre Stiefmutter war die Einzige, von der sie als Kind innig geliebt wurde – so eine Mutter hat sie sich gewünscht.

Am Anfang hat sie ihre Stiefmutter gehasst, weil sie eifersüchtig auf sie war. Sie versuchte, mit ihr zu konkurrieren. In ihren kindlichen Gedanken kämpfte sie mit ihr um die Liebe des Vaters. Sie wollte die gleiche Zuneigung und Aufmerksamkeit von ihrem Vater wie sie, aber sie hat sie nie bekommen. Mit der Zeit merkte sie, dass dieser Kampf vergeblich war. Dass ihre Stiefmutter ihr diese Aufmerksamkeit und Liebe auch ohne Kampf geben konnte. Sie änderte ihren Plan und versuchte, dem Vater die Liebe zu seiner neuen Frau zu nehmen.

Sie sieht die Bücher, die sie für A. gekauft hat und die er wieder absichtlich hat liegen lassen, ärgert sich über seine Undankbarkeit. Als sie merkte, dass er sich komisch ihr gegenüber verhielt, begann sie, ihn zu analysieren. Sie nahm alles, was er sagte, ernst. Sie merkte nicht, dass er in einem nihilistischen Zustand war und nur darauf bedacht war zu überleben. Sie legte seine Phrasen und Ausreden auf die Waagschale. Was er an Gründen vorbrachte, um nicht mit ihr zusammen zu sein, wurde akribisch hinterfragt. Sie war sich sicher, ein Geburtstrauma sei der Grund, weshalb er nicht mehr mit ihr schlafen wollte. Ihrer Meinung nach war er auf seine Mutter fixiert und konnte oder wollte sich deswegen nicht auf andere Frauen einlassen. Sie kaufte ihm Otto Ranks Buch über das Geburtstrauma, aber er nahm es nicht mit.

Sie überlegt sich verschiedene Methoden, um ihn zu bestrafen. Leider hat sie sein Stück »Damavand, erloschener Vulkan«, das Abschlussstück für die Uni in Teheran, das sie für sein Asylverfahren ins Deutsche übersetzt hat, schon abgeschickt. Sonst wäre das eine gute Strafe gewesen. Oder soll sie ihm nicht mehr bei der Wohnungssuche helfen? Weil er sie gekränkt hat, ist sie die letzten Male gemein zu ihm gewesen und hat ihn weggeschickt. Als er sich bei ihr entschuldigte, sagte sie, sie müsse weiterarbeiten. Danach weinte sie lange und hatte ein schlechtes Gewissen. Trotzdem war das für ihr Selbstwertgefühl notwendig. Sie muss sich wehren. Sie muss unabhängig von ihm bleiben.

Zurzeit wohnt er in einer winzigen Wohnung, die sie für einen Monat gemietet hat. Sie ist in der Nähe des Meidlinger Bahnhofs, und sie hat sie im Internet gefunden. Ein Student, der zu seinen Eltern aufs Land fahren wollte, hatte sie inseriert. Sie hat auch die 200 Euro Miete für ihn bezahlt. Er wollte das Geld nur ausborgen, doch sie wollte es ihm schenken. Das bereut sie jetzt. Er darf auf ihre Kosten in Wien sein, aber ist nicht bei ihr. Das ärgert sie. Sie denkt, sie sollte ihn unter Druck setzen, damit er zu ihr zurückkommt. Er ist nicht in der Lage wegzulaufen, weil er weder Geld noch auf Dauer eine Wohnung hat.

Sie fragt sich, ob er ein Gauner ist oder nicht. Manchmal hat sie das Gefühl, dass er alles vortäuscht. Die Gefühle, die stundenlangen Gespräche, die Nächte, die Tage, an denen sie im Internet Lieder angehört und übersetzt haben – war das alles nur, um an ihr Geld zu gelangen? Warum wollte er sie nicht heiraten? Sie hat es ihm vor einigen Monaten angeboten, damit er leichter in Österreich bleiben kann. Damit er keine Angst haben muss, abgeschoben zu werden, falls er einen zweiten negativen Bescheid bekommt.

Er lehnte ab, obwohl er Angst hatte. Obwohl er in der Luft hing und nicht wusste, wie lange er noch würde warten müssen. Das Verfahren könnte ein Jahr oder zwei, vier oder fünf Jahre dauern. A. sagte, er wolle nie heiraten, egal, aus welchem Grund, aber schon gar keine Scheinehe eingehen, nur damit er bleiben könne. Wenn Österreich ihm keinen Schutz gebe, erkämpfe er sich diesen nicht dadurch. Und falls er wirklich nur auf ihr Geld aus wäre, hätte er bessere Chancen in einer Ehe.

Sie versteht es noch immer nicht. Sie will sich im Moment nur rächen, um etwas Ruhe zu finden. Sie will wieder arbeiten können, ohne ständig an ihn zu denken. Ohne sich vorwerfen zu müssen, dass sie nicht gut genug ist. Sie muss sich nur überlegen, wie. Ein Brief, in dem sie ihm alles erklärt, könnte eine gute Möglichkeit sein. Sie glaubt, ihre Analyse seiner Persönlichkeit und seiner Traumata werde ihn verletzen, weil er in der Beziehung zu seiner Mutter etwas Sexuelles erkennen wird. Sie schreibt:

> Ich sitze da, wo wir so oft gesessen haben, auf dem Balkon. Ich bin sehr einsam, aber ich fühle mich, als würde ich gerade aufwachen, und seltsamerweise weiß ich: Wenn ich wach bin, werde ich immer noch traurig sein, aber erholt. Ich schreibe diesen Brief, um mich von dir und auch von meinen Gedanken zu befreien, die mich immer wieder quälen. Ich versuche mich an einer Analyse von dir und von unserer Beziehung. Es geht um deinen Dämon und auch ein bisschen um mich. Es wird weder schön noch freundlich sein, aber nur wenn der Brief bis über die Schmerzgrenze hinaus offen ist, kann er helfen. Einiges wird dich aufregen oder vielleicht traurig machen. Ich tue dies hauptsächlich, um mir selbst zu helfen, aber es kann auch für dich von Nutzen sein. Wenn das, was ich schreibe, richtig ist und du es akzeptierst, wird es dir helfen, mit dem Dämon in dir fertig zu werden und etwas Kontrolle und Entscheidungsfreiheit in deinem Leben zurückzuerlangen. Vielleicht werden einige dei-

ner Albträume aufhören. Wenn es aber falsch ist, schadet es nicht, außer dass es die Entfremdung zwischen dir und mir offenlegt.

Sie wird unterbrochen, weil sie über Skype von ihrem Freund aus Amerika einen Anruf bekommt. Sie nimmt ihn an, denn sie haben lange nichts voneinander gehört. Er sagt, er habe an der Uni viel zu tun gehabt. Und fragt, wie es ihr gehe.

Sie erzählt ihm die Geschichte mit A. und ihrem Exfreund, den er kennt. Wegen des Exfreundes hat sie ein schlechtes Gewissen. Sie hat in dem Moment mit ihm Schluss gemacht, als sie dabei war, mit A. eine Beziehung einzugehen. Aber er liebt sie noch und will sie zurück. Sie wollte die Beziehung schon länger beenden, aber konnte sich nicht dazu durchringen. Erst als sie A. kennenlernte, war es für sie der richtige Zeitpunkt. Sie mag ihren Exfreund noch immer, sie hält ihn für den intelligentesten und nettesten Mann der Welt, nur verspürte sie kein Begehren mehr. Nun, wo sie von A. zurückgewiesen wird, versteht sie ihren Exfreund besser.

Der Freund will wissen, ob A. wusste, dass sie einen Freund hatte.

Sie antwortet, dass A. zunächst außer sich war, als er davon erfuhr. Sie fand es konservativ, lachte über ihn. Trotzdem kam er nicht darüber hinweg. Er erklärte ihr, dass er mit ihrem Exfreund mitfühlen könne. Er leide ja auch, wenn er sich seine Exfreundin mit einem anderen Mann –

Sie stockt, kann nicht weiterreden.

Der Freund aus Amerika versucht, sie zu beruhigen. Er hält es für eine gute Idee, dass sie A. einen Brief schreibt. So schaffe sie es vielleicht, von ihm loszukommen.

Am nächsten Morgen schreibt sie weiter:

Gestern habe ich bis Mitternacht telefoniert und dann noch mal nachgedacht. Als ich anfing, dir diesen Brief zu schreiben, wollte ich mich eigentlich von dir befreien. Ich dachte, ich könnte es nicht länger ertragen, dass du redest, als gäbe es mich nicht, als hätte es zwischen uns nie so was wie Liebe gegeben. Es hat mir nicht nur wehgetan, sondern es hat mir auch den Boden unter den Füßen weggezogen, weil das, was gewesen ist, plötzlich nicht mehr gelten sollte. Wir standen ja schon mal an einem ähnlichen Punkt. Dann waren wir zusammen im Theater, und es war fast wieder gut. Als du neulich zu mir in die Wohnung gekommen bist und mich geküsst hast, ja sogar zugelassen hast, dass ich dich auch küsse, war es, als ob all die schlimmen Dinge nicht passiert wären. Aber jetzt ist es wieder anders. Es gehört zu den Sachen, die ich verstehen möchte: Warum quälst du mich und andere Frauen?

Ich bin mir nicht sicher, dass ich die das, was du auf Facebook gepostet hast, richtig verstanden habe. Ich werde es in meinen Worten wiedergeben, damit du sehen kannst, ob ich falsch liege oder nicht. Wenn ich nicht alles richtig verstehe, liegt es in deiner Verantwortung, mir dabei zu helfen, dass ich es verstehe. Ein Beispiel: An deinem Geburtstag hast du deiner Exfreundin geschrieben: ›Und immer bist du die Erste, die mir gratuliert, und es ist der Quell meiner Freude.‹ Ich kann ja verstehen, dass es dich freut, dass sie dir gratuliert hat, und dich noch mehr freut, wie sie dir gratuliert hat, nämlich mit einer Liebeserklärung. Aber *ich* habe dir als Erste gratuliert, und du hast auch gesagt, dass du meine SMS bekommen hast, also impliziert das doch, dass dir meine Glückwünsche nichts bedeuten. Was ist das für eine Liebe, die man vergessen kann, als hätte es sie nie gegeben?

Sie hört auf zu schreiben und zieht sich an. Sie muss zu einem Treffen mit ihrem Vorgesetzten. Sie schaut auf ihrer Liste nach, was sie sonst noch erledigen muss: Sie müsste einige Bücher in die Nationalbibliothek zurückbringen. Ein paarmal hat sie A. dorthin mitgenommen, weil er alte persische Handschriften anschauen wollte. Er war fasziniert wie ein kleines Kind, auch als sie ihm handschriftliche Manuskripte von Erich Fried und Ingeborg Bachmann zeigte. Er gab sich ehrfürchtig wie ein Gläubiger vor der Heiligen Schrift. Seine Augen leuchteten, das hatte sie selten bei ihm gesehen.

Sie nimmt die Bücher, die sie zurückbringen muss, aus dem Regal. Eines handelt von Sufis, ein anderes von iranischer Mythologie. Es erinnert sie an einen Streit vor einigen Wochen. Sie hatte sich aufgeregt, weil A. sie belehren wollte. Er hielt das, was sie dachte, für Bullshit. Das ärgerte sie, und sie wurde sehr laut. A. war überrascht, weil er nicht gewusst hatte, dass sie es dermaßen verletzte, wenn sie das Gefühl hatte, zurechtgewiesen und nicht ernst genommen zu werden. Seitdem gab es meistens ein Drama, wenn sie sich sahen.

Als versöhnliche Geste schrieb sie ihm später eine Nachricht und leitete ihm auch die E-Mail von einem Freund weiter, der sein Stück in ihrer Übersetzung gelesen und kommentiert hatte:

Was daran sofort auffällt, ist die dramatische Begabung, die Lust, etwas in einen Raum zu setzen, in dem

> sich Personen auch wirklich bewegen, die Sprache so zu erweitern. Die Folge der drei Szenen hat eine innere Notwendigkeit. Besonders beeindruckt hat mich der offene Schluss. Insgesamt erinnert es mich von fern, aber wohl nicht zufällig, an Sartres »Fliegen«. Andererseits sind die Figuren, die Frau und der Mann, dem Handeln auch entrückt, umso wichtiger ist der Schluss. Die Übersetzung ist sprachlich überzeugend, ich gratuliere auch dir. Merkwürdig ist nur, dass ich mir kein Theater und keinen Regisseur vorstellen kann, die es auf adäquate Weise umsetzen. Aber das liegt natürlich an den heutigen Theatern (im deutschsprachigen Raum). Richte A. bitte meine nachdrücklichen »Akklamationen« aus.

Als sie das noch einmal liest, fällt ihr wieder ein, wie glücklich er über diese Mitteilung war.

Ihr Handy klingelt, sie sieht A.s Namen auf dem Display. Sie entscheidet sich, nicht dranzugehen, dann tut sie es doch. Er steht gerade vor der Polizeistation und will eine Anzeige erstatten, nur weigern die Polizisten sich, mit ihm Englisch zu sprechen. Sie haben gesagt, er soll mit jemandem wiederkommen, der für ihn dolmetscht. Er kennt außer ihr niemanden.

Sie sagt, dass sie jetzt keine Zeit habe. Erst ab sechs Uhr könne sie kommen. Dann legt sie mit gemischten Gefühlen auf.

Sie verlässt die Wohnung und nimmt die Straßenbahn D. Unterwegs überlegt sie sich, was sie ihrem Vorgesetzten sagen soll. Noch kann sie im Hinblick auf ihren Essay nicht über große Fortschritte berichten. Worüber also dann? Sie weicht der Frage aus, ihre Gedanken schweifen ab. Sie nimmt sich vor, sich später, in der Nationalbibliothek, die

»Schahnamehs« anzusehen, die Königsbücher. Einige enthalten alte iranische Miniaturen, die sie liebt. Sie kann sie stundenlang anschauen.

Das Gespräch mit ihrem Vorgesetzten ist eher ein Kaffee-und-Kuchen-Geplauder, gleich zu Beginn fällt alle Anspannung von ihr ab. Sie sagt, dass sie mit ihrem Essay über Ernst Jünger gut vorankomme und bis zur Deadline alles fertighaben werde, über ihre Dissertation sagt sie nichts. Ihr Vorgesetzter ist zufrieden, und sie macht sich auf den Weg in die Bibliothek.

Nachdem sie die ausgeliehenen Bücher abgegeben hat, zeigt sie in der Handschriftenabteilung ihre Karte vor und wird zu einer Mitarbeiterin geleitet, die sie bereits kennt. Diese Mitarbeiterin holt die Königsbücher und blättert mit Handschuhen darin, weil keiner außer ihr die Blätter anfassen darf. Sie scheint wenig Verständnis dafür zu haben, dass Sarah die Miniaturen so lange anschaut. Warum sie nicht einfach Fotos davon mache und dann die anschaue? Wenn die Mitarbeiterin schneller weiterblättern will, tut Sarah so, als ob sie den Text lesen möchte, obwohl sie die kalligraphische Schrift nicht gut lesen kann.

Sie bekommt dieses Mal auch ein neues Buch zu sehen, eine »Schahnameh«-Ausgabe aus dem siebzehnten Jahrhundert aus Isfahan mit einer Vielzahl ausgefallener, besonders phantasievoller Miniaturen. Zahhak hat hier statt Schlangen zwei Drachen auf der Schulter und sieht eher asiatisch aus. Sie fragt sich, wie A. reagieren würde, wenn er dieses wertvolle Exemplar aus der Nähe betrachten könnte.

Sie schaut auf ihr Handy, es ist halb fünf. Plötzlich findet sie es ungerecht, A. in dieser Notlage länger warten zu lassen. Sie packt ihre Sachen zusammen und verlässt die Bibliothek.

Als sie ihn draußen anruft, hebt er sofort ab. Er ist im Volksgarten und wartet auf sie. In diesem Park haben sie sich manchmal getroffen. Einmal erzählte sie ihm von dem Stück »Heldenplatz«, in dem der Park vorkommt. Und wieder bekam er leuchtende Augen. Er fand es surreal, auf den Bänken zu sitzen, auf denen früher mal Thomas Bernhard gesessen hatte.

Sie sieht ihn schon aus der Entfernung. Er winkt ihr zu. Als sie bei ihm ist, wissen beide nicht, wie sie sich begrüßen sollen. Sie umarmen einander, und Sarah setzt sich zu ihm auf die Bank. Ihr fällt auf, dass er stark abgenommen hat.

Sie fragt ihn, was das Problem sei. Warum wolle er eine Anzeige erstatten?

A. erzählt, dass er seit letztem Monat keine Grundversorgung mehr bekomme, also die 290 Euro, die man ihm monatlich für Miete und alle sonstigen Ausgaben gezahlt habe. Er sei in Niederösterreich gewesen, um das zu klären, aber dort hätten sie ihm gesagt, dass er, wenn er arbeite, keine Unterstützung mehr beziehen dürfe. Er arbeite aber gar nicht, ja habe nicht einmal gewusst, dass er als Flüchtling überhaupt arbeiten dürfe. Also sei er zur Wiener Gebietskrankenkasse gegangen und habe um einen Versicherungsregisterauszug gebeten, um herauszufinden, von wem er angemeldet worden sei und versichert werde.

Er zeigt ihr den Auszug. Er ist bei einer Firma namens Dschawid angemeldet, ohne zu wissen, wofür und warum. Er vermutet, seine Mitbewohner haben seinen Ausweis genommen und eine Kopie davon gemacht, um unter seinem Namen zu arbeiten. So können sie Geld verdienen und zusätzlich ihre Grundversorgung bekommen.

Sarah fragt, bei welcher Polizeistation er gewesen sei.

In der Nähe vom Haus des Meeres, im 6. Bezirk, wo sich die Firma befinde.

Sie gehen gemeinsam hin. Beide schweigen.

Dann fragt sie ihn, wie er denn unter diesen Umständen die Miete für seine Wohnung in Sieghartskirchen bezahlen könne.

A. sagt, dass der Vermieter ihm Aufschub gegeben habe. Er werde bald zahlen.

»Brauchst du Geld?«

Er antwortet: »Du hast ja schon die Wohnung in Meidling bezahlt.«

Wieder schweigen sie.

A. sagt, dass es dumm von ihm gewesen sei, sein gesamtes Geld aus dem Fenster zu werfen.

Tatsächlich hat er sie einige Male zum Essen eingeladen und zwanzig Euro Trinkgeld gegeben. Sie hat ihn gefragt, warum er so viel Trinkgeld gebe. Er hat geantwortet, dass er sich so besser fühle. Wie ein normaler Mensch und kein Flüchtling. Das tue ihm gut.

Jetzt bereut er das. A. erzählt, dass er Arbeit sucht. Er hat bei vielen iranischen Restaurants und Geschäften nachgefragt. Alle hätten gesagt, dass sie niemanden schwarz beschäftigen können.

»Arbeitest du nicht mehr in diesem Teppichgeschäft?«, fragt Sarah.

A. lächelt bitter. Sie haben ihm dort insgesamt fünfzig Euro gegeben, obwohl er über einen Monat hinweg fast täglich ausgeholfen hat. Er gehe noch immer hin, weil er gratis Essen bekomme. Sobald er wieder Essen kaufen könne, werde er nicht mehr hingehen. Der Besitzer beute ihn nur aus.

Inzwischen sind sie an der Polizeistation angekommen. Dort können die Polizisten auf einmal doch Englisch. Sie nehmen die Anzeige auf, A. kann alles selbst zu Protokoll geben.

Sarah fragt ihn auf Farsi, ob es dieser Polizist sei, der ihn weggeschickt habe.

A. bejaht.

Sarah nennt ihn Arschloch auf Farsi, und sie lachen.

Der Polizist schreit beide an und sagt, dass sie hier keine Fremdsprache sprechen dürften.

Sarah widerspricht ihm. »In der EU gibt es viele Fremdsprachen, die alle hier gesprochen werden dürfen.«

Der Polizist erwidert patzig: »Aus der EU haben wir aber keine Flüchtlinge.« A. solle froh sein, überhaupt eine Anzeige erstatten zu dürfen.

Für kurze Zeit scheint Sarah eine Verbündete von A. zu sein – sie bekämpfen denselben Feind. Aber sobald sie die Polizeistation verlassen haben, sind sie wieder einsame Gestalten. A. sieht gelblich aus, als er sich bei ihr bedankt und ihr die Hand drückt. Sie verabschiedet sich schnell und will nach Hause gehen. Doch dann dreht sie sich noch einmal um.

»Ich glaube, ich habe eine WG für dich gefunden. Der Bruder von einem Freund wohnt dort. Du hast ihn schon mal gesehen. Es ist allerdings noch nicht fix. Eine Mitbewohnerin zieht bald aus, und sie werden ein paar Leute einladen und dann gemeinsam entscheiden, wer einziehen darf.«

A. macht ein Gesicht, als hätte er nicht genau verstanden, was sie meint.

Sie wiederholt es.

A. sagt, dass er sich im Moment nichts leisten könne.

Sie schweigt. Dann sagt sie: »Ich kann die Miete übernehmen, und du gibst mir das Geld zurück, sobald du es hast.«

Als sie sich verabschieden, ärgert sie sich, dass sie ihm nun doch hilft. Soll sie mit ihrer Rache warten, bis er nicht mehr so hilfsbedürftig ist? Wird so eine Zeit überhaupt kommen? Und was ist mit ihr?

Zu Hause beginnt sie, an dem Brief weiterzuschreiben. Sie ist sich jetzt sicher, dass sie sich durch Offenheit von ihm befreien kann.

Und wieder ist mir etwas klargeworden: Es ist nichts Neues, dass du mich verletzt. Ich spiele die ganze Zeit mit und erlaube dir geradezu, mich so zu behandeln. Ich mag keine fremdgesteuerten Leute und hasse mich dafür, dass ich fremdgesteuert bin. Das ist einer der Gründe, warum ich es nicht mochte, als du sagtest, ich sei nett. Nettsein ist töricht, wenn derjenige, zu dem du nett bist, dich im Gegenzug quält und am langen Arm verhungern lässt. Liebe – und auch das ist übrigens nichts Neues – ist nicht rational. Sie bringt uns dazu, seltsame Dinge zu tun, die wir sonst nie tun würden. Ich will aber nicht nett sein, ich will aggressiv sein. Ich denke, du spürst das, und darum läufst du weg. Wenn du mich lieben würdest, würdest du verstehen, warum ich dich hasse und mich für die Zurückweisung rächen will. Nur dann nämlich kann ich dir vergeben.

Ich will versuchen, noch mal anders zu erklären, was ich sagen will. Etwas, was du möchtest, kann genau das sein, was du unter keinen Umständen möchtest. Jeder hat Wünsche, die man unterdrückt, weil man sie erfüllt bekommen will und dann auch wieder nicht erfüllt bekommen will. Aber solange sie unbewusst bleiben und du sie nicht akzeptierst, hast du keine Kontrolle über sie. Sie regieren dich, und du bist wie ein Spielzeug für sie. Du hast das Gefühl, dass dir Dinge ungewollt zustoßen, obwohl du selbst es warst, der sie ausgelöst hat, es ist wie ein Schicksal. Du bist gefangen zwischen widersprüchlichen Wünschen, die du erst in die eine Richtung und dann in die andere schickst, und einige davon sind für dich selbst nicht transparent. Erst wenn du sie dir bewusst machst und darüber nachdenkst, könntest du wählen, welche Wünsche erfüllt werden sollen und welche vielleicht nur indirekt. Durch Substitute wie Kunst zum Beispiel.

Wie gesagt, ich will dir schreiben, warum ich glaube, dass du Frauen quälst, mich eingeschlossen. Warum dir Sex untersagt ist, warum du dich umbringen willst. Warum du die ganze Zeit schlecht träumst, besonders seitdem du im Exil bist. Als du mal mit mir im Bett warst, hast du gesagt, was du tun würdest, wenn deine Mutter stirbt. Oder warum dir der Roman »Die blinde Eule« gefällt. Ist doch erstaunlich, wie alles zusammengehört.

4

Ich bin verloren. Ich merke, dass ich mit mir selbst spreche. Mir war nicht bewusst, dass man Einsamkeit wie einen Schmerz im Körper spürt. Ich gehe durch die Straßen und halte Ausschau nach Zigarettenstummeln. Manchmal bleibe ich an Straßenbahnhaltestellen stehen und warte darauf, dass Leute ihre angezündeten Zigaretten fallen lassen, wenn die Straßenbahn kommt.

Ich bin froh, nun noch einen weiteren Monat lang in Wien zu wohnen, allein. Sarah hat für mich eine kleine Wohnung gefunden. In der Hauptstraße gehe ich täglich hundertmal auf und ab. Jetzt weiß ich, dass Gerüche verrückt machen können. Ich muss an Tom und Jerry denken, daran, wie die Maus dem Geruch hinterherfliegt. Ich atme oft durch den Mund, wenn ich an Kebab-Ständen vorbeigehe. Wäre ich nicht so hungrig, würde ich diese Döner nie im Leben essen wollen. Ekelerregend waren sie für mich. Aber im Moment kommen sie mir vor wie das beste Essen der Welt, das für mich unerreichbar ist.

Sarah schulde ich sehr viel, nur ertrage ich sie nicht. Seit Kurzem ist sie aggressiv mir gegenüber, und ich versuche, ihr aus dem Weg zu gehen. In den letzten Wochen wohnte ich für 150 Euro in der Küche eines Iraners, der für seine Einzimmerwohnung im Gemeindebau 250 Euro Miete zahlt. Ich putzte und kochte für ihn und bezahlte, so viel ich konnte. Oft waren Leute bei ihm, sie rauchten Gras und tranken Bier. Er ist Alkoholiker, und das Leben mit ihm war anstrengend. Ich musste mich auch um ihn kümmern, weil er labil und launisch war, musste mich ihm fügen, damit ich nicht in die Wohnung in Sieghartskirchen zurückmusste.

Obwohl der Iraner mich ausnutzte, wiederholte er unablässig, dass er mich nur aus Nettigkeit aufgenommen habe. Da er arbeitslos war, versuchte er, auf allen möglichen Wegen Geld zu verdienen. Einmal wollte er mich zwingen, zur ungarischen Grenze zu fahren, um von dort Opium nach Wien zu transportieren. Als ich mich weigerte, drohte er, mich rauszuschmeißen.

Zum Glück begann er, wieder als Kellner bei der Bahn zu arbeiten, und ich hatte Ruhe vor ihm, weil er oft woanders schlafen musste. Aber er riss meine geliebten schwarzen Schuhe an sich, die mich seit Jahren begleitet hatten und noch immer aussahen wie neu. Zuerst borgte er sie sich, dann gehörten sie ihm. Außerdem rief er mich fast jeden Tag an und gab Bestellungen auf für Dinge, die ich besorgen und zum Bahnhof bringen sollte. Zehn oder fünfzehn Mineralwasserflaschen und Biere bestimmter Marken, die er, ohne sie zu bonieren, im Zug verkaufte und mit meiner Hilfe vor der Endstation ersetzte. Ich musste alles im Rucksack verstecken, im Westbahnhof einsteigen, ihm die Flaschen übergeben und in Meidling – oder wo auch immer die nächste Station war – wieder aussteigen. Somit verdiente er täglich zwischen 40 und 50 Euro, und ich sollte trotzdem Miete zahlen. Er und sein Kollege kauften privat auch die Kaffeekapseln, um sie im Zug unter der Hand verkaufen zu können. Der Gewinn für sie war hoch.

Letzten Monat, als das Geld von der Grundversorgung auch schon nicht kam, hatte ich keine Ersparnisse mehr, nachdem ich die Miete gezahlt hatte. Ich fragte den Iraner um Rat, und seine Antwort war, ich solle ausziehen, er wolle die Wohnung wieder für sich. Ich fragte nach meinen Schuhen. Er sagte, wenn er wieder Zeit habe, kaufe er sich welche und ich könne sie zurückhaben. Ich nahm meine Sachen und zog in die Wohnung, die Sarah für mich gefunden hatte. Ich habe kein Geld, um mir etwas zu essen zu kaufen. Seit Tagen ist ein gekochtes Ei alles, was ich am Tag esse.

Gestern war ich wieder einmal bei dem Teppichhändler, weil ich hoffte, dort etwas zu essen zu bekommen. Er gab mir Flyer, die ich am Naschmarkt für ihn verteilen sollte, danach schickte er mich Falafel und Brot holen. Ich zitterte, als ich vor der Theke stand und die Falafel roch, dann rannte ich mit den Einkäufen zurück. In seinem Geschäft schmuste er mit einer Frau, fast immer mit einer anderen. Er nahm das Essen entgegen und schickte mich wieder weg. Ich war kurz davor, ohnmächtig zu werden – zumindest ein Stück Brot hätte ich allzu gern gehabt. Bevor ich ging, fragte ich ihn, wo ich einen Versicherungsregisterauszug bekommen könne. Er nannte die Mariahilfer Straße. Auf der Straße heulte ich wie ein Kind.

Wenn ich Sarah sehe, versuche ich neuerdings, weniger zu reden. Bevor wir uns vor der Polizeistation verabschiedet haben, wollte ich Geld von ihr ausborgen, entschied mich dann aber dagegen. Mein Magen brannte, und mir war einige Male schwarz vor Augen, und doch schwieg ich lieber, damit ich nicht wieder Geschichten erzählte, die sie zu Analysen reizen würden. Als ich sie kennenlernte, dachte ich, ich könnte auf Englisch alles, was ich sagen möchte, sagen. Mit der Zeit fand ich heraus, dass sie jedes Wort ernst nimmt. Ich kannte die Bedeutung der Wörter, der Sätze nicht, kannte nicht ihr Gewicht. Nur in meiner Muttersprache kenne ich die Nuancen und Konnotationen. Ich sagte, *I love you*, ohne zu ermessen, was es genau bedeutet, ohne zu überlegen, welche Konsequenzen dieser

Satz haben kann, welche Verantwortung ich dadurch trage. Ich bin überhaupt nicht in der Lage gewesen, mich zu verlieben, zu lieben, zu leben, bin es immer noch nicht. Ich will ihre Nähe, einen Platz zum Schlafen, ihre Hilfe und manchmal nur etwas zu essen.

Sie hingegen will Zuneigung, Liebe, eine Beziehung. Wir leben in zwei Welten nebeneinander, nur haben wir es lange nicht gemerkt. Ich merkte es erst, als alles schwierig wurde. Zu spät ging mir auf, dass ich nicht die einzige Person bin, die nicht stabil ist. Sie ist auch nicht stabil. Ich bin eine Projektionsfläche für sie. Sie ist eifersüchtig und fordert viel von mir. Ich kann meine Probleme nicht bei ihr abladen, darf mich nicht benehmen wie ein Kind.

Jedes Mal, wenn ich zu ihr ging, um meinem Leben zu entfliehen, musste ich Ausreden erfinden, weil ich nicht mit ihr schlafen wollte. Ich wollte es nicht, da ich gar nicht dazu in der Lage war, weder physisch noch psychisch. Ich erzählte ihr, dass Sex für mich verboten sei, genauso wie für die Sufis, die sie durch mich erst kennenlernte. Ich gab vor, alles Weltliche zu verachten. Manchmal, wenn sie aufdringlich wurde, sagte ich, dass ich kurz rausgehen müsse. Dass die Zimmerwände auf meinen Brustkorb drückten. So konnte ich mit ihr spazieren gehen, ohne Intimität.

Sie will meine Abhängigkeit nicht sehen. Sie will auch nicht verstehen, warum ich nicht bei ihr dusche. Sie lieferte mir eine lange Erklärung, warum das aus ihrer Sicht so ist. Ich war erstaunt, dass sie für alles einen komplizierten Grund findet und ganz einfache Gründe übersieht. Ich wollte Körperkontakt mit ihr vermeiden. Das Nacktsein liefert mich noch mehr aus.

Wir nahmen uns vor, uns seltener zu sehen. Heute war eine Ausnahme, ich brauchte ihre Hilfe bei der Polizei. Ob ihr aufgefallen ist, wie mager ich geworden bin? Ich bin so hungrig, dass ich fast halluziniere. Ich gehe Richtung Franz-Josefs-Bahnhof, wo sie früher wohnte. Unterwegs finde ich drei Euro. Ich hole meine letzten Münzen aus der Hosentasche und zähle alles nach. 3 Euro und 42 Cent. Ich gehe weiter und überlege mir, ob ich etwas zum Essen kaufen soll oder Zigaretten. Das Rauchen gäbe mir etwas länger das Gefühl, satt zu sein. Ich finde weitere Cent-Münzen. Nun sind es 3 Euro und 61 Cent. Ich entscheide mich für Zigaretten.

In der Trafik neben dem Bahnhof verlange ich eine Packung blaue Winston. Die Verkäuferin dreht sich um, nimmt eine Packung aus dem Regal, inzwischen hole ich verschämt die Münzen heraus. Als die Verkäuferin wieder zu mir schaut, entdecke ich einen Zehn-Euro-Schein auf der Theke. Ich bin kurz verwirrt. Die Verkäuferin nimmt den Schein und gibt mir den Rest zurück. Ohne etwas zu sagen, nehme ich das Geld und die Zigaretten und gehe hinaus.

In der Sonne verfliegt das schlechte Gewissen, die Dankbarkeit bleibt. Auch wenn sie nur eine einfache Mitarbeiterin war, könnte sie zehn Euro leicht ersetzen. Ich renne Richtung Supermarkt. Als ich die Straße vor dem Bahnhof überquere, sehe ich unter einem Mistkübel ein Spar-Papiersackerl und eine Dose Red Bull. Als ich mich nähere, zeigt sich, dass die Dose noch nicht geöffnet ist. Ich nehme die Dose und das Sackerl an mich. Darin befinden sich zwei Leberkäs-Semmeln. Meine Augen brennen, zwei Tränen lang. Ich setze mich auf die Treppen vor dem Bahnhof und verschlinge, fast ohne zu kauen, eine Semmel und trinke die Dose in einem Zug leer.

Gestärkt, wenn auch mit Magenschmerzen, stehe ich auf und gehe Richtung Donaukanal. Dort ist viel los, alle haben ein Bier in der Hand. Ich sehe Leute mit Nationalflaggen und erinnere mich, dass gerade die Fußballweltmeisterschaft in Südafrika stattfindet. Im Strom der vielen Menschen flaniere ich den Kanal entlang Richtung Schwedenplatz. Viele Männer mit nacktem Oberkörper gehen grölend vorbei. Ich genieße meine Zigaretten, die ich schnell nacheinander rauche, und flaniere weiter.

Hinter einer Brücke sehe ich eine große Menschenmenge. Ich gehe hin und höre die Stimme des Kommentators, die von der gigantischen Leinwand kommt. Vor einem Club namens Flex stehen Bänke. Hunderte sitzen dort, trinken Bier und schauen Fußball. Ich habe kein Interesse an Fußball, möchte nur nicht allein sein. Ich finde einen Platz und schaue die Leute an, die gut gelaunt den Sommer genießen. Warum kann ich nicht auch das Leben genießen? Warum bin ich kein Europäer? Meine Augen brennen, Tränen kündigen sich an. Ich versuche, mich abzulenken, um nicht weinen zu müssen.

Auf der Bank neben mir, direkt am Kanal, sitzen fünf Männer. Ich frage, ob ich mich dazusetzen darf.

Einer möchte wissen, wo ich herkomme.

»Iran.«

Freundlich sagt er: »Ein Perser also. Na bitte, komm, setz dich her.«

Froh, nette Menschen gefunden zu haben, setze ich mich zu ihnen. Die Männer sind älter als ich, mehr als zehn Jahre, schätze ich. Der Mann, neben dem ich sitze, heißt Peter.

Er beginnt aufzuzählen, was er über Perser weiß. »Alle sind Ärzte. Ohne die Perser müssten wir das AKH zusperren.«

Während er die Iraner weiter lobt, denke ich, dass diejenigen, die ich in Österreich kennengelernt habe, fast alle Gauner sind. Ich lächele und nicke, fühle mich gut, weil ich den Eindruck habe, dass er sich für mein Land interessiert. Er erwähnt immer wieder die Türken, die im Gegensatz zu den Persern ungebildet seien und sich nicht integrieren wollten. Da wir Englisch sprechen, verstehe ich nicht, was dieses Wort bedeutet: integrieren. Ich sitze mit dem Rücken zur Leinwand und höre immer wieder Menschen aufschreien.

Peter fällt auf, dass er kein Bier mehr hat. Er fragt mich, ob ich auch eins möchte.

Ich schüttele den Kopf.

Er zieht eine Grimasse. »Bist du Muslim?«

»Nein. Ich muss sparen.« Trotzdem gebe ich den Widerstand auf.

Als er zurückkommt, will er kein Geld annehmen. Ich soll die nächste Runde zahlen.

Ich sage, dass ich nicht genug Geld dafür habe.

Er lädt mich ein und versichert mir, auch eine weitere Runde zu übernehmen.

Wir beginnen, über Gott und die Welt zu sprechen. Er erzählt mir von seinem Großvater, der in der Nazizeit ermordet wurde.

Ich frage, ob sie Juden seien.

»Echte Österreicher«, antwortet er. Sein Großvater war Bischof, und deshalb wurde er ermordet. Er beklagt sich, dass die Juden in Österreich keine Steuern zahlen würden und er schon. Warum werde nicht auch seine Familie als Opfer betrachtet?

Ich frage nach, ob die Juden tatsächlich keine Steuern zahlen würden.

Er sagt, dass sie auch nichts für Strom und Gas zahlen müssten. »Sie leben komplett gratis und frei bei uns.«

Das überrascht mich wirklich. Ich sage, ich fände es sehr merkwürdig, wenn es stimmen würde.

Er lacht und sagt, er auch.

Als er das nächste Bier für uns holen will, gehe ich auf die Toilette. Obwohl das Pissoir frei ist, benutze ich die Kabine, weil ich meine Scham noch immer nicht überwinden kann. Einmal schaute ein Betrunkener auf meinen Schwanz und brüllte: »Wo ist sein Hut? Ohne Hut schaut es komisch aus! Hat es wehgetan, du Jud?« Monatelang hatte ich meinen Mut für diesen Schritt zusammengenommen, dann war alles ruiniert. Nun sehe ich, dass auch Peter in die Kabine geht. Ich warte vor der Toilette auf ihn und spreche ihn darauf an.

Er grinst und sagt, er sei nicht schüchtern, sondern beschäftigt. Dann zeigt er auf seine Nase.

Ich verstehe nicht gleich, was er meint.

Er fragt mich, ob ich auch Kokain möchte.

Ich schüttele den Kopf und staune über meine Naivität.

Das eine Spiel ist zu Ende, das nächste beginnt. Es ist bereits dunkel geworden, und wir trinken weiter. Irgendwann gibt es keine Fußballspiele mehr, trotzdem bleiben die Leute sitzen. Inzwischen habe ich herausgefunden, dass Peter in einem Nobelrestaurant als Kellner arbeitet. Dort verdient er mit Trinkgeld mehr als dreitausend Euro im Monat. Er fragt nicht nach, warum ich nach Österreich geflüchtet bin, das gefällt mir. Er nimmt mich als die Person wahr, die ich bin.

Wir reden über Impfungen, die für jedes Kind in Österreich vorgeschrieben sind. Er und seine Freunde meinen, dass sie in Europa nicht selbstbestimmt leben könnten, im Iran dagegen sei man von den Fängen bestimmter Mächte frei.

Ich verstehe nicht, was sie meinen, sie können manche Wörter nur auf Deutsch sagen, und ich bin schon betrunken. Ich lache, weil ich denke, es ist ein Witz.

Ein Freund von ihm schaut auf seine Uhr. Es ist nach Mitternacht. Alle springen auf, morgen müssen sie arbeiten. Man sagt mir, dass die U-Bahn nicht mehr fährt. Das ist wie ein Schlag ins Gesicht. Ich tausche Nummern mit Peter aus und gehe schwankend Richtung Meidling, nachdem er mir gezeigt hat, wo das in etwa liegt. Der Alkohol stimmt mich melancholisch. Ich singe und weine zugleich, kämpfe gegen Müdigkeit und Trunkenheit. Da erinnere ich mich an die zweite Semmel. Ich hole sie raus und beiße rein. Durch das Essen sehe ich etwas klarer.

In der Nacht träume ich von einer Frau, die mich in letzter Zeit oft im Traum besucht. Es ist eine wunderschöne Frau, in die ich mich verliebe, die ich aber immer wieder auf der Straße aus den Augen verliere. Dieses Mal wartet sie auf mich und nimmt mich an die Hand. Sie küsst mich, ich schluchze vor Freude, sie küsst mich noch mehr. Sie geht voran und zieht mich hinter sich her. Auf einmal merke ich, dass ich ein Seil statt ihrer Hand halte. Dieses Seil hat einen großen Knoten. Alle Menschen schalten ihre Kameras an und richten sie auf mich. Sie sind da, um einer öffentlichen Hinrichtung beizuwohnen, und ich bin der Verurteilte, der sich selbst hinrichten muss.

Als ich aufwache, ist das Kopfkissen wieder nass von meinen Tränen.

Gleich am nächsten Morgen fahre ich, ohne ein Bahnticket gekauft zu haben, nach Niederösterreich, um die polizeiliche Anzeigebestätigung vorzulegen, damit ich wieder in die Grundversorgung aufgenommen werde. Die Beamtin teilt mir mit, dass es bis zur nächsten Auszahlung mindestens zwei Wochen dauern wird. Wieder bin ich am Ende. Ich beherrsche mich und sage sanft, dass ich kaum mehr etwas zum Essen habe. Sie schaut mich kurz an und sagt, sie könne nichts versprechen, aber werde es urgieren. Erleichtert mache ich mich auf den Rückweg.

Der Vermieter unserer Wohnung in Sieghartskirchen hat einen Dönerimbiss in Tulln. Ich nutze die Gelegenheit und bringe ihm die Anzeige vorbei, damit er sieht, warum ich mit der Miete im Rückstand bin. Er spricht kaum Deutsch, deshalb reicht er die Anzeige an einen jüngeren Mitarbeiter weiter, und der übersetzt sie für ihn. Er gibt mir Zeit bis zum Ende des Monats. Es ärgert mich, dass ich für zwei Wohnungen Miete zahlen muss. Wäre es mir erlaubt, in Wien zu leben, müsste ich ihm nichts bezahlen. Er kassiert 750 Euro pro Monat von den fünf Leuten, die nur teilweise in seiner Sechzig-Quadratmeter-Wohnung leben, aber dort gemeldet sind.

Für die Rückfahrt von Tulln nach Wien nehme ich wieder den Zug und hoffe, es wird nicht kontrolliert. Unterwegs ruft mich Peter an und fragt, ob ich zu Mittag in seinem Restaurant vorbeikommen will. Er sagt, heute könne ich gratis ein Kalbsschnitzel essen, das normalerweise 17 Euro koste.

Ich kann mein Glück kaum fassen und sage zu.

Mit leerem Bauch gehe ich durch den 7. Bezirk, und als ich im Restaurant ankomme, umarmt mich Peter, als ob wir beste Freunde wären. Dann bringt er mich zu einem Tisch und serviert mir ein Kalbsschnitzel und ein Bier. Nach dem Essen erzählt er mir in einer Rauchpause, dass er nächste Woche seinen Geburtstag feiert und mich einlädt. Ich will ihn vor Freude umarmen, aber halte mich zurück. Wir kennen uns nicht gut, trotzdem ist es schön, dass er mich einfach so dabeihaben will. Dass er nicht zu viele Fragen stellt. Dass er offen mir gegenüber ist.

Er fügt noch hinzu, dass die Feier in Niederösterreich

stattfindet, auf einem Weingut. Das Wort Niederösterreich reicht, um mir Angst einzujagen. Er merkt, dass meine Miene sich verändert, und sagt:

»Ich kann dich in meinem Auto mitnehmen. Es wird lustig, glaub mir.« Er wiederholt öfter: »*Fun, fun, fun.*«

5

Für den Abend ist sie nach längerer Zeit mal wieder verabredet. Sie hat Lust, Leute zu treffen, und im nächsten Moment möchte sie dann doch lieber allein sein. Wann hat sie das letzte Mal Freunde getroffen? Sie kann sich nicht daran erinnern.

Gestern hatte sie sich noch auf die Verabredung gefreut, aber als sie vom bevorstehenden Besuch ihrer Mutter in Wien erfuhr, war ihr erster Impuls, sich zurückzuziehen. Außerdem hat sie furchtbar viel zu tun. Heute hat sie sich den ganzen Tag mit dem Essay über Ernst Jünger beschäftigt und sich vorgenommen, das Treffen kurzfristig abzusagen, wenn sie sich danach fühlen sollte. Nun macht sie kurz Pause auf ihrem Balkon und trinkt einen Kaffee. Sie schaut auf den Donaukanal und die Menschen dort unten. Alle genießen den Sommer, nur sie muss arbeiten.

Als sie wenig später wieder am Schreibtisch sitzt, kann sie sich nicht mehr konzentrieren. Sie schaut auf die Uhr und beschließt, für heute aufzuhören, nimmt den Laptop und setzt sich wieder hinaus. Dort öffnet sie den Brief an A. und schreibt weiter.

> Ich habe dir vor einiger Zeit die Übersetzung geschickt, die ich von deinem Stück gemacht habe, und ich weiß, du möchtest unbedingt mit mir darüber reden. Im Moment habe ich aber leider keine Kraft dafür. Es fällt mir leichter, dir zu schreiben.

Mache ich also da weiter, wo ich neulich aufgehört habe. Du wünschst dir, wieder im Schoß deiner Mutter zu sein. Dein Wunsch, dorthin zurückzukehren, ist stark. Das weiß ich schon lange. Ich wusste es aufgrund von Dingen, die du gesagt und getan hast. Das Geheimnis der Schwangerschaft fasziniert dich, am Anfang unserer Beziehung hast du es oft erwähnt. Und jetzt habe ich auf Facebook das Gedicht gesehen, das du gepostet hast. Darin hast du geschrieben, dass du dich in den Mutterleib zurückwünschst, wo es Ruhe und Geborgenheit gibt, ja dass du den Wunsch hast, gar nicht geboren worden zu sein, weil das Leben nur Leid für dich bedeutet. An sich ist die Sehnsucht nach dem Bauch der Mutter natürlich nichts Ungewöhnliches. Jeder kennt das. Nur steht es der Liebe unter Erwachsenen normalerweise nicht im Wege. Meistens gelingt es, den Wunsch nach Einheit mit der Mutter auf den Wunsch nach Einheit mit einer anderen Person zu übertragen und so in dieser Person zumindest für Augenblicke den Mutterleib wiederzufinden.

Aber bei dir ist es anders, komplizierter. Du kannst keine Frau akzeptieren außer deiner Mutter. Und dazu passt, dass du dich besser als andere an das Trauma der Geburt erinnern kannst. Ich habe es zum ersten Mal verstanden, als du mir von dem Druck der Wände erzählt hast, die du in jeder neuen Wohnung spürst. Du hast sie auch gespürt, als du zum ersten Mal in meinem Bett gelegen hast und Sex mit mir hattest. Wir sprachen darüber, und vielleicht hast du ja Ranks Buch oder Teile davon inzwischen selbst gelesen. Er spricht von den Wänden, die seine Patienten gesehen haben, und sagt, dass sie sich noch an die Geburt erinnern können. Er sagt auch, dass das Grab den Schoß der Mutter symbolisiert und wir uns deshalb danach sehnen. Deine Worte kamen dem sehr nahe, als du gesagt hast, du umarmst den Tod wie eine Geliebte. Ich glaube, dass das Trauma der Geburt in dir reaktiviert wurde, als die Beziehung zu deiner Ex zu einem Ende kam und du aus dem Iran geflüchtet bist. Es war wie eine zweite Geburt.

Sie lächelt, als sie sich vorstellt, wie A. dreinschauen wird, wenn er diese Zeilen liest. Sie spürt eine Zufriedenheit, obwohl sie viel zu viel Zeit in den Brief gesteckt hat. Ein Blick auf die Uhr: Es ist sieben Uhr, und die Verabredung ist um acht. Sie zieht sich an und verlässt die Wohnung. Unterwegs kauft sie eine Flasche Weißwein, um nicht mit leeren Händen dazustehen.

Zu ihrer Überraschung empfängt der Freund sie allein. Sie dachte, sein Partner, ebenfalls ein Freund von ihr, wäre auch dabei. Er serviert das Essen, schenkt Wein ein. Sie beginnen, über einen Artikel zu diskutieren, den er gerade erst veröffentlicht hat. Sie lobt den Artikel, gibt aber zu bedenken, dass er gewisse Aspekte noch nachschärfen könnte.

Er widerspricht ihr – die gesamte deutsche Romantik sei für Männer geschrieben, und das offenbare sich in der Ambivalenz der gewählten Sprache in den Texten. Er möchte, dass Literatur auch aus homosexueller Sicht betrachtet wird.

Sie sagt, in Farsi gebe es kein »er«, »sie« und »es«, sondern für alle drei nur ein einziges Wort, ob er das gewusst habe?

Der Freund findet Sprachen mit geschlechtsneutralen Pronomen interessant. Er sagt, dass man dann ja wohl davon ausgehen könne, dass viele persische Gedichte in den letzten tausend Jahren von Männern für ihre männlichen Geliebten geschrieben worden seien.

Sarah legt die Stirn in Falten, erwidert aber nichts.

Sie kommen auf A.s Stück »Damavand, erloschener Vulkan« zu sprechen. Der Freund drückt seine Überraschung aus, dass sie einen Text aus Farsi ins Deutsche übersetzen konnte. Da ihr das schmeichelt, lässt sie sich – obwohl sie das eigentlich vermeiden wollte – mit ihm auf ein Gespräch über A. ein.

»Ich wollte ihm nur helfen. Die Referentin hat ihm nicht abgenommen, dass er Theaterstücke geschrieben hat, geschweige denn politische, und hat seinen Asylantrag deswegen abgelehnt.«

Der Freund fasst die Handlung kurz zusammen, um sicher zu sein, alles verstanden zu haben. Er ist der Meinung, dass die Religionskritik die Stärke des Stücks ist, findet aber die heterosexuelle Ausrichtung der dargestellten Liebe problematisch.

Sie kontert, dass im Iran die Heterosexualität als Norm verstanden werde.

Er hält aufgebracht dagegen und verweist auf die erwähnten Gedichte, nennt Rumi und dessen Beziehung zu Schams-e Tabrizi und behauptet, dass viele iranische Dichter homosexuell gewesen seien.

Sie glaubt das nicht und sagt: Alles in der persischen Poesie sei auf Frauen gemünzt. In den Gedichten gebe es außer der göttlichen Liebe nur die Liebe zwischen Mann und Frau.

Der Streit eskaliert. Sarah steigert sich immer weiter in ihre Ausführungen hinein, hat sich in Rage geredet. Am Ende wirft der Freund sie aus der Wohnung.

Sie streift durch den 7. Bezirk, bekommt Lust weiterzutrinken. Sie geht ins Café Europa und bestellt sich ein großes Bier. Kippt das Bier runter, um sich zu beruhigen. Bestellt ein weiteres Bier. Schreibt einigen Leuten, die sie kennt und die in der Nähe wohnen, eine Nachricht, fragt, ob sie mit ihr noch um die Häuser ziehen wollen. Sie trinkt weiter. Sobald sie einen Rausch spürt, denkt sie an A., will ihn anrufen, steckt das Handy aber wieder weg. Sie braucht eine Ablenkung – von ihm, von allem. Sie entscheidet sich, allein auszugehen, niemand hat auf ihre Nachricht reagiert.

Sie verlässt das Café, geht in den 1. Bezirk zurück, Richtung Schwedenplatz. Noch nie ist sie im sogenannten Bermudadreieck ausgegangen, weshalb sie es nun ausprobieren möchte. Sie geht an den Bars vorbei, ist unsicher, welche sie auswählen soll. Aus einer hört sie ein Lied aus ihrer Jugendzeit. Sie tritt ein, bestellt ein überteuertes Bier, stellt sich ans Ende der Tanzfläche und beginnt zu tanzen.

Nach einigen Minuten bemerkt sie einen jungen Mann neben sich. Er starrt sie an. Ihn ignorieren und weitertanzen ist ihre Antwort. Er gibt nicht auf und fängt auch an zu tanzen. Einige Biere später tauschen sie Zärtlichkeiten aus. Dann nimmt sie ihn an die Hand, und sie machen sich auf den Weg zu ihr.

Bei ihr in der Wohnung geht es gleich zur Sache. Danach trinken sie auf dem Balkon weiter. Sie setzt sich auf seinen Schoß, während er raucht. Er wirft seine Zigarette vom Balkon, sie tun es noch einmal. Dabei schließt sie ihre Augen und stellt sich A. vor: So hatten sie auch einmal Sex, sie hat sogar denselben Rock angehabt. Jetzt küsst sie den anderen und spürt die Nässe ihrer Tränen in seinem Gesicht. Sie findet es wunderschön, sich von A. wegzubewegen, wegzuficken, zu befreien. Sie macht ihre Augen auf, kurz bevor sie kommt. Sie möchte A.s Gesicht durch das des anderen, dessen Namen sie vergessen hat, austauschen. Sie möchte in Erinnerung behalten, dass sie begehrt wird und kommen kann, auch ohne A.

Als sie am nächsten Morgen aufwacht, ist ihr kalt. Sie liegt nackt im Bett, allein. Sofort steht sie auf und sucht den Mann, den sie am Abend mit zu sich genommen hat. Er scheint gegangen zu sein. In der Küche trinkt sie ein Glas Wasser, erst dann spürt sie stechendes Kopfweh. Im Kühlschrank findet sie ein paar Sachen, um ihren Hunger zu stillen. Das heiße Brot springt aus dem Toaster, sie nimmt es, lässt es aber plötzlich fallen. Sie läuft ins Wohnzimmer. Ihr Laptop ist nicht da. Das Geld in ihrer Geldbörse ist auch weg. Die kleine Digitalkamera, ihr Ersatzhandy und der Goldschmuck, alles fehlt. Ihr Aufschrei wird vom Nachbar nebenan gehört. Die Wertsachen kann sie ersetzen, die Daten auf dem Laptop nicht.

Tränen laufen ihr die Wangen hinunter. Sie geht auf den Balkon, um die Stummel fertig zu rauchen. Noch einmal hört der Nachbar ihren Schrei. Dieses Mal ist es ein Freudenschrei. Ihr Laptop liegt noch dort. Gestern hatten sie zwischendurch Musik gehört. Sie weint wieder, diesmal vor Erleichterung. Sie klappt ihren Laptop auf und sieht, dass A. ein Lied von Farhad Mehrad auf Facebook gepostet hat. Das Lied kennt sie. Sie glaubt, er weiß von gestern Nacht, und dieses Lied ist eine geheime Nachricht an sie. Sie sucht den Text und übersetzt ihn. Für sie ist klar, dass der Post mit ihr zu tun haben muss.

Sie ruft A. an, er hebt sofort ab. Sie will ihn sehen, und zwar gleich. Er soll zu ihr kommen. A. versucht, sie zu einem gemeinsamen Spaziergang zu bewegen, doch ihre Hartnäckigkeit zahlt sich aus.

Nach einer Stunde taucht er auf. Er ist fast die ganze Strecke von Meidling bis zu ihr zu Fuß gegangen, weil er kein Geld für die U-Bahn hatte. Sie umarmt ihn und entschuldigt sich weinend. A. ist betreten und weiß nicht, warum sie sich bei ihm entschuldigt. Also erzählt sie ihm die ganze Geschichte.

A. beginnt zu lachen. Er findet es naiv, irgendjemanden einfach so nach Hause mitzunehmen. Aber Spaß zu haben sei gut.

»Bist du nicht sauer auf mich?«

»Nein, warum sollte ich?«

»Weil ich dich betrogen habe.«

A. weiß offenbar, dass er jetzt das Thema wechseln sollte. »Ich hatte gestern einen Traum. Ich habe darin eine Frau wiedergesehen, die ich schon lange von einem Foto her kannte. Als ich klein war, fand ich es in einem Buch meines Vaters, es war so groß wie eine Spielkarte. Auf der Rückseite war ein Kalender und auf der Vorderseite ebendieses Foto einer blonden, nackten Frau. Darüber stand ›El Salvador‹, ich glaube, es war die Werbung für ein Puff. Die Frau hockte breitbeinig da und blickte direkt in die Kamera. Ich nahm die Karte und versteckte sie. Natürlich fragte mein Vater nie danach. Ein paar Jahre lang habe ich dieses Foto angeschaut und manchmal dabei gewichst. Sie war mein Idol. Es war ein Kalender von 1986, meinem Geburtsjahr. Wenn die Frau damals so alt gewesen ist wie ich jetzt, müsste sie nun 48 Jahre alt sein. Ich habe gestern von ihr geträumt, obwohl ich das Foto längst vergessen hatte. In meinem Traum war ich erwachsen und besuchte sie in ihrem Land. Sie war genauso wie auf dem Bild und hatte auf mich gewartet. Dann nahm sie mich in die Arme, und wir hatten Sex.«

»Interessant.« Sie zögert. »Also nur mit mir ist dir Sex

verboten? Das ändert nichts daran: Ich habe dich trotzdem betrogen.«

»Aber wir sind nicht in einer Beziehung, nicht mehr.«

Sie zuckt zusammen. Das »nicht mehr« hat er sicher ergänzt, damit sie sich nicht aufregt. Für ihn sind sie nie richtig zusammen gewesen. »Hättest du mich geliebt, wärst du jetzt trotzdem eifersüchtig.«

»Ich freue mich, dass du dein Leben genießen kannst, ohne mich zu brauchen.«

Das in dieser Eindeutigkeit zu hören ist zu viel für sie. Mit zitternder Stimme sagt sie, dass er die Wohnung verlassen soll.

Als er weg ist, merkt sie, dass in der Küche ein paar Scheiben Wurst und eine Scheibe Brot fehlen. Die Tomaten sind auch weniger geworden. Konnte er so viel essen, als sie schnell mal auf der Toilette war? Sie hat ein schlechtes Gewissen, weil er wieder hungrig ist und sie ihm nichts angeboten hat. Während sie Sandwiches für ihn macht, ruft sie ihn an.

Er hebt nicht ab.

Daraufhin schreibt sie ihm eine Nachricht:

> Was ich noch sagen wollte: Das Zimmer in der WG wird ab September frei, und du solltest unbedingt im August zu einem Kennenlerngespräch gehen.

Sie legt sich aufs Sofa und schaut sich alte Fotos an. Das Mädchen, das sie war, sieht verletzlich aus. Warum lächelt es so wenig auf den Bildern? Sie sieht das Mädchen mit seiner Mutter. Soll sie ihre Mutter anrufen und sagen, dass sie nächste Woche keine Zeit für sie hat? Sie hat keine Kraft für ihre Vorwürfe. Sie will nicht hören, dass sie alles falsch macht, dass sie alt geworden ist und versäumt hat, eine Familie zu gründen, dass sie doch gut in Mathe war und in diesem Fach Karriere hätte machen können. Dass sie keinen Haushalt führen kann, dass es überall in der Wohnung dreckig ist, dass sie auf diese Art sicher nie einen Mann finden wird, dass sie nun fixiert ist auf einen Flüchtling. Sie malt sich aus, was passieren würde, wenn sie ihrer Mutter absagt. Es gäbe sicher einen Streit, ein Drama, und sie hat keinen Kopf dafür. Also besser nicht absagen. Dann wird die Mutter wie geplant kommen, und sie wird nur diese eine Woche verlieren, während sie nach einer Absage in dieser einen Woche nur streiten würden und auch die Zeit danach noch anstrengend wäre.

Sie will so schnell wie möglich den Brief an A. fertig schreiben. Dieser Brief wirkt wie ein Wundermittel. Sie fühlt sich umso besser, je schneller sie tippt.

Mir wird immer klarer, dass ich richtig liege mit meiner Annahme: Du suchst nach einem Mutterleib, um dich zu verkriechen. Als du mir begegnet bist, hast du in mir einen gefunden. So wie die Ratte, die wir einmal gesehen haben, als wir am Donaukanal saßen, weißt du noch? Ganz verschreckt hat sie nach einem Unterschlupf gesucht. Für eine Weile schien es jedenfalls, als wärst du bei mir und in meiner Liebe sicher und als könnte ich dir etwas von deiner Traurigkeit nehmen. Aber es hat nicht funktioniert. So sehr ich es gewollt habe, ich konnte es nicht.

Ich glaube, man muss kein Psychologe sein, um zu sagen: Wenn du über deine erste Liebe sprichst, die auch deine letzte sein muss, meinst du nicht etwa deine Exfreundin, sondern deine Mutter. Weil sie deine erste Liebe war. Deine Exfreundin war zu Recht eifersüchtig auf sie. Das bin ich auch, aber ich weiß, dass es um dich geht, nicht um sie. Deshalb werde ich nichts Schlechtes über deine Mutter sagen. Ich mag sie und auch die Komplimente, die sie mir gemacht hat, als wir uns mal kurz über Skype unterhalten haben, und ich mag es, wenn sie mir über dich liebe Grüße ausrichtet.

Eins ist sicher: Wenn du Sex mit einer anderen Frau hast, wirst du deiner Mutter untreu. Also musst du eine ewige Jungfrau bleiben. Was mit mir war, darf nicht zählen, vielmehr musst du jede Verbindung abschneiden, die dich zum Sündigen verleitet. Wenn du mit mir Sex hattest, hast du danach fast immer über deine Mutter gesprochen. Du hast mir erzählt, wie du dich als Kind unter ihrem Tschador versteckt hast und wie sie dich gehalten hat. In meinen Armen hast du gesagt, du würdest dich umbringen, wenn sie sterben würde. Wenn du sagst, dass eine Liebesbeziehung zu mir bedeutet, dass du deiner Exfreundin untreu bist oder dein Land oder dein Stück oder den Demonstranten verrätst, der neben dir erschossen wurde, dann ist meiner Meinung nach die Beziehung zu deiner Mutter die Wurzel des Problems. Ich bin wie die Pflanze an deinem Fenster in Teheran, die vernachlässigt wurde und nach dir dürstet. Ich bin eine Sünde, weil du dich nicht von deiner Mutter trennen darfst. Es ist auch deshalb eine Sünde, weil es eine Nachstellung von Inzest ist.

Sie klappt den Laptop zu. Der Brief ist immer noch nicht fertig, aber nach der kurzen Nacht ist sie erschöpft und muss sich hinlegen. In ihrem Kopf denkt sie den Brief weiter, obwohl sie nicht mehr an ihn denken will. Sie entdeckt Streifen an der Decke, die durch die unsauber gestrichene

Farbe entstanden sind. Im sich verändernden Lichteinfall werden sie sichtbar. Sie folgt ihnen so lange mit den Augen, bis sie einschläft.

VIERTE ETAGE

1

Ich warte bereits vor dem Polizeikommissariat, als ich den Bruder meines kurdischen Mitbewohners kommen sehe. Letzte Woche rief er mich an, um sich bei mir zu entschuldigen. Sein Bruder sei jung und dumm, deswegen habe er meinen Ausweis genommen. Wenn ich die Anzeige nicht zurückziehe, werde er Schwierigkeiten bekommen. Ich mag diesen Bruder als Einzigen von ihnen. Er kommt mir ehrlich vor. Er kümmerte sich darum, dass die Firma mich abmeldet. Er versprach mir auch, den Schaden zu ersetzen, der mir entstanden ist. Nun begleitet er mich als Dolmetscher, obwohl er auch nicht besser Deutsch spricht als ich. Er lebt schon einige Jahre in Österreich, in der Zeit hat er durch seine Arbeit Türkisch gelernt. Teilweise arbeitet er vierzehn Stunden am Tag als Döner-Verkäufer. Er hat kaum Zeit für einen Deutschkurs und zieht es vor, keinen Cent Hilfe von Österreich anzunehmen. Von Anfang an hat er gearbeitet und sich selbst, seinen Bruder und die anderen Verwandten hier finanziert.

Wir gehen in das Gebäude. Wenig später sitzen wir vor einem Polizisten mit dicken Brillengläsern, die lange nicht geputzt wurden. Ich kann mir beim besten Willen nicht vorstellen, wie ein derart Kurzsichtiger Kriminalpolizist geworden ist. Es dauert nicht lange, bis wir merken, dass wir ihn kaum verstehen. Er spricht einen starken Dialekt.

Er fragt mich, warum ich seit fast einem Jahr in Österreich bin und kein Deutsch gelernt habe.

Ich sage ihm, dass man uns in der Pampa untergebracht und keine Deutschkurse bewilligt hat. Außerdem seien Dialekte schwierig für uns.

Schnell wird uns klar, dass er keine Antworten von uns hören will. Er will nur seine Fragen stellen und unsere Antworten kommentieren. Wir versuchen gemeinsam, ihm zu erklären, dass es sich bei der Sache mit dem Ausweis um einen Irrtum handelt.

Ich sage, mein Mitbewohner habe mir einen Job verschaffen wollen, ohne es gut durchdacht zu haben.

Der Polizist schreit und haut auf seinen Tisch. Das tut er ab jetzt fast jede Minute, aber wir erschrecken nicht mehr, erschreckt haben wir uns nur beim ersten Mal. Er ist der Meinung, dass ich illegal arbeite und zusätzlich die Grundversorgung beziehe – Asylbewerber dürften nicht arbeiten gehen und gleichzeitig Geld beziehen.

Ich sage ihm, dass ich es doch selbst gewesen sei, der die Anzeige erstattet und ab der Anmeldung durch die Firma kein Geld mehr bekommen habe.

Er haut noch fester auf den Tisch und schreit: »Da ist etwas faul! Ihr habt Dreck am Stecken!«

Wir verstehen nicht, was er damit meint. Ich erkläre es ihm noch einmal und sage, ich sei doch gar kein Beschuldigter, wo also sei das Problem?

Nicht nur wir haben Schwierigkeiten, ihn zu verstehen – er versteht uns auch nicht. Er hängt seinen Theorien an und erzählt unterschiedliche Varianten der möglichen Geschichte. Wir lassen ihn reden, so findet er Gefallen an uns. Er möchte seine Macht demonstrieren.

Ich sage zum Bruder meines Mitbewohners, dass der Polizist sicher immer wieder verarscht werde, und nun dürfe er endlich selbst verarschen.

Tatsächlich lacht er, als er hört, dass ich ein Künstler,

ein Autor bin. Er sagt: »Du wirst bei uns nicht einmal bei McDonald's arbeiten können«, lacht und haut auf den Tisch. Seine Schenkelklopfer sollte man besser Tischklopfer nennen. Sein Tipp für uns: »Nutzt eure Chance und lernt ordentlich Deutsch. Bis wir euch abschieben, habt ihr noch Zeit. Ihr werdet hier sicher nicht bleiben dürfen.«

Später, als wir die Treppen hinuntergehen, schweigen wir. Drei Etagen, und wir drehen uns und drehen uns und drehen uns. Bei jeder Stufe verliere ich etwas von meiner Wut. Fast laufe ich. Es ist wie eine Befreiung. Ich gebe mir das Versprechen, in Österreich zu bleiben und zu erreichen, was ich vorhabe: Ich werde hierbleiben, sogar als Leiche. Ich bleibe, und das ist der Widerstand.

Der Bruder meines Mitbewohners wirkt entspannt. Auf der Straße frage ich ihn, warum er sich nicht aufregt. Er antwortet, er habe viele Erfahrungen wie diese gemacht. Nichts Neues. Um sich bei mir zu bedanken, kündigt er an, die Miete für den letzten Monat als Entschädigung zu übernehmen. Insgeheim jubele ich über das Geld, das mir dadurch für Essen bleiben wird. Außerdem lädt er mich zu seinem Imbiss ein, jetzt sofort, aber auch für später. Dort soll ich ihn besuchen, wann immer ich möchte.

Er kauft mir eine Fahrkarte, und wir fahren zum Reumannplatz. Nicht weit von der U-Bahn-Station ist der Dönerimbiss, in dem er arbeitet. Man drückt mir einen Döner in die Hand. Es ist ein fast erotisches Gefühl hineinzubeißen. Ich verschlinge ihn. Gleich reicht er mir noch einen zweiten, abgepackt zum Mitnehmen. Ich rauche eine Zigarette und trinke meinen Eistee aus, dann verabschiede ich mich.

Bevor ich zur U-Bahn gehe, hole ich mein Handy aus der Tasche und rufe den Taxifahrer an. Er wohnt in der Nähe des Reumannplatzes, und vielleicht hat er ja Zeit, mich zu treffen. Er hebt zuerst nicht ab, ruft aber gleich zurück. Er ist auf dem Weg zum Flughafen, um Fahrgäste abzuholen. Seine Frau, erzählt er, fliege nächste Woche mit den Kindern in den Iran, und wenn ich wolle, könne ich ein paar Wochen im August bei ihm übernachten.

Ich bin froh, für den nächsten Monat einen Ort zum Schlafen in Wien gefunden zu haben, da ich in zwei Wochen aus der Wohnung in Meidling ausziehen muss.

Zwei Tage später warte ich in der Praterstraße auf Peter. Nachdem er endlich aufgetaucht ist, gehen wir zu seinem Auto. Er hat einen riesigen Mercedes Kombi, der ein bisschen in die Jahre gekommen ist. Wir fahren erst zu einem Supermarkt und dann nach Niederösterreich. Diesmal habe ich keine Angst, dorthin zu fahren – mit einem Österreicher in dessen Privatauto fühle ich mich sicher. Er dreht die Musik lauter und fährt ziemlich schnell. Die Mittagssonne blendet uns. Ich spüre ihre Wärme auf meiner Haut und denke: So fühlt sich Leichtigkeit an.

Nach einer Stunde erreichen wir einige Weinhügel. Auf einem davon gibt es einen kleinen Heurigen, in dem Peter feiern will. Ich weiß nicht, was ein Heuriger ist, so oft er dieses Wort auch wiederholt. Wir sind die Ersten. Er spricht mit dem Besitzer, und inzwischen trage ich unsere Einkäufe in die Küche. Wir fangen an zu kochen und bereiten alles vor.

Dann kommen nach und nach die Gäste. Wir hören die Autos den Hügel hochfahren. Ein paar seiner Freundinnen und Freunde kenne ich schon. Der Rest ist mir fremd, aber alle wirken nett und bemühen sich, mit mir Englisch zu sprechen.

Anders als bei dem Public Viewing vor dem Flex liegen die Drogen offen herum. Ich sehe sie auf einem Tisch liegen: Tabletten, kleine Kristalle und einige Arten weißes Pulver. Peter fragt mich, ob ich was probieren wolle, und zeigt auf den Tisch. Er zählt die verschiedenen Drogen auf, Kokain ist darunter, Speed, von einigen anderen habe ich noch nicht einmal gehört. Ich vermute, dass die Tabletten Ecstasy sind, und schüttele den Kopf.

Am Nachmittag beginnen wir mit dem Trinken. Ich trinke abwechselnd Wein und Bier. Die Stimmung ist heiter, und alle tanzen unter der Sonne. Es gibt ein paar Hängematten. Ich lege mich in eine und schaukle zwischen Schatten und Sonnenlicht hin und her. Die Kastanienbäume über mir sind groß und schön. Ich halte mein kaltes Bier in der Hand und schaue in den Himmel, sehe ein paar Wolken, die Blätter, die Sonne, die Vögel. Dann drehe ich mich zur Seite, sehe einen Weinhügel mit vielen Wegen, die tanzenden Menschen, parkende Autos, die Straße unten. Ich mache die Augen zu, die Flasche findet trotzdem zu meinen Lippen. Ob ich wohl auch eines Tages so frei leben werde wie diese Menschen? Mit dieser Frage im Kopf schlafe ich ein.

Als ich wieder aufwache, dämmert es bereits. Ich stehe auf, hole mir noch ein Bier und mische mich unter die Tanzenden. Schon nach einigen Minuten setze ich mich außer Atem hin und zünde mir eine Zigarette an. Zwei Männer setzen sich zu mir. Sie fragen, woher ich komme, und führen ein bisschen Small Talk mit mir. Die Musik wird leiser gedreht, die anderen setzen sich auch hin und schauen in die Abenddämmerung. Der Himmel ist tiefrot.

Während wir dasitzen und schauen, kommt das Gespräch wieder auf mich.

Peter erklärt, dass ich von Glück reden könne. In Europa würden alle kontrolliert. »Sie bekommen einen Chip eingesetzt, durch die Impfungen.«

Ich lache, weil ich die Vorstellung lustig finde.

Seine Freunde finden, dass er recht hat.

Ich erwidere, dass ich mich frei fühle. Wenn ein Chip im Spiel wäre, hätte ich nie gegen das Regime kämpfen können.

Alle sagen, das sei ja genau der Punkt.

Ich bin verwirrt.

»Du fühlst dich frei, weil du im Iran geboren und aufgewachsen bist. Dort haben die Illuminaten keine Macht. Iran kämpft auch gegen sie, genauso wie gegen Israel und Amerika.«

Ich sage, diese Geschichte komme mir wie Science-Fiction vor. Daran könne ich nicht glauben, und von den Illuminaten hätte ich noch nicht gehört, nicht einmal das Wort.

So beginne ich eine Diskussion mit Peter und ein paar Freunden von ihm. Als er verschwindet und gleich wieder auftaucht, ist seine Nasenspitze weiß. Das erinnert mich an die Drogen, und ich höre auf, mit ihnen zu diskutieren. Ich bin betrunken und schiebe alle merkwürdigen Geschichten auf ihren High-Zustand und meinen Rausch.

Es wird dunkel. Peter erzählt wieder die Geschichte seines Großvaters, sagt, dass er von Nazis ermordet wurde und sie trotzdem keine Privilegien in Österreich haben. Eine Frau, die mindestens zehn Jahre älter ist als ich, fixiert mich. Sie starrt mich an, sagt aber nichts, als ich sie frage, ob sie etwas wolle. Ich gehe hinein und sehe auf dem Tisch die iranischen Süßigkeiten liegen, die ich Peter geschenkt habe.

Die Frau fragt mich aus dem Nichts, ob ich ganz Perser oder ein Mischling sei. Sie ist mir offenbar gefolgt.

Ich frage, was sie mit Mischling meine.

Sie sagt: »Arabische, türkische oder jüdische Familie.«

Ich antworte, dass kaum jemand im Iran einen Überblick über mehr als die letzten drei Generationen seiner Familie hat. Im Iran habe es immer wieder fremde Herrscher und Invasoren gegeben. Die heutigen Iraner seien alle eine Mischung, egal, welche Sprache sie als Muttersprache sprächen. Mindestens einmal hätten die muslimischen Eroberer fast alle vergewaltigt, ein anderes Mal die Mongolen. Turkvölker seien auch öfter vorbeigekommen. Einen Perser gebe es nicht, nur eine Mischung, die den Iraner ausmache.

Sie nickt und antwortet: »Deshalb hast du vielleicht so eine jüdische Nase.«

Ich verstehe nicht, was eine jüdische Nase sein soll. Ich erwidere, es sei eine iranische Nase, sehr viele im Iran hätten solche Nasen.

Die Nacht ist lang. Niemand denkt ans Schlafen, und doch sind alle Hängematten schon besetzt. Ich bin sehr müde, habe viel getrunken. Ich finde eine leere Matratze und lege mich hin. Höre das Reden der anderen, das Rauschen der Kastanienbäume, ab und zu lacht jemand auf. Ich schließe meine Augen und weiß, dass ich gleich einschlafen kann.

Da spüre ich eine Bewegung neben mir auf der Matratze. Ich öffne die Augen und sehe wieder die Frau. Sie starrt mich an.

Ich setze mich auf.

Sie sagt, dass ich keine Angst haben soll. Sie habe sich nur neben mich legen wollen, es gebe nicht so viele Matratzen.

Ich sage, ich könne gern woanders schlafen. Sie könne die Matratze haben.

Sie lacht und sagt: »Süß. Du kannst bleiben, brauchst nicht schüchtern zu sein. Es gibt genug Platz für uns beide.«

Ich stehe trotzdem auf, sie greift nach meiner Hand. Ich sage, dass ich woanders schlafen will. Dann gehe ich schnell weg. Ich hätte lieber unter freiem Himmel geschlafen, aber nun setze ich mich in Peters Auto. Dort ist es wärmer und ruhiger. Ich schlafe sofort ein, und wann immer ich mich umdrehe, höre ich die Musik.

Im August ziehe ich zum Taxifahrer. Er hat starke Rückenschmerzen und kann nicht arbeiten. Wir liegen die meiste Zeit vor dem Fernseher. Die Tage mit ihm tun mir gut. Er lässt mich nicht für die Lebensmittel zahlen, sondern sagt, ich sei sein Gast. Dafür muss ich die Einkäufe machen, weil er ja Schmerzen hat. Wenn er ein paar Schritte gehen kann, fahren wir mit dem Auto irgendwohin. Sein Bruder kommt auch manchmal dazu. Er sagt, dass ich in der Pizzeria aushelfen kann, wenn er keine Zeit hat. Er brauche immer wieder jemanden, der für ihn einspringe.

Sofort rufe ich Sarah an, von der ich lange nichts gehört habe, und sage, dass ich die Leute von der WG kennenlernen will. Ich hätte endlich die Möglichkeit, Geld zu verdienen, und könnte die Miete bezahlen. Sie verspricht, das weiterzugeben, und wir legen auf.

Am Tag des Treffens Ende August bin ich schon früh in der Gegend und spaziere ein wenig herum. Das Haus ist unweit vom Volkstheater im 7. Bezirk, es ist ein wunderschöner Altbau. Das Viertel erinnert mich an Filme, die in Europa spielen und die ich schon lange kenne: alte Häuser, Pflastersteine, enge, kleine Gassen. Dann stehe ich auf der anderen Straßenseite in der Sonne und betrachte rauchend das Haus. Ganz in der Nähe gibt es eine kleine Kirche, daneben ein altes Café, das leer aussieht. Ich schaue hinein, es ist dunkel. Ich sehe mein Spiegelbild in der Scheibe und hoffe, dass die langen Koteletten meine hoffentlich zukünftigen Mitbewohnerinnen und Mitbewohner nicht abschrecken. Im Iran trug ich den Bart noch länger, manchmal wie Henrik Ibsen.

Dann ist es so weit. Im Haus gibt es keinen Lift, ich gehe die Etagen zu Fuß hoch. Es hieß, die Wohnung liege in der vierten Etage, aber wenn man das Mezzanin als Stockwerk dazuzählt, sind es fünf. Ich versuche, die Logik zu verstehen, werde aber abgelenkt, da ich einen Hund bellen höre. In der vorletzten Etage nehme ich einen starken Kaffeegeruch wahr und bekomme Lust auf Kaffee. Ganz oben steht die Wohnungstür offen. Eine blonde Frau taucht auf. Sie meint, dass wir miteinander telefoniert haben. Ich hatte sie mir anders vorgestellt. Nicht so hübsch und schick.

Ein Mann, etwas kleiner als ich, kommt uns im Gang entgegen und führt mich in die Küche. Er fragt mich, ob ich einen Kaffee möchte. Mit etwas Verzögerung bejahe ich, denn die Küche wirkt sehr schäbig. Da ist ein Fäulnisgeruch im Raum, der sich mit dem Gestank abgestandener Zigaretten mischt. Der Herd ist dreckig, und in der Abwasch stapelt sich das Geschirr. Die Fliesen unter meinen Füßen sind locker und machen lustige Geräusche. Ein altes, staubiges Sofa steht vor der Wand, davor ein abgenützter, langer Tisch mit vielen unterschiedlichen Stühlen. Damit habe ich nicht gerechnet – so eine heruntergekommene Küche. Trotzdem gefällt sie mir, und der Mann und die Frau sind nett. Auf dem Tisch steht ein Aschenbecher, ich darf zu meinem Kaffee eine rauchen. Wir sprechen kurz über mich, die beiden erzählen von sich, dann schauen wir die Wohnung an.

Gleich hinter der Küche ist das Bad mit Badewanne, daneben befindet sich das Zimmer des Mannes. Im Bad hängt ein halb zerrissenes Tuch, das als Vorhang dient, damit er zu seinem Zimmer kommt, ohne jemanden im Bad zu stören. Ich finde es befremdlich, aber ja, ich habe keine Wahl.

Durch die Küche gelangen wir wieder in den Gang. Gleich neben der Eingangstür ist die Toilette, dahinter die Garderobe mit einem großen Schrank, der als Schuhschrank dient. Die Tür der Toilette wurde vielfach übermalt, und die Klomuschel schaut ziemlich alt aus. Sie erinnert mich an eine ähnliche, die ich im Technischen Museum gesehen habe, als wir mit der Caritas einen Ausflug dorthin machten. Es war mein erster Versuch, einen Gratisdeutschkurs zu besuchen, und ich schaffte es nur zehn Tage lang, dabei zu sein, weil ich kein Geld für die Fahrtkosten hatte. Die Spülung ist, wie ich es aus dem Iran kenne: Man muss im Stehen an der Kette ziehen.

Dann zeigen sie mir das Zimmer, das vermietet werden soll. Es befindet sich gegenüber der Eingangstür und ist riesig. Ein alter Kleiderschrank steht links an der Wand. Es gibt gleich mehrere Fenster, aus denen man das Nachbarhaus, die Kirche und die Lerchenfelderstraße sehen kann. Das große, helle Zimmer mit Parkettboden gefällt mir auf Anhieb, und ich hoffe sehr, dass ich darin wohnen darf.

Bevor wir in die Küche zurückgehen, bekomme ich noch einen Eindruck vom Rest der Wohnung. Weiter hinten am Gang sind drei andere Zimmer, darunter zwei Eckzimmer mit einem kleinen, schönen Balkon. Eins davon gehört der blonden Frau und liegt am Ende des Gangs links. Die Bewohner der anderen zwei Zimmer, erfahre ich, sind gerade nicht da.

Zurück in der Küche, fragen sie mich, ob ich die Miete bezahlen könne. Das Zimmer koste warm dreihundert Euro.

Ich sage, es sollte kein Problem sein, und füge hinzu, dass ich aber illegal hier wohnen müsse, bis ich Asyl bekäme.

Sie wissen schon Bescheid. Sie sagen, sie würden sich bei mir melden, sobald sie ihre Entscheidung getroffen hätten. Ein paar andere Interessenten kämen heute noch vorbei.

Die blonde Frau begleitet mich zur Tür und umarmt mich zum Abschied. Sie ist charmant und warmherzig, das verunsichert mich. Ich hätte nie gedacht, dass ich je in meinem Leben vielleicht mit jemandem wie ihr zusammenwohnen würde.

Als ich die Treppen hinuntergehe, frage ich mich, ob ich mir die Miete auch wirklich leisten kann. Sarah hat mir zwar angeboten, die Miete fürs Erste zu übernehmen, ich könne ihr die Summe später zurückzahlen. Außerdem haben meine Eltern der Ehefrau des Taxifahrers ein bisschen Geld mitgegeben, das ich im Voraus von ihm bekommen habe. Da ich weiß, dass sie selbst kaum Geld haben, fällt es mir schwer, es anzunehmen. Und was ist in den Monaten danach?

Hin und her überlegend, gehe ich zu Sarahs Wohnung, um ihre Pflanzen zu gießen. Sie ist für ein paar Tage nach Brüssel geflogen und hat mir für den Fall, dass ich allein sein möchte, den Schlüssel überlassen. Bei der Schlüsselübergabe habe ich sie nur kurz gesehen. Sie fand es gut, dass wir uns eine Weile nicht treffen, weil sie so in Ruhe weiterarbeiten kann. Außerdem sagte sie etwas von einem Brief, den sie mir bald geben möchte.

In der Wohnung angekommen, ärgere ich mich, dass ich den Schlüssel angenommen habe. Der Geruch ihrer Wohnung erinnert mich an Ausgeliefertsein und Elend, an Hunger und Streit. Ich gieße schnell ihre Pflanzen und will gleich wieder gehen, da fällt mir ein, dass ich noch meine E-Mails checken muss. Ich darf ihren Laptop benutzen, mein eigener ist mit einem Virus infiziert und funktioniert nicht mehr.

Ich schalte ihren Laptop an und logge mich ein. Arasch, mein guter Freund aus der Theaterschule, hat mir geschrieben. Ich antworte ihm. Ich schreibe auch eine E-Mail an Reza Ghassemi, einen iranischen Autor im Exil, der in Paris lebt und Bücher veröffentlicht hat. Mein Theaterstück habe ich ihm bereits geschickt, aber abgesehen von einem Dank habe ich nichts mehr von ihm gehört. Ich möchte mich in Erinnerung bringen, indem ich die Datei meines Stücks ein zweites Mal schicke, damit er sie gleich aufmachen kann.

Also suche ich auf Sarahs Laptop, ob sie irgendwo mein Stück auf Farsi gespeichert hat. Ich gebe meinen Namen ein und finde einen nach mir benannten Ordner. In diesem Ordner gibt es einen Unterordner namens »We are refugees«, in dem sie alle Fotos gespeichert hat, die ich ihr aus dem Asylheim in Plankenstein geschickt habe: Fotos von mir und anderen Flüchtlingen, auf denen wir zumeist fröhlich aussehen und lachen, aber der Name des Ordners verzerrt alles. Mit dieser Betitelung werden wir zu Gestalten, die in die Kamera blicken, um Mitleid auszulösen. Warum hat sie alles gespeichert, und warum unter diesem Namen? Stalkt sie mich?

Erstaunt stelle ich fest, dass sie auch Fotos von Ava abgespeichert hat: zwei Bilder von Avas Facebook-Profil, die ich ihr geschickt hatte. Außerdem sehe ich einen Screenshot von einem Skype-Gespräch mit meiner Mutter, das ich von ihrem Laptop aus führte, während sie neben mir saß. Ich bin wütend. Außer Avas Fotos, die ich lösche, lasse ich aber alles, wie es ist, und verlasse die Wohnung.

Am nächsten Tag besucht mich Ava. Sie hatte mir völlig überraschend auf Facebook geschrieben, dass sie die Idee habe, nach Wien zu kommen. Ich konnte mich nicht zurückhalten und sagte zu einem Treffen sofort ja. Sie kommt nach Wien, und wir sehen uns nicht? Das konnte ich mir nicht vorstellen. Für mich ist sie ein Stück Vergangenheit, die mir verloren gegangen ist und die ich durch sie vielleicht wiederfinden kann. Vielleicht, dachte ich, kann ich mich durch sie wieder daran erinnern, wer ich war.

Wir schauen in Sarahs Wohnung vorbei, um die Pflanzen zu gießen, wollen danach in ein billiges Hotel. Ich will sie damit beeindrucken, dass ich in kürzester Zeit wichtige Kontakte in Wien geknüpft habe, will sie eifersüchtig machen, indem ich ihr zeige, dass Frauen mir ihre Wohnung anvertrauen, mit Blick über Wien. Ich will, dass sie sieht: Wenn ich wollen würde, bekäme ich viel mehr, aber ich habe kein Interesse an diesen Angeboten. Deswegen lebe ich in der kleinen Wohnung des Taxifahrers und komme nur zum Gießen vorbei. Gleichzeitig will ich mich an Sarah rächen, für ihre Eifersucht und die Bilder, die sie von mir und Ava gespeichert hat. Ich spiele die zwei Frauen gegeneinander aus.

Wir setzen uns in die Küche und schauen über die Stadt auf den Donaukanal. Das könnte unsere gemeinsame Wohnung sein, unser gemeinsames Leben, wenn alles anders gelaufen wäre zwischen ihr und mir. Unsere Sehnsüchte stecken in dieser Wohnung, die Zweisamkeit, die wir nie erreichen konnten. Diese Gedanken, und unsere Blicke, bringen uns einander näher, wir verspüren eine Melancholie. Sie greift nach meiner Hand, und ich nehme sie wie ein Durstiger das Glas Wasser. Sie weint, ich weine auch. Wir küssen uns, schmecken die salzigen Tränen. Wir suchen unsere Lippen und wollen alles neu erwecken: unsere Gefühle, unsere Wünsche und Sehnsüchte. Die Körper haben ein noch größeres Verlangen nacheinander. Wir haben zum ersten Mal gemeinsam Sex.

Gleich danach beschimpft sie mich und will wissen, woher ich weiß, wie das geht.

Ich lache und sage, das Loch könne man nicht verfehlen.

Sie sagt, sie habe von Leuten gehört, dass ich öfter in ein Puff gegangen sei. »Kein Wunder, dass du so erfahren bist. Du fickst jetzt ja auch diese alte Deutsche, damit du Geld bekommst.«

Ich empfinde Wut und Reue. Wut, weil sie mir erzählte, dass sie nach mir sofort mit einem Typen Sex hatte, dabei hatte sie mich fünf Jahre lang hingehalten. Reue, weil sie sofort wieder mit ihren Anschuldigungen daherkommt. Ich seufze.

Sie sagt abfällig, ich solle nicht den armen Mann spielen. Sie kenne mich. Ich sei ein Hurenficker. Sie bedauere es nicht, mit dem anderen Typen geschlafen zu haben. Sie hätten stundenlang Sex gehabt. »Den besten und schönsten Sex der Welt.«

Ich schweige. Nach einer Weile erwidere ich, sie solle ihr schlechtes Gewissen nicht auf mich projizieren, aber Ava hört nicht auf mit den Anschuldigungen. Ich schreie sie an und fordere sie auf, endlich still zu sein.

Dann weinen wir beide wieder.

Ich sammle mich und sage ihr ruhig, sie könne auf der Stelle gehen, wenn sie die Scheiße wiederholen wolle.

Sie wiederholt sie aber. Sie sagt, dass sie erst nach mir Sex gehabt habe. Erst nachdem ich ins Puff gegangen sei. Sie habe darüber verlässliche Informationen bekommen.

Ich lache und frage, in welches Puff auf dem Berg genau? Das Krähenpuff? Oder das Spatzenpuff?

Sie brüllt und brüllt. Sie schimpft und schimpft. Sie erniedrigt und erniedrigt.

Und ich beschimpfe mich selbst. Ich hätte ihre Nachricht auf Facebook ignorieren sollen. Ich hätte nicht zurückschreiben dürfen. Aber die Sehnsucht – Ava ist das Einzige, was ich von meinem alten Leben habe. Sie ersetzt all das Verlorene für mich, zumindest glaubte ich das für einen Moment. Sie ist eine Projektionsfläche. Ich projiziere Heimat, schöne Erinnerungen, Verliebtsein und Glück auf sie. Obwohl ich sie in Wahrheit hassen müsste.

Ich sage nichts mehr, sondern denke nach. Ava will sich anschmiegen, packt mich am Hals. Ich reagiere nicht, weil ich genug Hass in mir sammeln will, um nichts mehr auf sie zu projizieren. Mir schießen unsere Auseinandersetzungen von früher durch den Kopf. Die Schreierei auf den Straßen. Die Ohrfeigen, die sie mir gab.

Sie küsst mich, dann haben wir noch einmal Sex.

Am nächsten Tag auch. Bevor sie geht, fragt sie mich, ob ich wieder mit ihr zusammen sein wolle.

Ich antworte: Nein.

Sie sagt, es sei meine letzte Chance. Wenn ich sie wolle, müsse ich sie heiraten.

Ich sage lächelnd: »Im Iran wollte ich dich heiraten, weil ich dachte, ich sei verliebt, und es der einzige Weg war, mit dir zusammen sein zu können. In Europa heirate ich auf keinen Fall, nicht einmal, um hierbleiben zu dürfen.«

Sie verspottet mich. Sie schimpft über Sarah und nennt sie eine alte Hexe. Sie fragt mich, wie ich so eine ficken könne.

»Halt deine dreckige Fresse«, schnauze ich sie an. Sie solle Sarah aus dem Spiel lassen. Diese Frau sei wie ein Engel für mich, ein Schutzengel.

Sie lacht spöttisch. »Ein Bankomatengel?«

Ich sage: »Ja, ich nehme Geld von ihr, und zwar viel. So viel, dass man nicht imstande wäre, es nachzuzählen. Ich gehe auch von ihrem Geld ins Puff. Ich muss täglich eine Frau ficken. Ich führe sogar Buch darüber. Warum sonst habe ich dich hierher bestellt? Um auch dich zu ficken. Ich hatte ein Anrecht auf deine Jungfräulichkeit, aber zumindest bin ich der Zweite.«

Sie lacht wieder spöttisch. »Du kannst nicht einmal eine Ziege ficken. Deshalb habe ich mir einen echten Mann gesucht, der mein Jungfernhäutchen verdient hat. Nicht so einen Jammersack, einen Möchtegern-Autor wie dich.«

So geht es weiter und weiter, ein endloses gegenseitiges Beleidigen – bis sie endlich weg ist. Endgültig weg ist. Ich atme durch, von der eingeredeten Liebe endlich befreit.

Ein paar Tage später schreibt sie mir, dass sie heiraten werde, wenn ich mich nicht beeilen würde.

Ich antworte:

> Ich wünsche dir das Beste auf der Welt. Ich wünsche dir viel Freude und Glück mit deinem Mann, damit du nie wieder an mich denken musst. Wenn ich dir etwas Schlechtes wünschen würde, bestünde nämlich die Gefahr, dass du zurückkommst. Aber Glück, Geld und Freude werden uns hoffentlich für immer trennen.

2

Seit einigen Wochen ist sie zurück. Nach dem Besuch ihrer Mutter ist sie nach Brüssel geflogen, weil sie es in der Wohnung nicht mehr ausgehalten hat. Sie hat ihre Bücher eingepackt, die sie für die Dissertation lesen muss, und hat ihre Mutter, A. und all die Traurigkeit für ein paar Tage hinter sich gelassen. Am ersten Tag mit ihrer Mutter war es ihr so vorgekommen, als ob ein Gespräch über das, was sie bewegt, doch möglich wäre, aber bald haben sie nur gestritten.

A. ist inzwischen in die WG gezogen. Er arbeitet in einer Pizzeria und verdient ein bisschen Geld. Obwohl sie zwei Monatsmieten für ihn im Voraus bezahlt hat, will sie kein Geld von ihm zurück. Sie möchte stattdessen schöne Geschenke. So bekam sie einen kleinen Teppich und ein Tuch von ihm. Beides hatten seine Eltern aus dem Iran geschickt und liegt jetzt auf ihrem Sofa.

Genau wie sie. Sie hat sich hingelegt und ist eingeschlafen. Im Traum ist sie mit A. in Paris. Sie gehen durch die Straßen dieser Wunderstadt und entdecken die Drehorte seiner Lieblingsfilme. Wie in Bertoluccis Film »Die Träumer« rennen sie durch Viertel und Museen, und sie werden vom Wachpersonal gejagt. Sie halten Händchen, fühlen sich wie in einem Bund, fast religiös, und immer wieder küssen sie einander. Der Himmel ist blau, die Seine ist die Verlängerung des Himmels. Notre-Dame liegt ihnen zu Füßen, und der Bucklige von Notre-Dame führt sie durch die geheimen Gänge unter der Stadt und in der Kathedrale.

Als sie aufwacht, schmeckt sie die Küsse noch auf ihren Lippen, aber ein Blick in ihr Zimmer bringt sie in die Realität zurück. Sie liegt auf dem Sofa, und die Beziehung ist aus. Als sie mit A. die Paris-Reise plante, fühlten sich beide wie im Film von Bertolucci. Sie liefen durch Wien und endeckten Tausende Orte, besuchten Museen und wurden vom Wachpersonal gejagt. Sarah erneuerte ihren Führerschein, weil man den alten kaum noch lesen konnte, obwohl sie fast nie gefahren war. Sie war fest entschlossen, A. mit dem Auto illegal über die Grenzen und wieder zurück nach Wien zu bringen. Auf Google Maps streiften sie durch die Gassen von Paris. Stundenlang lagen sie im Bett und sprachen darüber, was sie alles dort machen würden. Das Risiko, das sie mit der Reise eingehen würden, schreckte sie nicht: Sarah lief Gefahr, als Schlepperin zu gelten, A. riskierte, sein Asylverfahren zu gefährden und wegen illegaler Ein- und Ausreise im Gefängnis zu landen.

Dann platzten die Pläne, einer nach dem anderen – zuerst platzte der von ihr aufgebrachte Plan zu heiraten und dann die Reise. Jeden Tag entfernten sie sich ein bisschen mehr voneinander, und vielleicht sind sie einander nun ferner als die Städte Wien und Paris oder sogar Wien und Teheran.

Sie klappt den Laptop auf, weil sie auf Facebook nachschauen will, ob A. wieder Fotos gepostet hat. Fast wöchentlich postet er Fotos, auf denen er lacht und glücklich aussieht. Er scheint in der WG oft Gäste zu haben, die er bekocht. Obwohl sie im Moment seine Miete zahlt, war sie noch kein einziges Mal dort. Sie möchte auch einmal bekocht werden. Ihre letzte Nachricht an ihn, sie liest sie wieder:

> Alles bedrückt und belastet mich so. Wenn du so traurig bist wie heute, als wir uns unterhalten haben, bin ich auch traurig, weil ich wünschte, ich könnte durch ein Fingerschnipsen erreichen, dass sich die Dinge für dich fügen, obwohl ich ja weiß, dass ich es nicht kann. Ich kann nur sagen, dass mir das, was du als Künstler machst, wichtig ist, und vielleicht gibt es da draußen ja ein paar Leute, die das auch so sehen. Du musst deine Botschaft wie eine Flaschenpost versenden und hoffen, dass jemand sie findet. Es ist immer noch besser, nicht zu wissen, ob sie jemals gefunden wird, als beliebt oder erfolgreich zu sein, weil man irgendeinen Mist geschrieben hat, den die Leute mögen, und warum mögen sie ihn? Weil er ihnen hilft zu vergessen, anstatt sie zum Nachdenken anzuregen. Wenn du weinst, möchte ich dich in den Arm nehmen und deine Tränen küssen, aber du hast es mir verboten, und deshalb mache ich es nicht.

Sie liest auch andere alte Nachrichten und bleibt an einer hängen, die sie ihm schon vor Monaten geschickt hat. Sie liest sich fast wie ein Teil ihres Briefes, den sie noch immer zu Ende schreiben muss:

> Und hier noch ein Gedanke zum Thema Sex mit der eigenen Mutter in einem Traum: Ich weiß nicht, ob jeder so was mal geträumt hat oder ob du in dieser Hinsicht etwas extravagant bist. Vielleicht träumt jeder Mann so was, aber vielleicht ist es auch häufiger bei Iranern. Mein Freund Farbod, der vor einem Jahr nur durch mein Verhalten und einen kleinen Gruß von mir auf Farsi herausbekommen hat, dass ich mich in einen Iraner verliebt habe, behauptete jedenfalls, dass die

meisten iranischen Männer eine enge Beziehung zu ihren Müttern haben und dass es das für Liebespaare schwierig macht. Wie auch immer, ich kann mich nicht erinnern, jemals explizit von Sex mit einem meiner Elternteile geträumt zu haben, aber ich kann mich erinnern, dass ich mal davon geträumt habe, meinen Vater zu töten, oder meine Schwester, ja einmal habe ich im Traum sogar beobachtet, wie sie sich umgebracht hat.

Sie tippt ein paar Zeilen, dann überlegt sie, ob sie ihn nicht doch eher anrufen sollte. Sie sieht, dass er auf Facebook online ist, und beginnt zu tippen:

Ach, immer wieder diese Wünsche. Ich sehe sie noch vor mir: die Leichtigkeit und Freude und das Lachen auf deinem Gesicht, als du bei mir warst. Wie ich mir wünschte, dass du mich mit Überschwang und Verlangen küsst und nicht mit der Angst, dass es zu viel sein könnte. Wie ich mir wünschte, dass wir frei entscheiden könnten, ob wir zusammen sein wollen oder nicht, ohne das Problem von Zwängen, Verpflichtungen, Dokumenten oder Geld. Wie ich mir wünschte, ich könnte Bilder ansehen, die dich glücklich mit anderen zeigen, ohne eifersüchtig zu sein, weil ich selbst glücklich bin und nicht an deiner Liebe zweifeln müsste. Wie ich mir wünschte, ich könnte an dich denken, ohne dass es mir einen Stich gibt, wie ich mir wünschte, ich könnte mit dir reden, ohne zu klagen, wie ich mir wünschte, nicht befürchten zu müssen, verletzt zu werden, wie ich mir wünschte, dir glauben zu können, wie ich mir wünschte, ich könnte dir eine Nachricht schicken und sicher sein, dass du auch antwortest. Wie ich mir wünschte, ich könnte wieder ich selbst sein, wie ich mir wünschte, du könntest meine innere Stimme hören, wie ich mir wünschte, es gäbe keine Albträume, keine Angst vor dem Sex und keine Askese. Ich würde dich so gerne glücklich machen, ich vermisse dich.

Sie liest die Nachricht noch einmal. Sie kommt ihr zu romantisch und selbstlos vor. Obwohl sie sich entscheidet, sie zu löschen, schickt sie sie aus Versehen ab.

Er hat sie schon gesehen.

Sie schreibt: »Bist du da?«

A. schreibt zurück, er vermisse die Zeit mit ihr auch sehr. »Warum können wir nicht einfach miteinander befreundet sein?«

Das ärgert sie gleich wieder. Sie ruft ihn über Skype an und will zum wiederholten Mal über die Fotos sprechen, die er von ihrem Laptop gelöscht hat. Er behauptet, nichts davon zu wissen. Aber warum, fragt er, speichere sie überhaupt solche Fotos? Sie streiten. Weil er zu feige ist, um zuzugeben, dass er die Fotos gelöscht hat, ist sie sauer auf ihn. Auch wegen der Fotos, die er auf Facebook gepostet hat. Er sagt, dass er in einer WG lebe und die anderen vier ihn kennenlernen möchten. Er könne sich nicht verstecken oder einsperren.

Sie sagt, das verstehe sie schon, aber trotzdem könnte er sie ja auch mal einladen. Eine Person mehr oder weniger sei doch egal.

A. lädt sie für Weihnachten ein.

Sie antwortet, er wisse genau, dass sie über Weihnachten nicht hier sein werde. Wüssten die anderen eigentlich, wer seine Miete bezahle?

A. schluckt seinen Ärger hinunter. Dann sagt er laut:

»Ich zahle dir das Geld zurück. Außerdem hast du Geschenke bekommen, die mir meine Eltern für dich geschickt haben. Und ich arbeite jetzt auch.«

Sie schweigt. Sie versucht, ihre Tränen zu unterdrücken, ist um Fassung bemüht. »Es geht mir nicht um das Geld. Du kannst es behalten. Ich bin nur enttäuscht. Ich frage mich, warum du mich nicht einlädst. Warum du nicht für mich kochst. Ich sehe immer die Fotos auf Facebook und lese, wie gut du kochen kannst.«

A. entschuldigt sich. Er versteht, was sie meint, aber er weiß nicht genau, was er tun soll. Ob sie Distanz will oder nicht. Er ist verwirrt. Egal, was er macht, es ist falsch. Er sagt, sie soll ihm sagen, was sie sich wünscht.

Sie schaut ihn an. Seine Augen glänzen nicht. Sie erinnert sich an den Glanz seiner Augen, als er ihr zum ersten Mal auf Deutsch eine seiner Ideen für eine Kurzgeschichte erklärte. Sie saßen auf ihrem Balkon und tranken Wein. Er schaute wie gebannt auf den Donaukanal in der Abenddämmerung. Noch waren in der Ferne Menschen zu sehen, und die Musik der Bars drang zu ihnen in den obersten Stock. Obwohl es schon spät war, war es warm. Er war aufgeregt und stotterte fast, sprach Deutsch mit dem typischen Akzent derer, deren Muttersprache Farsi ist. Während er versuchte, seine Idee zu erklären, korrigierte sie ihn, wenn er Fehler machte, und lobte ihn. Jedes Lob wirkte wie ein Schuss Benzin und befeuerte seine Zunge. Er wirkte stolz und beflügelt. Sarah weinte ein bisschen und freute sich für ihn. Er bemerkte ihre Tränen nicht, da sie sie schnell abwischte, aber sie bemerkte seine glänzenden Augen, die in der Dunkelheit fast wie Katzenaugen leuchteten. Als sie ihm das sagte, erzählte er ihr eine Geschichte über die Straßenkatzen in Teheran und wie Furcht einflößend ihre Augen in der Nacht sind. Da lachte sie so laut und ausgelassen, wie A. das gar nicht von ihr kannte.

Sie schweigt kurz und sagt dann, dass er selbst herausfinden soll, was sie sich wünscht.

A. erwidert, das könne er nicht. Er kenne sich nicht aus. Alles werde ihm zu viel. Seinetwegen hätten seine Eltern gerade Schwierigkeiten mit der Polizei. Er habe Schwierigkeiten mit seinen Mitbewohnern, die der Meinung seien, dass er nicht genug für den Haushalt macht. Hinzu kämen das fehlende Geld, die anstrengende Arbeit und sein sich hinziehendes Asylverfahren.

Auch seine Augen füllen sich mit Tränen. Sie akzeptiert das stillschweigend als Entschuldigung. Sie verabreden sich zu einem Abendessen, das A. nächste Woche für sie kochen will. Sie fühlt sich besser. Vielleicht sollte sie einfach mehr einfordern, denkt sie, nachdem sie sich verabschiedet haben, vielleicht meint er es nicht böse.

Sie versucht, ihren Freund in Amerika zu erreichen, aber er ist offline. Sie hinterlässt ihm ein paar Nachrichten. Dann betrachtet sie A.s Geschenke, die neben ihr auf dem Sofa liegen. Das rosa Tuch, das mit kleinen Perlen bestickt ist, kann sie vielleicht neben ihrem Schreibtisch an die Wand hängen. Ja, das ist eine gute Idee. Sie geht in den Abstellraum und holt einen Hammer. Sie überlegt, wie man so ein Tuch nennt. *Termeh*, richtig.

Schon stecken zwei Nägel in der Wand. Das Tuch hat zwei Schlaufen zum Aufhängen. Vom anderen Ende des Zimmers betrachtet, sieht der Stoff elegant und schön aus. Auch ein bisschen kitschig, aber so sind halt die orientalischen Tücher. Das blasse Rosa gefällt ihr. Die Farbe verändert sich, je nachdem, von wo aus sie es anschaut. Wenn sie ganz nah herangeht oder sich an den Tisch setzt, so wie jetzt, ist der Stoff mal heller, mal dunkler.

Sie klickt auf den Ordner, in dem ihre Dissertation gespeichert ist. Bis das Dokument sich öffnet, schaut sie wieder das Tuch an. Stellt sich vor, wie sie mit A. darauf liegt. Spürt, wie ihre vom Sex verschwitzten Körper von den Perlen gekitzelt werden, wie sie sich küssen und lieben. So wird sie nicht arbeiten können, es wird sie ständig an ihn erinnern. Sie steht auf und nimmt das Tuch wieder herunter. Jetzt liegt es auf dem Boden, und sie hat sich wieder vor den Laptop gesetzt. Sie schließt die Datei mit der Dissertation, öffnet den Brief. Er soll bis nächste Woche fertig sein – kurz bevor sie über Weihnachten nach Deutschland fährt, will sie ihn übergeben. Noch ist er nicht, wie sie ihn haben will.

Sie schreibt:

Es gibt ein lateinisches Sprichwort, an das ich jetzt denken muss: Omne animal post coitum triste est – nach dem Sex ist das Tier traurig. Vielleicht kennst du es aus Umberto Ecos »Der Name der Rose«, dort wird es zitiert. Auch Freud hat den Satz aufgegriffen, und Adorno, aber dem gefiel er nicht. Er dachte, dass die Traurigkeit von einer negativen Einstellung zum Sex herrührt, was den zu etwas Schuldhaftem und Beschämendem macht. Aber ich glaube, er hat sich geirrt. Ich glaube, der Satz bedeutet, dass das Tier traurig ist, weil etwas Schönes vorbei ist und es wieder in die Kälte geworfen wird.

Aber verstehe ich dich deshalb? Nein. Selbst wenn ich stundenlang über dich nachdenke. All das erklärt nicht, warum du wegen Sex so ein schlechtes Gewissen hast. Und warum du erst dich dafür drangsalieren musstest und dann mich. Und warum du aus unserer Beziehung ein Tabu machst und sie zerstörst, ja warum du sie zu etwas werden lässt, was nie existiert hat. Es erklärt auch nicht, warum du oft gesagt hast, dass dir Lust zuwider ist, dass du findest, sie sei schrecklich und für Idioten. Aber verboten ist Sex tatsächlich nur in einem Fall, und zwar wenn du es mit deiner Mutter treiben willst. Sonst nicht.

Ihr tut der Rücken weh. Sie tritt auf den Balkon, um sich zu strecken, sieht die vielen Leute, die die letzten warmen Herbstnächte genießen. Von irgendwoher hört sie Rufe. Als sie die Balkontür hinter sich schließt, beschließt sie, noch etwas rauszugehen.

Eine Woche später geht sie am Nachmittag zu A. Sie wollen sich zuerst allein treffen und am nächsten Abend mit den anderen. Er schenkt Kaffee ein und bietet ihr Kekse an. Sie sitzen in der Küche. Einer seiner Mitbewohner geht am Tisch vorbei und begrüßt sie kurz. A. fragt sie, ob sie das Zimmer anschauen wolle. Sie gehen kurz hinein. Sie sieht eine Matratze, die auf dem Boden liegt, einen alten Kleiderschrank und einen Schreibtisch.

A. erzählt, dass er mit einem Mitbewohner zu Möbelix gefahren sei. Alles habe zweihundert Euro gekostet. »Der alte Kasten war schon da.«

Sie will wissen, ob er noch etwas braucht.

A. hält ihr einen Hundert-Euro-Schein hin: »Hier. Das kann ich dir schon mal zurückzahlen. Ich arbeite in der Pizzeria noch immer nicht fix, aber bald.«

Sie schüttelt den Kopf: Kein Geld. Er soll das Geld behalten und sich lieber eine warme Jacke kaufen.

Was sie nicht sagt, sondern nur denkt: Bald bekommst du einen Brief von mir. Ich wollte ihn dir morgen geben, aber leider hatte ich keine Zeit, ihn fertigzuschreiben.

Oder ich wollte ihn nicht fertigschreiben. Denn wenn er fertig ist, ist unsere Beziehung endgültig aus.

A. hat nicht gemerkt, wo sie mit den Gedanken war. Zurück in der Küche, zeigt sie ihm die Übersetzungen, die sie erst vor Kurzem fertiggestellt hat. Sie hat Gedichte von Heinrich Heine und Wilhelm Müller ins Farsi übersetzt. Sie gehen die Übersetzungen durch, und A. erklärt ihr ein paar Begriffe, die sie falsch verwendet hat.

Jemand öffnet die Tür und betritt die Wohnung. Eine Frau ruft »hallo« und mit dem nächsten Atemzug A.s Namen. Ein paar Sekunden später erscheint sie in der Küche. Sie stellt sich vor. Sarah, die sie von den Facebook-Fotos wiedererkennt, grüßt sie kühl. A. sieht wohl in ihrem Gesicht, dass sie ein Problem mit ihr hat. Die blonde Mitbewohnerin verschwindet in ihr Zimmer. Sarah wartet, bis sie weg ist, und sagt:

»Sie vermisst dich schon, nach so einer kurzen Zeit.«

A. tut so, als ob er sie nicht verstanden hätte, und antwortet: »Sie ist sehr nett zu mir. Sie versucht, mich aufzuheitern, damit ich nicht so depressiv zu Hause sitze. Das ist, glaube ich, anstrengend für meine Mitbewohner. Sie fühlen sich schlecht, wenn es ihnen gutgeht und ich leide. Sie merken ja oft, dass ich nicht schlafen kann, dass ich niedergeschlagen bin.«

Sie weiß nicht, was sie antworten soll, und möchte gehen.

A. begleitet sie nach Hause. Sie kommen am Volkstheater vorbei, dann am Parlament. A. erzählt, eines Nachts sei er betrunken am Parlament vorbeigegangen und habe laut gesungen. Auf einmal seien die Scheinwerfer eines Polizeiautos angegangen, das dort geparkt habe, und der Motor sei angesprungen. Vor lauter Angst, wegen Alkohol und Singen verhaftet zu werden, sei er weggerannt.

Im 1. Bezirk zeigt er ihr die Blutgasse, die er auf Spaziergängen entdeckt hat. Sie betreten versteckte Hinterhöfe, finden gemeinsam heraus, wo Helmut Qualtinger wohnte. Sie freut sich darüber, da sie Qualtinger mag. Besonders seine Rolle als Herr Karl. Eigentlich, denkt sie, kennt A. Qualtinger durch sie. Für sie fühlt es sich so an, als ob zwischen ihnen wieder alles in Ordnung wäre. Zumindest sagt sie das, als sie sich verabschieden.

Am nächsten Tag kocht A. einen Eintopf mit Reis und läuft in der Küche hin und her. Er spielt die Rolle des Gastgebers gut. Ihr kommt es vor, als ob er etwas zugenommen hätte. Er schenkt immer weiter Wein nach und verschwindet wieder, um sein Essen im Auge zu behalten. Als er den Reis zum Ziehen auf den Herd gestellt hat, setzt er sich endlich. Sarah und ihre jüdische Freundin sind eingeladen, später sollen auch seine Mitbewohner dazukommen. Die Küche riecht nach Kräutern und Reis.

Sarah ist sehr heiter. Sie hat die Freundin länger nicht gesehen. Sie erzählt von der Geburtstagsfeier, auf die sie A. einmal mitgenommen hatte, und lacht über A.s damalige Paranoia.

»Er dachte, du bist eine Mossad-Agentin.«

A. schämt sich offenbar und lächelt etwas zu spät.

Die jüdische Freundin fragt, ob es wirklich so gewesen sei.

A. sagt, er merke erst jetzt, dass sie einen amerikanischen Akzent hat, wenn sie Englisch spricht. Das sei ihm noch nicht aufgefallen. Obwohl er in Gesprächen viele Wörter nicht versteht, hat sich sein Englisch mit der Zeit verbessert.

»Er hat sogar gedacht, dass ich Jüdin bin, nur weil ich mich für Israel und Antisemitismus interessiere.«

Kein Zweifel, A. schämt sich noch mehr. Er steht auf und schaut auf dem Herd nach seinem Eintopf. Sie fragt sich, ob er glaubt, dass sie sich rächen will. Zum Glück ist heute seine blonde Mitbewohnerin nicht da, sonst wäre alles noch komplizierter.

Er serviert das Essen. Der Eintopf schaut nicht gerade appetitlich aus, trotzdem loben sie den Geschmack. Beide mögen sie auch den Safran-Reis. Er erklärt ihnen, wie er den Reis gekocht hat.

Danach reden sie über sein Asylverfahren. Es gibt noch immer keine Neuigkeiten. Die jüdische Freundin will wissen, wo und als was er arbeitet. Die Frage nach der aktuellen Lage im Iran ist das nächste Thema. Es wird überlegt, ob es noch mehr Proteste geben könnte.

A. zeigt sich resigniert. Er sagt, er fühle sich im Stich gelassen. Er fühle sich betrogen. Im Iran würden Menschen wie er isoliert, diskriminiert und ins Gefängnis gesteckt, weil sie angeblich verwestlicht seien. Weil sie einen westlichen Lebensstil, eine westliche Demokratie wollten. Er erzählt, dass ihm und seinen Freunden unter der Folter gesagt worden sei, sie sollten doch auswandern, wenn sie sich Demokratie wünschten, hier sei nicht ihr Land. So komme es, dass man zu einem Flüchtling werde, falls man Glück habe und fliehen könne. Aber wenn man es dann bis in den Westen geschafft habe, müsse man tausendmal erklären, dass man kein Fanatiker sei, dass man an die Demokratie glaube, an westliche Werte, mehr als die Menschen im Westen selbst. Als Flüchtling ohne Rechte merke man bald, dass niemand sich wirklich für einen interessiere. Dass man in Europa als Flüchtling wie der letzte Dreck behandelt werde, jeder einen ignoriere und verspotte. Dass die Unterstützungserklärungen der westlichen Politikerinnen und Politiker für Freiheitsbewegungen in despotischen

Ländern eher Phrasen seien. Der Westen hätte es lieber, wenn Menschen wie er in ihrem Land blieben und in den Gefängnissen ermordet würden, denn dann könnte man das iranische Regime für Menschenrechtsverletzungen kritisieren und es unter der Hand zu einem guten Wirtschafts-Deal zwingen. Immer gehe es um das Geld, das das Regime durch die Ölförderung verdiene und das der Westen haben möchte. Das zeigten die Gespräche und Dialogbemühungen der europäischen Länder mit dem Regime.

A. hat sich in Fahrt geredet. Die jüdische Freundin versteht, was er gesagt hat, gut. Sie kritisiert insbesondere, dass die Europäische Union mit Diktaturen liebäugelt und sie durch Geschäfte unterstützt. Unter anderem das iranische Regime. Sie sagt, das Regime bedrohe Israel ganz offen mit Vernichtung, und zum Beispiel Deutschland reagiere nur mit Worthülsen darauf, ein Land, das immer wieder behaupte, voll und ganz hinter Israel zu stehen. Warum drohe Deutschland nicht einmal damit, die diplomatischen Beziehungen mit dem Iran zu beenden?

Sarah, die schweigsamer geworden ist, schaltet sich wieder ins Gespräch ein. Auch sie findet die Politik der Bundesrepublik beschämend. Deutschland, mittlerweile eine der größten Wirtschaftsmächte der Welt, habe vor nicht allzu langer Zeit die halbe Welt zerstört, und viele der Länder, die es während des Zweiten Weltkrieges überfallen und vernichtet habe, hätten sich bis heute davon nicht ganz erholt. Nun sei die halbzerstörte Welt Importsklave Deutschlands.

A. ist ganz aufgekratzt, obwohl er einige Wörter nicht verstanden hat. Er sagt, der Iran sei 1941 wegen der vermeintlichen Nähe zu Deutschland von Großbritannien und der Sowjetunion besetzt und geplündert worden. Es habe Hungersnöte gegeben, in denen Tausende ums Leben gekommen seien, weil die Alliierten Lebensmittel, die für die Essensrationen bestimmt waren, für den eigenen Bedarf abgezweigt und nicht genug für die Bevölkerung übrig gelassen hätten. Das iranische Militär, in dem sein Großvater damals gedient habe, habe Bäckereien bewachen müssen, damit die Menschen sich nicht für etwas Brot umbrachten.

Sie trinken und diskutieren bis in die Nacht weiter, am Ende auch mit A.s Mitbewohnern, die noch dazugestoßen sind. A. macht auf Sarah den Eindruck, als gehe es ihm besser.

Niemand bemerkt hingegen, dass sie sich nicht gut fühlt. Weder an diesem Abend noch in den Tagen und Wochen danach. Niemandem fällt auf, dass sie sich zurückzieht. Dass sie sich kaum mehr blicken lässt, dass sie kaum mehr unterwegs ist, kaum mehr etwas trinken geht, kaum mehr lächelt. Kaum einer fragt nach ihr. So, wie sie eines Tages da war in Wien, verschwindet sie, als wäre sie nie da gewesen.

3

Ich habe das Gefühl, dass meine Wahrnehmung sich in den letzten Wochen verändert hat. Ständig ist es so, als ob ich in einem Albtraum wäre und nicht aufwachen könnte, obwohl ich alles dafür tue. Ich schlafe immer weniger.

Dabei arbeite ich jetzt in einer Pizzeria, offiziell als Pizzazusteller, in Wahrheit muss ich aber alles machen: Ich schneide Gemüse und Wurst für die Pizzen, ich bereite die Soße vor, ich hole Holz und Bierfässer aus dem Keller, ich wasche die Teller und das Besteck, ich schneide haufenweise Zwiebeln, und zwischendurch fahre ich mit dem Moped hierhin und dorthin, um Essen zu liefern. Ich arbeite von elf bis dreiundzwanzig Uhr, meistens im Stehen, und ich bekomme fünfzig bis sechzig Euro pro Tag schwarz auf die Hand, zuzüglich Verpflegung, denn ich darf Pasta oder Pizza essen, so viel ich will. Die Pizzeria befindet sich in der Nähe vom Franz-Josefs-Bahnhof, in der Gegend gibt es ein paar Bars, in denen ich bei jeder gelieferten Pizza einen Euro Trinkgeld bekomme, den der Besitzer der Pizzeria mir später aber wieder wegnimmt. Mir war es am Anfang peinlich, Trinkgeld anzunehmen, es fühlte sich wie Almosen an. Beim Austragen in Wohnungen hasse ich Treppen, ich hasse das Treppensteigen, oft braucht man für den Lift einen Schlüssel, den ich nicht habe, ein, zwei, drei, vier, fünf Etagen, jeden Tag, jede Stunde mehrmals, und bei jeder, die ich gehen muss, ist mir, als ob ich ein Jahr älter würde, mich zubewegen würde auf den Tod.

Als ich Anfang September in die WG ziehen durfte, war alles aufregend, und es ging mir gut. Ich hatte wieder ein Zimmer, und zum ersten Mal seit Langem hatte ich einen eigenen Schreibtisch und eine eigene Matratze. Nur Geld hatte ich weiterhin nicht.

Bald aber kehrten meine Depressionen zurück. Mit Nicht-Flüchtlingen zusammenzuwohnen ist eine Qual. Du siehst, dass sie das Leben genießen, dass sie feiern, dass sie Sex haben, dass sie ihre Eltern besuchen, dass sie reisen. Du hingegen bist weit weg von deinen Eltern, von deinem Land. Du darfst eigentlich gar nicht hier wohnen, du darfst nicht reisen, du darfst nicht auffallen, du hast kaum Freunde um dich herum, du verstehst die Sprache nicht, du hast kein Geld, du siehst anders aus, du empfindest selten Freude, du bist einsam, du bist abhängig, du bangst um dein Land, du bangst um deine Zukunft, um deine Eltern, du hast Angst, abgeschoben zu werden, du hängst in der Luft, du bist in einem Transitzustand, der lange dauern kann, du siehst andere Flüchtlinge, die schon viel länger warten als du, du willst nicht weiterleben, du bist verwirrt, du bist erschöpft, du bist am Ende. Aber du musst trotzdem weitermachen, weiterkämpfen.

Die Wohnung, in der wir leben, ist in der obersten Etage des Hauses, ohne Lift. Deswegen mag ich manchmal kaum hinausgehen. Ich liege im Bett und starre die Decke an. Seit einigen Wochen sehe ich ein Kreuz an der Decke, und jedes Mal, wenn ich es sehe, läuten die Glocken der Kirche. Sterbe ich bald? Die Schatten der Fensterrahmen bilden das Kreuz, ich begreife es als ein Zeichen.

Oft höre ich durch die Wand meine Zimmernachbarin mit ihrer Partnerin sprechen. Ich verstehe nicht alles, sie wechseln liebevolle Worte, sie sind zärtlich zueinander, sie planen ihren Urlaub, sie schauen in die Zukunft, sie haben eine Zukunft. Ich dagegen denke an die Vergangenheit. Mein Leben besteht aus dem Jetzt und der Vergangenheit. Mein Körper ist im Jetzt, der Körper, mit dem ich arbeiten gehe, mein Geist aber ist im Iran, in der Vergangenheit.

Im Haus gegenüber wohnt eine Frau, die mich ständig beobachtet, zumindest kommt es mir so vor. Sie hat auf der Straße zweimal ihren Schäferhund auf mich gehetzt, zum Glück hat der Hund nicht reagiert. Er schaute mich an und sah wohl die Traurigkeit in meinen Augen. Angst hatte ich nicht, denn ich sah in seinen Augen auch Traurigkeit. Die Frau war verärgert und zog den Hund hinter sich her. Ist sie eine Rechtsradikale?, frage ich mich. Ist sie die Reinkarnation eines Nazis? Seitdem ich die Stolpersteine vor dem Haus entdeckt habe, kann ich nicht mehr ruhig schlafen. Lebten früher einmal Jüdinnen und Juden in dieser Wohnung, in meinem Zimmer? Manchmal, wenn ich wachliege, höre ich Stimmen. Ich höre Schreie, Rufe, Schüsse. Bilde ich es mir ein, oder sind es tatsächlich menschliche Stimmen?

Schon länger bin ich in Behandlung, bekomme Tabletten gegen Schlafstörungen und Depressionen. Am Anfang nehme ich sie, dann nicht mehr. Ich habe Zweifel an ihrer Wirksamkeit und frage mich, ob mich die Ärzte durch die Medikamente verrückt machen wollen. Dann nehme ich sie wieder, aber nur zweimal in der Woche – gerade eben ausreichend für den Fall, dass mein Blut im Rahmen des Asylverfahrens untersucht werden sollte.

Ich habe festgestellt, dass ich in Anwesenheit anderer Menschen besser schlafen kann. Wenn ich allein bin, habe ich Angst vor dem Einschlafen. Ein paarmal schlief ich ein, als ich mit Sarah im Theater war. Am Anfang dachte ich, es liege an der Müdigkeit, aber in der Therapie passierte mir das noch einmal. Wenn in der WG gefeiert wird, schlafe ich lieber am Tisch ein, statt ins Bett zu gehen. Manchmal lege ich mich auf dem Sofa in der Küche hin, damit ich nicht allein bin.

In der Therapie habe ich beiläufig davon erzählt. Ich öffne mich normalerweise nicht gegenüber der Therapeutin und rede wenig. Ich finde, sie ist nicht klug. Ich fühle mich klüger und ertappe sie bei Kleinigkeiten, die ich später lächerlich finde.

Einmal war ich bei ihr und fragte sie, ob vor mir eine Frau da gewesen sei oder ein Mann. Sie reagierte überrascht. Sie sagte, sie lasse immer eine halbe Stunde Zeit zwischen den Sitzungen, damit die Klientinnen und Klienten sich nicht begegnen. Ich hatte deshalb auf eine Frau getippt, weil auf der Kiste mit den Hausschuhen für die Klienten kleine Hausschuhe lagen, die waren offenbar gerade getragen worden. Ich sagte es ihr und lächelte triumphierend, obwohl es eigentlich eine Lappalie war.

Auch bei der Therapie schlafe ich hin und wieder auf dem Sofa ein. Manchmal geht dann die Therapeutin aus dem Zimmer. Nach dem Aufwachen erzähle ich ihr von meiner Angst.

Ich habe Angst vor Heimsuchungen, und damit meine ich die Toten, die ich in unserer Wohnung höre, in dieser Stadt höre, in diesem Land höre. Sie wollen sich rächen an den Menschen, die noch leben. Sie fordern ihre Rechte ein und starren sie beim Schlafen an. Männer, Frauen und Kinder, die Männer, Frauen und Kinder anstarren. Sie sprechen mit ihnen, aber niemand hört sie, niemand versteht sie. Weil alle vergessen wollen, außer mir. Dass ich selbst ein Gejagter bin, interessiert sie nicht. Für sie zählt nur, dass ich noch lebe.

Da ich in der Nacht fast immer wach bin, habe ich in

der WG den Spitznamen Stasi bekommen. Immer weiß ich genau, wer wann und mit wem nach Hause kommt. Erst wenn es hell wird, schlafe ich manchmal ein. Dann ist es wie ohnmächtig werden und wieder zu sich kommen.

Inzwischen habe ich viele Menschen kennengelernt, die mich als Freund betrachten, aber ich kann keinem von ihnen erzählen, was ich wirklich fühle, was ich denke, was ich sehe. Alle sagen, ich sei depressiv. Ich bekomme mit, dass meine Mitbewohnerinnen und Mitbewohner ihren Unmut über mich äußern. Die Geschichte, warum ich weg musste aus dem Iran, behalte ich für mich. Ich bringe Menschen und Tage durcheinander, auch Ereignisse, Zeiten, Erinnerungen. Manchmal weiß ich nicht mehr, wem ich was erzählt habe, deshalb gibt es in dem, was ich sage, Wiederholungen. Ich habe meine Gefühle nicht unter Kontrolle. Lange empfinde ich nichts, und dann empfinde ich alle möglichen Emotionen auf einmal.

Ab und zu hole ich mein Notizbuch heraus und schaue nach, was ich in letzter Zeit geschrieben habe:

> Es ist Mittwoch. Nach Monaten des Vagabundierens habe ich ein Zimmer in einer WG gefunden, wir sind zu fünft. Ich gehe mit einem Mitbewohner iranisch essen, ins Restaurant Pars. Ich schreibe Datum und Uhrzeit auf, weil ich meinem Gehirn nicht mehr vertraue: Es ist der 09.09.2010, um Mitternacht in der Küche.

Interessant, dass ich Anfang September schon wusste, dass mein Gehirn mich täuschen würde.

Es gibt also diverse Gründe, meinen Mitbewohnern aus dem Weg zu gehen. Einer davon: Sie meinen, ich würde nicht putzen. Dabei räume ich alles auf, ich hinterlasse keinen Dreck. Außerdem bin ich kaum da, bin meistens in der Pizzeria. Neuerdings fragt sich einer meiner Mitbewohner, warum einer von uns am Klo Bier trinkt. Letztens fragte er mich direkt, ob ich das sei, und ich sagte: »Mir ist auch aufgefallen, dass bei uns eine leere Bierflasche am Klo steht.« Mir ist die Situation unangenehm, ich will nicht sagen, dass ich meinen Arsch wasche. In der Regel stelle ich die Bierflasche danach wieder weg, aber leider vergesse ich das manchmal. Kann sein, dass sie mich verdächtigen. Sie fragen mich auch, wann ich mich eigentlich mal duschen würde, weil ich immer warte, bis niemand zu Hause ist. Es gibt keinen richtigen Vorhang, und ich schäme mich. Zudem ist das Bad riesig und hat keine Heizung.

Immer wieder sind Gäste bei uns, die ich nicht kenne. Oft sind es junge Frauen, in einige habe ich mich verschaut. Aber alle meiden mich, als ob ich ansteckende Krankheiten hätte. Ich bin vergesslich und vergesse auch diese Frauen. Nur eine nicht. Sie besucht mich immer wieder im Traum. Wir sind verliebt. Sie ist bezaubernd. Wir liegen nebeneinander, wir küssen uns, wir reisen durch die Welt.

Von Sarah höre ich nur noch selten etwas. Sie sagte zuletzt, sie habe viel zu tun und komme gut mit ihrer Dissertation voran. Nach wie vor hilft sie mir bei der Miete aus, sie ist sehr großzügig, aber mir macht es zu schaffen, von ihr abhängig zu sein. Ich möchte nicht abhängig sein, von niemandem. Ich habe sie zu Weihnachten eingeladen, sie wird aber nach Deutschland fliegen. An einem Wochenende besuchte sie mich in der Pizzeria, bevor wir gemeinsam zu einer Geburtstagparty gingen. Sie aß Pizza und wartete bis dreiundzwanzig Uhr. Ich habe das Gefühl, dass ich sie dann und wann vorbeigehen sehe. Kann sein, dass ich mich irre.

Bei der Arbeit schikaniert mich der Chef. Wenn keine Bestellungen da sind und ich alles erledigt habe, gibt er mir Anordnungen, nur damit ich beschäftigt bleibe. Er sieht ungern, dass ich sitze.

Die Pizzeria ist im 9. Bezirk, aber ich liefere häufig in andere Bezirke, vor allem in den 19. Da ich kein Smartphone besitze, schaue ich vorher auf der Karte nach und versuche, mir alle Straßennamen und Wege zu merken. Eine kleinere Karte zum Mitnehmen habe ich auch, aber es geht oft ohne. Ich beliefere unter anderem Polizeistationen, die Rossauer Kaserne, die amerikanische Botschaft und die Residenz. In der Rossauer Kaserne sind die Spezialeinheiten der Polizei untergebracht. Fast alle, die dort arbeiten, sind groß und robust wie Bäume. Ein älterer Polizist sitzt vorne und hat die Überwachungskameras im Visier. Er ist mir sympathisch. Nicht selten sehe ich eine Bierdose neben den Bildschirmen stehen. Er zwingt die anderen immer wieder, mir Trinkgeld zu geben, besonders wenn es schneit oder regnet.

Neulich fragte er mich, wo ich herkäme und was ich hier machte.

Ich sagte: »Iran.« Dann zögerte ich. Auf die zweite Frage gebe es zwei Antworten, »eine wahre und eine gelogene«.

Er sagte, ich solle ihm die Wahrheit sagen, aber einem anderen Polizisten nie. »Es gibt sehr viele Arschlöcher unter uns.«

»Ich bin ein Flüchtling und arbeite schwarz.«

Er zuckte mit den Achseln und fragte mich, ob wir auch in den 19. lieferten.

Ich nickte.

Er wohne ganz weit draußen, in der Nähe von Nußdorf.

»Mir ist es gleich.«

Er fragte nach meinem Namen, sogar den nannte ich ihm. Seitdem lieferte ich ihm Essen nach Hause, musste immer elendslange fahren, aber jedes Mal gab er mir zehn Euro Trinkgeld. Er wohnte allein, vielleicht wusste er deshalb, wie sich Einsamkeit anfühlt.

In die Pizzeria kommen seltsame Gestalten. Unter den Gästen sind viele alte Männer, die dort saufen. Es gibt auch eine Gruppe linker Menschen, die oft über Marx und den Kapitalismus streiten, aber es fällt ihnen nicht auf, dass wir hier ausgebeutet werden, dass man uns schlecht behandelt.

Der Pizzabäcker ist ein Kurde aus Syrien. Er ist seit sechs Jahren in Österreich und hat noch immer kein Asyl. Mit ihm verbringe ich die meiste Zeit, wenn wir nichts zu tun haben. Wir verständigen uns in gebrochenem Deutsch und manchmal auf Arabisch. Kurdisch kann er kaum, weil er in Damaskus aufgewachsen ist. Sein Schicksal macht mir Angst: sechs Jahre im Transitzustand.

Es gibt auch einen Iraner, den ich nicht mag. Er lebt seit längerer Zeit in Österreich. Angeblich kam er als Student, aber er kellnert fast jeden Tag und nennt sich Geschäftsführer. Ich muss schmunzeln, wenn ich höre, dass er sich so nennt. Er erzählt mir oft, wie reich seine Familie ist und woher in Nordteheran er stammt. Seine größte Leistung ist, dass er die U-Bahn in Wien noch immer nicht von innen gesehen hat, weil er gleich am ersten Tag von seinem Bruder ein Auto bekam. Am Anfang habe ich ihn ignoriert, aber dann begann er, sich als Chef aufzuführen und mich beim Besitzer zu verpetzen. Seitdem gehe ich vorsichtiger mit ihm um, damit ich die Arbeit behalten kann. Er ist als geringfügig Beschäftigter angemeldet und arbeitet den Rest der Zeit schwarz. Im Grunde arbeiten alle in der Pizzeria schwarz.

Einmal hat ein reicher Gast ihm seinen SUV-Mercedes überlassen, weil er zu betrunken war, um selbst nach Hause zu fahren. Bevor er mit dem Taxi wegfuhr, versprach ihm der iranische Kellner, er werde das Auto vor seinem Haus im 1. Bezirk parken. Nach der Arbeit wollte ich gerade gehen, als er sagte:

»Wir machen heute was.«

Ich antwortete: »Ich bin müde und habe keine Lust. Außerdem kommen wir nirgends rein.«

Er lächelte und zeigte auf das Auto. »Damit kommen wir überall rein.«

Wir fuhren mit dem Auto zum Ring, und vor der Disco Passage hielt er an und fragte die Türsteher nach einem Parkplatz. Sie sagten, wir sollten einfach irgendwo parken. Als wir zu Fuß zurückkamen, ließen sie uns problemlos rein. Die letzten zwei Male hatten sie uns nicht reingelassen. Ausländer sind nicht gleich Ausländer, vor allem wenn sie reich sind.

Später erzählte ich meinen Mitbewohnerinnen und Mitbewohnern, ich sei in der Passage gewesen, und sie waren ziemlich überrascht. Sie sagten, es sei die Lieblingsdisco von H. C. Strache.

Als ich in der Pizzeria zum ersten Mal länger mit einem Gast spreche, der täglich, von der Früh bis in die Nacht, mehr als zwanzig weiße Spritzer trinkt, erzählt er mir, er sei einige Male im Iran gewesen. Er besitzt eine gut gehende Firma, Telefontechnologie. Neulich wollte das Regime seine Firma kaufen, aber er lehnte ab, obwohl sie ihm angeblich vier Millionen geboten haben. Ich frage ihn nach dem Grund der Ablehnung.

»Sie können mit der Technologie alle abhören.« Das will er seit den Protesten letztes Jahr nicht mehr.

Auf einmal ist er mir sympathisch. Er wird nicht mehr lange leben, er hat Krebs. Falls ich ihn richtig verstanden habe. Das kreist mir im Kopf herum, weil ich ihn bald nicht mehr sehen werde.

Ich brauche eine Beschäftigung, eine geistige, ich muss mich ablenken. Darum habe ich mir einige Bücher auf Farsi heruntergeladen, als PDF. Ich öffne einen Roman von Mario Vargas Llosa, »Lob der Stiefmutter«, und beginne, ihn zu lesen. Als ich noch im Iran lebte, war ich fasziniert davon. Es ist ein erotisches Buch. Ich frage mich, soll ich es wieder lesen oder besser nicht? Ich kann mich nicht zurückhalten und lese weiter. Eine Erregung, die ich angenehm finde, erfasst mich. Neugierig lese ich eine Sexszene, bis ich plötzlich leises Stöhnen vernehme. Abrupt halte ich inne. Bin ich verrückt geworden? Ich höre die Geräusche der Szene, die ich gerade lese. Sollte ich doch meine Tabletten nehmen? Ich halte mir die Ohren zu und schließe die Augen. Hoffentlich, denke ich, kann ich mich gleich wieder beruhigen, hoffentlich hören die Einbildungen auf. Langsam nehme ich meine Hände von den Ohren, atme tief durch und lausche. Nun höre ich lautes Stöhnen. Ich trete auf den Gang, um ins Bad zu gehen, wo ich mein Gesicht waschen will. Im Gang ist es noch lauter, ich merke, dass die Geräusche vom Ende des Ganges kommen. Also doch keine Einbildung. Beruhigt atme ich auf und lache kurz über mich. Ich habe kein Vertrauen mehr in meine Wahrnehmungen, ein Zufall wie dieser kann mich durcheinanderbringen. Ich gehe zurück in mein Zimmer und schließe die Datei.

Dann logge ich mich bei Facebook ein und sehe, dass Sarah mir eine Nachricht geschickt hat:

Jetzt ist schon Dezember, und wir haben länger nichts voneinander gehört. Das heißt aber nicht, dass ich nicht immer wieder an dich denken würde. Du weißt ja, dass ich glaube, Kracauer war ein bisschen wie du. Ich sage das nicht nur, weil er ein Flüchtling war. Er mochte auch die Surrealisten, und in seinem Werk gibt es viele Metaphern zu Geburt und Schwangerschaft. Er war sehr schüchtern, besonders Frauen gegenüber, und seine ersten sexuellen Erfahrungen, wenn er überhaupt welche hatte, hatte er wahrscheinlich in ziemlich hohem Alter, vielleicht mit einer Prostituierten. Mit Adorno hatte er eine homoerotische Beziehung, die gestört war und sich nie wieder normalisieren konnte, weil Adorno sich in Alban Berg verliebte und nach Wien ging, um bei ihm Komposition zu studieren. Kracauer träumte vom Ruhm und gleichzeitig davon, in einer Welt zu leben, in der es nicht nötig wäre, hart zu sich selbst und anderen zu sein. Er pries die Ohnmacht und wollte ein Märchenkönig sein, der von der ganzen Welt geliebt wird, ja er wollte sie beherrschen, ein wenig wie Chaplin, den er sehr bewunderte. Immer war er ein Außenseiter, war sehr einsam und gehörte nie wirklich zur Welt, obwohl er als Autor erfolgreich war. Kurz: Er war sehr sensibel, Adorno nannte ihn einen Mann ohne Haut – treffender kann man es, glaube ich, nicht sagen. Kracauer war ein heimlicher Mystiker, obwohl er ein Religionskritiker war, und wenn man das weiß, kann man es überall in seinen Schriften finden. Es hängt mit seinen Gedanken über Schwangerschaft zusammen. Erkennst du dich darin wieder?

Ich finde das alles interessant, aber frage mich gleichzeitig, ob Sarah nicht langsam zu weit geht. Trotzdem fühle ich mich noch angesprochen von ihren Nachrichten. In dem, was sie schreibt, offenbart sich mein Stil, auch meine Symbolik. Meine Idee vom Künstlersein. Zwischen Verrücktheit und Kunst verläuft für mich eine kaum wahrnehmbare Grenze. Schon immer habe ich mich von den Menschen zurückgezogen und wollte als Verrückter, als Außenseiter gelten. Ich identifizierte mich mit Van Gogh und Antonin Artaud. Ich sah in Depression und Verrücktheit eine Quelle fürs Schreiben.

Ich blicke auf die Uhr. Heute habe ich in der Pizzeria nur sechs Stunden Dienst. Meine Mutter ruft mich auf dem Handy an und legt schnell wieder auf – ein Zeichen, dass ich mich über Skype bei ihr melden soll. Keine Lust. Sie verheimlicht mir alles, und ich verheimliche ihr alles. Seitdem ich weg bin, erzählt sie nichts von ihren Schwierigkeiten. Ich höre alles nur von dem Nachbar in der Gasse.

Im Gang begegne ich meiner blonden Mitbewohnerin. Sie will wissen, ob ich am Abend da bin, ein paar Freundinnen kämen vorbei.

»Erst nach dreiundzwanzig Uhr.«

Sie fragt, ob wir gemeinsam essen wollen.

»Ist das nicht zu spät für euch?«

»Wir können auf dich warten, wenn du willst.«

So läuft das manchmal, und ich freue mich.

In der Pizzeria ist viel los. Es ist kalt, und bei Kälte bestellen die Leute mehr. Ich muss viel abwaschen und putzen und herumfahren.

Die erste Bestellung kommt aus dem 1. Bezirk. Es hat schon minus sechs Grad. Meine Hände sind eiskalt, ich habe keine Handschuhe. Ich fahre zum Juridicum und biege in die erste Gasse. Das Moped bleibt stehen. Ich versuche, den Motor zum Anspringen zu bringen, vergeblich. Ich hantiere herum, ohne eine Ahnung zu haben. Dann kommt mir eine Idee: Ich schiebe das Moped schnell, und dadurch springt der Motor an. Es hat geklappt. Meine Hände sind dreckig, und das sieht auch der feine Herr, der das Essen entgegennimmt.

Er fragt mich, ob ich meine Hände waschen möchte.

Ich bejahe es mit einem Lächeln.

Er führt mich zum Bad. Er wohnt in einer eleganten Wohnung. Ich schaue mich um und muss an die großen Wohnungen meiner Verwandtschaft denken. Auch an die gigantische Wohnung, die ich im 3. Bezirk bei den Flaktürmen einmal von innen sehen durfte. Damals trug ich sechs Teppiche hinein, die Besitzer wollten sehen, ob sie passten. Ich ging durch mehr als zehn Zimmer, um bis ins Schlafzimmer zu gelangen. Die Wohnung breitete sich über die Fläche des gesamten Stockwerks aus.

Vor dem Bad bleibt der feine Herr stehen und öffnet die Tür. Er sagt, der Wasserhahn funktioniere mit Bewegungsmelder. Ob ich so etwas jemals gesehen hätte?

»Im Dschungel haben wir uns die Hände im Fluss gewaschen«, antworte ich und gehe.

Auf dem Rückweg fahre ich am Burgtheater vorbei und muss vor der Ampel stehen bleiben. Es ist glatt, deswegen sind die Straßen leer. Während ich warte, bis die Ampel auf Grün springt, frage ich mich: Wird hier irgendwann ein Stück von mir gespielt? Werde ich überhaupt je wieder in der Theaterbranche arbeiten können?

Die zweite Bestellung kommt aus dem 9. Bezirk. Ich kenne den Mann schon. Bei ihm stapeln sich die Bücher bis zur Decke. Es gibt nur schmale Gänge, durch die man sich in der Wohnung bewegen kann. Ich war von Anfang an begeistert. Ich durfte länger bleiben, um die Bücher anzuschauen, als er merkte, dass auch ich ein Bücherwurm bin. Wir sprachen immer wieder miteinander, und er war mir sympathisch. Bis zum letzten Mal, als er seine Hand auf meine legte. Ich bat ihn, meine Hand loszulassen, da bot er mir Geld für Sex. Diesmal wartet er schon vor der Tür, als ich oben ankomme. Sie steht offen. Ich will das Geld nehmen und gehen.

Er fragt, den Schein in der Hand haltend, ob ich hereinkommen will.

»Nein.«

Er entschuldigt sich und gibt mir das Geld.

Ich sage nichts und gehe.

Die dritte Bestellung kommt wieder aus dem 9. Bezirk, einer WG, in der eine junge Frau wohnt, die oft mit ihrem Vater in der Pizzeria ist. Ich habe mich auch in sie verschaut. Beim Essen lächelt sie mich ständig an, obwohl sie einen Partner hat, er war einmal dabei. Ihr Vater und der Onkel spielen in einer Band und sind angeblich bekannt, der Onkel ist zudem ein Autor. Mit mir reden sie nicht, aber sie schaut mich an und lächelt – wie jetzt, als sie die Tür aufmacht. Ich rieche Alkohol, und eine Graswolke treibt mir entgegen. Die Frau hat rote Wangen, als ob sie verlegen wäre. Fünf Euro will sie mir Trinkgeld geben, ich nehme es nicht an. Nicht von ihr.

Auf dem Moped spüre ich meine Hände kaum noch, so eisig ist es. Ich fahre in eine Einbahnstraße, um den Weg abzukürzen. Ein Polizeiauto kommt mir entgegen und schaltet das Blaulicht ein. Anstatt anzuhalten, fahre ich weiter und bedecke das Kennzeichen, indem ich den Pizzabehälter darüberhängen lasse. Das Polizeiauto braucht etwas Zeit, um zu wenden. Ich biege in eine Gasse neben der Kirche ein, wo Autos nicht durchfahren können, stelle den Motor ab und verstecke mich hinter einem Wagen. Ich sehe, wie das Auto auf der Straße vorbeifährt und die Polizisten nach mir Ausschau halten. Sofort starte ich den Motor wieder und fahre in der Gegenrichtung weiter. Ich zittere vor Angst. Erst jetzt wird mir bewusst, dass ich vor der Polizei fliehe. Wäre ich in der Einbahnstraße stehen geblieben, hätte ich ein größeres Problem, denn arbeiten darf ich ja nicht, ich fahre ohne Führerschein, und das Moped wurde vom Chef frisiert und fährt bis zu neunzig km/h.

Kurz vor der Porzellangasse sehe ich das Blaulicht wieder. Ich wende schnell und fahre weiter Richtung Donaukanal. Ob es sich um dasselbe Polizeiauto handelt, kann ich nicht sagen. In der Nähe der Pizzeria verstecke ich mich und warte ein paar Minuten. Der Chef ruft mich ständig an, sicher gibt es noch mehr Bestellungen.

Die vierte Bestellung kommt aus der amerikanischen Residenz beim Türkenschanzpark. Die Securitys tragen eine Waffe. Einen der Männer kenne ich schon. Er hat ein feminines Gesicht und lächelt mir immer zu. Ein bisschen Trinkgeld gibt er auch.

Ein paar Häuser, eher Villen, die Straße weiter runter gibt es ein Haus mit einer Fassade aus Glas. Man kann hineinschauen und eine schöne, große Bibliothek bewundern. Immer wieder bleibe ich hier stehen und träume von meiner Bibliothek in Teheran. Der Mann mit den Tausenden Büchern im 9. Bezirk wirkte nicht überzeugt, als ich ihm die Zahl meiner Bücher nannte: »Achttausend.« Die liegen nun in Bananenschachteln im Keller der Nachbarn, weil meine Eltern vor ihrer Auswanderung erneut umziehen mussten und die Bücher nicht mitnehmen konnten.

Ich hatte meine Mutter gebeten, die Bücher zu verkaufen, denn dafür bekäme man nicht wenig Geld, aber sie brachte es nicht übers Herz. Obwohl ich und sie das Geld dringend brauchten.

In der Pizzeria wartet schon die fünfte Bestellung, diesmal für die Rossauer Kaserne. Der nette ältere Polizist, den ich auch zu Hause beliefere, trinkt heute einen Radler. Er ruft den Kollegen an, der die zwei Pizzen bestellt hat, damit er sie abholen kommt. Wenig später ist er da, verschwitzt, überall tätowiert und zwei Köpfe größer als ich, weshalb ich zu ihm aufschauen muss. In seinem T-Shirt wirkt er, als ob er gerade aus dem Fitnessstudio käme. Bevor er wieder durch die Tür verschwindet, merke ich, dass er mir zehn Euro zu viel gegeben hat.

Ich sage, er habe falsch bezahlt.

Er wird laut, glaubt, dass ich ihn abzocken will. Erst dann sieht er den Schein, den ich ihm entgegenhalte. Seine Tonlage verändert sich, und seine Augen bohren fast ein Loch durch mich. Sein tätowierter Arm nimmt den Schein und greift nach der Türklinke.

Eine weitere Stimme kommt von der Seite. Der nette Polizist hält ihn zurück. Aufgebracht fordert er seinen Kollegen auf, mir Trinkgeld zu geben. Ich sei ein ehrlicher und fleißiger Mensch. »Das soll doch belohnt werden mit mindestens fünf Euro.«

Der tätowierte Polizist wirft mir den Schein fast ins Gesicht. Aggressiv verlangt er fünf Euro zurück und verschwindet. Sobald die Tür hinter ihm zugezogen ist, lacht der freundliche Polizist und beschimpft ihn.

Für die sechste Bestellung muss ich im 9. Bezirk zu einer neuen Adresse, fast am Ende der Althanstraße gegenüber der Uni. Als die Tür geöffnet wird, riecht es eigenartig muffig. Es erinnert mich an meine Großeltern. Ein alter Mann mit einem großen Bauch steht vor mir. Das Essen nimmt er mir nicht ab, sondern ich soll ihm in die Küche folgen und es dort auf den Tisch stellen. Auf dem Tisch liegt ein Kuvert mit Geldscheinen. Mein Blick fällt kurz darauf, und gleich schaue ich weg.

Er fragt mit erhobener Stimme, was ich so anstarre?

Ich verstehe das Wort nicht, aber ich weiß, was er meint.

Er hat Ähnlichkeiten mit meinem Großvater väterlicherseits. Er war ein fuchsiger Tyrann. Ich war nicht einmal vierzehn, als ich sein wahres Gesicht kennenlernte. Nach dem Tod meiner Großmutter kroch er bei uns unter, weil die Geschwister meines Vaters ihn bedrohten und Geld von ihm erpressen wollten. Mein Vater galt in der Familie als verrückt, und alle hatten Angst vor ihm, deshalb hatte mein Großvater ihn als Retter ausgesucht. Alle glaubten, dass mein Vater von ihm Geld bekäme, in Wahrheit aber nützte mein Großvater ihn aus, um in Ruhe seine Wiederheiratspläne zu schmieden. In der Zeit schikanierte er immer wieder meine Mutter. Als Patriarch war er daran gewöhnt, Frauen zu erniedrigen und zu beschimpfen. Ich hatte oft Streit mit ihm.

Eines Tages brachte er meine Mutter zum Weinen, bevor sie zur Arbeit ging. Ich wollte ihn rausschmeißen, darauf versuchte er, mich mit seinem Gehstock zu schlagen. Ich riss den Stock aus seiner Hand und sagte:

»Den werde ich dir in den Arsch stecken.«

Als meine Mutter hinausgegangen war, sagte er zu mir: »Wenn ich dich heute Nacht umbringe, wird dein Vater nicht zulassen, dass ich bestraft werde. Nach islamischem Recht können Väter und Großväter die Kinder umbringen, ohne zum Tod verurteilt zu werden. Aber wenn du mich umbringst, werden meine Kinder wollen, dass du stirbst. Denk daran, ich bin alt und habe mein Leben hinter mir, du hast dein Leben vor dir. Wer hat etwas zu verlieren, du oder ich?«

Bei der siebten Bestellung muss ich zehn Pizzen liefern. Ich bin mir sicher, dass es sich um eine Party handelt, ja ich glaube, ich kenne diese WG in der Servitengasse schon. Ich nehme heimlich zehn Getränke mit, die ich den Kunden schenken will – das mache ich manchmal, um dem Besitzer zu schaden. Oft nimmt er mir bis zu zehn Euro Trinkgeld pro Tag ab, und das soll meine Rache sein.

Die Party ist laut, sie öffnen lange nicht. Dann nur die Haustür und die Wohnungstür wieder lange nicht. Ich setze mich auf der Treppe hin und erhole mich kurz. Mein Handy klingelt.

Wo ich verdammt noch mal steckengeblieben sei?

Ich schreie ins Handy, dass sie nicht aufmachen, ich könne mit den zehn Pizzen gern wieder zurückkommen.

Die Stimme des Chefs wird auch laut. Wenn ich nicht liefere, müsse ich alles selbst bezahlen.

Ich bleibe einfach sitzen, bis ich Leute höre, die hochkommen. Die Wohnungstür geht auf, aber niemand nimmt die Pizzen entgegen. Ich sage den neu ankommenden Gästen, dass sie irgendjemanden holen müssen.

Einige Minuten später ist immer noch niemand da. Ich fühle mich gezwungen hineinzugehen, um das Essen endlich zu liefern.

Auf dem Weg zurück rutsche ich fast mit dem Moped auf den Straßenbahnschienen aus, es ist noch glatter geworden. Ich bleibe kurz stehen, um mich zu sammeln. Zwei Wochen zuvor, als überall Schnee lag, wäre ich fast in eine Straßenbahn gefahren. Ich bremste, aber das Moped rutschte weiter. Die Straßenbahn klingelte und konnte nicht so schnell anhalten – wäre das Moped nicht in letzter Sekunde stehen geblieben, wäre ich tot. Am Ende wünschte ich es mir sogar. Ich gab auf und ließ es geschehen.

Gleich nach meiner Rückkehr muss ich eine Pizza in die Wohnung direkt über der Pizzeria liefern. Es handelt sich um eine Kundin, die ich fast jeden Tag sehe, und nun weiß ich, wo sie wohnt. Ich sah sie in letzter Zeit auf Wahlplakaten mit der Abkürzung KPÖ. Einer meiner Mitbewohner sagte, das heiße »Kommunistische Partei Österreichs«. Seitdem wundere ich mich, wenn Menschen wie sie in der Pizzeria verkehren, ohne sich zu fragen, wie es denen, die hier arbeiten, geht. Es interessiert sie nicht, wie viel wir verdienen oder ob wir fair bezahlt werden. Ist der europäische Kommunismus anders, oder sind sie anders?

Als ich mich einmal mit dem Chef wegen des Trinkgelds stritt, sprach ich die Kunden, die oft über Marx und den Kapitalismus diskutieren, direkt an. Ich sagte ihnen, wie viel ich für den harten Job bekomme und wie viel Trinkgeld er mir wegnimmt. Einige von ihnen kamen aus Protest zwei Wochen nicht und ließen nicht zu, dass ich rausgeworfen werde, aber bald waren sie alle wieder da. Nichts hatte sich für mich geändert. Außer den Bösartigkeiten des Chefs, die nahmen zu. Er behandelt mich, als ob ich ein Arbeitstier wäre. Am Ende ist er es, der das Geld verdient, und ich liege mit schmerzenden Beinen im Bett. Meine Hände sind immer aufgesprungen und bluten, als ob ich mich häuten würde durch das ständige Abwaschen und Durch-die-Kälte-Fahren. Oft muss ich Olivenöl dranftupfen, um die Schmerzen zu lindern.

Kurz nach zweiundzwanzig Uhr gibt es keine Bestellungen mehr. Im Lokal sind alle Tische besetzt, und es wird kräftig getrunken. Die Freundin vom Chef mit ihrem Bruder, der neulich aus Bulgarien kam, ist auch da. Sie ist ungefähr so alt wie ich und fröhlich, sympathisch und sehr schön, der Chef dagegen muss über sechzig sein. Der iranische Kellner erzählte mir einmal, dass sie eine Prostituierte war und der Chef ihr Stammkunde. Irgendwann bekam sie ein Kind und konnte nicht mehr arbeiten, da bot er ihr an, zu ihm zu ziehen. Seitdem sind sie ein Paar. Irgendwann, denke ich, will ich über diese Frau schreiben.

Seit einiger Zeit halte ich wieder Ideen für Stücke fest, damit ich nicht vergesse, dass ich ein Künstler bin. Im Iran hatte ich immer ein Monster in mir gespürt, das mich zum Beobachten und Aufschreiben zwang. Ich musste jeden Tag etwas lesen und fast jeden Tag neue Ideen entwickeln. Diese Ideen sammelte ich in meinen Notizbüchern. In Österreich hingegen habe ich selten Kraft, überhaupt etwas zu lesen, geschweige denn, Ideen zu notieren. In Österreich kann ich kein kritischer Beobachter sein, weil ich selbst unter Beobachtung stehe, weil ich selbst zu einem Objekt geworden bin. Ich habe keine Sprache, um meine Erfahrungen, meine Gedanken zu vermitteln, und bin zu einem in die österreichische Sozialhilfe geflüchteten Ausländer degradiert.

Plötzlich möchte ich dieses innere Monster wieder aufwecken, es wieder füttern. Ich setze mich in der Küche auf den Sack mit Zwiebeln und schlage mein Notizbuch auf. Der letzte Eintrag ist fast zwei Monate her.

Wenn ich in dem Haus, wo ich wohne, oder beim Austragen der Pizzen die Treppen hinaufgehe, ist es, wann immer ich die nächste Etage erreiche, wie ein merkwürdiges Ereignis. Neue Gedanken tauchen auf, als ob jede Etage ein neuer Abschnitt wäre. Jede Etage verändert die Zeit. So könnte eine verschachtelte Geschichte entstehen, in der jede Figur in einer anderen Zeit etwas macht, und dann gehen wir zur nächsten Geschichte und somit zur nächsten Etage. Ich muss darüber nachdenken.

Donnerstag, den 14.10.2010, 17.10 Uhr

Gleich dahinter notiere ich eine Idee für ein Stück:

Ich sollte das Stück so schreiben, dass alle Dialoge, die das Publikum hört, nicht auf der Bühne gesprochen werden – was die Hauptfigur hört, hört sie entweder in der Phantasie oder durch die Wände. Trotzdem soll es aussehen, als ob das Gesprochene mit den Figuren auf der Bühne zu tun hätte. Die Kunst wäre, das mit den Mitteln des Schreibens zu zeigen.

Schnell schreibe ich noch anderes auf, weil ich mir Dinge oft nicht mehr merken kann. Es ist wie in einem Rausch, und ich will nicht mehr aufhören zu schreiben.

Ich sollte mir die Menschen in der Pizzeria einprägen. Auch die Bilder, die hier an der Wand hängen. Ein Bild zeigt zwei kleine weiße Quadrate auf einer schwarzen Fläche. Ein anderes Bild zeigt ein Pärchen. Die Frau schläft in den Armen des Mannes. Ihre Gesichter sind deformiert und erzeugen Verwirrung. Die Lippen sind rot, und jeweils ein Auge ist hohl. Ein weiteres Bild zeigt vier Männer, um einen Tisch sitzend. Auf dem Tisch sind mehrere Alkoholflaschen und Gläser zu sehen. Im Hintergrund sieht man den Mond, halb bedeckt von einer roten Wolke. Dann sind da noch zwei Flügel von einem Adler und ein Baum im rechten Eck. Das Interessante ist, dass ein Mann den Kopf auf seine auf dem Tisch verschränkten Arme gelegt hat, sodass man sein Gesicht nicht sehen kann. Warum? Ist er betrunken? Die anderen drei Männer sind blond und grünäugig. Sie starren alle auf ein und denselben Punkt, während der Rauch ihrer Zigaretten aufsteigt. Ist der Maler ein Stammkunde? Oder der Mann mit dem Kopf auf dem Tisch? Was ist in dieser Nacht passiert? Hat er etwas Schreckliches gebeichtet?

Der Chef taucht auf und sieht, dass ich seit ein paar Minuten auf dem Zwiebelsack sitze und etwas schreibe. Sofort sagt er im Befehlston:

»Besteck abwaschen und abtrocknen.«

Ich stehe auf und spüre meine Beine, ich erledige alles schnell. Dann sage ich zu dem Pizzabäcker, dem Kurden, er solle mir bitte mein Abendessen mitgeben – damit ich zu dem Essen meiner blonden Mitbewohnerin auch etwas beisteuern kann. Er macht mir eine Pizza und legt sie in eine Schachtel, während ich abrechne. Das Geld zähle ich nach und übergebe es dem Chef. Für mich behalte ich den Lohn für sechs Stunden Arbeit. Als ich mit der Pizzaschachtel gehen will, hält der Chef mich auf.

Wenn ich die Pizza mitnehmen möchte, müsse ich sie bezahlen.

Ich werde laut und sage, dass ich keine Zeit zum Essen hatte. Ich sei die ganze Zeit unterwegs gewesen.

Er erwidert, aus purer Nettigkeit lasse er mich gratis essen, aber nur hier.

Ich schmeiße sieben Euro auf die Theke und verlasse das Geschäft. Vor lauter Wut vergesse ich, ein Ticket für die

Straßenbahn zu kaufen, und steige in den D-Wagen ein. Zum Glück fangen sie erst mit der Kontrolle an, als ich bei der Station Volkstheater aussteige.

Am Würstelstand stehen ein paar Menschen. Ein paar Schritte weiter sehe ich viele Münzen in einem Umkreis von ein paar Metern auf dem Boden liegen. Warum, frage ich mich, sammelt niemand diese Münzen auf? Kurz denke ich an eine versteckte Kamera, dann lege ich die Pizza hin und beginne mit dem Sammeln. Ich hebe nur Zwei- oder Ein-Euro-Münzen auf. Ein paar Augenblicke später sind es schon ein Dutzend Menschen, die eifrig Münzen sammeln. Als ich fast nur noch Münzen im Wert von fünfzig Cent oder weniger sehe, haue ich ab, um das Geld nicht zurückgeben zu müssen. Meine Taschen sind voller Münzen, bei jedem Schritt veranstalten sie ein Konzert. Beschwingt renne ich nach Hause und schaue immer wieder zurück, ob irgendjemand mich verfolgt.

In der Wohnung können sich meine blonde Mitbewohnerin und ihre Freundinnen nicht vorstellen, dass ich achtundneunzig Euro auf der Straße gefunden habe. Sie glauben vielmehr, dass mir in sechs Stunden so viel Trinkgeld gegeben wurde. Sie irren sich.

Nach einigen Stunden verabschieden sich die Freundinnen. Die blonde Mitbewohnerin und ich sind betrunken und bleiben noch etwas sitzen. Sie redet über einen Weihnachtsbaum, den wir unbedingt haben müssten, wenn wir eine Familie werden wollen. Einer der Mitbewohner, der sich noch zu uns gesetzt hat, ist dagegen, ich bin dafür. Sie sagt laut:

»Zwei Stimmen gegen eine, gewonnen. Wir brauchen unbedingt einen Baum.«

Der Mitbewohner findet es unsinnig, so viel Geld für einen Baum auszugeben.

Sie lacht und sagt: »Wir könnten einen klauen.«

Der Mitbewohner winkt ab.

Sie fragt mich, ob ich dabei wäre.

Ich will nicht Nein sagen. Ich will keine Angst haben, vor der Polizei nicht, vor den Behörden nicht, ich will sie beeindrucken, ich bin betrunken.

Schwankend verlassen wir das Haus und gehen zu einem Ort in der Nähe, wo Weihnachtsbäume verkauft werden. Es ist fast vier Uhr in der Früh. Unterwegs machen wir aus, dass ich, falls die Polizei auftauchen würde, nur zufällig dabei wäre, um ihr zu helfen. Sie würde alles auf sich nehmen. Ich wohne offiziell nicht in der WG, und somit gäbe es keine Verbindung zwischen uns. Im Rausch scheint uns diese Geschichte schlüssig und glaubwürdig.

Die Bäume sind hinter einem Stacheldrahtzaun. Ich klettere hoch und greife mir den größten Baum. Ich versuche, ihn hochzuheben, er ist ziemlich schwer. Ich ziehe ihn ein kleines Stück hoch, und nachdem meine Mitbewohnerin sich drangehängt hat, fällt er von selbst herüber. Meine dünne Jacke ist vom Zaun durchlöchert. Nun führt am Kauf einer Winterjacke kein Weg mehr vorbei.

Wir hören Schritte. Ich lehne den Baum an den Zaun. Meine Mitbewohnerin wirft sich in meine Arme und tut, als würden wir uns küssen. Trotz meiner Überraschung begreife ich sofort, was ihr Plan ist, und mache mit. Es taucht ein Mann auf, der uns lange anstarrt. Ich sehe ihn aus dem Augenwinkel: Er ist auch ein Migrant, vielleicht sogar ein Flüchtling wie ich – der Zeitungsverteiler, den ich morgens immer wieder sehe. Nun steht er da und wünscht sich vermutlich so ein Leben, wie ich es habe. Er wünscht sich Spaß und eine österreichische Freundin. Ich stelle mir vor, wie frustrierend unser Anblick für ihn ist, wie einsam er sich gerade fühlt, aber ich kann nicht aus meiner Rolle heraus. Ich kann ihm nicht sagen, dass ich genauso einsam und frustriert bin, genauso Drecksarbeit leiste, um leben zu können. Nach einer Weile geht er weiter, und ich weine zwei Tränen lang.

Wir rennen mit der Beute Richtung WG – sie vorne, ich hinten. Wir rennen die Neustiftgasse entlang. Kurz bevor wir an unserem Haus ankommen, nähert sich ein Polizeiauto. Es verlangsamt die Geschwindigkeit, offenbar beobachtet man uns. Meine blonde Mitbewohnerin ist gut sichtbar, ich verstecke mein Gesicht hinter dem Baumstamm. Das alte Zittern überkommt mich. Ich will schon heulend wegrennen, als das Auto wieder schneller wird. Sie fahren weiter, und wir lachen nervös auf.

Endlich sind wir im Haus. Auf der Treppe machen wir immer wieder Pause, bis wir die oberste Etage erreicht haben. Mein Mund ist ausgetrocknet, meine Zunge klebt am Gaumen. Die Angst und der Alkohol haben meine Körperflüssigkeit verdampfen lassen.

Der Mitbewohner ist noch wach und hilft uns, den Baum in die Wohnung zu tragen. Im Gang hinter dem Klo basteln wir mit Steinen und Bierkisten einen Ständer, der den Baum halten kann. Er ist über zwei Meter hoch. In uns steckt eine kindliche Freude, die sich darin zeigt, dass wir ständig grinsen. Der Mitbewohner wiederholt mehrfach, dass wir dumm seien, besonders ich als Asylwerber. Dann umarmt er uns. Er ist froh, dass wir, ohne erwischt worden zu sein, zurückgekommen sind.

Am nächsten Morgen, beim Frühstück, schaut sich die blonde Mitbewohnerin die Fotos an, die sie am Abend beim Essen mit ihrem Handy aufgenommen hat. Sie beklagt sich, dass ich mein Gesicht immer mit den Händen bedecke, die Fotos seien deswegen nicht facebooktauglich.

Sogar betrunken dachte ich offensichtlich daran, dass ich auf den Fotos nicht zu sehen sein darf, denn sonst könnte Sarah sich wieder schlecht fühlen. Heute Abend werde ich sie kurz im Volksgarten treffen, um von ihr das Geld für die Miete zu bekommen. Ich habe es nicht geschafft, ab November die Miete selbst zu bezahlen. Ich verdiene zu wenig, und die Kosten in der Stadt sind zu hoch.

Mein Handy klingelt – eine unbekannte Nummer aus dem Iran –, und ich hebe ab. Es ist mein alter Freund Ardavan, der 2009 verhaftet wurde. Er konnte das Gefängnis für medizinische Untersuchungen kurz verlassen. Wir skypen. Er gehört der neuen linken Bewegung im Iran an und erzählt mir von seinen Erlebnissen im Gefängnis. Dann fragt er mich, ob er abhauen oder lieber seine Haft verbüßen soll. Er hat nur noch ein Jahr.

Ich schildere ihm meine Situation und dass ich in einem Transitzustand lebe. »So geht das schon länger als ein Jahr, kann aber noch fünf Jahre dauern. Erst mit einem positiven Bescheid werden mir Deutschkurse bezahlt, die nötig sind, um studieren oder arbeiten zu können.«

Er hört sich alles genau an. Er möchte politisch aktiv bleiben, er möchte weiter Filme drehen können.

Ich sage: »Hätte ich damals gewusst, dass ich nur zwei oder drei Jahre ins Gefängnis muss und danach wieder frei bin, hätte ich den Iran nie verlassen. Ich hatte Angst, es wäre schlimmer.«

Er will es sich noch überlegen, wird aber vermutlich bleiben. Seitdem er im Gefängnis sei, bekomme er viele Liebeserklärungen auf Facebook. Im Gefängnis habe er Journalisten gesehen, die unbedingt verhaftet werden wollten, um ihre Karriere zu fördern.

Ich weiß nicht, was ich denken soll. Ist das Regime so zimperlich geworden, oder schätzt Ardavan das falsch ein?

Gleich nach dem Gespräch suche ich die Gräueltaten des Regimes im Internet zusammen. Über viele der Geschehnisse wusste ich noch gar nichts. Im Rahmen der Serie von Kettenmorden im Ausland und im Iran stoße ich auf einen Fall aus dem Jahr 1996: Als ich zehn Jahre alt war, fingierte das Regime eine Einladung für iranische Autorinnen und Autoren nach Armenien. Einige sagten ab, aber einundzwanzig sagten zu. Sie saßen in einem Bus und dachten, sie würden nach Armenien reisen. Die iranischen Geheimdiente dagegen planten, den Bus samt Insassen in ein Tal stürzen zu lassen. Als der Fahrer plötzlich aus dem Bus sprang und der Bus auf einen Abgrund zufuhr, schafften es die Reisenden, den Bus in letzter Sekunde zu stoppen. Daraufhin behauptete der Fahrer, er sei rausgesprungen, um Steine unter die Räder zu stecken, damit der Bus nicht weiterrollt. Stattdessen brachte er den Bus neuerlich in Bewegung, und ein paar Meter weiter sprang er wieder raus. Auch dieses Mal schafften es die inzwischen misstrauisch gewordenen Autorinnen und Autoren, den Bus zu stoppen. Das Regime plante ein kulturelles Massaker, das wie ein Unfall aussehen sollte.

Ich lese auch die Liste derer, die vom Regime ermordet wurden. Ein Intellektueller namens Ahmad Miralaei, der mir als Übersetzer namentlich bekannt ist, sticht mir ins Auge. Er hatte früh angefangen, Borges ins Farsi zu übersetzen. Dank ihm konnte ich die Welt dieses Autors kennenlernen. Er war 1995 auf dem Weg zu seinem Buchladen verschwunden, am Abend tauchte seine Leiche auf. Man hatte ihm etwas in die Venen gespritzt, um einen Herzstillstand auszulösen. Danach hatte man seine Leiche an eine Wand gelehnt und ein paar Flaschen Alkohol danebengestellt. Ist sein Tod nicht wie eine Borges-Geschichte? Der Tod selbst, in Gestalt der Geheimdienstler, begegnete ihm. Wollte ich wirklich in einem Land, das Menschen abschlachtete, als Autor leben?

Später treffe ich Sarah kurz im Park. Ich habe Angst, dass ich wieder in Erklärungsnot komme und Lügengeschichten erzählen muss, und beiße mir ständig auf die Lippen. Sie gibt mir das Geld für die Miete, und ich bedanke mich wie schon so oft für ihre Großzügigkeit. Dann verschwindet sie schnell, schweigend, sie hat angeblich einen Termin. Ich fühle mich wertlos, abhängig, habe das Gefühl, dass ich sie nur noch wegen des Geldes treffe. Ich möchte nicht von ihrem Geld abhängig sein, ich möchte von niemandem abhängig sein. Während ich noch darüber nachdenke, gehe ich über den Heldenplatz und stelle mir die Masse vor, die Hitler hier bejubelte. Ich bekomme Gänsehaut bei dieser Vorstellung. Was hätte das für mich bedeutet, wenn ich damals gelebt hätte?

4

Im neuen Jahr geht es mir wieder schlechter. Es gab zwar einige Partys bei uns in der Wohnung, die mich abgelenkt haben, trotzdem fühlt sich alles wie Stillstand an. Meine Eltern mussten meinetwegen das Land verlassen, um den Repressalien zu entgehen, und die Ungewissheit, ob sie noch leben, erfüllt mich mit Angst. Diese Anspannung halte ich kaum noch aus. Ich nehme mein Handy überallhin mit, stelle es nicht auf lautlos und warte auf ihren Anruf.

In jener Zeit des Wartens und der auf Schlaflosigkeit zurückgehenden Halluzination – wenn ich auf dem Bett liege und schnell blinzele, vervielfachen sich die Gegenstände, die ich sehe, und verwandeln sich in Streifen, die ich durch schnelleres Blinzeln in andere Formen umwandeln will – erreicht mich von Sarah diese Nachricht auf Facebook:

> Ich bin zurück in Wien. Weihnachten war schrecklich, und ich möchte eigentlich gar nicht mehr daran denken, aber ich halte es für notwendig, dass du davon erfährst. Es geht um die Angst in meinem Leben und wie ich sie in meiner Familie erlebe, aber auch um meine Gefühle dir gegenüber. Wenn dir das zusetzt oder auf die Nerven geht, tut es mir leid, aber solange es in unserer Beziehung etwas Wahres geben soll, kann ich nicht über Dinge schweigen, die mich seelisch aufwühlen, ja erschrecken.

Aber nicht alles, was vorgefallen ist, war für mich überraschend, denn in meiner Familie ist Weihnachten ja immer schrecklich. Trotzdem ist jede schlechte Erfahrung ein Schock für mich, selbst wenn ich weiß, dass ich vorbereitet sein müsste. Es gibt so wenig Liebe und Freude in meiner Familie. Fast alles dreht sich um den sozialen Aufstieg – wie man erfolgreich ist, mehr Geld verdient und Steuern spart. Die Atmosphäre ist geprägt von Langeweile und Konflikten, und niemand will den anderen eigentlich sehen, während es dennoch als Pflicht angesehen wird, an den Feiertagen zusammenzukommen. Sich vor Augen zu führen, dass Weihnachten ein Fest der Liebe und Harmonie ist, macht es noch schlimmer, weil allein die Erwartung, dass es harmonisch sein sollte, alle möglichen Konflikte und Aggressionen nach sich zieht. Früher haben alle unter der Angewohnheit meines Großvaters gelitten, am Esstisch politische Statements abzugeben und in Wut auszubrechen, wenn ihm jemand offen widersprochen hat. Ich mochte seine Ansichten nicht, und als Jugendliche war ich oft diejenige, die ihn herausgefordert hat und mit ihm diskutieren wollte, wenn auch wahrscheinlich ohne große Wirkung. Die politischen Differenzen in meiner Familie sind jedenfalls riesig, und sie allein wären Grund genug, alle Kontakte abzubrechen. Meine Großeltern sind zur Zeit des Nationalsozialismus aufgewachsen und haben sich zumindest teilweise mit dieser Nazi-Ideologie identifiziert, aber sie …

Ich höre auf, die Nachricht zu lesen. Ich bin gerade zu sehr mit meiner eigenen Familie beschäftigt, um mich dafür interessieren zu können, was sie über ihre eigene Familie schreibt. Mein Blick fällt auf die vorletzte Nachricht von ihr, vom ersten Januar, und ich frage mich, was sie mir damit sagen wollte. Warum hat sie ausgerechnet diese Nachricht auf Deutsch und nicht auf Englisch geschrieben, wie sonst?

> Ein gutes neues Jahr wünsche ich dir. Ich sehe jetzt klarer, glaube ich, und möchte dir bald einen Brief geben, an dem ich schon eine Weile schreibe. Mir geht so viel durch den Kopf, das muss einfach raus. Es wird allerdings noch ein bisschen dauern, bis er fertig ist, es wird alles wieder sehr, sehr lang. Denn viel Ungesagtes will gesagt werden, und außerdem habe ich eine Idee, worüber du schreiben könntest, aber das ist noch ein Geheimnis.

Meine Gedanken schweifen ab. Ich habe keine Kraft für lange Briefe, keine Kraft für Sarahs Dramen, für ihre Gefühlsachterbahnen. Ich habe keine Kraft, andere Menschen zu stabilisieren, wenn ich selbst, psychisch und physisch, immer kurz davor bin zu kippen.

Wie vor ein paar Tagen, als ich bei uns in der Wohnung etwas auf dem Gang entdeckt habe. Seit einiger Zeit wache ich von einem Druck auf der Blase auf und renne zur Toilette. Nach dem Pissen wird mir schwindlig, und manchmal werde ich kurz ohnmächtig. Normalerweise schaffe ich es zurück ins Bett, aber dieses Mal fiel ich direkt vor der Toilette auf dem Gang um. Als ich wieder zu mir kam, lag ich mit dem Gesicht nach unten auf den Fußbodenbrettern. Ich öffnete meine Augen und entdeckte eine Schrift auf dem Holz. Die Schrift war blass und unter dem Dreck und Lack kaum zu erkennen. Ich stand auf, und plötzlich sah ich, dass der Boden voll mit dieser

Schrift war. Ich habe lange gebraucht, um dahinterzukommen, dass es Hebräisch ist.

Darüber mit anderen zu sprechen traue ich mich nicht. Sie glauben ohnehin schon, dass ich verrückt geworden bin. Ständig fragen sie mich, ob ich meine Tabletten nehme, ob ich mit meiner Therapeutin über meine Ängste rede, ob ich nicht mehr Tabletten brauche. Dabei brauche ich nur Schlaf und Ruhe. Wahrscheinlich arbeite ich zu viel, weil ich spare. Bald will ich in der Lage sein, Sarah das ganze Geld zurückzuzahlen. Dann werde ich die nötige Muße haben, um diese Schrift zu entziffern. Immer wenn ich etwas Zeit habe, schaue ich mir hebräische Buchstaben im Internet an.

Eines Abends bin ich mit Peter verabredet. Wir haben uns lange nicht mehr gesehen und gehen erst im 2. Bezirk spazieren, bevor wir uns langsam auf den 7. zubewegen. Er redet und redet, ich höre nicht zu. Ich denke an meine Eltern und frage mich, wo sie gerade sind. Sehe ich sie bald wieder? Gelingt ihnen die Ausreise? Weil es kalt ist, gehen wir nach einer Weile zu mir.

Niemand ist zu Hause. Wir setzen uns in die Küche. Peter redet und redet über sein Leben und seine Familiengeschichte, ich höre nicht zu. Er kippt einige Gläser runter und raucht ein paar Joints, pustet den Rauch in mein Gesicht. Ich fühle mich bekifft.

Später taucht einer meiner Mitbewohner auf und setzt sich zu uns. Sie reden und reden, ich höre nicht zu. Denke an die Schrift auf dem Fußboden, an mein Leben, an meine Eltern, an die junge Frau, die ich bei einem Konzert kennengelernt habe, an ihre Lippen, an ihre Zunge, die wie eine Schlange in meinem Mund steckte. Sie glaubte mir nicht, dass ich Pizzazusteller und ein Flüchtling ohne

Aufenthaltsgenehmigung bin. Am Telefon fragte sie mich noch einmal, und ich gab ihr die gleiche Antwort. Seitdem hat sie auf meine Nachrichten nicht mehr reagiert.

Mein Handy klingelt, mit böser Vorahnung hebe ich ab. Nein, es sind nicht meine Eltern, es ist ein Freund aus dem Iran. Ich gehe zum Telefonieren in mein Zimmer.

Als ich in die Küche zurückkomme, schreit mein Mitbewohner Peter an. Sie streiten auf Deutsch. Worum es geht, verstehe ich nicht. Ich versuche, beide zu beruhigen, ohne Erfolg. Noch nie habe ich meinen Mitbewohner so aufgebracht gesehen. Er will Peter rauswerfen.

Wütend schreie ich, Peter sei mein Gast. Er könne doch nicht meinen Gast rauswerfen. Er solle mir erklären, was los sei, und bei Peter solle er sich entschuldigen.

Mein Mitbewohner sagt, er wolle keine Nazis in der Wohnung.

Ich werde hellhörig, und er wiederholt, was Peter zu ihm gesagt hat – über die Juden, die in Österreich keine Steuern zahlen müssten, über die Chips, die sie bei Impfungen den Menschen einpflanzten. Das kenne ich schon. Dennoch will ich nicht glauben, dass Peter, mein Freund, ein Nazi ist. Er war mir gegenüber immer offen, nahm mich, den Asylwerber, den Ausländer, wie ich nun einmal bin, lud mich zu sich ein, war großzügig. Ungeachtet, das musste ich zugeben, seiner teilweise seltsamen Ansichten.

Das sage ich, und Peter steht lächelnd auf und geht. Mein Mitbewohner steht auch auf und zieht sich in sein Zimmer zurück. Ich bleibe sitzen. Höre Stimmen. Sehe die hebräische Schrift im Raum schweben. Höre Schreie. Bin ich betrunken oder bekifft?

Und plötzlich schäme ich mich für meine Dummheit. Ich schäme mich für meine Leichtgläubigkeit. Ich erkenne, dass mein Wissen über die Nazis und die Rechten eingeschränkt ist und nur aus Büchern stammt. Ich dachte, ich, der Nicht-Europäer, der Geflüchtete, der Sozialschmarotzer – aus der Sicht der Mehrheitsgesellschaft –, der verhasste Außenseiter, könne nie als Verbündeter dieser Gruppe infrage kommen. War es wegen meiner Einsamkeit oder wegen der Sprachbarriere oder beidem? Peter, beschließe ich, gehört für mich ab jetzt zur Vergangenheit, ich will nichts mehr mit ihm zu tun haben.

Als ich genügend Geld zusammenhabe, um meine Schulden bei Sarah zurückzuzahlen, treffen wir uns in einem Café. Es ist mir unangenehm, ihr gegenüberzusitzen, ein Gespräch kommt nicht in Gang. Sie sieht müde aus, traurig. Ich hole mehrere Geldscheine aus meiner Jackentasche, aber sie sagt, sie wolle mein Geld noch nicht, ich solle abwarten. Erst wenn ich noch mehr Geld verdient hätte, nehme sie es an.

Beim Abschied gibt sie mir ein großes Kuvert mit – den Brief, wie sie sagt, den ich erst aufmachen dürfe, wenn ich allein sei. Ich stecke ihn ein und mache mich auf den Weg nach Hause.

Zurück in meinem Zimmer, öffne ich das Kuvert und sehe, dass sie mehrere Seiten beschrieben hat. Ich blättere darin und lese eine Stelle in der Mitte:

> Und neulich ist mir – irgendwann beim Lesen – auch das hier klargeworden: Du hast mal gesagt, dass du deinen Geburtstag nicht magst, weil es der Tag ist, an dem deine Mutter dich geboren hat. Irgendetwas ist mir an dieser Aussage aufgefallen. Du hast nicht gesagt, dass du deinen Geburtstag nicht magst, weil es der Tag ist, an dem du geboren wurdest, ja weil du es vorgezogen hättest, gar nicht geboren worden

zu sein. Nein, du hast gesagt, dass es ein schlechter Tag ist, weil sie dich geboren hat. Ich habe mich gefragt, ob du es deiner Mutter vielleicht übel nimmst, dass sie dich aus ihrem Mutterleib in die Scheißwelt entlassen hat. Das könnte jedenfalls einer der Gründe sein, die dir zu schaffen machen. Schließlich hast du ja auch mal gesagt, dass du Frauen nicht magst, weil sie untreu sind, und ich glaube, das hat viel damit zu tun. Wahrscheinlich hasst du deine Mutter dafür, dass sie mit dem Durchtrennen der Nabelschnur einverstanden war, was du als Untreue wertest, und in dem Moment, als deine Beziehung zu deiner Ex zu einem Ende kam, wurde dieses Trauma reaktiviert. Vielleicht wünschst du deiner Mutter unbewusst den Tod und denkst deshalb so oft an die Möglichkeit, dass sie an einem Herzinfarkt sterben könnte. Und doch quält dich der Gedanke, dass sie sterben könnte, denn wenn sie stirbt, wirst du dich schuldig fühlen, weil du ja wolltest, dass sie stirbt. Danach wirst du dich umbringen als Strafe für deine Inzest- und Todeswünsche. Als Strafe für den Verrat und nicht zuletzt als Wiedervereinigung mit ihr.

Ich blättere weiter, obwohl der innere Widerstand, noch mehr Derartiges zu lesen, immer größer wird. Ich spüre Abscheu und bin zugleich neugierig. Ich habe ihr meine verletzliche Seite gezeigt, und sie nützt das aus. Es fühlt sich an, als wäre ich ein Mensch, der in einer Beziehung intimen Sex hatte und sich nun in Pornovideos wiederfindet. Allerdings öffnet sie sich mir ja auch, und somit kann ich vielleicht herausfinden, mit welchem Blick sie die Welt sieht und wie sie denkt. Weiter hinten lese ich:

Du siehst schon: Wie ein Puzzle setze ich Erinnerungen zusammen, und allmählich entsteht ein klares Bild. Irgendwann hast du nämlich mal gesagt, das Einzige, was dich vor dem Selbstmord bewahrt, ist die Vorstellung, dass deine Mutter dann vor Kummer sterben würde. Aber vielleicht ist der Selbstmord ja gerade das, wonach du dich am meisten sehnst. Denn durch Selbstmord würdest du dich und deine Eltern bestrafen, gleichzeitig aber wärst du im Tod wieder mit ihnen vereint.

Und da ist noch etwas, was du mal gesagt hast: Du wirst dich im Exil nicht umbringen, weil du im Boden deines Heimatlandes begraben werden willst. Nur so könntest du nämlich spüren, dass du bei ihr bist, deiner Mutter. Weil die Erde des Irans ein Symbol ihres Leibes ist.

Vor Wut presse ich die Zähne aufeinander. Alles, was ich irgendwann einmal zu ihr gesagt habe, ist ins Absurde verzerrt, aus dem Zusammenhang gerissen, verdreht und überzogen. Einmal, ja, habe ich sie angelogen, um nicht zugeben zu müssen, dass ich mich – anders als noch zu der Zeit in Sieghartskirchen, als ich hungern musste und den negativen Bescheid bekam – nicht mehr umbringen will. Dass ich inzwischen Angst vor dem Tod habe und lieber weiterleben möchte, weil ich hoffe, vielleicht doch eine Zukunft zu haben. Sarah ist fixiert auf meinen Selbstmord, das ist beklemmend und nicht zu übersehen. Immer wieder hat sie mich gefragt, ob ich mich noch umbringen wolle. Ob ich einen schönen Ort dafür brauche, sie kenne ein paar. Sie schenkte mir sogar ein Buch mit dem Titel »Hand an sich legen«.

Einer meiner Albträume fällt mir ein. In diesem Traum

lebe ich in einem KZ und soll bald umgebracht werden. Nach dem Tod, das weiß ich, wird man mich wie alle anderen verbrennen. Erstaunlicherweise bin ich sehr gelassen und helfe den Nazis, die mich umbringen wollen. Ich kümmere mich darum, die Ordnung aufrechtzuerhalten, und achte darauf, dass alles reibungslos abläuft.

Erst lange nach dem Aufwachen verstand ich diesen Traum. Er führte mir vor Augen, dass meine frühere Selbstmordabsicht dem iranischen Regime in die Hände spielte, das meinen Tod *wollte*. Als ich das erkannt hatte, war mein Überlebenswille geweckt. Statt im Sterben eine Lösung zu sehen, begann ich das Leben als Kampf, als Überlebenskampf zu verstehen, als Widerstand. Denn: Wenn ich sterbe, hat das Regime gewonnen. Dreiundzwanzig Jahre lang haben sie mein Leben ruiniert, und danach soll ich mein Leben selbst ruinieren? Der erste Schritt im Kampf gegen das Regime muss also sein, zu überleben und das Leben zu genießen. Erst danach muss man das Regime mit allen Mitteln bekämpfen.

Ich lese weiter:

> In einem anderen Zusammenhang hast du mal gesagt, dass du befürchtest, der Kummer über euer räumliches Getrenntsein wird deine Mutter töten, zumal sie nach deiner Flucht aus dem Iran ja tatsächlich einen Herzinfarkt hatte. Wahrscheinlich gibst du dir die Schuld daran, schließlich hast du ja schon vorher mit dem, was deinen Eltern wichtig ist, gebrochen: Du hast viele Bücher gelesen, hast Szenisches Schreiben studiert und bist Atheist geworden, ja, und dann hast du auch noch Stücke geschrieben und Ärger mit den Behörden bekommen. Weil du das alles eben wolltest und es deiner Überzeugung entspricht.

Genau dasselbe gilt für dein Land, das du so liebst. In lauter Albträumen siehst du, wie es zerstört wird. Du hast mal gesagt, dass du Freud gut kennst, also hast du wahrscheinlich »Die Traumdeutung« gelesen. Freud ist der Auffassung, dass alle Träume verkappte Wünsche sind, Wünsche, die man verdrängt hat, weil sie für unser bewusstes Denken schrecklich sind und nicht zugelassen werden können. Diese Wünsche sind so stark, dass sie auf verzerrte Weise ihren Weg ins Bewusstsein finden, wenn wir schlafen und unser Geist nicht wachsam ist.

Mein Ärger wächst mit jedem Satz. Ich bin wie eine Labormaus für sie, die sie ständig untersucht. Auf einmal erinnert mich das, was sie schreibt, an die Narrative, die die linken, nicht islamischen anti-westlichen Bewegungen vor der Revolution im Iran verbreitet haben – jene Bewegungen, die nach der Revolution mit den Islamisten kooperierten und das Leben von Intellektuellen zerstörten, da sie angeblich verwestlicht waren. Ihnen zufolge handelte es sich beim Westen um eine seelenlose Welt. Die Menschen dort seien materialistisch, müssten alles hinterfragen – zum Beispiel anhand der Freud'schen Psychoanalyse, nach der alle Männer ihre Mütter ficken und ihre Väter töten wollen – und würden ihre Perversität auf die ganze Welt projizieren. Die Orientalen hingegen seien im Einklang mit der Welt, seien emotional und mystisch. Ähnelt das nicht dem, was die Rassisten in Europa behaupten? Dass die Menschen aus Afrika und dem Nahen Osten kein Denk- und Analysevermögen haben, sondern rückständig und fanatisch sind? Denkt Sarah auch so über mich?

Und dann das mit dem Sex. Immerzu führte sie etwas, was mich betraf, zurück auf Sexuelles. In Wahrheit gab es für mich keine Sexualität. Wie ein Kind wusste ich kaum etwas davon. Ich hatte weder eine Ahnung noch Erfahrungen. Nur den Wunsch danach. Trotzdem musste ich diesen Wunsch lange aus meinem Leben verdrängen, weil Sex für mich im Iran nicht möglich war. Später, in Europa, war alles darauf reduziert oder nahm viel Raum ein. Im Iran das Suchen nach Sex, die Sehnsucht danach, in Europa das Wegkommen davon, das Sich-Befreien. Wenn man depressiv ist, hat man kaum Lust und Energie für Sex. Als Geflüchteter aus dem Orient ist man in Europa außerdem ein Sexobjekt, eine Projektionsfläche, in der Vorstellung vieler Frauen ein wilder, heißer Mann im Bett. Das überforderte mich, und nachdem ich den ersten Schock überwunden hatte, blieb mir als Reaktion darauf nur Missmut. Missmut, weil ich im Iran nie etwas hatte ausprobieren dürfen, Missmut über Ava, die Gesellschaft im Iran und mich selbst, Missmut als Schutzmechanismus gegenüber Gesprächen, die mich nicht interessierten, und gegenüber Körperlichkeit, die mir schnell unangenehm wurde. Wir lernen im Iran nichts über Sexualität. Weder in der Schule noch in der Familie. Alle schweigen darüber. Wir mussten uns selbst ein Bild machen. Als Jugendlicher hörte ich auf der Straße, dass man Gonorrhöe bekommt, wenn man Sex mit einer Frau hat, die gerade menstruiert. Ich hatte fürchterliche Angst davor, ohne zu wissen, was das überhaupt für eine Krankheit ist. Ich erkannte damals nicht, dass es zu den frauenfeindlichen Narrativen der Islamisten gehört, Frauen während ihrer Periode als dreckig, eklig und krankheitserregend abzustempeln. Ich hatte weniger Ahnung als ein Schulkind in Europa, das zumindest ein bisschen Sexualkunde in der Schule hat.

Ich lege den Brief zur Seite, schaue hinaus. Ich weiß nun ungefähr, worauf Sarah hinauswill. In ihrer Analyse stellt sie eine Verbindung her zu meiner Mutter, damit sie sich selbst gegenüber nicht zugeben muss, dass ich sie nicht begehre. Dass ich keine Liebe zu ihr empfinde. Sie will mich lieber für abnormal halten als für einen normalen Menschen, der sie ablehnt.

Das macht mich traurig. Wut und Ärger sind verflogen. Ich hätte sie gern umarmt und somit alle Missverständnisse aus der Welt geschafft, aber selbst wenn sie hier wäre, könnte ich es nicht. Ich bin beeindruckt von ihrer Klugheit und ihrem Wissen und wünschte mir eine Frau wie sie als gute Freundin, bin dankbar für alles, was sie für mich getan hat. Jedes Gespräch mit ihr war bereichernd. Aber ich weiß jetzt klarer als vorher, dass ich mich schützen muss. Und sie sich auch.

Die Zeit vergeht. Fast jeden Tag arbeite ich in der Pizzeria, in immer größerer Unruhe, weil ich weiter warten muss auf den Bescheid. Wird er wieder negativ sein, und was dann? Den Hunger habe ich bezwungen, aber die Ängste nicht.

Im Februar höre ich endlich von meinen Eltern. Sie sind in Indonesien gestrandet und brauchen Geld, um weiterzukommen. Alles, was ich gespart habe, um es Sarah zurückzugeben, überweise ich mithilfe von Western Union nach Asien. Bis die Sache mit dem Moped-Unfall dazwischenkommt.

Ich fuhr auf der Althanstraße zurück zur Pizzeria, als ein Auto, ohne zu blinken, aus der Parkposition schoss, ungefähr auf der Höhe vom Hotel Bellevue. Ich musste schnell reagieren. Bremsen war unmöglich, deshalb lenkte ich das Moped auf die Straßenbahnschienen, rutschte aus und flog durch die Luft. Das Auto fuhr weiter, ich aber schlidderte mit dem Moped gut zehn Meter über den Asphalt.

Der Helm, sollte sich später zeigen, war auf der linken Seite komplett flachgeschliffen. Ich stand unter Schock, zitterte am ganzen Körper, suchte alles zusammen und wollte schnell wegkommen, bevor die Polizei alarmiert wurde. Da traten zwei Personen auf mich zu, eine Frau und ein Mann.

Sie sagten, sie hätten den Vorfall gesehen und dass ich keine Angst haben solle.

Ich konnte kaum noch sprechen, winkte ab.

Sie wollten Rettung und Polizei verständigen, sagten, dass ich nicht weiterfahren dürfe.

Ich wollte nicht, dass sie irgendwen verständigen. Zwar hatte ich das Gefühl, überall zu bluten, aber ich wollte nur weg von hier, mit dem Moped.

Die beiden wollten mich aber nicht gehen lassen, sagten nochmals, ich solle keine Angst zu haben, sie seien Polizisten und könnten den Vorfall bezeugen, die Schuldfrage sei klar.

Doch ich hatte Angst, genau vor solchen Menschen. Ich schob das Moped weiter, während sie mit ihren Kollegen telefonierten, bog in die nächste Gasse rechts ein, dann in die zweite Gasse links. Ich nahm von hinten die Stimme der Frau wahr, die versuchte, mich aufzuhalten. Kurz hörte ich sogar ihre Absätze, die mir folgten. Das Moped versteckte ich hinter einem Auto, und ich legte mich hin. Mir war schwindlig. Ständig rief der Chef an, ich war wieder ein paar Minuten zu spät. Ich zitterte und übergab mich, tastete meinen Körper ab, um Brüche festzustellen. Meine neue weiße Jacke war blutig, meine Hose zerrissen, die Knie voller Steine. Das Licht war karg, und ich konnte nicht wirklich erkennen, wie viel Blut ich verlor.

Als der Schwindel etwas nachgelassen hatte, stand ich auf und schob das Moped weiter. An der Kreuzung zur

Alserbachstraße näherten sich zwei Polizeiautos mit Blaulicht und blieben neben mir stehen. Polizisten stiegen aus und zielten auf mich. Ich wurde vor Angst fast ohnmächtig, bis ich merkte, sie zielten nur mit Taschenlampen. Die zwei Zivilpolizisten, die den Unfall beobachtet hatten, waren in den Polizeiwagen mitgefahren, um mich zusammen mit den anderen zu suchen.

Ein Polizist ging mit mir zu Fuß zur Pizzeria. Er nahm meine weiße Asylkarte und schrieb die Daten auf. Die Frage, ob ich hier arbeitete, beantwortete ich mit Nein. Ich sagte, ich hätte nur schnell etwas mit dem Moped erledigen wollen, deswegen hätte ich es ausgeborgt. Er sprach mit dem Chef, den er offensichtlich kannte. Kurz darauf sah ich ihn gehen.

In der Küche standen Berge von Tellern, die noch abgewaschen werden mussten. Ich setzte mich auf den Zwiebelsack und betrachtete die Wunden genauer. Überall war Blut. Mir war erneut schwindlig. Ich wollte die Abrechnung machen und nach Hause fahren.

Der Chef sagte, es gebe noch Bestellungen, die ich zu Fuß erledigen müsse.

Ich zeigte auf meine Wunden.

»Ohne Liefern kein Geld und ab morgen keinen Job.«

Ich nahm die erste Bestellung entgegen und hinkte zur Adresse einige Häuser weiter. Im Treppenhaus schmierte ich Blut auf das weiße Plastiksackerl, in dem zwei Portionen Gnocchi waren. Zuerst kassierte ich das Geld, dann übergab ich das Essen. Hinter mir warf der Kunde das Sackerl auf die Treppe und knallte die Tür hinter sich zu. Ich hoffte, dass er sofort eine Beschwerde machte.

Bis es dreiundzwanzig Uhr war, arbeitete ich noch ungefähr zwei Stunden. Der Pizzabäcker übernahm das Abwaschen. In der Straßenbahn rückten die Menschen zur

Seite, als ich näher kam. Beim Schottentor wurde kontrolliert. Mir fiel ein, dass ich kein Ticket gekauft hatte. Die Kontrolleure schauten auf meine Wunden und drückten ein Auge zu.

Zu Hause zwang mich einer meiner Mitbewohner, mit ihm ins Krankenhaus zu fahren. Er konnte nicht fassen, dass der Chef mich nicht hatte gehen lassen. Er sagte: »Was ist, wenn du eine Gehirnerschütterung hast? Es wäre wichtig gewesen, sehr schnell zu handeln.«

Im Krankenhaus fragte mich einer der Ärzte: »Du Schmerzen?«

Ich sagte ihm, er könne ruhig normal mit mir reden.

Er antwortete erstaunt, ich spräche ja wirklich sehr gut Deutsch.

Aber er anscheinend nicht, erwiderte ich.

Ich gab an, einen Fahrradunfall gehabt zu haben. Man fragte mich, ob sie die Polizei informieren sollten. Ich verneinte.

Später dachte ich darüber nach, was es für Folgen gehabt hätte, wenn ich bei der Arbeit oder auf dem Nachhauseweg zusammengebrochen und gestorben wäre. Niemand hätte herausfinden können, dass der Chef daran schuld war, dass ich keine sofortige ärztliche Versorgung bekommen hatte. Ohnehin hätte sich niemand dafür interessiert. Ich wollte nicht mehr in der Pizzeria arbeiten. Allerdings war das zu einem Zeitpunkt, als ich immer wieder Geld an meine Eltern schicken musste. Also arbeitete ich weiter.

Inzwischen ist es März. Ich bin noch depressiver geworden, fühle mich mehr zu Gegenständen hingezogen als zu Menschen. Wenn meine Mitbewohnerinnen und Mitbewohner da sind, gehe ich ihnen aus dem Weg. Wenn ich allein bin, suche ich nach Gegenständen von ihnen, und sie verwandeln sich in sie. Auf diese Weise sind sie so, wie ich sie mir wünsche. Sie beurteilen mich nicht, sie analysieren mich nicht. Ich rieche manchmal an ihren Klamotten, die im Gang hängen, und fühle mich nicht einsam.

Von meinen Eltern höre ich kaum etwas, sie wollen ihr Geld nicht für Internet ausgeben. Meine Wunden vom Mopedunfall schmerzen. Auch mein Rücken tut weh. Meine Hüfte, die Knie und die Arme kann ich nicht gut bewegen. Wann immer ich nicht arbeiten muss, bleibe ich im Bett und durchforste das Internet. Facebook zieht mich noch mehr runter. Alle anderen scheinen ihr Leben zu genießen, nur ich nicht.

Sarah hat geschrieben und mir mein Gedicht zurückgeschickt. Ich hatte es ins Deutsche übersetzt, und sie hat die Übersetzung durchgesehen.

KUSS

Ich presse meine Lippen
auf die Lippen des Asphalts
wie eine Dirne zerfetzt und verschlingt
der flüssige Teer meine Lippen
im Mund der Geschmack von Blut
eins
zwei
drei
vier Etagen
mit meinen Lippen überbringe ich
dem Asphalt die Umarmung des Fensters
ein
zwei
drei

vier Räder
pressen meinen Körper an den des Asphalts
ach, hätte ich mich vor diesem Kuss doch
entblößt!

Ich lese es wieder und wieder. Auf einmal ist sie wieder da, die Stimmung, die ich letztes Jahr beim Verfassen des Gedichtes hatte. Das Kreuz an der Decke, ich sehe es vor mir. Die Glocken der Kirche läuten, seltsamerweise auch jetzt. Ich stehe auf und öffne das Fenster. Ich steige auf das Fensterbrett und schaue auf die fahrenden Autos in der Tiefe. Dass Sarah meine Übersetzung korrigiert und mir jetzt geschickt hat, ist das ihre Aufforderung zu springen, und alles ist vorbei?

Während ich auf dem Fensterbrett stehe, erinnere ich mich an Teheran. Wie oft saß ich in der Universität auf dem Fensterbrett und beobachtete die Revolutionsstraße. Immer in der fünften oder sechsten Etage und immer rauchend. Gegenüber der Uni, an der Kreuzung Palästina-Straße, stand ein staatliches Gebäude, auf dem Dach war eine Flugabwehrkanone stationiert. Überall in der Gegend gab es solche Kanonen auf den Dächern, weil Chamenei schon damals in der Nähe wohnte. Unsere Versuche, mit den Soldaten Kontakt aufzunehmen, blieben immer erfolgslos.

Ich springe zurück ins Zimmer und hole eine Zigarette, setze mich damit aufs Fensterbrett. Meine Füße hängen aus dem Fenster, ich rauche mit einer kindlichen Freude. Kurz fühle ich mich wie der rebellische Student, der ich war. Voller Energie und Vitalität. Im Nu kommt mir der Tod wieder schön vor, wieder romantisch. Wie eine Umarmung, wie ein Kuss.

Ich nehme einen tiefen Zug, dann stehe ich auf. Ich liebäugele mit dem Gedanken zu springen. Gegenüber sehe ich die Frau, die einen Schäferhund hat, lächelnd beobachtet sie mich. Sie ist eine Rechte, das habe ich inzwischen herausgefunden – sicher würde sie sich über meinen Tod freuen, genauso wie das iranische Regime. Dass ihr Hund, den sie einige Male auf mich gehetzt hat, ein Schäferhund ist, ist kein Zufall. Heißt sie zufällig auch Eva? Ich zeige ihr meinen Mittelfinger und steige hinunter.

Beim Hinuntersteigen stolpere ich und falle auf den Zimmerboden. Sofort denke ich an die Fußbodenbretter im Gang. Plötzlich glaube ich zu wissen, was darauf geschrieben steht. Die jüdischen Bewohnerinnen und Bewohner dieses Hauses hatten Angst, dass die Nazis sie deportieren und ermorden und alle Spuren von ihnen vernichten, deswegen schrieben sie ihre Namen auf die Fußbodenbretter, damit zumindest die erhalten blieben. Wenn ich herausfinde, wie die Namen auf dem Stolperstein vor der Haustür auf Hebräisch geschrieben werden, könnte ich versuchen, sie hier wiederzuentdecken, überlege ich. Es wäre der einfachste Weg, meine These zu bestätigen, ohne mit anderen darüber sprechen zu müssen. Ich nehme mir vor, Sarahs jüdische Freundin zu fragen, da sie ein bisschen Hebräisch kann.

Ich lege mich wieder aufs Bett und lese Sarahs letzte Nachricht erneut. Darin beklagt sie sich, dass ich ihre Aufsätze nicht lese, obwohl sie alles, was ich geschrieben habe, liest, sogar auf Farsi. Vor dem Bett liegen Ausdrucke einiger ihrer Texte auf Deutsch und ihr Brief auf Englisch. Von ihrem deutschen Text über Kracauer verstehe ich fast nichts. Selbst wenn ich Wörter nachschlage, verstehe ich den Sinn der Sätze oft trotzdem nicht. Im Wörterbuch sind für jedes deutsche Wort meist mehrere Übersetzungen angeführt, woher soll ich wissen, welche die richtige ist? Ich brauchte vier Stunden, um nur die erste Seite halbwegs zu verstehen. Daher entscheide ich mich für den Brief, obwohl ich weiß, dass ich mich beim Lesen gleich wieder darüber aufregen werde.

Je länger ich darüber nachdenke, kommt es mir immer plausibler vor, dass die Untreue deiner Mutter dir gegenüber der wahre Grund ist, warum du Frauen wehtust – weil nämlich jede Frau, die dir wichtig ist, etwas von deiner Mutter in sich trägt. Wie König Schahriyar in »Tausendundeine Nacht« rächst du dich an allen Frauen, weil eine einzige dich betrogen hat. Man könnte also sagen: Im wirklichen Leben verhältst du dich wie in einem deiner Träume. Erst läuft es gut, dann wird es zum Albtraum. Darum, glaube ich, liegt ein Fluch über dir, der dich dazu bringt, gute Dinge nicht zu bewahren, sondern alles Gute in etwas Schlechtes zu verwandeln. Die Albträume in »Die Blinde Eule«, sie könnten allesamt von dir stammen. In diesem Roman ist Lieben untrennbar mit dem Töten verbunden.

Natürlich, es quält dich, wenn Frauen weinen. Aber ich glaube, es quält dich, weil du Frauen zum Weinen bringen und sie quälen willst. Wahrscheinlich findest du, das sei eine unverschämte Unterstellung, aber denk doch mal darüber nach. Vielleicht magst du ja deshalb Pasolini-Filme. Freud sagt, dass Selbstquälerei Sadismus ist, der sich gegen eine verlorene Liebe richtet. Der Melancholiker quäle sich selbst, weil er seine verlorene Liebe zu einem Teil seiner Persönlichkeit gemacht habe, um sie nicht ganz zu verlieren. Ich glaube, das stimmt. Zumindest für mich stimmt es, ich verwandle meine sadistischen und rachsüchtigen

Gefühle in Masochismus. Aber du machst noch etwas anderes. Du tust den anderen das an, was deine verlorene Liebe dir angetan hat. Als ich dich gefragt habe, warum du mit mir Schluss gemacht hast und mich dann nicht mehr sehen wolltest – ausgerechnet nachdem ich ein paar Dinge, um die du mich gebeten hattest, getan habe –, da hast du gesagt: »Ich muss dich vergessen.«

Das war traumatisch für mich, ich komme nicht darüber hinweg. Ich fühle mich immer noch wie in einer akuten Notfallsituation. Es ist wie eine Wunde, die nicht heilt. Ich habe den Eindruck, dass ich niemandem mehr vertrauen kann außer meinem Ex-Freund, aber ich möchte nicht mehr mit ihm zusammen sein. Ich glaube, die These aufstellen zu können, dass du mein Geburtstrauma verkörperst.

Und noch etwas: Du hast immer wieder gesagt, dass es für mich ein Wagnis war, dich nach Hause mitzunehmen, und dass du geglaubt hast, ich hätte Angst. Ja, es gab das Risiko, dass du mich vergewaltigen könntest, aber ich dachte eher, du könntest meine Sachen stehlen. Ich war neugierig auf dich und wollte wissen, was du zu den Ereignissen im Iran sagen würdest, und es hat mir einfach leid getan, dass du keinen Platz zum Schlafen hattest. Also habe ich dich mitgenommen, obwohl ich dich nicht kannte und obwohl ich mich für die Unordnung in meiner Wohnung schämte. Aber das war am Ende egal, denn du hast nicht meine Sachen gestohlen, du hast mein Herz gestohlen.

Ich höre auf zu lesen, lege den Brief weg. Nicht Wut, auch nicht mehr Traurigkeit, sondern das Gefühl von Leere erfasst mich. Ich sehe uns vor und hinter einer Scheibe sitzen, weinend und in der festen Überzeugung, unser eigenes Gesicht in der Scheibe gespiegelt zu sehen, aber es ist das Gesicht des anderen. Ich schließe die Augen, denke, dass es Sarah gewesen ist, die mir das Schweigen beigebracht hat. Sie wundert sich, warum ich seit einer Weile nichts mehr erzähle. Tatsächlich will ich keine Geschichten mehr erzählen, will keine anderen Rollen mehr spielen. Eine Zeit lang wollte ich, der arme, abhängige, ausgelieferte Flüchtling, anders behandelt werden, wollte Angst einjagen können und nicht immer selber Angst haben müssen. Mittlerweile schweige ich in Anwesenheit von anderen. Ich versuche, keine Gefühle zu zeigen, nichts zu verraten. Das hat Sarah bewirkt.

Jetzt weiß ich nicht einmal, was ich empfinden soll. Nichts mehr fühle ich. Weiß nur, dass ich das Geheimnis über die Schrift im Gang unter keinen Umständen verraten darf.

Neulich hatte der iranische Kellner wieder den SUV. Auf dem Weg zu einem Date setzte er mich vor dem Schikaneder-Kino ab, wo ich zu einer Feier eingeladen war, an der auch eine meiner Mitbewohnerinnen teilnahm. Viele Menschen standen auf dem Gehsteig und rauchten. Wir taten, als ob er mein Fahrer wäre, fuhren mit dem Auto auf den Gehsteig. Er stieg aus, ging um das Auto herum und machte mir die Tür auf. Ich gab ihm seinen eigenen Hundert-Euro-Schein, als Trinkgeld.

Kaum war er weggefahren, sprach mich die junge Frau an, die ich auf einem Konzert kennengelernt hatte und die jetzt zufällig auch dort stand. Sie fragte mich, warum ich sie angelogen hätte. Ich sei ja reich und doch kein Flüchtling.

Ich lächelte zufrieden und sagte: »Wenn du dem äußeren Anschein Glauben schenken möchtest, ja. Ich bin kein Flüchtling.« Und dann ließ ich sie stehen. Es interessierte mich nicht mehr, warum sie sich nicht gemeldet hatte.

5

An einem Tag Ende März, als ich wie so oft im Bett liege und nicht schlafen kann, bekomme ich einen Anruf. Die Rechtsberaterin ist am Telefon. Sie hat meinen positiven Bescheid erhalten.

Sie fragt mich, ob ich glücklich sei.

Natürlich, sage ich.

Ich sage ihr nicht, dass ich sie hasse für ihre Schikanen. Für alle Erniedrigungen und Gemeinheiten. Immer wieder ließ sie mich spüren, dass sie nicht glaubt, was ich erzähle. Immer wieder zeigte sie mir, dass sie nicht glaubt, dass ich leide. Einmal sagte sie, sie wisse, dass ich bei dieser deutschen Frau wohne und ganz gut lebe.

Als das Gespräch vorbei ist, bin ich froh, nicht mehr von ihr abhängig zu sein. Sonst empfinde ich keine Freude. Etwas in mir ist so kaputt, dass es sich nicht wieder richten lässt. Diese tiefe Traurigkeit, diese Angst, diese Demütigungen wird mein Körper nicht vergessen können. Ich kann mir nicht vorstellen, jemals wieder in der Lage zu sein, das Leben, ein Gespräch, ein gutes Essen zu genießen. Und kann ich den Hunger vergessen? Die Einsamkeit?

Ich rufe Menschen an, die ich kenne. Über die Nachricht, dass der positive Bescheid gekommen ist, freuen sie sich mehr als ich.

Ein paar Tage später treffe ich mich mit Sarah. Sie erzählt mir, dass sie von dem Bescheid gewusst hat. Sie habe gewusst, dass ich bald Asyl bekommen würde, weil sie sich im Hintergrund darum gekümmert habe.

Ich schaue sie fragend an.

Sie sagt, ihr Vorgesetzter habe von unserer Beziehung gewusst. Er kenne viele Leute, habe Kontakt zu seinen Richterfreunden aufgenommen, und sie hätten versprochen, bald alles zu regeln.

Nun ist es so weit. Ich explodiere. Ich schreie sie an, sie solle endlich aufhören. Mehr als achtzehn Monate lang hätte ich gelitten, und jetzt sei sie auch im Asylverfahren meine Retterin? Asyl zu bekommen sei im Moment mein größter Erfolg, die Rettung meines Lebens, und sogar das habe ich angeblich nicht selbst erreicht?

Über ihren Brief rede ich auch noch, dann gehe ich. Ich fühle mich wie in dem Film »Das Schlangenei« von Ingmar Bergman. Ich werde beobachtet, analysiert und geschwächt. Sie versucht, mein Denken, mein halbwegs selbstständiges Denken zu manipulieren. Sie manipuliert meine Gefühle, meine Worte, meine Geschichten und nun selbst meinen Erfolg. Ich bin so wütend, dass ich sie nie wiedersehen möchte.

Ab da feiere ich jeden Tag und trinke.

Sobald mein Konventionspass da ist, darf ich mich offiziell in der Wohnung anmelden und Sozialhilfe beantragen. Geld bedeutet Unabhängigkeit. Der Staat garantiert damit, dass niemand auf die eigene Familie oder andere Personen angewiesen ist. Die finanzielle Sicherheit ist der erste Schritt in die Selbstständigkeit. Würde der Iran so eine Hilfe anbieten, würden viele, besonders die Frauen, nicht von ihrer Familie oder Männern unter Druck gesetzt. Ich bin froh, auch von Sarah nicht mehr abhängig zu sein.

Eines Morgens im April lese ich ein paar ihrer älteren Nachrichten wieder:

> Weißt du das eigentlich? Ich kann nicht mehr schlafen, weil so viel Traurigkeit in mir ist. Immerhin kann ich noch weinen, aber ruhiger macht mich das auch nicht. Höchstens erschöpfter, müder, bis ich dann vielleicht doch mal schlafen kann. Am Schlimmsten finde ich, dass du mein Weinen nicht hören kannst, weil du dir die Ohren zuhältst, obwohl du weißt, dass ich weine. So geht das jetzt seit über einem Jahr, und jeden Tag quält es mich mehr. Ich liebe jemanden, der mich leiden sieht und kaum etwas unternimmt, um mir zu helfen. Im Gegenteil, er verletzt mich immer weiter. Manchmal bist du bei mir, und dann ist es gut, egal, ob wir lachen oder weinen, aber dann wendest du dich wieder ab und tust Dinge, die darauf angelegt sind, alles zu zerstören. Wie soll ich so leben? Nicht nur meine Sexualität, sondern auch meine Liebe wurde von dir in jeder Hinsicht geraubt.

Ich frage mich, wie ich ihr noch deutlicher sagen könnte, dass ich keine Liebe für sie empfinde. Anfang März haben wir noch Übersetzungen von Gedichten ausgetauscht, dann hatten wir Streit, weil sie mit mir das iranische Neujahr feiern und dann doch nicht feiern wollte und mir wieder einmal alles zu viel wurde. Jetzt, denke ich, ist das Vergangenheit. Ab jetzt kann ich legal und normal leben. Frei von allen Zwängen. Frei von ihren Nachrichten, die ich dennoch immer wieder lesen muss. Ich bin wie hypnotisiert und lese sie, sobald sie mir welche schickt. Und ich werde das Gefühl nicht los, dass sie für mich jederzeit zu einer Bedrohung werden könnte, zu einer Katastrophe.

> Meinst du nicht, wir sollten uns mal wieder sehen? Wenn du willst, könnten wir uns in einem Café treffen und die Übersetzung des anderen Gedichts beenden. Dann könnte ich dir auch das Geld für die Miete geben, weil ich es dir zu Noruz nicht geben will, denn wann immer ich an Noruz denke, geht es mir schlecht. Ich möchte das Fest nicht wie im letzten Jahr mit dir verbringen, weil ich es nicht ertragen würde – du wirst all deinen Freunden schreiben, wie sehr du sie liebst und vermisst, du wirst verzweifelt versuchen, deine Familie zu erreichen, und davor wirst du vielleicht mit deinen Mitbewohnern und Freunden feiern und mit der blonden Mitbewohnerin herumscherzen und sie *shazdeh khanom* nennen. Und dann wirst du sie und alle anderen umarmen und küssen, und alles ist sofort auf Facebook, nur mich wirst du ausschließen, denn dir wird es wieder mal egal sein, dass ich leide, weil ich tabu für dich bin. Bevor ich mir das antue, schließe ich mich lieber selber aus.

Jede dieser Nachrichten macht mir ein schlechtes Gewissen. Sarah hat mir geholfen, immer wieder, sie hat mir einmal sogar das Leben gerettet – ich darf sie nicht einfach fallen lassen. Und doch kann ich nichts tun, außer alles zu lesen, was sie mir schickt.

> Ich habe eine Bitte. Mir geht es nicht gut – nicht, weil du irgendwas gemacht oder eben nicht gemacht hast, sondern wegen mir. Ich möchte darum eine Weile al-

lein sein, ganz für mich. Bei wichtigen Sachen, also wenn du mich brauchst, kannst du mich natürlich anrufen, oder wenn du dich schlecht fühlst, dann selbstverständlich auch, aber nach leerem Rumreden ist mir nicht. Ich muss nicht aufgemuntert oder umsorgt werden oder so was, mich bitte also nicht falsch verstehen. Ich will nur allein sein und lesen, nachdenken und schreiben.

Auf diese Nachricht habe ich nicht geantwortet, war darüber, dass Sarah für sich sein wollte, eigentlich ganz froh. Ich wollte die Zeit nutzen, um mich zu erholen und – jetzt, wo der positive Bescheid da ist – neu aufzustellen. Die bürokratischen Dinge, die ich erledigen muss, überfordern mich. Endlich wieder eine Zukunft zu haben ist schwerer als gedacht.

Als die Tage wärmer werden, sagt der Chef der Pizzeria zu mir: »Ab jetzt kriegst du nur noch vier Euro pro Stunde. Die Leute bestellen im Frühling weniger Pizza.«

»Aber im Winter, als du mehr verdient hast, habe ich keinen Aufschlag bekommen«, antworte ich. »Sieben Euro pro Stunde.«

Er lacht und sagt: »Sicher nicht.«

Da werfe ich den Schlüssel hin und sage: »Fick dich.«

Überrascht schaut er mich an. »Nicht dein Ernst, oder? Wie soll ich das hier heute alleine machen?«

»Indem du selbst fährst! Spart Geld.«

Befreit lasse ich ihn stehen und gehe.

Von allem will ich mich befreien, von niemandem mehr abhängig sein. Auch nicht von meinen Eltern. Ich habe lange nichts von ihnen gehört. Ich weiß nicht, wo sie sind, und sie wissen nicht, dass ich Asyl bekommen habe. Leben sie noch? Ich spüre Hass, den alten Hass, den ich im Iran verspürte, als ich abhängig von ihnen war. Als sie mich unter Druck setzen konnten. Nun wünsche ich mir auch eine Befreiung von ihnen. Wenn sie sterben, werde ich vielleicht befreit sein. Befreit von der Familie, nach der Befreiung vom Iran. Offiziell bin ich ein anerkannter Flüchtling. Mit diesem Pass darf ich überallhin reisen außer in den Iran.

Inzwischen höre ich wieder von Sarah, Merkwürdiges, auf das ich halbherzig antworte. Ich erlebe im Moment so viel, dass ich nicht alles verarbeiten kann.

Sarah: Weißt du, warum islamische Despoten und ihre Anhänger Israel zerstören wollen? Weil es für sie ein verbotener Ort ist.

Ich: Keine Ahnung. Aber was ist mit deiner Idee für mich? Hattest du nicht gesagt, du hast eine Idee, worüber ich schreiben könnte?

Sarah: Im Koran gibt es viele Passagen über die Vernichtung von Juden, aber interessant ist doch vor allem, warum man diese Passagen heute zitiert. Israel ist für Muslime ein Ort, an den man sich besser nicht begibt – wie der Schoß ihrer Mutter –, und deshalb können sie es nicht ertragen, dass er jemand anderem gehört, und schießen Raketen darauf ab.

Ich: Klingt verrückt, aber ich interessiere mich mehr für deine Idee.

Sarah: Ach so, meine Idee. Du wirst von ihr erfahren, sobald sie fertig ist.

Im Moment mache ich alles falsch. Ich habe vergessen, Sarah zum Geburtstag zu gratulieren, und schrieb ihr erst am nächsten Tag. Sie war aufgebracht, und meine Ausreden machten es noch schlimmer. Um ihre Nachrichten nicht sehen zu müssen, bin ich nicht online gegangen, darum habe ich an ihren Geburtstag nicht gedacht.

Überhaupt gerät alles ins Wanken. Meine Mitbewohnerinnen und Mitbewohner wollen die WG auflösen. Die Nachricht bringt mich durcheinander. Ich hatte sie langsam als meine Familie akzeptiert, zumindest ein paar von ihnen. Jetzt werden sie mir fehlen, und ich werde wieder einsam sein.

Dafür haben sich meine Eltern gemeldet. Sie mussten vor der indonesischen Polizei flüchten, haben alles verloren und sind nur knapp einer Festnahme entkommen. Ich ließ im Gespräch meinem Ärger, dass sie mich so lange im Ungewissen gelassen haben, freien Lauf, deshalb erzählte meine Mutter mehr als sonst. Dass die Polizei Schüsse auf sie abgefeuert habe. Dass sie Glück gehabt hätten. Die Frau neben ihr im Auto sei angeschossen worden. Sie seien in den Dschungel geflüchtet und hätten sich tagelang versteckt. Ich war schockiert. Meine alte Angst, die ich überwunden zu haben glaubte, war zurück. Ich vergaß, ihnen zu sagen, dass ich Asyl bekommen hatte. Ich bekam nur noch mit, sie würden in den nächsten paar Tagen mit einem Schiff nach Australien fahren.

Sarah beginnt wieder, von Liebe zu reden. Ich will nichts mehr davon hören. Wir streiten. Ich meide sie und will in Ruhe gelassen werden.

Sie wolle auch Ruhe, sagt sie, nur könne sie nicht aufhören.

Ich möchte sie nicht verletzen, sonst würde ich sie beschimpfen, ihr sagen, dass sie mich in Frieden lassen soll. Dass ihre Liebe mich nicht interessiert. Sie bettelt um Liebe, und ich halte es nicht mehr aus. Ich will sie nur als eine Freundin, das habe ich oft versucht, ihr zu erklären. Ich bin ihr dankbar und schulde ihr viel, sie hat mir immer geholfen. Auch jetzt, wo ich unabhängig bin, will ich sie nicht vergessen. Aber sie hört nicht auf, und das macht mich verrückt. Irgendwie ist es wie mit einem Schatten: Wenn man weggeht, folgt der Schatten, und manchmal geht man dem Schatten hinterher.

Ende April postet sie ein Gedicht von Rumi auf Farsi. Viele Leute fragen sie nach der Bedeutung der Zeilen, sie will sie nicht verraten. Dann übersetzt sie das Gedicht doch.

»Für alle Schlüssellochgucker habe ich nun eine kleine gereimte Übersetzung angefertigt«, schreibt sie.

Ich hab, o Götterbild, mein Herz verloren an dich
was ich auch immer sage, dich beklagen darfst du nicht
Entweder rückst du nun mein Herz, das du mit dir genommen hast, wieder heraus
Oder du hältst alles, was ich tue, weil ich ohne Herz bin, aus.

Ich bekomme alles nur begrenzt mit. Ich bin in einem ständigen Rausch. Ich trinke fast jeden Tag und schlafe wenig. Tagsüber liege ich im Bett und starre die Decke an. Die Kirchenglocken stören mich nicht nur, sie lösen eine tiefgreifende Resignation in mir aus. Wir waren alle naiv im Iran. Wir dachten, in Europa sind die Menschen frei von Religion. Wir dachten, sie haben sich befreit, und befreien wollten wir uns auch. Aber es war eine Illusion.

Hier denkt niemand daran, dass die Glocken abgeschafft werden sollten. Hier bin ich als Atheist wieder in der Minderheit. Hier muss ich wieder kämpfen.

Die letzte Wohnung in Teheran lag in der Nähe einer Moschee. Der Gebetsruf weckte mich jeden Tag, deswegen war ich immer auf der Suche nach einer Gelegenheit, die Kabel der Lautsprecher durchzuschneiden. Da das vergeblich war, warf ich unseren Müll vor die Moschee. Ich ging mit dem Sack bis zur Moschee, und falls niemand in der Nähe war, zerriss ich ihn und warf den ganzen Müll vor oder sogar in die Moschee. Das letzte Mal erkannte mein Bruder unseren Müll an einer Tortenschachtel. Die Torte hatte meine Mutter zum fünfzigsten Geburtstag meines Vaters gekauft – in meiner Erinnerung war es das erste Geschenk, das sie ihm überhaupt gemacht hatte. Als mein Bruder meinen Eltern alles erzählte, veranstaltete meine Mutter ein unglaubliches Theater. Sie hatte Angst, dass ich gelyncht würde, wenn die Leute mich erwischen sollten.

Langsam spüre ich wieder einen Boden unter den Füßen. Die Zeit vergeht schnell und immer schneller. Im bürokratischen System existiere ich nun auch, bin ein Teil davon geworden. Nicht einmal das iranische Regime hat so viel Wissen über die Bürger, es gibt kein Meldesystem dort. Der österreichische Staat ist wesentlich monströser. In kürzester Zeit sind hier mehr Daten von mir erfasst als während meines ganzen Lebens im Iran. Im Iran habe ich vom Staat nie auch nur einen Brief erhalten, nur einmal meinen Reisepass. Ich bin erstaunt über die Fülle an Kontrolle in Österreich. Über alles und jedes ist der Staat informiert.

Es ist Mai geworden. Da erreicht mich von Sarah eine

Nachricht, die mir den Boden unter den Füßen wieder entzieht.

Ich tauche immer tiefer in eine andere Welt. Was du mir mal über das traditionelle Verständnis mythischer Figuren im Iran erzählt hast, Zahhak zum Beispiel, fand ich nicht so wirklich interessant, aber inzwischen kenne ich ihn gut, er ist mein Freund und der unglücklichste Mensch auf Erden. Diese Nachricht, die du gerade liest, ist eine Nachricht für Zahhak. Ich vermisse ihn sehr und würde ihn gern wiedersehen, denn ich weiß, dass er einsam ist und Angst vor sich selbst hat und auch vor mir. Aber ich möchte ihm zeigen, dass es nicht so sein müsste. Er hat Angst, weil sein Geheimnis das Einzige ist, was ihn schützt, denn wenn jemand es preisgeben würde, verlören seine Schlangen ihre zerstörerische Kraft, und er würde sehr schwach werden. Mit anderen Worten: Er braucht seine Destruktivität, um sich gegen eine Welt zu verteidigen, die ihn ständig verletzt und ihm Angst einjagt. Es ist nicht seine Schuld, dass er diejenigen verletzen muss, die er liebt. Er ist wie ein Kind, das in eine Welt geworfen wird, in die es nicht gehört. Das macht ihn auch zu etwas Göttlichem. Er liebt mich, weil er weiß, dass ich unter den Rasierklingen an meiner Außenseite, die ihn geschnitten haben, ein sanftes, freundliches, großes Herz besitze, und nach diesem Herzen sehnt er sich wie ein Kind, und ich liebe ihn dafür. Ich bin nur deshalb tyrannisch, weil ich wie er bin, innerlich schwach und sensibel und verletzlich und klein, und aus diesem Grund – und weil ich ihn liebe – kann ich etwas von seiner Symbolsprache verstehen. Wenn ich nicht freundlich genug bin, wird auch er tyrannisch, das ist seine größte Schwäche, und um mich dagegen zu wappnen, verletze ich ihn oft, weil ich ihm sehr ähnlich bin, ja, ich bin er.

Und so paradox das alles klingt – es ist nicht paradox, sondern ganz und gar verständlich, mir jedenfalls leuchtet das scheinbar Paradoxe ein. Jedes Mal, wenn Zahhak und ich einander verletzt haben, werden wir voneinander getrennt und leiden sehr. In Wahrheit aber sind wir nie getrennt, weil wir die ganze Zeit miteinander sprechen, manchmal laut, manchmal mit der fast unhörbaren Stimme der Liebe. Er ist sehr, sehr verletzlich, also hat er alles getan, um seinen Schutzschild zu verteidigen, während meiner fast vollständig verloren ging, als er mit mir gebrochen hat. Von da an weinte ich um ihn wie ein Neugeborenes um seine Mutter. Aber er MUSSTE sich von mir fernhalten, er fürchtete, dass ich ihn sonst getötet hätte oder er mich. Er wollte die Trennung ganz und gar nicht, aber er hatte das Gefühl, keine Wahl zu haben.

Ja, und weil das so ist, möchte ich ihm für seine Liebe und all die schönen Dinge danken, die er mir gegeben hat, vor und nach unserer Trennung. Als ich mich in ihn verliebt habe, sah ich seine Einsamkeit und seine traurigen Augen und sein wildes Verlangen und seine Liebe zur Poesie und seinen rebellischen Charakter und seine hohe Intelligenz und seinen lebenslustigen Geist. All das liebte ich an ihm, und ich stellte mir vor, dass ich ihn glücklich machen kann. Niemand konnte mein Verlangen so wecken wie er, und seit dem Tag, an dem er mir zum ersten Mal seine Liebe gestanden hat, verging keine einzige Minute, in der ich nicht an ihn gedacht hätte. Ich spüre ihn in meinem Körper, er hat ihn nie verlassen, und wenn er mich verletzt hat, dann hat er es aus meinem Herzen heraus getan. Ich danke ihm für all das Glück, das er mir geschenkt hat.

Und so könnte man auch sagen: Ich bin ein verwundetes und verlassenes Kind, und das Einzige, was eine nicht heilende Wunde heilen kann, ist der Mutterleib.

Ich weine beim Lesen dieser Nachricht. Da sind sie wieder, meine Traurigkeit und Einsamkeit. Nicht das, was Sarah geschrieben hat, sondern ihre Traurigkeit und Einsamkeit erinnern mich an meine eigene. Diese Gefühle sind tief in meinem Körper gespeichert und tauchen immer wieder an der Oberfläche auf. Ich fühle mich schlecht: Ohne Sarah wäre ich nicht am Leben geblieben, und nun lasse ich sie leiden. Ich kämpfe mit mir, ob ich sie anrufen soll oder nicht, und rufe sie dann an – aber sie möchte mich nicht sehen.

Eine Woche später schreibt sie mir diese rätselhafte Nachricht:

Es gäbe noch so viel zu sagen, aber ich merke, dass die Quelle allmählich versiegt. Tut mir leid, dass ich eifersüchtig auf deine Mutter war – wie gern möchte ich mit dir unter ihrem Tschador sein. Danke, dass du mir beigebracht hast, mit Blut zu schreiben. Die geheimen Namen sind die Lösung des Rätsels der Sphinx, und wenn wir alle gefunden haben, öffnen sich die Tore. Tut mir leid, dass ich dir angeboten habe, in meiner Wohnung zu baden oder zu duschen. Jetzt verstehe ich, warum du es nicht wolltest. Du musst nur wissen: Jetzt spricht der Dämon aus meinem Mund. In deiner Anziehungskraft liegt etwas Göttliches, es bedeutet, dass dich kein einzelner Mensch zufriedenstellen kann, du sehnst dich nach Ewigkeit und Unendlichkeit. Es bedeutet, dass du dich nach Gott sehnst. Tut mir leid, dass ich kein Gott bin. Ich will kein Tyrann mehr sein, ich will wieder eine Frau sein. Ich möchte wieder ein Mensch sein. Bitte hilf mir.

Und am Tag darauf:

Immer fällt mir noch was ein, was ich dir unbedingt mitteilen muss. Bitte entschuldige mich bei deiner Mitbewohnerin, weil ich auf sie herabgesehen habe. Ich weiß, dass sie ein freundliches Herz hat, und ich kann verstehen, dass du sie liebst, weil sie dich in ihre Wohnung aufgenommen hat. Und weil sie hübsch ist. Ich finde sie auch hübsch, aber hast du an das hier mal gedacht? Deine Mitbewohnerin hatte dich in ihrer Wohnung wie im Mutterleib, wohingegen ich für die Wohnung zahlen musste und von dir nicht einmal eingeladen wurde, dich zu besuchen. Jeden Tag warst du bei ihr, du hast ihr Farsi-Wörter beigebracht und ihr persisches Essen gegeben und sie geküsst, und all das war auf Facebook zu sehen, obwohl alle wussten, dass ich dich liebe. Alle haben mitbekommen, wie du mich zurückgewiesen hast. Es hat mir wehgetan und mir meinen Stolz genommen, aber ich weiß, es hat dir genauso wehgetan wie mir. Du bist ein Held, aber bitte sag, dass ich auch ein Held bin (eine Heldin). Weil ich mich schlecht fühle wegen der Dinge, die ich dir angetan habe. Meine Freundlichkeit kam einer Vergewaltigung gleich, oder ist das übertrieben? Auf jeden Fall verstehe ich jetzt, warum du mir das Geld zurückzahlen wolltest. Ich habe es vorher auch

> verstanden, aber anders als jetzt. Ich wollte dich vor dem Tod retten, weil ich gesehen habe, wie unglücklich du bist, und weil ich daran geglaubt habe, dass es machbar ist. Hoffentlich hast du nicht alles gelesen, was ich geschrieben habe, und nur auf mich gewartet. Bitte bleib mit mir am Leben.

Die Bedeutung dieser beiden Nachrichten erschließt sich mir nicht. Ich bleibe stumm. Sie schickt noch mehr davon. Vor allem eine macht mich ratlos:

> Ich bitte Zahhak, mich unter sein Gewand mit den Schlangen zu nehmen. Ich weiß, dass sein Gewand der härteste Schutzschild der Welt ist, und deshalb möchte ich dort sein, denn nur dort bin ich sicher vor allem Unheil, das mich seit meiner Geburt erschreckt. Ich weiß, dass sein Gewand mit den Schlangen ein Mutterleib ist. Zahhak, nimm mich mit in deinen Schoß und heile unsere Wunden, und erst wenn sie alle geheilt sind, gebiere uns. Wir werden da im Dunkeln liegen in liebevoller Umarmung, und wenn die Zeit unserer Geburt kommt, wird es nicht wehtun, weil wir sie in Liebe überstehen werden. Wir werden unsere Angst verlieren, und die Schlangen auf deinen Schultern werden zu Schreibstiften, und wenn wir unsere Angst verloren haben, werden wir andere mit unserem Schreiben überraschen.

Ich schreibe ihr, sie solle bitte damit aufhören. Sie antwortet, dass ich die Nachrichten doch selbst geschrieben habe, das sei nicht sie. Zum Glück lässt sie es daraufhin dann doch bleiben, mir Nachrichten zu schicken, und ich atme auf.

Ein paar Tage später bekomme ich eine Nachricht von einer unbekannten Person.

Hallo A., weißt du, was mit Sarah passiert ist?

Ich hatte keine Ahnung, was mit Sarah passiert ist. Ich hatte keine Ahnung, dass Sarah nicht mehr lebte.

Sarah

Ich rufe einen gemeinsamen Freund an und fahre mit ihm zu Sarahs Wohnung. Wir klingeln lange. Ich rufe sie pausenlos an, alles vergeblich. Niemand hebt ab, niemand macht auf. Wir rennen zur Polizeistation in der Nähe, bitten die Beamten um Hilfe. Zwei begleiten uns, und wir gehen zurück. Sie probieren es lange mit Klingeln, niemand macht auf. Dann befragen sie den Nachbarn. Ich weine die ganze Zeit, deshalb schicken sie uns hinunter.

Nach einer Weile tauchen sie wieder auf. Ihre Mimik hat sich verändert. Sie teilen uns mit, dass Sarah sich vor zwei Tagen das Leben genommen hat.

Ich breche zusammen, liege im Gang und heule. Der Freund will wissen, was genau passiert ist. Sie wissen auch nicht mehr. Wir bleiben im Gang und weinen. Die Polizisten sind längst weg. Die Bewohnerinnen des Hauses gehen vorsichtig an uns vorbei.

Ich kontaktiere die Person, die mich nach Sarah gefragt hat. Ich will wissen, was passiert ist. Sie weiß sicher mehr, sagt aber nichts.

Ab da fühle ich mich wie in der Dunkelheit. In der totalen Dunkelheit. War das die Idee, von der sie dachte, nur ich sei in der Lage, darüber zu schreiben? Ich dachte, es handele sich um eine Idee für einen Roman oder ein Theaterstück. Ich dachte, sie werde mir von dieser Idee erzählen, wie sie es immer wieder getan hat, deswegen bohrte ich nicht nach. Ich dachte, unterbewusst wahrscheinlich, es handele sich um ein Hirngespinst von ihr. Wusste nicht, dass sie das Leben und den Tod als Idee betrachtete, dass sie damit umging wie im Spiel.

Ich gehe nach Hause und lege mich ins Bett. Ich kann nicht aufhören zu weinen. Ich lese ihre Nachrichten noch einmal. Nun ordne ich sie anders ein. Aber was wollte sie mir tatsächlich mitteilen? Kann ich die Idee herausfinden? Liegt die Idee verborgen in ihren Worten oder in ihren Taten? Oder eher in meinen Worten und Taten? Wo soll ich beginnen? Ist der Tod selbst die Idee? Oder die Art des Selbstmordes? Oder der Grund dafür?

Ich bin nicht wie die anderen, die sich aus Angst vor den Toten abschirmen. Schon lange hatte ich den Plan, den Stimmen, die ich in der Wohnung höre, in einem Roman eine Gestalt zu geben. Ich wollte über den Menschen schreiben, der vermutlich die Namen auf die Fußbodenbretter geschrieben hatte. Ich wollte zeigen, warum er sie aufgeschrieben hatte: damit die Menschen, die um ihr Leben fürchten mussten, nach dem Tod nicht verschwinden, sondern in der Schrift weiterleben. Er glaubte daran, dass die Schrift und damit das Schreiben eine magische Kraft haben, und diesen Glauben teile ich mit ihm. Ich wollte ein Buch schreiben, um den Toten eine zweite Chance zu geben.

Die Handlung sollte in etwa diese sein: Der Erzähler denkt immer wieder an einen Baum auf dem Heldenplatz, den stummen Zeugen der Gräueltaten der Nazis. Der Baum stand da, als Hitler seine Rede hielt. Als die Leute ihm zujubelten. Der Erzähler umarmt ihn immer wieder, und der Baum flüstert ihm seine Geschichten ins Ohr. Aus diesem Baum will der Erzähler Papier machen lassen, und auf diesem Papier will er die Geschichte der Juden schreiben, die früher in seiner Wohnung und in seiner Stadt lebten und ermordet wurden. Der stumme Zeitzeuge dieser grausamen Zeit wird zum materiellen Nachweis der barbarischen Taten. Es wird ein doppelter Bericht, von dem Baum und von ihm. Bei seiner Recherche stößt er auf Archivfotos, die einen zweiten Baum auf dem Heldenplatz zeigen, und in den Zeitungen der NS-Zeit findet er die Nachricht, dass vom Heldenplatz ein Baum verschwunden ist. Im Verlauf der Handlung wird deutlich: Dieser Baum muss von dem Juden, der früher in der Wohnung des Erzählers lebte, gefällt und gestohlen worden sein, um aus dem Holz die Fußbodenbretter zu machen, auf die er dann seinen Namen und den der anderen Juden schrieb.

Aber Sarahs Tod ändert alles. Ich muss nun versuchen, zuerst sie und dann erst die anderen wiederzubeleben. Solange ich über sie schreibe, kann sie zurückkehren und sich frei im Leben bewegen, kann sich rächen oder etwas wiedergutmachen, kann etwas erklären oder selber erst verstehen – kann tun und lassen, sagen und denken, was sie eben möchte. Mein Schreiben ist wie das Öl in der Lampe, das das Licht am Leben erhält. Mein Schreiben erhält Sarah am Leben.

Ich schließe meine nassen Augen, die nicht trocken werden wollen. Eine Woche vergeht. Ich schließe sie noch einmal, zwei Wochen vergehen. Ich habe Angst vor dem Schlafen, und gleichzeitig sehne ich mich danach. Einige versuchen, mich abzulenken. Andere versuchen, für mich da zu sein. Alle versuchen, mich am Leben zu halten. Ich will nur daliegen und heulen, ahne nicht, dass das erst der Beginn ist. Man zwingt mich, mein Zimmer zu verlassen und hinauszugehen. Aber ich kann Wien nicht mehr ertragen. Ich kann die Straßen nicht mehr ertragen. Alles erinnert mich an Sarah. Ich will weg.

Im Juni kaufe ich ein Zugticket nach Paris. Zum ersten Mal legal in Europa reisen zu dürfen ermöglicht eine zweite Flucht. Eine Flucht vor Erinnerungen. In Paris übernachte ich bei einem ehemaligen Studienkollegen aus dem Iran. Er arbeitet tagsüber, und ich wandere wie ein Geist durch die Stadt. Eine fremde Stadt, die mich nicht an Sarah erinnert. Sie erinnert mich vielmehr an meine Träume als Student, an meinen damaligen Wunsch, Paris zu sehen. In meinem Kopf laufen Filme ab, die in Paris gedreht wurden. Alle Straßen erinnern mich an meine Sehnsüchte.

Also muss ich auch die Straßen fliehen. Ich finde Ruhe auf dem Friedhof Père Lachaise und besuche das Grab von Sadegh Hedayat. Auf dem Grabstein ist eine Eule eingraviert. Ist es nicht seltsam, dass Sarah die ganze Zeit über seinen Roman »Die blinde Eule« gesprochen hat und ich nach ihrem Selbstmord sein Grab besuche? Bei seinem ersten Versuch, sich zu töten, wurde er aus dem Fluss gerettet, bei seinem zweiten Versuch mit Gas hatte er Erfolg. Ist es ein Erfolg? Wenn er wirklich sterben wollte, dann ja.

Ich sitze lange an seinem Grab und ertappe mich dabei, laut mit ihm zu sprechen. Um mich herum stehen Obstbäume. Die verfallenden Leichname bereichern die Erde, und die fruchtbare Erde ernährt die Bäume. Wenn ich das Obst dieser Bäume esse, esse ich dann die Menschen? Kann ich mir Hedayats Erinnerungen, die in seinem Hirn gespeichert waren, auf diese Weise einverleiben?

In der Nähe des Grabes sind einige Nachkommen von Naser ad-Din Schah begraben. Dessen Dynastie hasste Hedayat sehr. Hedayat hasste auch den Islam und machte sich lustig über die Mullahs. Nun liegt er im islamischen Teil des Friedhofes. Ist das nicht ein Hohn? Soll ich darüber lachen oder weinen? Ich mache mir bewusst, dass ich das gleiche Schicksal haben könnte, hätte ich mich umgebracht.

Nicht weit davon entfernt liegt ein anderer iranischer Autor begraben, der nach der sogenannten Revolution fliehen musste. Er hatte sich mit Alkohol und Zigaretten nach und nach umgebracht. Gholam-Hossein Saedi ertrug das Exil nicht. Als Jugendlicher las ich seine Kurzprosa und Dramen. Nun, wo ich an seinem Grab stehe, lebe auch ich im Exil.

Als ich zurück in Wien bin, versuchen andere weiterhin, mich nicht allein zu lassen. Aber ich möchte allein sein. Ich vermisse Sarah und frage mich, warum sie das bloß getan hat. Mit der Zeit glaube ich, den Grund herausgefunden zu haben. Ich rede mir ein, ihr Selbstmord geschah meinetwegen, als Teil von ihrer Idee oder eher ihrem Plan. Ich fühle mich schuldig, habe ein schlechtes Gewissen, dass ich noch am Leben bin und sie nicht. Dass sie mein Leben gerettet hat, aber sie durch mich gestorben ist. Dass ich sie hätte retten können, wäre ich nicht derart mit mir selbst beschäftigt gewesen. Ich beschuldige mich Tag und Nacht. Ich träume von ihr, es sind Albträume. Ich nehme die Freiwilligkeit ihres Todes, ihre bewusste Entscheidung nicht wahr. Ich sehe ihre Krankheit nicht, ich sehe ihre Müdigkeit nicht, ich sehe überall mich selbst als Grund für diese Katastrophe. Und ich glaube, dass noch etwas anderes gegen mich gerichtet war: Sie ist nackt vom Balkon gesprungen, genau wie das Ich in meinem Gedicht.

KUSS

Ich presse meine Lippen
auf die Lippen des Asphalts
wie eine Dirne zerfetzt und verschlingt
der flüssige Teer meine Lippen

im Mund der Geschmack von Blut
eins
zwei
drei
vier Etagen
mit meinen Lippen überbringe ich
dem Asphalt die Umarmung des Fensters
ein
zwei
drei
vier Räder
pressen meinen Körper an den des Asphalts
ach, hätte ich mich vor diesem Kuss doch
entblößt!

Gleich nachdem ich erfahren habe, dass sie nackt in die Tiefe gesprungen ist, fahre ich wieder zu ihrer Wohnung. Vor ihrem Haus lege ich mich dorthin, wo sie wohl mit ihrem Körper aufgeschlagen ist. Es ist ein Radweg. Ich liege und schaue nach oben. Weinend versuche ich mir vorzustellen, was sie im Fallen dachte. Hatte sie Angst? Und nach dem Aufprall – lebte sie da noch, hatte sie Schmerzen? Ich höre ein dumpfes Geräusch. Das Geräusch von einem Körper, der auf den Asphalt prallt. Ich höre es nicht zum ersten Mal, höre es immer, wenn ich an Sarah denke. Wie lange lag sie da, bis sie entdeckt wurde? Sie fiel nur eine kurze Zeit. Jede Etage, an der sie vorbeikam, machte sie ein paar Jahre jünger. Sie war noch ungeboren, als sie auf dem Boden auftraf, entsprechend ihrem Wunsch, den sie in ihren letzten Nachrichten geäußert hatte: Sie wollte in mir geboren werden und in mir ewig weiterleben.

Fahrradfahrer fahren vorbei und beschimpfen mich. Ich möchte nicht aufstehen, möchte mich nicht bewegen.

Nach einer Weile, einer endlosen Weile, sprechen mich zwei Polizisten an, weil ich den Weg versperre, aber ich ignoriere sie. Sie reden weiter auf mich ein. Sie mutmaßen, dass ich betrunken sei, verrückt, auf Drogen, ein Ausländer. Eine Hand greift nach mir und zieht mich hoch. Ich leiste Widerstand, dann tauchen noch mehr Hände auf, die kräftiger sind als ich. Ich werde zum Aufstehen gebracht, und plötzlich renne ich auf die Straße, auf die stark befahrene Straße, ohne nach den Autos Ausschau zu halten. Ich höre Autos bremsen, ich höre Autos hupen, ich höre Polizisten rufen. Mitten auf der Straße bleibe ich stehen. Die Polizisten sind mir hinterhergelaufen und ziehen mich weg. Sie sind erschrocken von meiner Reaktion. Ich auch. War das ein Selbstmordversuch? Nach einer langen Befragung lassen sie mich gehen. Ich wandere durch die Straßen, bin wie ein Geist. Das Geräusch des aufschlagenden Körpers bleibt im Ohr.

Bald darauf werde ich auf schöne Weise überrascht: Meine Mitbewohnerinnen und Mitbewohner organisieren eine Geburtstagsfeier für mich. Ich habe Geburtstage immer gehasst und hatte nur mit elf oder zwölf einmal eine Feier, die meine Eltern für mich organisiert hatten. Jetzt, nach Sarahs Tod, wäre ich nie auf die Idee gekommen, meinen Geburtstag zu feiern. Aber obwohl es zynisch ist, freue ich mich darüber. Zum ersten Mal in Österreich merke ich, dass ich Freunde habe, dass man mich wichtig nimmt, dass ich für andere existiere, dass Menschen sich um mich bemühen, dass ich nicht allein bin.

Und doch bin ich allein. Sarahs Tod lässt mich nicht los. Mir scheint, der Tod ist es, der das Leben ordnet und dessen Einheit wiederherstellt. Wir zeigen unsere Gedanken durch unsere Taten, aber solange unsere Taten nicht abgeschlossen sind, bleiben die Gedanken dahinter unklar. Ein Selbstmord hingegen zeigt die Gedanken dahinter, weil er etwas zum Abschluss bringt. Immer wieder denke ich, Sarah wollte eine Ordnung in ihr Leben bringen, das durch mich einer großen Unordnung ausgesetzt war. Vielleicht sollte ihr Selbstmord diese Ordnung wiederherstellen.

Ununterbrochen geht das so, dieses Grübeln, über Monate. Auch meine Eltern sind mir nicht mehr wichtig – ich habe keinen Platz, keinen Kopf mehr für sie. Ich bin ein lebendiger Toter. Sie beklagen sich, dass ich wie ein Fremder geworden sei, kühl wie ein Europäer. Wegen ihrer Vorwürfe meide ich den Kontakt. Meine Eltern sind nur noch eine Stimme, ohne Leib für mich. Ich sehe sie kaum, ich höre sie nur, manchmal.

Und dann kommen die Schmerzen. Eines Tages wache ich auf und kann nicht mehr aufstehen. Mein Rücken tut weh. Wenig später verletze ich mich an den Fingern, und sie heilen nicht. Ich gehe von einem Arzt zum nächsten, und niemand weiß eine Antwort. Nach einer Weile finde ich eine Ärztin, die eine seltene Krankheit bei mir vermutet. Die Untersuchungen, die länger dauern, bestätigen ihren Verdacht. Ich muss sofort mit der Therapie beginnen, in dem Bewusstsein, das ich drei meiner Finger oder womöglich meine ganze linke Hand vielleicht nie wieder benutzen kann. Meine steifen und halb geballten Finger erinnern mich an die Hand von Chamenei – eine Ironie des Schicksals, dass ich eine Hand habe wie mein verhasstester Feind, der Anführer des iranischen Regimes. Meine Finger schmerzen Tag und Nacht, am meisten in der Nacht, so wird Schlafen unmöglich. Ich muss lernen, meinen Alltag mit einer Hand zu meistern. Ein Arzt redet sogar von Amputation. Außerdem untersucht man mich, weil ich beim Urinieren ständig ohnmächtig werde. Ich werde in eine

Röhre geschoben, meine Herzfunktion wird überwacht, Kameras werden durch alle meine Körperöffnungen geschickt. Ich bin auch körperlich ein lebender Toter.

In manchen Nächten träume ich wieder von dieser schönen, unbekannten Frau. Sie will mit mir schlafen, ich will es aber nicht. Selbst im Traum habe ich Angst, die Geschichte mit Sarah könnte sich wiederholen. Jedes Mal wache ich kurz vor dem Sex auf und liege dann wach im Bett.

Mein Körper schmerzt bei jedem Schritt. Mein Körper rebelliert bei jedem Schritt. Jedes Organ versagt auf eine andere Art und Weise. Jeden Monat entdeckt man neue Defekte und Krankheiten. Ich werde operiert, an meinen Fingern und am After. Ich habe Angst, dass meine Krankheit chronisch wird und auch andere Gelenke befällt. Es heißt, jedes Gelenk, das verletzt worden sei, könne nicht mehr heilen, also vermeide ich jegliche Bewegung, vermeide es hinauszugehen, ich gehe Menschen aus dem Weg. Mein Körper leistet trotzdem Widerstand: Nach den Operationen liege ich für zwei Monate im Bett und kann mich kaum noch rühren. Ich bekomme starke Antidepressiva. Alle reden davon, dass die Krankheiten psychosomatisch seien. Alle sind der Meinung, dass ich schwere Depressionen und Traumata habe. Ich hingegen weiß nur, dass meine Wahrnehmung durch die Tabletten eine andere geworden ist. Ich sehe mich von oben, ich sehe meinen Körper von oben, aus der Vogelperspektive. Ich spüre meinen Körper nur noch eingeschränkt, als ob ich nicht eins mit ihm wäre.

Als ich nach Österreich kam, dachte ich, alle Menschen hier sind stabil. Psychisch stabil. Ich dachte, ich bin die einzige kranke Person, die auch einen Grund dafür hat. Mit der Zeit merkte ich, fast alle rundherum sind auch labil. Sarah war nur eine von vielen.

Eines Nachts erscheint wieder diese Frau. Im Traum lasse ich mich auf sie ein und bin kurz davor, mit ihr zu schlafen, bis mir auf einmal klar wird, dass ich dadurch sterben würde. Ich versuche wegzulaufen, doch sie verfolgt mich. Einige Wochen lang verfolgt sie mich. Ich befinde mich in einer Filmschleife, die sich wiederholt. Diese wunderschöne Frau ist eine Tote, die durch Sex mit einem Lebendigen ins Leben zurückkehren kann. Mein Widerstand wird jede Nacht schwächer, bis sie mich kriegt. Sie zwingt mich, mit ihr zu schlafen. Während sie mit mir Sex hat, erkenne ich sie. Es handelt sich um Sarah. Ich schreie und schreie. Sie lacht lustvoll und gibt mich nicht frei. Sie sitzt auf mir, und ich kann nicht wegrennen.

Während ich schreie, wache ich auf. Ich höre noch den Widerhall der Schreie in meinem Zimmer. Ich greife nach meinem Laptop und beginne, alles aufzuschreiben. Damit ich es nicht vergesse und damit andere wissen, was vorgefallen ist, falls ich nicht mehr lange lebe. Ich schreibe ein paar Freunden: »Das Ende ist nah.«

Dann will ich meine Mutter anrufen, aber die Finger wollen nicht mehr tippen. Endlich habe ich es doch geschafft. Meine Mutter ist überrascht, dass ich zu dieser Uhrzeit wach bin. Sie fragt mich, warum ich mit einem Akzent rede. Ich solle aufhören, mich über sie lustig zu machen.

Ich sage, ich wisse nicht, was sie meine.

Sie verwendet Wörter, die ich nicht verstehe. Ich will sie danach fragen, sie ist mir zu schnell. Sie redet zu schnell. Sie gebraucht zu viele mir unbekannte Wörter. Dann erzählt sie mir eine Geschichte über mich, als ich klein war, im Iran. Ich kann mich an nichts erinnern. Bin ich nicht in Deutschland und Dänemark aufgewachsen? Ist meine Mutter nicht blond gewesen, auch meine Stiefmutter? Warum verstehe ich diese Frau nicht?

Ich rede mit einem Akzent, wie Sarah ihn hatte, als sie Farsi sprach.

Ich bin nicht mehr ich. Ich schaue wie A. aus, aber in mir lebt Sarah.

Das Ende ist nah.

Sie hat meinen Körper, hat mich übernom……………..

Nein, das stimmt nicht. Ich habe nur einen Albtraum gehabt. Alles, was ich bis jetzt geschrieben habe, ist eine Lüge. Ab jetzt will ich die Wahrheit offenlegen. Ab jetzt gibt es die wahre Geschichte.

Nachweise

Das Zitat auf S. 55 über das Massaker an den Babisten stammt aus der Militär-Zeitung, Nr. 64, 18. Jahrgang, 12. August 1865, Seite 532. Das Zitat über das Lampenlöschspiel auf S. 70 ff. folgt dem Buch von Tadsch os-Saltane: ›Memoiren. Im Harem des persischen Sonnenthrons‹, herausgegeben und übersetzt von Siegfried Weber, S. 85 f. © Osburg Verlag, Berlin 2010. Die Auszüge aus den Gedichten von Mehdi Achawan Sales (S. 117 f.) und Ahmad Schamlu (S. 230) wurden von Amir Gudarzi ins Deutsche übersetzt.